# 鲁迅全集

## 第十三卷

鲁迅 著

王德领 钱振文 葛涛 等审订

苦闷的象征

出了象牙之塔

思想·山水·人物

中国科学技术出版社

·北 京·

**图书在版编目（CIP）数据**

鲁迅全集. 第十三卷 / 鲁迅著. -- 北京：中国科学技术出版社，2024.3

ISBN 978-7-5236-0206-5

Ⅰ. ①鲁… Ⅱ. ①鲁… Ⅲ. ①鲁迅著作－全集 Ⅳ. ①I210.1

中国国家版本馆CIP数据核字（2023）第073734号

# 目 录

## 苦闷的象征

## 出了象牙之塔

# 思想·山水·人物

# 苦闷的象征

[日]厨川白村

The colours of his mind seemed yet unworn;

For the wild language of his grief was high,

Such as in measure were called poetry.

And I remember one remark which then Maddalo made.

He said: "Most wretched men are cradled into poetry by wrong;

They learn in suffering what they teach in song."

—Shelley, Julian and Maddalo.

# 引言

去年日本的大地震，损失自然是很大的，而厨川博士的遭难也是其一。

厨川博士名辰夫，号白村。我不大明白他的生平，也没有见过有系统的传记。但就零星的文字里掇拾起来，知道他以大阪府立第一中学出身，毕业于东京帝国大学，得文学士学位；此后分住熊本和东京者三年，终于定居京都，为第三高等学校教授。大约因为重病之故罢[1]，曾经割去一足，然而尚能游历美国，赴朝鲜；平居则专心学问，所著作很不少。据说他的性情是极热烈的，尝以为"若药弗瞑眩厥疾弗瘳"，所以对于本国的缺失，特多痛切的攻难。论文多收在《小泉先生及其他》《出了象牙之塔》及殁后集印的《走向十字街头》中。此外，就我所知道的而言，又有《北美印象记》《近代文学十讲》《文艺思潮论》《近代恋爱观》《英诗选释》等。

然而这些不过是他所蕴蓄的一小部分，其余的可是和他的生命一起失掉了。

这《苦闷的象征》也是殁后才印行的遗稿，虽然还非定本，而大体却已完具了。第一分《创作论》是本据，第二分《鉴赏论》其实即是论批评，和后两分都不过从《创作论》引申出来的必然的系论。至于主旨，也极分明，用作者自己的话来说，就是"生命力受了压抑而生的苦闷懊恼乃是文艺的根柢，而其表现法乃是广义的象征主义"。但是"所谓象征主义者，决非[2]单是前世纪末法兰西诗坛的一派所曾经标榜的主义，凡有一切文艺，古往今来，是无不在这样的

---

1 现代汉语常用"吧"。——编者注
2 现代汉语常用"绝非"。——编者注

意义上，用着象征主义的表现法的"（《创作论》第四章及第六章）。

作者据柏格森一流的哲学，以进行不息的生命力为人类生活的根本，又从弗洛伊德一流的科学，寻出生命力的根柢来，即用以解释文艺——尤其是文学。然与旧说又小有不同，柏格森以未来为不可测，作者则以诗人为先知，弗洛伊德归生命力的根柢于性欲，作者则云即其力的突进和跳跃。这在目下同类的群书中，殆可以说，既异于科学家似的专断和哲学家似的玄虚，而且也并无一般文学论者的繁碎。作者自己就很有独创力的，于是此书也就成为一种创作，而对于文艺，即多有独到的见地和深切的会心。

非有天马行空似的大精神即无大艺术的产生，但中国现在的精神又何其萎靡锢蔽呢？这译文虽然拙涩，幸而实质本好，倘读者能够坚忍地反复过两三回，当可以看见许多很有意义的处所罢：这是我所以冒昧开译的原因——自然也是太过分的奢望。

文句大概是直译的，也极愿意一并保存原文的口吻，但我于国语文法是外行，想必很有不合轨范的句子在里面。其中尤须声明的，是几处不用"的"字，而特用"底"字的缘故。即凡形容词与名词相连成一名词者，其间用"底"字，例如 social being 为社会底存在物，Psychische Trauma 为精神底伤害等；又，形容词之由别种品词转来，语尾有 -tive，-tic 之类者，于下也用"底"字，例如 speculative，romantic，就写为思索底、罗曼底。

在这里我还应该声谢朋友们的非常的帮助，尤其是许季黻君之于英文；常维钧君之于法文，他还从原文译出一篇《项链》给我附在卷后，以便读者的参看；陶璿卿[3]君又特地为作一幅图画，使这书被了凄艳的新装。

一九二四年十一月二十二日之夜，鲁迅在北京记。

---

3　应作"陶璇卿"或"陶元庆"。——编者注

# 第一 创作论

## 一 两种力

有如铁和石相击的地方就迸出火花，奔流给磐石挡住了的地方那飞沫就现出虹采一样，两种的力一冲突，于是美丽的绚烂的人生的万花镜，生活的种种相就展开来了。"No struggle, no drama"者，固然是布吕纳介（F. Brunetière）为解释戏曲而说的话，然而这其实也不但是戏曲。倘没有两种力相触相击的纠葛，则我们的生活，我们的存在，在根本上就失掉意义了。正因为有生的苦闷，也因为有战的苦痛，所以人生才有生的功效。凡是服从于权威，束缚于因袭，羊一样听话的醉生梦死之徒，以及忙杀在利害的打算上，专受物欲的指使，而忘却了自己之为人的全底存在的那些庸流所不会觉得，不会尝到的心境——人生的深的兴趣，要而言之，无非是因为强大的两种力的冲突而生的苦闷懊恼的所产罢了。我就想将文艺的基础放在这一点上，解释起来看。所谓两种的力的冲突者——

## 二 创造生活的欲求

将那闪电似的、奔流似的、蓦地，而且几乎是胡乱地突进不息的生命的力，看为人间生活的根本者，是许多近代的思想家所一致的。那以为变化流动即是现实，而说"创造的进化"的柏格森（H. Bergson）的哲学不待言，就在叔本华（A. Schopenhauer）的意志说里，尼采（F. Nietzsche）的本能论超人说里，表现在萧伯纳（Bernard Shaw）的戏曲《人与超人》（*Man and Superman*）里的"生力"里，卡彭特（E. Carpenter）的承认了人间生命的永远不灭的创造性的"宇宙底自我"说里，在近来，则如罗素（B. Russell）在《社会改造的根本义[1]》（*Principles of Social Reconstruction*）上所说的冲动说里，岂不是统可以窥见"生命的力"的意义么？

永是不愿意凝固和停滞，避去妥协和降伏，只寻求着自由和解放的生命的力，是无论有意识地或无意识地，总是不住地从里面热着我们人类的心胸，就在那深奥处，烈火似的焚烧着，将这炎炎的火焰，从外面八九层地遮蔽起来，巧妙地使全体运转着的一副安排，便是我们的外底生活，经济生活，也是在称为"社会"这一个有机体里，作为一分子的机制（mechanism）的生活。用比喻来说：生命的力者，就像在机关车上的锅炉里，有着猛烈的爆发性、危险性、破坏性、突进性的蒸汽力似的东西。机械的各部分从外面将这力压制束缚着，而同时又靠这力使一切车轮运行。于是机关车就以所需的速度，在一定的轨道上前进了。这蒸汽力的本质，就不外乎是全然绝去了利害的关系，离开了道德和法则的轨道，几乎胡乱地只是突进，只想跳跃的生命力。换句话说，就是这时从内部发出来的蒸汽力的本质底要求，和机械的别部分的本质底要求，是分明取着正反对的方向的。机关车的内部生命的蒸汽力有着要爆发，要突进，要自由和解放的不断的倾向，而反之，机械的外底的部分却巧妙地利用了这力量，靠着将他压制、拘束的事，反使那本来因为重力而要停止的车轮，也因了这力，而在轨道上走动了。

我们的生命，本是在天地万象间的普遍的生命。但如这生命的力含在或一个人中，经了其"人"而显现的时候，这就成为个性

---

1 现译"社会改造原理"。——编者注

而活跃了。在里面烧着的生命的力成为个性而发挥出来的时候，就是人们为内底要求所催促，想要表现自己的个性的时候，其间就有着真的创造创作的生活。所以也就可以说，自己生命的表现，也就是个性的表现；个性的表现，便是创造的生活了罢。人类的在真的意义上的所谓"活着"的事，换一句话，即所谓"生的欢喜"（joy of life）的事，就在这个性的表现，创造创作的生活里可以寻到。假使个人都全然否定了各各[2]的个性，将这放弃了，压抑了，那就像排列着造成一式的泥人似的，一模一样的东西，是没有使他活着这许多的必要的。从社会全体看，也是个人若不各自十分地发挥他自己的个性，真的文化生活便不成立，这已经是许多人们说旧了的话了。

在这样意义上的生命力的发动，即个性表现的内底欲求，在我们的灵和肉的两方面，就显现为各种各样的生活现象。就是有时为本能生活，有时为游戏冲动，或为强烈的信念，或为高远的理想，为学子的知识欲，也为英雄的征服欲望。这如果成为哲人的思想活动，诗人的情热、感激、企慕而出现的时候，便最强、最深地感动人。而这样的生命力的显现，是超绝了利害的念头，离了善恶邪正的估价，脱却道德的批评和因袭的束缚而带着一意只要飞跃和突进的倾向：这些地方就是特征。

## 三　强制压抑之力

然而我们人类的生活，又不能只是单纯的一条路的。要使那想要自由不羁的生命力尽量地飞跃，以及如心如意地使个性发挥出来，则我们的社会生活太复杂，而人就在本性上，内部也含着太多的矛盾了。

---

2　现代汉语常用"各个"。——编者注

我们为要在称为"社会"的这一个大的有机体中,作为一分子要生活着,便只好必然地服从那强大的机制。使我们在从自己的内面迫来的个性的要求,即创造创作的欲望之上,总不能不甘受一些什么迫压和强制。尤其是近代社会似的,制度、法律、军备、警察之类的压制机关都完备了,别一面,又有着所谓"生活难"的恐吓,我们就有意识地或无意识地,总难以脱离这压抑。在减削个人自由的国家至上主义面前低头,在抹杀创造、创作生活的资本万能主义膝下下跪,倘不将这些看作寻常茶饭的事,就实情而论,是一天也活不下去的。

在内有想要动弹的个性表现的欲望,而和这正相对,在外却有社会生活的束缚和强制不绝地迫压着。在两种的力之间,苦恼挣扎着的状态,就是人类生活。这只要就今日的劳动——不但是筋肉劳动,连口舌劳动、精神劳动,无论什么,一切劳动的状态一想就了然,说劳动是快乐,那已经是一直从前的话了。可以不为规则和法规所絷缚,也不被"生活难"所催促,也不受资本主义和机械万能主义的压迫,而各人可以各做自由的发挥个性的创造生活的劳动,那若不是过去的上世,就是一部分的社会主义论者所梦想的乌托邦的话。要知道无论做一个花瓶,造一把短刀,也可以注上自己的心血,献出自己的生命的力,用了伺候神明似的虔敬的心意来工作的社会状态,在今日的实际上,是绝对地不可能的事了。

从今日的实际生活说来,则劳动就是苦患。从个人夺去了自由的创造创作的欲望,使他在压迫强制之下,过那不能转动的生活的就是劳动。现在已经成了人们若不在那用了生活难的威胁当作武器的机械和法则和因袭的强力之前,先舍掉了像人样的个性生活,多少总变一些法则和机械的奴隶,甚而至于自己若不变成机械的妖精,便即栖息不成的状态了。既有留着八字须的所谓教育家之流的教育机器,在银行和公司里,风采装得颇为时髦的计算机器也不少。放眼一看，以劳动为享乐的人们几乎全没有，就是今日的情形。这模样，又怎能寻出"生的欢喜"来？

人们若成了单为从外面逼来的力所动的机器的妖精，就是为人的最大苦痛了；反之，倘若因了自己的个性的内底要求所催促的劳动，那可常常是快乐，是愉悦。一样是搬石头种树木之类的造花园的劳动，在受着雇主的命令，或者迫于生活难的威胁，为了工钱而做事的花儿匠，是苦痛的。然而同是这件事，倘使有钱的封翁为了自己内心的要求，自己去做的时候，那就明明是快乐，是消遣了。这样子，在劳动和快乐之间，本没有工作的本质底差异。换了话说，就是并非劳动这一件事有苦患，给与苦患的毕竟不外乎从外面逼来的要求，即强制和压抑。

生活在现代的人们的生活，和在街头拉着货车走的马匹是一样的。从外面想，那确乎是马拉着车罢。马这一面，也许有自以为自己拉着车走的意思。但其实是不然的。那并非马拉着车，却是车推着马使它走。因为倘没有车和轭的压制，马就没有那么地流着大汗，气喘吁吁地奔走的必要的。在现世上，从早到晚飞着人力车，自以为出色的活动家的那些能手之流，其实是度着和那可怜的马匹相差一步的生活，只有自己不觉得，得意着罢了。

据席勒（Fr. von Schiller）在那有名的《美底教育论》（*Briefe über die Aesthetische Erziehung des Menschen*）上所讲的话，则游戏者，是劳作者的意向（Neigung）和义务（Pflicnt）适宜地一致调和了的时候的活动。我说"人惟在游玩的时候才是完全的人"[3]的意思，就是将人们专由自己内心的要求而动，不受着外底强制的自由的创造生活，指为游戏而言。世俗的那些贵劳动而贱游戏的话，若不是被永

3　拙著《出了象牙之塔》一七四页《游戏论》参照。（译者原注）惟，现代汉语常用"唯"。——编者注

9

远甘受着强制的奴隶生活所麻痹了的人们的谬见，便是专制主义者和资本家的专为自己设想的任意的胡言。想一想罢，在人间，能有比自己表现的创造生活还要高贵的生活么？

没有创造的地方就没有进化。凡是只被动于外底要求，反复着妥协和降伏的生活，而忘却了个性表现的高贵的，便是几千年几万年之间，虽在现在，也还反复着往古的生活的禽兽之属。所以那些全不想发挥自己本身的生命力，单给因袭束缚着，给传统拘囚着，模拟些先人做过的事，而坦然生活着的人们，在这一个意义上，就和畜生同列，即使将这样的东西聚集了几千万，文化生活也不会成立的。

然而以上的话，也不过单就我们和外界的关系说。但这两种的力的冲突，也不能说仅在自己的生命力和从外部而至的强制和压抑之间才能起来。人类是在自己这本身中，就已经有着两个矛盾的要求的。譬如我们一面有着要彻底地以个人而生活的欲望，而同时又有着人类既然是社会底存在物（social being）了，那就也就和什么家族呀、社会呀、国家呀等等[4]调和一些的欲望。一面既有自由地使自己的本能得到满足这一种欲求，而人类的本性既然是道德底存在物（moral being），则别一面就该又有一种欲求，要将这样的本能压抑下去。即使不被外来的法则和因袭所束缚，然而却想用自己的道德，来抑制管束自己的要求的是人类。我们有兽性和恶魔性，但一起也有着神性；有利己主义的欲求，但一起也有着爱他主义的欲求。如果称那一种为生命力，则这一种也确乎是生命力的发现。这样子，精神和物质，灵和肉，理想和现实之间，有着不绝的不调和，不断的冲突和纠葛。所以生命力愈旺盛，这冲突这纠葛就该愈激烈。一面要积极底地前进，别一面又消极底地要将这阻住、压下。并且要知道，这想要前进的力，和想要阻止的力，就是同一的东西。

---

4  此句式在现代汉语常用一个"等"。——编者注

尤其是倘若压抑强，则爆发性突进性即与强度为比例，也更加强烈，加添了炽热的度数。将两者作几乎成正比例看，也可以的。稍为极端地说起来，也就不妨说，无压抑，即无生命的飞跃。

这样的两种力的冲突和纠葛，无论在内底生活上，在外底生活上，是古往今来所有的人们都曾经验的苦痛。纵使因了时代的大势、社会的组织，以及个人的性情、境遇的差异等，要有些大小强弱之差，然而从原始时代以至现在，几乎没有一个不为这苦痛所恼的人们。古人曾将这称为"人生不如意"而叹息了，也说"不从心的是人间世"。用现在的话来说，这便是人间苦，是社会苦，是劳动苦。德国的厌生诗人莱瑙（N. Lenau）虽曾经将这称为世界苦恼（Weltschmerz），但都是名目虽异，而包含意义的内容，总不外是想要飞跃突进的生命力，因为被和这正反对的力压抑了而生的苦闷和懊恼。

除了不耐这苦闷，或者绝望之极，否定了人生，至于自杀的之外，人们总无不想设些什么法，脱离这苦境，通过这障碍而突进的。于是我们的生命力，便宛如给磐石挡着的奔流一般，不得不成渊、成溪，取一种迂回曲折的行路。或则不能不尝那立马阵头，一面杀退几百几千的敌手，一面勇往猛进的战士一样的酸辛。在这里，即有着要活的努力，而一起也就生出人生的兴味来。要创造较好、较高、较自由的生活的人，是继续着不断的努力的。

所以单是"活着"这事，也就是在或一意义上的创造、创作。无论在工厂里做工，在帐房[5]里算帐[6]，在田里耕种，在市里买卖，既然无非是自己的生活力的发现，说这是或一程度的创造生活，那自然是不能否定的。然而要将这些作为纯粹的创造生活，却还受着太多的压抑和制驭。因为为利害关系所烦扰，为法则所左右，有时竟

---

5　现代汉语常用"账房"。——编者注
6　现代汉语常用"算账"。——编者注

看见显出不能挣扎的惨状来。但是，在人类的种种生活活动之中，这里却独有一个绝对无条件地专营纯一不杂的创造生活的世界。这就是文艺的创作。

文艺是纯然的生命的表现；是能够全然离了外界的压抑和强制，站在绝对自由的心境上，表现出个性来的唯一的世界。忘却名利，除去奴隶根性，从一切羁绊束缚解放下来，这才能成文艺上的创作。必须进到那与留心着报章上的批评，算计着稿费之类的全然两样的心境，这才能成真的文艺作品，因为能做到仅被在自己的心里烧着的感激和情热所动，像天地创造的曙神所做的一样程度的自己表现的世界，是只有文艺而已。我们在政治生活、劳动生活、社会生活之类里所到底寻不见的生命力的无条件的发现，只有在这里，却完全存在。换句话说，就是人类得以抛弃了一切虚伪和敷衍，认真地、诚实地活下去的唯一的生活。文艺的所以能占人类的文化生活的最高位，那缘故也就在此。和这一比较，便也不妨说，此外的一切人类活动，全是将我们的个性表现的作为加以减削、破坏、蹂躏的了。

那么，我在先前所说过那样的从压抑而来的苦闷和懊恼，和这绝对创造的文艺，究竟有着怎样的关系呢？并且不但从创作家那一面，还从鉴赏那些作品的读者这一面说起来，人间苦和文艺，应该怎样看法呢？我对于这些问题，当陈述自己的管见之前，想要作为准备，先在这里引用的，是在最近的思想界上得了很大的势力的一个心理学说。

# 四　精神分析学

在觉察了单靠试验管和显微镜的研究并不一定是达到真理的唯

一的路，从实验科学万能的梦中，将要醒来的近来学界上，那些带着神秘底、思索底（speculative），以及罗曼底（romantic）的色采[7]的种种的学说，就很得了势力了。即如我在这里将要引用的精神分析学（Psychoanalysis），以科学家的所说而论，也是非常异样的东西。

奥地利的维也纳大学的精神病学教授弗洛伊德（S. Freud）和一个医生叫作布洛伊尔（J. Breuer）的，在一千八百九十五年发表了一本《歇斯迭里的研究[8]》（Studien über Hysterie），一千九百年又出了有名的《梦的解释》（Die Traumdeutung），从此这精神分析的学说，就日见其多地提起学术界思想界的注意来。甚至于还有人说，这一派的学说在新的心理学上，其地位等于达尔文（Ch. Darwin）的进化论之在生物学。——弗洛伊德自己夸这学说似乎是哥白尼（N. Copernicus）地动说以来的大发见[9]，这可是使人有些惶恐。——但姑且不论这些，这精神分析论着想之极为奇拔的地方，以及有着丰富的暗示的地方，对于变态心理、儿童心理、性欲学等的研究，却实在开拓了一个新境界。尤其是最近几年来，这学说不但在精神病学上，即在教育学和社会问题的研究者，也发生了影响；又因为弗洛伊德对于机智、梦、传说、文艺创作的心理之类，都加了一种的解释，所以在今日，便是文艺批评家之间，也很有应用这种学说的人们了。而且连 Freudian Romanticism 这样的奇拔的新名词，也已听到了。

新的学说也难于无条件地就接受。精神分析学要成为学界的定说，大约总得经过许多的修正，此后还须不少的年月罢。就实际而言，便是从我这样的门外汉的眼睛看来，这学说也还有许多不备和缺陷，有难于立刻首肯的地方。尤其是应用在文艺作品的说明解释的时候，更显出最甚的牵强附会的痕迹来。

7　现代汉语常用“色彩”。——编者注
8　现译“歇斯底里研究”。——编者注
9　现代汉语常用“发现”。——编者注

弗洛伊德的所说，是从歇斯迭里病人的治疗法出发的。他发见了从希腊的希波克拉底（Hippokrates）以来直到现在，使医家束手的这莫名其妙的疾病歇斯迭里的病源，是在病人的阅历中的精神底伤害（Psychische Trauma）里。就是，具有强烈的兴奋性的欲望，即性欲——他称这为 Libido——曾经因了病人自己的道德性，或者周围的事情，受过压抑和阻止，因此病人的内底生活上，便受了酷烈的创伤。然而病人自己，却无论在过去，在现在，都丝毫没有觉到。这样的过去的苦闷和重伤，现在是已经逸出了他的意识的圈外，自己也毫不觉得这样的苦痛了。虽然如此，而病人的"无意识"或"潜在意识"中，却仍有从压抑得来的酷烈的伤害正在内攻，宛如液体里的沉滓似的剩着。这沉滓现在来打动病人的意识状态，使他成为病底，还很搅乱他的时候，便是歇斯迭里的症状，这是弗洛伊德所觉察出来的。

对于这病的治疗的方法，就是应该根据了精神分析法，寻出那是病源也是祸根的伤害究在病人的过去阅历中的那边，然后将他除去、绝灭。也就是使他将被压抑的欲望极自由地发露表现出来，即由此取去他剩在无意识界的底里的沉滓。这或者用催眠术，使病人说出在过去的阅历经验中的自以为就是这一件的事实来；或者用了巧妙的问答法，使他极自由、极开放地说完苦闷的原因，总之是因为直到现在还加着压抑的便是病源，所以要去掉这压抑，使他将欲望搬到现在的意识的世界来。这样的除去了压抑的时候，那病也就一起医好了。

我在这里要引用一条弗洛伊德教授所发表的事例：

有一个生着很重的歇斯迭里的年青的女人。探查这女人的过去的阅历，就有过下面所说的事。她和非常爱她的父亲死别之后不多久，她的姊姊[10]就结了婚。但不知怎样，她对于她的姊夫[11]却怀着莫

---

10　现代汉语常用"姐姐"。——编者注
11　现代汉语常用"姐夫"。——编者注

名其妙的好意，互相亲近起来，然而说这就是恋爱之类，那自然原是毫不觉到的。这其间，她的姊姊得病死去了。正和母亲一同旅行着，没有知道这事的她，待到回了家，刚站在亡姊的枕边的时候，忽而这样想：姊姊既然已经死掉，我就可以和他结婚了。

　　弟、妹和嫂嫂、姊夫结婚，在日本不算希罕[12]，然而在西洋，是看作不伦的事的。弗洛伊德教授的国度里不知怎样；若在英吉利，则近来还用法律禁止着的事，在戏曲、小说上就有。对于姊夫怀着亲密的意思的这女人，当"结婚"这一个观念突然浮上心头的时候，便跪在社会底因袭的面前，将这欲望自己压抑阻止了。会浮上"结婚"这一个观念，她对于姊夫也许本非无意的罢。——这一派的学者并将亲子之爱也看作性的欲望的变形，所以这女人许是失了异性的父亲的爱之后，便将这移到姊夫那边去。——然而这分明是恋爱，却连自己也没有想到过。而且和时光的经过一同，那女人已将这事完全忘掉；后来成了剧烈的歇斯迭里病人，来受弗洛伊德教授的诊察的时候，连曾经有过这样的欲望的事情也想不起来了。在受着教授的精神分析治疗之间，这才被叫回到显在意识上来，用了非常的情热和兴奋来表现之后，这病人的病，据说即刻也全愈[13]了。这一派的学说，是将"忘却"也归在压抑作用里的。

　　弗洛伊德教授的研究发表了以来，这学说不但在欧洲，而在美洲尤其引起许多学子的注目。法兰西泊尔陀大学[14]的精神病学教授雷吉斯（Régis）氏有《精神分析论》之作，瑞士图列息大学的荣格（C. J. Jung）教授则出了《无意识的心理·性欲的变形和象征的研究，对于思想发达史的贡献》。前加拿大托隆德大学的教授琼斯（A. Jones）氏又将关于梦和临床医学和教育心理之类的研究汇聚在

12　现代汉语常用"稀罕"。——编者注
13　现代汉语常用"痊愈"。——编者注
14　现译"波尔图大学"。——编者注

《精神分析论集》里。而且由了以青年心理学的研究在我国很出名的美国克拉克大学总长霍尔（G. Stanley Hall）教授，或是也如弗洛伊德一样的维也纳的医生阿德勒（A. Adler）氏这些人之手，这学说又经了不少的补足和修正。

但是，从精神病学以及心理学看来，这学说的当否如何，是我这样 layman 所不知道的。至于精细的研究，则我国也已有了久保博士的《精神分析法》和九州大学的榊教授的《性欲和精神分析学》这些好书，所以我在这里不想多说话。惟有作为文艺的研究者，看了最近出版的莫德尔氏的新著《在文学里的色情的动机》[15]以及哈佛氏从这学说的见地，来批评美国近代文学上写实派的翘楚，而现在已经成了故人的豪威尔斯的书[16]；又在去年，给学生讲莎士比亚（W. Shakespeare）的戏曲《玛克培斯[17]》（Macbeth）时，则读珂略德的新论[18]；此外，又读些用了同样的方法，来研究斯特林堡（A. Strindberg）、威尔斯（H. G. Wells）等近代文豪的诸家的论文[19]。我就对于那些书的多属非常偏僻之谈，或则还没有丝毫触着文艺上的根本问题等，很以为可惜了。我想试将平日所想的文艺观——即生命力受了压抑而生的苦闷懊恼乃是文艺的根柢，而其表现法乃是广义的象征主义这一节，现在就借了这新的学说，发表出来。这心理学说和普通的文艺家的所论不同，具有照例的科学者一流的组织底体制这一点，就是我所看中的。

---

15　The Erotic Motive in Literature.By Albert Mordell. New york，Boni and Liverght. 1919.

16　William Dean Howells：A Study of the Achievement of a Literary Artist. By Alexander Harvey. New york，B.W.Huebsch. 1917.

17　现译"麦克白"。——编者注

18　The Hysteria of Lady Macbeth. By I. H. Coriat. New york，Moffat，Yard and Co. 1912.

19　August Strindberg, a Psychoanalytic Study. By Axel Johan Uppvall. Poet Lore，Vol，XXXI，No.1. Spring Number. 1920. H. G. Wells and His Mental Hinterland. By wilfrid Lay. The Bookman（New York），for July 1917.

# 五　人间苦与文艺

从这一学派的学说，则在向来心理学家所说的意识和无意识（即潜在意识）之外，别有位于两者的中间的"前意识"（Preconscious, Vorbewusste）。即使这人现在不记得，也并不意识到，但既然曾在自己的体验之内，那就随时可以自发底地想到，或者由联想法之类，能够很容易地拿到意识界来：这就是前意识。将意识比作戏台，则无意识就恰如在里面的后台。有如原在后台的戏子，走出戏台来做戏一样，无意识里面的内容，是支使着意识作用的，只是我们没有觉察着罢了。其所以没有觉察者，即因中间有着称为"前意识"的隔扇，将两者截然区分了的缘故。不使"无意识"的内容到"意识"的世界去，是有执掌监视作用的监督（censor, Zensur）俨然地站在境界线上，看守着的。从那些道德、因袭、利害之类所生的压抑作用，须有了这监督才会有；由两种的力的冲突纠葛而来的苦闷和懊恼，就成了精神底伤害，很深地被埋葬在无意识界里的尽里面。在我们的体验的世界，生活内容之中，隐藏着许多精神底伤害或至于可惨，但意识地却并不觉着的。

然而出于意外的是无意识心理却以可骇的力量支使着我们。为个人，则幼年时代的心理，直到成了大人的时候也还在有意无意之间作用着；为民族，则原始底神话时代的心理，到现在也还于这民族有影响。——思想和文艺这一面的传统主义，也可以从这心理来研究的罢，荣格教授的所谓"集合底无意识"（the collective unconscious）以及霍尔教授的称为"民族心"（folk-soul）者，皆即此。据弗洛伊德说，则性欲决不是[20]到春机发动期才显现，婴儿的

---

钉[21]着母亲的乳房，女孩的缠住异性的父亲，都已经有性欲在那里作用着，这一受压抑，并不记得的那精神底伤害，在成了大人之后，便变化为各样的形式而出现。弗洛伊德引来作例的是列奥纳多·达·芬奇。[22] 他的大作，被看作艺术界中千古之谜的《穆那里沙[23]》(Mona Lisa)的女人的微笑，经了考证，已指为就是这画家列奥纳多五岁时候就死别了的母亲的记忆了。在俄国梅列日科夫斯基(D. S. Merez-hkovski)的小说《先驱者》(英译 The Forerunner)中，所描写的这文艺复兴期的大天才列奥纳多的人格，现经精神病学者解剖的结果，也归在这无意识心理上，他那后年的科学研究热、飞机制造、同性爱、艺术创作等，全都归结到由幼年的性欲的压抑而来的"无意识"的潜势底作用里去了。

不但将列奥纳多，这派的学者也用了这研究法，试来解释过莎士比亚的《哈谟列德[24]》(Hamlet)剧、瓦格纳(R. Wagner)的歌剧，以及托尔斯泰(L. N. Tolstoi)和莱瑙。听说弗洛伊德又已立了计画[25]，并将歌德(W. von Goethe)也要动手加以精神解剖了。如我在前面说过的乌普伐勒氏在克拉克大学所提出的学位论文《斯特林堡研究》，也就是最近的一例。

说是因了尽要满足欲望的力和正相反的压抑力的纠葛冲突而生的精神底伤害，伏藏在无意识界里这一点，我即使单从文艺上的见地看来，对于弗洛伊德说也以为并无可加异议的余地。但我所最觉得不满意的是他那将一切都归在"性底渴望"里的偏见，部分底地单从一面来看事物的科学家癖。自然，对于这一点，即在同派的许多学子之

21 旧同"盯"。——编者注
22 Sigmund Freud, Eine Kindheitserinnerung des Leonardo da Vinci. Leipzig und Wien, Deuticke. 1910.
23 现译"蒙娜丽莎"。——编者注
24 现译"哈姆雷特"。——编者注
25 现代汉语常用"计划"。——编者注

间，似乎也有了各样的异论了。或者以为不如用"兴味"（interest）这字来代"性底渴望"；阿德勒则主张是"自我冲动"（Ichtrieb），英吉利派的学者又想用哈密顿（W. Hamilton）仿了康德（I. Kant）所造的"意欲"（conation）这字来替换他。但在我自己，则有如这文章的冒头上就说过一般，以为将这看作在最广的意义上的生命力的突进跳跃，是妥当的。

着重于永是求自由求解放而不息的生命力、个性表现的欲望、人类的创造性，这倾向，是最近思想界的大势，在先也已说过了。人认为这是对于前世纪以来的唯物观决定论的反动。以为人类为自然的大法所左右，但支使于机械底法则，不能动弹的，那是自然科学万能时代的思想。到了二十世纪，这就很失了势力，一面又有反抗因袭和权威，贵重自我和个性的近代底精神步步的占了优势，于是人的自由创造的力就被承认了。

既然肯定了这生命力、这创造性，则我们即不能不将这力和方向正相反的机械底法则，因袭道德，法律底拘束，社会底生活难，此外各样的力之间所生的冲突，看为人间苦的根柢。

于是就成了这样的事，即倘不是恭喜之至的人们，或脉搏减少了的老人，我们就不得不朝朝暮暮，经验这由两种力的冲突而生的苦闷和懊恼。换句话说，即无非说是"活着"这事，就是反复着这战斗的苦恼。我们的生活愈不肤浅、愈深，便比照着这深，生命力愈盛，便比照着这盛，这苦恼也不得不愈加其烈。在伏在心的深处的内底生活，即无意识心理的底里，是蓄积着极痛烈而且深刻的许多伤害的。一面经验着这样的苦闷，一面参与着悲惨的战斗，向人生的道路进行的时候，我们就或呻，或叫，或怨嗟，或号泣，而同时也常有自己陶醉在奏凯的欢乐和赞美里的事。这发出来的声音，就是文艺。对于人生，有着极强的爱慕和执著[26]，至于虽然负了重伤，

---

26　现代汉语常用"执着"。——编者注

流着血，苦闷着，悲哀着，然而放不下，忘不掉的时候，在这时候，人类所发出来的诅咒、愤激、赞叹、企慕、欢呼的声音，不就是文艺么？在这样的意义上，文艺就是朝着真善美的理想，追赶向上的一路的生命的进行曲，也是进军的喇叭。响亮的闳远的那声音，有着贯天地动百世的伟力的所以就在此。

生是战斗。在地上受生的第一日，——不，从那最先的第一瞬，我们已经经验着战斗的苦恼了。婴儿的肉体生活本身，不就是和饥饿、霉菌、冷热的不断的战斗么？能够安稳平和地睡在母亲的胎内的十个月姑且不论，然而一离母胎，作为一个"个体底存在物"（individual being）的"生"才要开始，这战斗的苦痛就已成为难免的事了。和出世同时呱的啼泣的那声音，不正是人间苦的叫唤的第一声么？出了母胎这安稳的床，才遇到外界的刺激的那瞬时发出的啼声，是才始立马在"生"的阵头者的雄声呢，是苦闷的第一声呢，或者还是恭喜地在地上享受人生者的欢呼之声呢？这些姑且不论，总之那呱呱之声，在这样的意义上，是和文艺可以看作那本质全然一样的。于是为要免掉饥饿，婴儿便寻母亲的乳房，烦躁着，哺乳之后，则天使似的睡着的脸上，竟可以看出美的微笑来。这烦躁和这微笑，这就是人类的诗歌、人类的艺术。生力旺盛的婴儿，呱呱之声也闳大。在没有这声音，没有这艺术的，惟有"死"。

用了什么美的快感呀、趣味呀等类非常消极底的宽缓的想头可以解释文艺，已经是过去的事了。文艺倘不过是文酒之宴，或者是花鸟风月之乐，或者是给小姐们散闷的韵事，那就不知道，如果是站在文化生活的最高位的人间活动，那么，我以为除了还将那根柢放在生命力的跃进上，来作解释之外，没有别的路。读但丁（A. Dante）、弥尔顿（J. Milton）、拜伦（G. G. Byron），或者对布朗宁（R. Browning）、托尔斯泰、易卜生（H. Ibsen）、左拉（E. Zola）、波德莱尔（C. Baudelaire）、陀思妥耶夫斯基（F. M. Dostojevski）等的作品的时候，谁还有能容那样呆风流的迂缓万分的消闲心的余地呢？我对于说什么文艺上只有美呀、有趣呀之类的快乐主义底艺术观，要竭力地排斥他。而于在人生的苦恼正甚的近代所出现的文学，尤其深切地感到这件事。情话式的游荡记录，不良少年的胡闹日记，文士生活的票友化，如果全是那样的东西在我们文坛上横行，那毫不容疑，是我们的文化生活的灾祸。因为文艺决不是俗众的玩弄物，乃是该严肃而且沉痛的人间苦的象征。

# 六　苦闷的象征

据和柏格森一样，确认了精神生活的创造性的意大利的克罗齐（B. Croce）的艺术论说，则表现乃是艺术的一切。就是表现云者，并非我们单将从外界来的感觉和印象他动底地收纳，乃是将收纳在内底生活里的那些印象和经验作为材料，来做新的创造创作。在这样的意义上，我就要说，上文所说似的绝对创造的生活即艺术者，就是苦闷的表现。

到这里，我在方便上，要回到弗洛伊德一派的学说去，并且引用他。这就是他的梦的说。

说到梦，我的心头就浮出一句布朗宁咏画圣安特来亚的诗来：

　　——Dream？strive to do, and agonize to do, and fail in doing.

　　　　　　　　　　　　　　　　　　　——*Andrea del Sarto.*

"梦么？抢着去做，拼着去做，而做不成。"这句子正合于弗洛伊德的欲望说。

据弗洛伊德说，则性底渴望在平生觉醒状态时，因为受着那监督的压抑作用，所以并不自由地现到意识的表面。然而这监督的看守松放时，即压抑作用减少时，那就是睡眠的时候。性底渴望便趁着这睡眠的时候，跑到意识的世界来。但还因为要瞒过监督的眼睛，又不得不做出各样的胡乱的改装。梦的真的内容——即常是躲在无意识的底里的欲望，便将就近的顺便的人物、事件用作改装的家伙，以不称身的服饰的打扮而出来了。这改装便是梦的显在内容（manifeste Trauminhalt），而潜伏着的无意识心理的那欲望，则是梦的潜在内容（latente Trauminhlat），也即是梦的思想（Traumgedanken）。改装是象征化。

听说出去探查南极的人们，缺少了食物的时候，那些人们的多数所梦见的东西是山海的珍味；又听说旅行亚非利加的荒远的沙漠的人夜夜走过的梦境，是美丽的故国的山河。不得满足的性欲冲动在梦中得了满足，成为或一种病底状态，这是不待性欲学者的所说，世人大抵知道的罢。这些都是最适合于用弗洛伊德说的事，以梦而论，却是甚为单纯的。柏拉图的《共和国》（Platon's Republica），莫尔的《乌托邦》（Th. More's Utopia），以至现代所做的关于社会问题的各种乌托邦文学之类，都与将思想家的欲求，借了梦幻故事，照样表现出来的东西没有什么不同。这就是潜在内容的那思想，用了极简单极明显的显在内容——即外形——而出现的时候。

抢着去做，拼着去做，而做不成的那企慕，那欲求，若正是我们伟大的生命力的显现的那精神底欲求时，那便是以绝对的自由而表现出来的梦。这还不能看作艺术么？柏格森也有梦的论，以为精神底活力（Engergie spirituel）具了感觉底的各样形状而出现的就是梦。这一点，虽然和欲望说全然异趣，但两者之间，我以为也有着相通的处所的。

然而文艺怎么成为人类的苦闷的象征呢，为要使我对于这一端的见解更为分明，还有稍为借用精神分析学家的梦的解说的必要。

作为梦的根源的那思想即潜在内容，是很复杂而多方面的，从未识人情世故的幼年时代以来的经验，成为许多精神底伤害，积蓄埋藏在“无意识”的圈里。其中的几个，即成了梦而出现，但显在内容这一面，却被缩小为比这简单得多的东西了。倘将现于一场的梦的戏台上的背景、人物、事件分析起来，再将各个头绪作为线索，向潜在内容那一面寻进去，在那里便能够看见非常复杂的根本。据说梦中之所以有万料不到的人物和事件的配搭，出奇的 anachronism（时代错误）的凑合者，就因为有这压缩作用（Verdichtungsarbeit）的缘故。就像在演戏，将绵延三四十年的事象，仅用三四天时间的扮演便已表现了的一般；又如罗塞蒂（D. G. Rossetti）的诗《白船》（*White Ship*）中所说，人在将要淹死的一刹那，就于瞬间梦见自己的久远的过去的经验，也就是这作用。花山院的御制有云：

> 在未辨长夜的起讫之间，
>   梦里已见过几世的事了。(《后拾遗集》十八）

即合于这梦的表现法的。

梦的世界又如艺术的境地一样，是尼采之所谓价值颠倒的世界。在那里有着转移作用（Verschiebungsarbeit），即使在梦的外形即显在内容上，出现的事件不过一点无聊的情由，但那根本，却由于非常重大的大思想。正如虽然是只使报纸的社会栏热闹些的市井的琐事，邻近的夫妇的拌嘴，但经莎士比亚和易卜生的笔一描写，在戏台上开演的时候，就暗示出在那根柢中的人生一大事实一大思想来。梦又如艺术一样，是一个超越了利害、道德等一切的估价的世界。寻常茶饭的小事件，在梦中就如天下国家的大事似的办，或者正相反，便是惊天动地的大事件，也可以当作平平常常的小事办。

这样子，在梦里，也有和戏曲、小说一样的表现的技巧。事件展开，人物的性格显现。或写境地，或描动作。弗洛伊德称这作用为描写（Darstellung）。[27]

所以梦的思想和外形的关系，用了弗洛伊德自己的话来说，则为"有如将同一的内容，用了两种各别的国语来说出一样。换了话说，就是梦的显在内容者，即不外乎将梦的思想，移到别的表现法去的东西。那记号和联络，则我们可由原文和译文的比较而知道"。[28]这岂非明明是一般文艺的表现法的那象征主义（symbolism）么？

或一抽象底的思想和观念，决不成为艺术。艺术的最大要件，是在具象性。即或一思想内容，经了具象底的人物、事件、风景之类的活的东西而被表现的时候；换了话说，就是和梦的潜在内容改装打扮了而出现时，走着同一的径路的东西，才是艺术。而赋与[29]这具象性者，就称为象征（symbol）。所谓象征主义者，决非单是前世纪末法兰西诗坛的一派所曾经标榜的主义，凡有一切文艺，古往今来，是无不在这样的意义上，用着象征主义的表现法的。

在象征，内容和外形之间，总常有价值之差。即象征本身和仗了象征而表现的内容之间，有轻重之差，这是和上文说过的梦的转移作用完全同一的。用色采来说，就和白表纯洁清净，黑表死和悲哀，黄金色表权力和荣耀似的；又如在宗教上最多的象征，十字架、莲花、火焰之类所取义的内容等，各各含有大神秘的潜在内容正一样。就近世的文学而言，也有将易卜生的《建筑师》（英译 *The Master Builder*）的主人公所要揭在高塔上的旗子解释作象征化了的

27　关于以上的作用，详见 Sigm, Freud, Die Traumdeutung, S.222-273。

28　*op.cit.S.222.*

29　现代汉语常用"赋予"。——编者注

理想，他那《游魂[30]》（英译 *Ghosts*）里的太阳则是表象那个人主义的自由和美的。即全是借了简单的具象底的外形（显在内容），而在中心，却表显着复杂的精神底的东西，理想底的东西，或思想、感情等。这思想、感情，就和梦的时候的潜在内容相当。

象征的外形稍为复杂的东西，便是讽喻（allegory）、寓言（fable）、比喻（parable）之类，这些都是将真理或教训，照样极浅显地嵌在动物谭或人物故事上而表现的。但是，如果那外形成为更加复杂的事象，而备了强的情绪底效果，带着刺激底性质的时候，那便成为很出色的文艺上的作品。但丁的《神曲》（*Divina Commedia*）表示中世的宗教思想，弥尔顿的《失掉的乐园[31]》（*Paradise Lost*）以文艺复兴以后的新教思想为内容，待到莎士比亚的《哈谟列德》来暗示而且表象了怀疑的烦闷，而真的艺术品于是成功。[32]

照这样子，弗洛伊德教授一派的学者又来解释希腊索福克勒斯（Sophokles）的大作，悲剧《阿迭普斯[33]》，立了有名的 OEDIPUS COMPLEX（阿迭普斯错综[34]）说；又从民族心理这方面看，使古代的神话、传说的一切，都归到民族的美的梦这一个结论了。

在内心燃烧着似的欲望，被压抑作用这一个监督所阻止，由此发生的冲突和纠葛，就成为人间苦。但是，如果说这欲望的力免去了监督的压抑，以绝对的自由而表现的唯一的时候就是梦，则在我们的生活的一切别的活动上，即社会生活、政治生活、经济生活、

---

30　现译"群鬼"。——编者注

31　现译"失乐园"。——编者注

32　我的旧作《近代文学十讲》（小版）五五〇页以下参照。Silberer, Problems of Mysticism and its Symbolism. New York, Moffat, Yard and Co.1917. 这一部书也是从精神分析学的见地写成的，关于象征和寓言和梦的关系，可以参照同书的 Part I, Sections I, I II; Part II, Section I.

33　现译"俄狄浦斯王"。——编者注

34　现译"俄狄浦斯情结"。——编者注

家族生活上，我们能从常常受着的内底和外底的强制压抑解放，以绝对的自由，作纯粹创造的唯一的生活就是艺术。使从生命的根柢里发动出来的个性的力，能如间歇泉（geyser）的喷出一般地发挥者，在人生惟有艺术活动而已。正如新春一到，草木萌动似的，禽鸟嘤鸣似的，被不可抑止的内底生命（inner life）的力所逼迫，作自由的自己表现者，是艺术家的创作。在惯于单是科学底地来看事物的心理学家的眼里，至于看成"无意识"的那么大而且深的这有意识的苦闷和懊恼，其实是潜伏在心灵的深奥的圣殿里的。只有在自由的绝对创造的生活里，这受了象征化，而文艺作品才成就。

　　人生的大苦患、大苦恼，正如在梦中，欲望便打扮改装着出来似的，在文艺作品上，则身上裹了自然和人生的各种事象而出现。以为这不过是外底事象的忠实的描写和再现，那是谬误的皮相之谈。所以极端的写实主义和平面描写论，如作为空理空论则弗论，在实际的文艺作品上，乃是无意义的事。便是左拉那样主张极端的唯物主义的描写论的人，在他的著作《工作[35]》（Travail）、《蕃茂[36]》（La Fécondité）之类里所显示的理想主义，不就内溃了他自己的议论么？他不是将自己的欲望的归着点这一个理想，就在那作品里暗示着么？如近时在德国所唱道的称为表现主义（Fxpressionismus）的那主义，要之就在以文艺作品为不仅是从外界受来的印象的再现，乃是将蓄在作家的内心的东西，向外面表现出去。他那反抗从来的客观底态度的印象主义（Impressionismus）而置重于作家主观的表现（Expression）的事，和晚近思想界的确认了生命的创造性的大势，该可以看作一致的罢。艺术到底是表现，是创造，不是自然的再现，也不是模写[37]。

　　倘不是将伏藏在潜在意识的海的底里的苦闷即精神底伤害，象

---

35　现译"劳动"。——编者注
36　现译"繁殖"。——编者注
37　现代汉语常用"摹写"。——编者注

征化了的东西，即非大艺术。浅薄的浮面的描写，纵使巧妙的技俩[38]怎样秀出，也不能如真的生命的艺术似的动人。所谓深入的描写者，并非将败坏风俗的事象之类，详细地，单是外面底地细细写出之谓；乃是作家将自己的心底的深处，深深地而且更深深地穿掘下去，到了自己的内容的底的底里，从那里生出艺术来的意思。探检自己愈深，便比照着这深，那作品也愈高、愈大、愈强。人觉得深入了所描写的客观底事象的底里者，岂知这其实是作家就将这自己的心底极深地抉剔着、探检着呢。克罗齐之所以承认了精神活动的创造性者，我以为也就是出于这样的意思。

不要误解。所谓显现于作品上的个性者，决不是作家的小我，也不是小主观。也不得是执笔之初，意识地想要表现的观念或概念。倘是这样做成的东西，那作品便成了浅薄的做作物，里面就有牵强，有不自然，因此即不带着真的生命力的普遍性，于是也就欠缺足以打动读者的生命的伟力。在日常生活上，放肆和自由该有区别，在艺术也一样，小主观和个性也不可不有截然的区别。惟其创作家有了竭力忠实地将客观的事象照样地再现出来的态度，这才从作家的无意识心理的底里，毫不勉强地、浑然地、不失本来地表现出他那自我和个性来。换句话，就是惟独如此，这才发生了生的苦闷，而自然而然地象征化了的"心"，乃成为"形"而出现。所描写的客观的事象这东西中，就包藏着作家的真生命。到这里，客观主义的极致，即与主观主义一致，理想主义的极致，也与现实主义合一，而真的生命的表现的创作于是成功。严厉地区别着什么主观、客观、理想、现实之间，就是还没有达到透彻到和神的创造一样程度的创造的缘故。大自然、大生命的真髓，我以为用了那样的态度是捉不到的。

即使是怎样地空想底的不可捉摸的梦，然而那一定是那人的

---

38 现代汉语常用"伎俩"。——编者注

经验的内容中的事物，各式各样地凑合了而再现的。那幻想，那梦幻，总而言之，就是描写着藏在自己的胸中的心象，并非单是摹写，也不是模仿。创造创作的根本义，即在这一点。

在文艺上设立起什么乐天观、厌生观、或什么现实主义、理想主义等类的分别者，要之就是还没有触到生命的艺术的根柢的，表面底皮相底的议论。岂不是正因为有现实的苦恼，所以我们做乐的梦，而一起也做苦的梦么？岂不是正因为有不满于现在的那不断的欲求，所以既能为梦见天国那样具足圆满的境地的理想家，也能梦想地狱那样大苦患大懊恼的世界的么？才子无所往而不可，在政治、科学、文艺一切上都发挥出超凡的才能，在别人的眼里，见得是十分幸福的生涯的歌德的阅历中，苦闷也没有歇。他自己说，"世人说我是幸福的人，但我却送了苦恼的一生。我的生涯，都献给一块一块迭起永久的基础来这件事了。"从这苦闷，他的大作《孚司德[39]》（*Faust*）、《威绥的烦恼[40]》（*Werthers Leiden*）、《威廉玛思台尔[41]》（*Wilhelm Meister*），便都成为梦而出现。投身于政争的混乱里，别妻者几回，自己又苦闷于盲目的悲运的弥尔顿，做了《失掉的乐园》，也做了《复得的乐园[42]》（*Paradise Regained*）。失了和贝雅特丽齐（Beatrice）的恋，又为流放之身的但丁，则在《神曲》中，梦见地狱界、净罪界和天堂界的幻想。谁能说失恋丧妻的布朗宁的刚健的乐天诗观，并不是他那苦闷的变形转换呢？若在大陆近代文学中，则如左拉和陀思妥耶夫斯基的小说，斯特林堡和易卜生的戏曲，不就可以听作被世界苦恼的恶梦[43]所魇的人的呻吟声么？不是

---

39　现译"浮士德"。——编者注

40　现译"少年维特之烦恼"。——编者注

41　现译"威廉·迈斯特"。——编者注

42　现译"复乐园"。——编者注

43　现代汉语常用"噩梦"。——编者注

梦魇使他叫唤出来的可怕的诅咒声么？

　　法兰西的拉马丁（A. M. L. de Lamartine）说明弥尔顿的大著作，以为《失掉的乐园》是清教徒睡在《圣书 44》（Bible）上面时候所做的梦，这实在不应该单作形容的话看。《失掉的乐园》这篇大叙事诗虽然以《圣书》开头的天地创造的传说为梦的显在内容，但在根柢里，作为潜在内容者，则是苦闷的人弥尔顿的清教思想（Puritanism）。并不是撒旦和神的战争以及伊甸的乐园的叙述之类，动了我们的心；打动我们的是经了这样的外形，传到读者的心胸里来的诗人的痛烈的苦闷。

　　在这一点上，无论是《万叶集》，是《古今集》，是芜村、芭蕉的俳句，是西洋的近代文学，在发生的根本上是没有本质底的差异的。只有在古时候的和歌俳句的诗人——戴着樱花，今天又过去了的词臣，那无意识心理的苦闷没有像在现代似的痛烈，因而精神底伤害也就较浅之差罢了。既经生而为人，那就无论在词臣，在北欧的思想家，或者在漫游的俳人，人间苦便都一样地在无意识界里潜伏着，而由此生出文艺的创作来。

　　我们的生活力，和侵进体内来的细菌战。这战争成为病而发现的时候，体温就异常之升腾而发热。正像这一样，动弹不止的生命力受了压抑和强制的状态，是苦闷，而于此也生热。热是对于压抑的反应作用，是对于 action 的 reaction。所以生命力愈强，便比照着那强，愈盛，便比照着那盛，这热度也愈高。从古以来，许多人都会给文艺的根本加上各种的名色了。佩特（Walter Pater）称这为"有情热的观照"（impassioned contemplation），梅列日科夫斯基叫他"情想"（passionate thought），也有借了雪莱（P. B. Shelley）《云雀歌 45》（Skylark）的末节的句子，名之曰"谐和的疯狂"（harmonious

---

44　现译"圣经"。——编者注
45　现译"致云雀"。——编者注

madness）的批评家。古代罗马人用以说出这事的是"诗底奋激"（furor poeticus）。只有话是不同的，那含义的内容，总之不外乎是指这热。莎士比亚却更进一步，有如下面那样地作歌。这是当作将创作心理的过程最是诗底地说了出来的句子，向来脍炙人口的：

The poet's eye, in a fine frenzy rolling,

Doth glance from heaven to earth, from earth to heaven;

And, as imagination bodies forth

The forms of things unknown, the poet's pen

Turns them to shapes, and gives to airy nothing

A local habitation and a name.

——*Midsummer Night's Dream*, *Act. v. Sc. i.*

诗人的眼，在微妙的发狂的回旋，

瞥闪着，从天到地，从地到天；

而且提出未知的事物的形象来，作为想象的物体，

诗人的笔即赋与这些以定形，

并且对于空中的乌有，

则给以居处与名。

——《夏夜的梦[46]》，第五场，第一段。

在这节的第一行的 fine frenzy，就是指我所说的那样意思的"热"。然而热这东西，是藏在无意识心理的底里的潜热。这要成为艺

---

46　现译"仲夏夜之梦"。——编者注

术品，还得受了象征化，取或一种具象底的表现。上面的莎士比亚的诗的第三行以下，即可以当作指这象征化、具象化看的。详细地说，就是这经了目能见、耳能闻的感觉的事象即自然人生的现象，而放射到客观界去。对于常人的眼睛所没有看见的人生的或一状态"提出未知的事物的形象来，作为想象的物体"；抓住了空漠不可捉摸的自然人生的真实，给与"居处与名"的是创作家。于是便成就了有极强的确凿的实在性的梦。现在的 poet 这字，语源是从希腊语的 poiein=to make 来的。所谓"造"即创作者，也就不外乎莎士比亚之所谓"提出未知的事物的形象来，作为想象的物体，即赋与以定形"的事。

最初，是这经了具象化的心象（image），存在作家的胸中。正如怀孕一样，最初，是胎儿似的心象，不过为 conceived image。是西洋美学家之所谓"不成形的胎生物"（alortive conception）。既已孕了的东西，就不能不产出于外。于是作家遂被自己表现（self-expression or self-externalization）这一个不得已的内底要求所逼迫，生出一切母亲都曾经验过一般的"生育的苦痛"来。作家的生育的苦痛，就是为了怎样将存在自己胸里的东西，炼成自然人生的感觉底事象，而放射到外界去；或者怎样造成理趣情景兼备的一个新的完全的统一的小天地，人物事象，而表现出去的苦痛。这又如母亲们所做的一样，是作家分给自己的血，割了灵和肉，作为一个新的创造物而产生。

又如经了"生育的苦痛"之后，产毕的母亲就有欢喜一样，在成全了自己生命的自由表现的创作家，也有离了压抑作用而得到创造底胜利的欢喜。从什么稿费、名声那些实际底外底的满足所得的不过是快感（pleasure），但别有在更大更高的地位的欢喜（joy），是一定和创造创作在一处的。

# 第二　鉴赏论

## 一　生命的共感

以上为止，我已经从创作家这一面，论过文艺了。那么，倘从鉴赏者即读者、看客这一面看，又怎样说明那很深地伏在无意识心理的深处的苦闷的梦或象征，乃是文艺呢？

我为要解释这一点，须得先说明艺术的鉴赏者也是一种创作家，以明创作和鉴赏的关系。

凡文艺的创作，在那根本上，是和上文说过那样的"梦"同一的东西，但那或一种，却不可不有比梦更多的现实性和合理性，不像梦一般支离灭裂而散漫，而是俨然统一了的事象，也是现实的再现。正如梦是本于潜伏在无意识心理的底里的精神底伤害一般，文艺作品则是本于潜伏在作家的生活内容的深处的人间苦。所以经了描写在作品上的感觉底具象底的事实而表现出来的东西，即更是本在内面的作家的个性、生命、心、思想、情调、心气。换了话说，就是那些茫然不可捕捉的无形无色无臭无声的东西，用了有形有色有臭有声的具象底的人物、事件、风景以及此外各样的事物，作为材料，而被表出。那具象底感觉底的东西，即被称为象征。

所以象征云者，是暗示，是刺激；也无非是将沉在作家的内部生命的底里的或种[1]东西，传给鉴赏者的媒介物。

生命者，是遍在于宇宙人生的大生命。因为这是经由个人，成为艺术的个性而被表现的，所以那个性的别半面，也总得有大的普

---

1　现代汉语常用"某种"。——编者注

遍性。就是既为横目竖鼻的人，则不问时的古今，地的东西，无论谁那里都有着共通的人性；或者既生在同时代，同过着苦恼的现代的生活，即无论为西洋人，为日本人，便都被焦劳于社会政治上的同样的问题；或者既然以同国度同时代同民族而生活着，即无论谁的心中，便都有共通的思想。在那样的生命的内容之中，即有人的普遍性共通性在。换句话说，就是人和人之间，是具有足以呼起生命的共感的共通内容存在的。那心理学家所称为"无意识""前意识""意识"那些东西的总量，用我的话来说，便是生命的内容。因为作家和读者的生命内容有共通性共感性，所以这就因了称为象征这一种具有刺激性暗示性的媒介物的作用而起共鸣作用。于是艺术的鉴赏就成立了。

将生命的内容用别的话来说，就是体验的世界。这里所谓体验（Erlebnis），是指这人所曾经深切的感到过、想过，或者见过、听过、做过的事的一切；就是连同外底和内底，这人的曾经经验的事的总量。所以所谓艺术的鉴赏，是以作家和读者间的体验的共通性共感性，作为基础而成立的。即在作家和读者的"无意识""前意识""意识"中，两边都有能够共通共感者存在。作家只要用了称为象征这一种媒介物的强的刺激力，将暗示给与读者，便立刻应之而共鸣，在读者的胸中，也炎起一样的生命的火。只要单受了那刺激，读者也就自行燃烧起来。这就因为很深的沉在作家心中的深处的苦闷，也即是读者心中本已有了的经验的缘故。用比喻说，就如因为木材有可燃性，所以只要一用那等于象征的火柴，便可以从别的东西在这里点火。也如在毫无可燃性的石头上，不能放火一样，对于和作家并无可以共通共感的生命的那些俗恶无趣味无理解的低级读者，则纵有怎样的大著杰作，也不能给与什么铭感，纵使怎样的大天才大作家，对于这样的俗汉也就无法可施。要而言之，从艺术上说,这种俗汉乃是无缘的众生,难于超度之辈。这样的时候,鉴赏即全不成立。

这是很在以前的旧话了:曾有一个身当文教的要路的人儿,头脑很旧,脉搏减少了的罢,他看了风靡那时文坛的新文艺的作品之后,说的话可是很胡涂[2]。"冗长地写出那样没有什么有趣的话来,到了结末的地方,是仿佛骗人似的无聊的东西而已。"听说他还怪青年们有什么有趣,竟来读那样的小说哩。这样的老人——即使年纪青,这样的老人世上多得很——和青年,即使生在同时代同社会中,但因为体验的内容全两样,其间就毫无可以共通共感的生活内容。这是欠缺着鉴赏的所以得能成立的根本的。

这不消说,体验的世界是因人而异的。所以文艺的鉴赏,其成立,以读者和作家两边的体验相近似,又在深、广、大、高,两边都相类似为唯一最大的要件。换了话说,就是两者的生活内容,在质底和量底都愈近似,那作品便完全被领会,在相反的时候,鉴赏即全不成立。

大艺术家所有的生活内容,包含着的东西非常大,也非常广泛。柯勒律治(S. T. Coleridge)的评莎士比亚,说是"our myriad-minded Shakespeare"的缘故就在此。以时代言,是三百年前的伊丽莎白朝的作家,以地方言,是辽远的英吉利这一个外国人的著作,然而他的作品里,却包含着超越了时间、处所的区别,风动百世之人声闻千里之外的东西。譬如即以他所描写的女性而论,如朱丽叶(Juliet),如奥菲利亚(Ophelia),如鲍西亚(Portia),如天卫十三(Rosalind),如克莉奥佩特拉(Cleopatra)这些女人,比起谢里丹(R. B. Sheridan)所写的十八世纪式的女人,或者见于狄更斯(Ch. Dickens)、萨克雷(W. M. Thackeray)的小说里的女人来,远是近代式的"新派"。本·琼森

---

2　现代汉语常用"糊涂"。——编者注

（Ben Jonson）赞美他说，"He was not of an age but for all time." 真的，如果能如莎士比亚似的营那自由的大的创造创作的生活，那可以说，这竟已到了和天地自然之创造者的神相近的境地了。这一句话，在或一程度上，歌德和但丁那里也安得上。

但在非常超轶的特异的天才，则其人的生活内容，往往竟和同时代的人们全然离绝，进向遥远的前面去。生在十八世纪的布莱克（W. Blake）的神秘思想，从那诗集出来以后，几乎隔了一世纪，待到前世纪末欧洲的思想界出现了神秘象征主义的潮流，这才在人心上唤起反响。初期的布朗宁或斯温伯恩（A. Ch. Swinburne）绝不为世间所知，当时的声望且不及众小诗人者，就因为已经进步到和那同时代的人们的生活内容，早没有可以共通共感的什么了的缘故。就因为超过那所谓时代意识者已至十年、二十年；不，如布莱克似的，且至一百年模样而前进了的缘故。就因为早被那当时的人们还未在内底生活上感到的"生的苦痛"所烦恼，早已做着来世的梦了的缘故。

只要有共同的体验，则虽是很远的瑙威国的易卜生的著作，因为同是从近代生活的经验而来的出产，所以在我们的心底里也有反响。几千年前的希腊人荷马（Homeros）所写的托罗亚[3]的战争和海伦（Hellen）、阿喀琉斯（Achilles）的故事，因为其中有着共通的人情，所以虽是二十世纪的日本人读了，也仍然为他所动。但倘要鉴赏那时代和处所太不同了的艺术品，则须有若干准备，如靠着旅行和学问等类的力、调查作者的环境阅历、那时代的风俗习惯等，以补读者自己的体验的不足的部分；或者仗着自己的努力，即使只有几分，也须能够生在那一时代的氛围气中才好。所以在并不这样特别努力，例如向来不做研究这类的事的人们，较之读荷马、但丁，

---

3　现译"特洛伊"。——编者注

即使比那些更不如，也还是近代作家的作品有趣；而且，即在近代，较之读外国的，也还是本国作家的作品有兴味者，那理由就在此。又在比较多数的人们，凡描写些共通的肤浅平凡的经验的作家，却比能够表出高远复杂的冥想底的深的经验来的作家，更能打动多数的读者，也即原于这理由。朗费罗（H. W. Longfellow）和彭斯（R. Burns）的诗歌，比起布朗宁和布莱克的来，读的人更其多，被称为浅俗的白乐天的作品、较之气韵高迈的高青邱等的尤为 appeal 于多数者的原因，也在这一点。

所谓弥尔顿为男性所读，但丁为女性所好；所谓青年而读拜伦，中年而读华兹华斯（W. Wordsworth）；又所谓童话、武勇谭、冒险小说之类，多只为幼年、少年所爱好，不惹大人的感兴等，这就全都由于内生活的体验之差。这也因年龄，因性而异；也因国土，因人种而异。在毫没有见过日本的樱花的经验的西洋人，即使读了咏樱花的日本诗人的名歌，较之我们从歌咏上得来的诗兴，怕连十分之一也得不到罢。在未尝见雪的热带国的人，雪歌怕不过是感兴很少的索然的文字罢。体验的内容既然不同，在那里所写的或樱或雪这一种象征，即全失了足以唤起那潜伏在鉴赏者的内生命圈的深处的感情和思想和情调的刺激底暗示性，或则成了甚为微弱的东西。莎士比亚确是一个大作家。然而并无莎士比亚似的罗曼底的生活内容的十八世纪以前的英国批评家，却绝不顾及他的作品。即在近代也一样，托尔斯泰和萧因为毫无罗曼底的体验的世界，所以攻击莎士比亚；而正相反，如罗曼底的梅特林克（M. Maeterlinck），则虽然时代和国土都远不相同，却很动心于莎士比亚的戏曲。

## 二　自己发见的欢喜

到这里，我还得稍稍补订自己的用语。我在先使用了"体验""生活内容""经验"这些名词，但在生命既然有普遍性，则广义上的生命这东西，当然能够立地构成读者和作者之间的共通共感性。譬如生命的最显著的特征之一的律动（rhythm），无论怎样，总有从一人传到别人的性质。一面弹钢琴，只要不是聋子，听的人们也就在不知不识之间，听了那音而手舞足蹈起来。即使不现于动作，也在心里舞蹈。即因为叩击钢琴的键盘的音，有着刺激底暗示性，能打动听者的生命的中心，在那里唤起新的振动的缘故，就是生命这东西的共鸣、的共感。

这样子，读者和作家的心境帖然无间的地方，有着生命的共鸣共感的时候，于是艺术的鉴赏即成立。所以读者、看客、听众从作家所得的东西，和对于别的科学以及历史家、哲学家等的所说之处不同，乃是并非得到知识。是由了象征，即现于作品上的事象的刺激力，发见他自己的生活内容。艺术鉴赏的三昧境和法悦，即不外乎这自己发见的欢喜。就是读者也在自己的心的深处，发见了和作者借了称为象征这一种刺激性暗示性的媒介物所表现出来的自己的内生活相共鸣的东西了的欢喜。正如睡魔袭来的时候，我用我这手拧自己的膝，发见自己是活着一般，人和文艺作品相接，而感到自己是在活着。详细地说，就是读者自己发现了自己的无意识心理——在精神分析学派的人们所说的意义上——的蕴藏；是在诗人和艺术家所挂的镜中，看见了自己的灵魂的姿态。因为有这镜，人们才能够看见自己的生活内容的各式各样；同时也得了最好的机会，使自己的生活内容更深、更大、更丰。

所描写的事象，不过是象征，是梦的外形。因了这象征的刺激，读者和作家两边的无意识心理的内容——即梦的潜在内容——这才相共鸣相共感。从文艺作品里渗出来的实感味就在这里。梦的潜在内容，不是上文也曾说过，即是人生的苦闷，即是世界苦恼么？

所以文艺作品所给与者，不是知识（information）而是唤起作用（evocation）。刺激了读者，使他自己唤起自己体验的内容来，读者的受了这刺激而自行燃烧，即无非也是一种创作。倘说作家用象征来表现了自己的生命，则读者就凭了这象征，也在自己的胸中创作着。倘说作家这一面做着产出底创作（productive creation），则读者就将这收纳，而自己又做共鸣底创作（responsive creation）。有了这二重的创作，才成文艺的鉴赏。

因为这样，所以能够享受那免去压抑的绝对自由的创造生活者，不但是作家。单是为"人"而生活着的别的几千万几亿万的常人，也可以由作品的鉴赏，完全地尝到和作家一样的创造生活的境地。从这一点上说，则作家和读者之差，不过是自行将这象征化而表现出来和并不如是这一个分别。换了话说，就是文艺家做那凭着表现的创作，而读者则做凭着唤起的创作。我们读者正在鉴赏大诗篇、大戏曲时候的心状，和旁观着别人的舞蹈、唱歌时候，我们自己虽然不歌舞，但心中却也舞着，也唱着，是全然一样的。这时候，已经不是别人的舞和歌，是我们自己的舞和歌了。赏味诗歌的时候，我们自己也就已经是诗人，是歌人了。因为是度着和作家一样的创造创作的生活，而被拉进在脱却了压抑作用的那梦幻幻觉的境地里。做了拉进这一点暗示作用的东西就是象征。

就鉴赏也是一种创作而言，则其中又以个性的作用为根柢的事，那自然是不消说。就是从同一的作品得来的铭感和印象，又因各人而不同。换了话说，也就是经了一个象征，从这所得的思想、感情、心气等，都因鉴赏者自己的个性和体验和生活内容，而在各人之间，有着差别。将批评当作一种创作，当作创造底解释（creative interpretation）的印象批评，就站在这见地上。对于这一点，法国的布吕纳介的客观批评说和法朗士（A. France）的印象批评说之间所生的争论，是在近代的艺术批评史上划出一个新时期的。布吕纳介原是同丹纳（H. A. Taine）和圣伯夫（Ch. A. Sainte-Beuve）一样，站在科学底批评的见地上，抱着传统主义的思想的人，所以就将批评的标准放在客观底法则上，毫不顾及个性的尊严。法朗士却正相反，和卢美戌尔（M. J. Lemaitre）以及佩特等，都说批评是经了作品而看见自己的事，偏着重于批评家的主观的印象。尽量地承认了鉴赏者的个性和创造性，还至于说出批评是"在杰作中的自己的精神的冒险"的话来。至于卢美戌尔，则更其极端地排斥批评的客观底标准，单置重于鉴赏的主观，将自我（Moi）作为批评的根柢；佩特也在他的论集《文艺复兴》（Renaissance）的序文上，说批评是自己从作品得来的印象的解剖。布吕纳介一派的客观批评说，在今日已是科学万能思想时代的遗物，陈旧了。从无论什么都着重于个性和创造性的现在的思想倾向而言，我们至少在文艺上，也不得不和法朗士、卢美戌尔等的主观说一致。我以为王尔德（Oscar Wilde）说"最高的批评比创作更其创作底"（The highest criticism is more creative than creation）[4] 的意思，也就在这里。

说话不觉进了歧路了；要之因为作家所描写的事象是象征，所以凭了从这象征所得的铭感，读者就点火在自己的内底生命上，自行燃烧起来。换句话，就是借此发见了自己的体验的内容，得以深味到和创作家一样的心境。至于作这体验的内容者，则也必和作家相同，是人间苦，是社会苦。因为这苦闷，这精神底伤害，在鉴赏

---

4　参照 Wilde 的论集《意图》（Intentions）中的《作为艺术家的批评家》。

者的无意识心理中，也作为沉滓而伏藏着，所以完全的鉴赏即生命的共鸣共感即于是成立。

到这里，我就想起我曾经读过的波德莱尔的《散文诗》(*Petites Poémes en Prose*)里，有着将我所要说的事，譬喻得很巧的题作《窗户[5]》(*Les fenêtres*)的一篇来：

从一个开着的窗户外面看进去的人，决不如那看一个关着的窗户的见得事情多。再没有东西更深邃、更神秘、更丰富、更阴晦、更眩惑，胜于一支蜡烛所照的窗户了。日光底下所能看见的总是比玻璃窗户后面所映出的趣味少。在这黑暗或光明的隙孔里，生命活着，生命梦着，生命苦着。

在波浪似的房顶那边，我望见一个已有皱纹的、穷苦的、中年的妇人，常常低头做些什么，并且永不出门。从她的面貌，从她的服装，从她的动作，从几乎无一，我纂出这个妇人的历史，或者说是她的故事，还有时我哭着给我自己述说它。

倘若这是个穷苦的老头子，我也能一样容易地纂出他的故事来。

于是我躺下，满足于我自己已经在旁人的生命里活过了，苦过了。

恐怕你要对我说："你确信这故事是真的么？"在我以外的事实，无论如何又有什么关系呢，只要它帮助了我生活，感到我存在和我是怎样？

烛光照着的关闭的窗是作品。瞥见了在那里面的女人的模样，读者就在自己的心里做出创作来。其实是由了那窗，那女人而发见

---

5　现译"窗"。——编者注

了自己；在自己以外的别人里，自己生活着、烦恼着；并且对于自己的存在和生活，得以感得、深味。所谓鉴赏者，就是在他之中发见我，我之中看见他。

## 三 悲剧的净化作用

我讲一讲悲剧的快感，作为以上诸说的最适切的例证罢。人们的哭，是苦痛。但是特意出了钱，去看悲哀的戏剧，流些眼泪，何以又得到快感呢？关于这问题，古来就有不少的学说，我相信将亚里士多德（Aristoteles）在《诗学》（*Peri Poietikes*）里所说的那有名的净化作用（catharsis）之说，下文似的来解释，是最为妥当的。

据亚里士多德的《诗学》上的话，则所谓悲剧者，乃是催起"怜"（pity）和"怕"（fear）这两种感情的东西，看客凭了戏剧这一个媒介物而哭泣，因此洗净他郁积纠结在自己心里的悲痛的感情，这就是悲剧所给与的快感的基础。先前紧张着的精神的状态，因流泪而和缓下来的时候，就生出悲剧的快感来。使潜伏在自己的内生活的深处的那精神底伤害即生的苦闷，凭着戏台上的悲剧这一个媒介物，发露到意识的表面去。正与上文所说，医治歇斯迭里病人的时候，寻出那沉在无意识心理的底里的精神底伤害来，使他尽量地表现、讲说，将在无意识界的东西，移到意识界去的这一个疗法，是全然一样的。精神分析学者称这为谈话治疗法，但由我看来，毕竟就是净化作用，和悲剧的快感的时候完全相同。平日受着压抑作用，纠结在心里的苦闷的感情，到了能度绝对自由的创造生活的瞬间，即艺术鉴赏的瞬间，便被解放而出于意识的表面。古来就说，艺术给人生以慰安[6]，固然不过是一种俗说，但要而言之，即可以当

6　现代汉语常用"安慰"。——编者注

作就指这从压抑得了解放的心境看的。

假如一个冷酷无情的重利盘剥的老人一流的东西，在剧场看见母子生离的一段，暗暗地淌下眼泪来。我们在旁边见了就纳罕，以为搜寻了那冷血东西的腔子里的什么所在，会有了那样的眼泪了？然而那是，平日算计着利息，成为财迷的时候，那感情是始终受着压抑作用的，待到因了戏剧这一个象征的刺激性，这才被从无意识心理的底里唤出；那淌下的就无非是这感情的一滴泪。虽说是重利盘剥者，然而也是人。既然是人，就有人类的普遍的生活内容，不过平日为那贪心，受着压抑罢了。他流下泪来得了快感的刹那的心境，就是入了艺术鉴赏的三昧境，而在戏台中看见自己，在自己中看见戏台的欢喜。

文艺又因了象征的暗示性刺激性，将读者巧妙地引到一种催眠状态，使进幻想幻觉的境地；诱到梦的世界，纯粹创造的绝对境里，由此使读者、看客自己意识到自己的生活内容。倘读者的心的底里并无苦闷，这梦，这幻觉即不成立。

倘说，既说苦闷，则说苦闷潜藏在无意识中即不合理，那可不过是讼师或是论理底游戏者的口吻罢了。荣格等之所谓无意识者，其实却是绝大的意识，也是宇宙人生的大生命。譬如我们拘守着小我的时候，才有"我"这一个意识，但如达了和宇宙天地浑融冥合的大我之域，也即入了无我的境界。无意识和这正相同。我们真是生活在大生命的洪流中时，即不意识到这生命，也正如我们在空气中而并不意识到空气一样。又像因了给空气以一些什么刺激动摇，我们才感到空气一般，我们也须受了艺术作品的象征的刺激，这才深深地意识到自己的内生命。由此使自己的生命感更其强，生活内容更丰富。这也就触着无限的大生命，达于自然和人类的真实，而接触其核仁。

## 四　有限中的无限

如上文也曾说过，作为个性的根柢的那生命，即是遍在于全实在全宇宙的永远的大生命的洪流。所以在个性的别一半面，总该有普遍性，有共通性。用譬喻说，则正如一株树的花和实和叶等，每一朵、每一粒、每一片，都各各尽量地保有个性；带着存在的意义。每朵花、每片叶，各各经过独自的存在，这一完，就凋落了。但因为这都是根本的那一株树的生命，成为个性而出现的东西，所以在每一片叶，或每一朵花、每一粒实，无不各有共通普遍的生命。一切的艺术底鉴赏即共鸣共感，就以这普遍性、共通性、永久性作为基础而成立的。比利时的诗人莱贝尔格（Charles Van Lerberghe）的诗歌中，曾有下面似的咏叹这事的句子：

Ne Suis-Je Vous……

Ne suis-je vous, n'êtes-vous moi,

O choses que de mes doigts

Je touche, et de la lumière

De mes yeux éblouis?

Fleurs où je respire soleil où je luis,

Ame qui penses,

Qui peut me dire où je finis,

Où je commence?

Ah! que mon coeur infiniment

Partout se retrouve! Que votre sève

C'est mon sang!

Comme un beau fleuve,

En toutes choses la même vie coule,

Et nous rêvons le même rêve.( *La Chanson d'Ève.* )

我不是你们么……

阿[7]，我的晶莹的眼的光辉

和我的指尖所触的东西呵，

我不是你们么？

你们不是我么？

我所爱的花呵，照我的太阳呵，

沉思的灵魂呵，

谁能告诉我，我在那里完，

我从那里[8]起呢？

唉！我的心觉出到处

是怎样的无尽呵！

觉得你们的浆液就是我的血！

同一的生命在所有一切里，

像一条美的河流似的流着，

我们都是做着一样的梦。　　　　　　（《夏娃之歌》）


　　因为在个性的半面里，又有生命的普遍性，所以能"我们都是做着一样的梦"。圣·弗兰希斯（St. Francis）的对动物说教，佛家以为狗子有佛性，都就因为认得了生命的普遍性的缘故罢。所以不但是在读者和作品之间的生命的共感，即对于一切万象，也处以这样的享乐底鉴赏底态度的事，就是我们的艺术生活。待到进了从日常生

---

7　现代汉语常用"啊"。——编者注

8　现代汉语常用"哪里"。——编者注

活上的道理、法则、利害、道德等等的压抑完全解放出来了的"梦"的境地，以自由的纯粹创造的生活态度，和一切万象相对的时候，我们这才能够真切地深味到自己的生命，而同时又倾耳于宇宙的大生命的鼓动。这并非如湖上的溜冰似的，毫不触着内部的深的水，却只在表面外面滑过去的俗物生活。待到在自我的根柢中的真生命和宇宙的大生命相交感，真的艺术鉴赏乃于是成立。这就是不单是认识事象，乃是将一切收纳在自己的体验中而深味之。这时所得的东西，则非 knowledge 而是 wisdom，非 fact 而是 truth，而又在有限（finite）中见无限（infinite），在"物"中见"心"。这就是自己活在对象之中，也就是在对象中发见自己。利普斯（Th. Lipps）一派的美学者们以为美感的根柢的那感情移入（Einfuehlung）的学说，也无非即指这心境。这就是读者和作家都一样地所度的创造生活的境地。我曾经将这事广泛地当作人类生活的问题，在别一小著里说过了。[9]

## 五　文艺鉴赏的四阶段

现在约略地立了秩序，将文艺鉴赏者的心理过程分解起来，我以为可以分作下面那样的四阶段：

### 第一　理知的作用

有如懂得文句的意义，或者追随内容的事迹，有着兴会之类，都是第一阶段。这时候为作用之主的，是理知（intellect）的作用。然而单是这一点，还不成为真为艺术的这文艺。此外

---

9　拙著《出了象牙之塔》中《观照享乐的生活》参照。

历史和科学底的叙述，无论甚么[10]，凡是一切用言语来表见的东西，先得用理知的力来索解，是不消说得的。但是在称为文学作品的之中，专以，或者概以仅诉于理知的兴味为事的种类的东西也很多。许多的通俗的浅薄的，而且总不能触着我们内生命这一类的低级文学，大抵仅诉于读者的理知的作用。例如单以追随事迹的兴味为目的而作的侦探小说、冒险谭、讲谈、下等的电影剧、报纸上的通俗小说之类，大概只要给满足了理知底好奇心（intellectual curiosity）就算完事。用了所谓"不知后事如何且听下回分解"这好奇心，将读者绊住。还有以对于所描写的事象的兴味为主的东西，也属于这一类。德国的学子称为"材料兴味"（Stoffinteresse）者，就是这个。或者描写读者所见所闻的人物、案件，或者揭穿黑幕；还有例如中村吉藏氏的剧本《井伊大老之死》，因为水户浪士的事件，报纸的社会栏上很热闹，于是许多人从这事的兴味，便去读这书，看这戏：这就是感着和著作中的事象有关系的兴味的。

对于真是艺术品的文学作品，低级的读者也动辄不再向这第一阶段以上前进。无论读了什么小说，看了什么戏，单在事迹上有兴味，或者专注于穿凿文句的意义的人们非常多。《井伊大老之死》的作者，自然是作为艺术品而写了这戏曲的，但世间一般的俗众，却单在内容的事件上牵了注意去。所以即使是怎样出色的作品，也常常因读者的种类如何，而被抹杀其艺术底价值。

### 第二　感觉的作用

在五感之中，文学上尤其多的是诉于音乐、色采之类的听

---

10　现代汉语常用"什么"。——编者

觉和视觉。也有像那称为英诗中最是官能底（sensuous）的吉兹（John Keats）的作品一样，想要刺激味觉和嗅觉的。又如神经的感性异常锐敏了的近代的颓唐（decadence）的诗人，即和波德莱尔等属于同一系的诸诗人，则尚以单是视觉、听觉——色和音——为不足，至有想要诉于不快的嗅觉的作品。然而这不如说是异常的例。在古今东西的文学中，最主要的感觉底要素，那不待言，是诉于耳的音乐底要素。

在诗歌上的律脚（meter）、平仄、押韵之类，固然是最为重要的东西，然而诗人的声调，大抵占着作为艺术品的非常紧要的地位。大约凡抒情诗，即多置重于这音乐底要素，例如爱伦·坡（Edgar Allan Poe）的《钟》（Bells），柯勒律治说是梦中成咏，自己且不知道什么时候写出的《忽必烈可汗》（Kubla Khan）等，都是诗句的意义——即上文所说的诉于理知的分子——几乎全没有，而以纯一的言语的音乐，为作品的生命。又如法兰西近代的象征派诗人，则于此更加意，其中竟有单将美人的名字列举至五十多行，即以此做成诗的音乐的。[11]

也如日本的三弦和琴，极为简单一样，因为日本人的对于乐声的耳的感觉，没有发达的缘故罢，日本的诗歌，是欠缺着在严密的意义上的押韵的——即使也有若干的例外。然而无论是韵文，是散文，如果这是艺术品，即无不以声调之美为要素。例如：

ほとつきす東雲どきの亂声[12] に
湖水は白き波たつらしも（与谢野夫人）
Hototogis Shinonome Doki no Ranjyo ni,

---

11　Catulle Mendès, Récapitulation. 1892.
12　此处日语现用"乱声"。——编者注

Kosui wa, hiroki Nami tatsu rashi mo.

杜鹃黎明时候的乱声里,

湖水是生了素波似的呀。

的一首,耳中所受的感得,已经有着得了音乐底调和的声调之美,这就是作为叙景诗而成功了的原因。

## 第三 感觉的心象

这并非立即诉于感觉本身,乃是诉于想象底作用,或者唤起感觉底的心象来。就是经过了第一的理知、第二的感觉等作用,到这里才使姿态、景况、音响等,都在心中活跃,在眼前仿佛。现在为便宜起见,即以俳句为例,则如:

鱼鳞满地的鱼市之后呵,夏天时候。　　　　　　子规

白天的鱼市散了之后,市场完全静寂。而在往来的人影也显得萧闲的路上,处处散着银似的白色的鳞片,留下白昼的余痕。当这银鳞闪烁地被日光映着的夏天向晚,缓缓地散策时候的情景,都浮在读者的眼前了。单是这一点,这十七字诗之为艺术品,就俨然地成功着。又如:

五月雨里,遮不住的呀,濑田的桥。　　　　　　芭蕉

近江八景之一,濑田的唐桥,当梅雨时节,在烟雾模胡[13]中,漆黑地分明看见。是暗示着墨画山水似的趣致的。尤其使第一、第二两句的调子都恍忽[14],到第三句“濑田的桥”才见斤两的这一句的声调,就巧妙地帮衬着这暗示力。就是第二的感觉的作用,对于这俳句的鉴赏有着重大的帮助,心象和声调完

---

13　现代汉语常用“模糊”。——编者注
14　现代汉语常用“恍惚”。——编者注

全和谐，是常为必要条件之一的。

然而以上的理知作用、感觉作用和感觉底心象，大概从作品的技巧底方面得来，但是这些，不过能动意识的世界的比较底表面底的部分。换了话说，就是以上还属于象征的外形，只能造成在读者心中所架起的幻想梦幻的显在内容即梦的外形；并没有超出道理和物质和感觉的世界去。必须超出了那些，更加深邃地肉薄突进到读者心中深处的无意识心理，那刺激底暗示力触着了生命的内容的时候，在那里唤起共鸣共感来，而文艺的鉴赏这才成立。这就是说打动读者的情绪、思想、精神、心气的意思，这是作品鉴赏的最后的过程。

## 第四　情绪、思想、精神、心气。

到这里，作者的无意识心理的内容，这才传到读者那边，在心的深处的琴弦上唤起反响来，于是暗示遂达了最后的目的。经作品而显现的作家的人生观、社会观、自然观、或者宗教信念，进了这第四阶段，乃触着读者的体验的世界。

因为这第四者的内容，包含着在人类有意义的一切东西，所以正如人类生命的内容的复杂似的也复杂而且各样。要并无余蕴地来说完他，是我们所不能企及的。那美学家所说的美底感情——即视鉴赏者心中的琴弦上所被唤起的震动的强弱大小之差，将这分为崇高（sublime）和优美（beautiful），或者从质的变化上着眼，将这分为悲壮（tragic）和诙谐（humour），并加以议论，就不过是想将这第四的阶段分解而说明之的一种尝试。

凡在为艺术的文学作品的鉴赏，我相信必有以上似的四阶段。

但这四阶段，也因作品的性质，而生轻重之差。例如在散文、小说，尤其是客观底描写的自然派小说，或者纯粹的叙景诗——即如上面引过的和歌俳句似的——等，则第三为止的阶段很着重。在抒情诗，尤其是在近代象征派的作品，则第一和第三很轻，而第二的感觉底作用立即唤起第四的情绪主观的震动（vibration）。在易卜生一流的社会剧、问题剧、思想剧之类，则第二的作用却轻。英吉利的萧、法兰西的勃里欧（E. Brieux）的戏曲，则并不十足地在读者、看客的心里，唤起第三的感觉底心象来，而就想极刻露极直截地单将第四的思想传达，所以以纯艺术品而论，在时竟成了不很完全的一种宣传（propaganda）。又如罗曼派[15]的作品，诉于第一的理知作用者最少；反之，如古典派，如自然派，则打动读者理知的事最大。

便是对于同一的作品，也因了各个读者，这四阶段间生出轻重之差。既有如上文说过那样的低级的读者和看客对于戏曲、小说似的，专注于第一的理知作用，单想看些事迹者；也有只使第二、第三来作用，竟不很留意于藏在作品背后的思想和人生观的。凡这些人，都不能说是完全地鉴赏了作品。

## 六　共鸣底创作

我到这里，有将先前说过的创作家的心理过程和读者的来比较一回的必要。就是诗人和作家的产出底表现底创作，和读者那边的共鸣底创作——鉴赏，那心理状态的经过，是取着正相反的次序的，从作家心里的无意识心理的底里涌出来的东西，再凭了想象作用，成为或一个心象，这又经感觉和理知的构成作用，具了象征的外形而表现出来的，就是文艺作品。但在鉴赏者这一面，却先凭了

---

15　即"浪漫派""浪漫主义"。——编者注

理知和感觉的作用，将作品中的人物、事象等，收纳在读者的心中，作为一个心象。这心象的刺激底暗示性又深邃地钻入读者的无意识心理的底里，就在上文说过的第四的思想、情绪、心气等无意识心理的底里所藏的生命之火上，点起火来。所以前者是发源于根本即生命的核仁，而成了花成了实的东西；后者这一面，则从为花为实的作品，以理知感觉的作用，先在自己的脑里浮出一个心象来，又由这达到在根本处的无意识心理即自己生命的内容去。将这用图来显示则如下：

$$作品 \begin{cases} 被象征化 \\ 了的表现 \end{cases} \begin{matrix} \leftarrow理知感觉\leftarrow心象\leftarrow作家的无意识心理 \\ \rightarrow理知感觉\rightarrow心象\rightarrow读者的无意识心理 \end{matrix}$$

作家的心底径路，所以是综合底，也是能动底，读者的是分解底，也是受动底。将上面所说的鉴赏心理的四阶段颠倒转来，看作从第四起，向着第一那方面进行，这就成了创作家的心理过程。换了话说，就是从生命的内容突出，向意识心理的表面出去的是作家的产出底创作；从意识心理的表面进去，向生命的内容突入的是共鸣底创作即鉴赏。所以作家和读者两方面，只要帖然无间地反复了这一点同一的心底过程，作品的全鉴赏就成立。

托尔斯泰在《艺术论》(英译 *What is Art?* )里，排斥那单以美和快感之类来说明艺术本质的古来的诸说，定下这样的断案：

　　一个人先在他自身里，唤起曾经经验过的感情来，在他自身里既经唤起，便用诸动作、诸线、诸色、诸声音，或诸以言语表出的形象，这样的来传这感情，使别人可以经验这同一的感情——这是艺术的活动。

> 艺术是人类活动，其中所包括的是一个人用了或一种外底记号，将他曾经体验过的种种感情，意识底地传给别人，而且别人被这些感情所动，也来经验他们。

托尔斯泰的这一说，固然是就艺术全体立言的。但倘若单就文学着想，而且更深更细地分析起来，则在结论上，和我上来所说的大概一致。

到这里，上文说过的印象批评的意义，也就自然明白了罢。即文艺既然到底是个性的表现，则单用客观底的理知底法则来批判，是没有意味的。批评的根柢，也如创作的一样，在读者的无意识心理的内容，已不消说。即须经过了理知和感觉的作用，更其深邃地到达了自己的无意识心理，将在这无意识界里的东西唤起，到了意识界，而作品的批评这才成立。即作家那一面，因为原从无意识心理那边出来，所以对于自己的心底径路，并不分明地意识着。而批评家这一面却相反，是因了作品，将自己的无意识界里所有的东西——例如看悲剧时的泪——重新唤起，移到意识界的，所以能将那意识——即印象——尽量地分解、解剖。阿诺德（Matthew Arnold）曾经说，以文艺为"人生的批评"（a criticism of life）。但是文艺批评者，总须是批评家由了或一种作品，又说出批评家自己的"人生的批评"的东西。

# 第三 关于文艺的根本问题的考察

## 一 为预言者的诗人

我相信将以上的所论作为基础，实际地应用起来，便可以解决一般文艺上的根本问题。现在要避去在这里一一列举许多问题之烦，单取了文学研究者至今还以为疑问的几个问题，来显示我那所说的应用的实例，其余的便任凭读者自己的考察和批判去。本章所说的事，可以当作全是从以上说过的我那《创作论》和《批评论》当然引申出来的系论（corollary）看，也可以当作注疏看的。

文艺者，是生命力以绝对的自由而被表现的唯一的时候。因为要跳进更高、更大、更深的生活去的那创造的欲求，不受什么压抑拘束地而被表现着，所以总暗示着伟大的未来。因为自过去以至现在继续不断的生命之流，惟独在文艺作品上，能施展在别处所得不到的自由的飞跃，所以能够比人类的别样活动——这都从周围受着各种的压抑——更其突出向前，至十步，至二十步，而行所谓"精神底冒险"（spiritual adventure）。超越了常识和物质、法则、因袭、形式的拘束，在这里常有新的世界被发见、被创造。在政治上经济上社会上还未出现的事，文艺上的作品里却早经暗示着，启示着的缘由，即全在于此。

卡莱尔（Th. Carlyle）在那《英雄崇拜论[1]》（*On Heroes, Hero-Worship and the Heroic in History*）和《彭斯论》（*An Essay on Burns*）中，曾指出腊丁[2]语的 Vates 这字，最初是预言者的意思，后来转变，

---

1 现译"论英雄、英雄崇拜和历史上的英雄业绩"。——编者注
2 现译"拉丁"。——编者注

也用到诗人这一个意义上去了。诗人云者，是先接了灵感，预言者似的唱歌的人；也就是传达神托，将常人所还未感得的事，先行感得，而宣示于一代的民众的人。是和将神意传给以色列百姓的古代的预言者是一样人物的意思。罗马人又将这字转用，也当作教师的意义用了的例子，则尤有很深的兴味。诗人——预言者——教师，这三样人物，都用 Vates 这一字说出来，于此就可以看见文艺家的伟大的使命了。

文艺上的天才，是飞跃突进的"精神底冒险者"。然而正如一个英雄的事业的后面，有着许多无名的英雄的努力一样，在大艺术家的背后，也不能否认其有"时代"，有"社会"，有"思潮"。既然文艺是尽量地个性的表现，而其个性的别的半面，又有带着普遍性的普遍的生命，这生命即遍在于同时代或同社会或同民族的一切的人们，则诗人自己来作为先驱者而表现出来的东西，可以见一代民心的归趣，暗示时代精神的所在，也正是当然的结果。在这暗示着更高更大的生活的可能这一点上，则文艺家就该如佩特所说似的，是"文化的先驱者"。

凡在一个时代一个社会，总有这一时代的生命，这一社会的生命继续着不断的流动和变化。这也就是思潮的流，是时代精神的变迁。这是为时运的大势所促，随处发动出来的力。当初几乎并没有什么整然的形，也不具体系，只是茫漠地不可捉摸的生命力。艺术家之所表现者，就是这生命力，决不是固定了凝结了的思想，也不是概念；自然更不是可称为什么主义之类的性质的东西。即使怎样地加上压抑作用，也禁压抑制不住，不到那要到的处所，便不中止的生命力的具象底表现，是文艺作品。虽然潜伏在一代民众的心胸的深处，隐藏在那无意识心理的阴影里，尚只为不安焦躁之心所催促，而谁也不能将这捕捉住、表现出，艺术家却仗了特异的天才的力，给以表现，加以象征化而为"梦"的形状。赶早地将这把握得、表现出、反映出来的东西，是文艺作品。如果这已经编成一个有体系的思想或观念，便成为哲学，为学说；又如这思想和学说被实现于实行的世界上的时候，则为政治运动，为社会运动，轶³出艺术的圈外去了。这样的现象，是过去的文艺史屡次证明的事实，在法兰西革命前，卢梭（J. J. Rousseau）这些人们的罗曼主义的文学是其先驱；更近的事，则在维多利亚朝的保守底贵族底英国转化为现在的民主底社会主义底英国之前，自前世纪末，已有萧和威尔斯的打破因袭的文学起来，比这更早，法兰西颓唐派的文学也已输入顽固的英国，近代英国的激变，早经明明白白地现于诗文上面了。看日本的例也如此，赖山阳的纯文艺作品《日本外史》这叙事诗，是明治维新的先驱，日、俄战后所兴起的自然主义文学的运动，早就是最近的民治运动和因袭打破社会改造运动的先驱，都是一无可疑的文明史底事实。又就文艺作品而论，则最为原始底而且简单的童谣和流行呗之类，是民众的自然流露的声音，其能洞达时势，暗示大势的潜移默化的事，实不但外国的古代为然，即在日本的历史上，也是屡见的现象。古时，则见于《日本纪》的谣歌（Wazauta），就是纯粹的民谣，预言国民的吉凶祸福的就不少。到了一直近代，则从德川末年至明治初年之间民族生活摇动时代的流行呗（Hayariuta）之类，是怎样地痛切的时代生活的批评、预言、警告，便是现在，不也还在我们的记忆上么？

美国的一个诗人的句子有云：

First from the people's heart must spring

The passions which he learns to sing;

---

3　现代汉语常用"轶"。——编者注

They are the wind, the harp is he,

To voice their fitful melody.

——B. Taylor, *Amran's Wooing.*

先得从民众的心里

跳出他要来唱歌的情热；

那（情热）是风，箜篌是他，

响出他们（情热）的繁变的好音。

——泰勒《安兰的求婚》

情热，这先萌发于民众的心的深处，给以表现者，是文艺家。有如将不知所从来的风捕在弦索上，以经线发出殊胜的妙音的 Aeolian lyre（风籁琴）一样，诗人也捉住了一代民心的动作的机微，而给以艺术底表现。是天才的锐敏的感性（sensibility），赶早地抓住了没有"在眼里分明看见"的民众的无意识心理的内容，将这表现出来。在这样的意义上，则在十九世纪初期的罗曼底时代，见于雪莱和拜伦的革命思想，乃是一切的近代史的预言；自此更以后的卡莱尔、托尔斯泰、易卜生、梅特林克、布朗宁，也都是新时代的预言者。

从因袭道德、法则、常识之类的立脚地看来，所以文艺作品也就有见得很横暴不合宜的时候罢。但正在这超越了一切的纯一不杂的创造生活的所产这一点上，有着文艺的本质。是从天马（Pegasus）似的天才的飞跃处，被看出伟大的意义来。

也如预言者每不为故国所容一样，因为诗人大概是那时代的先驱者，所以被迫害，被冷遇的例非常多。布莱克直到百年以后，才为世间所识为例，是最显著的一个；但如雪莱，如斯温伯恩，如布朗宁，又如易卜生，那些革命底反抗底态度的诗人底预言者，大抵在他们的前半生，或则将全身世，都送在辗轲不遇之中的例，可更其是不遑枚举了。如便是福楼拜（G. Flaubert），生前也全然不被欢迎的事实，或如乐圣跋格纳尔，到得了巴伦王路特惠锡（Ludwig）的知遇为止，早经过很久的飘零落魄的生涯之类，在今日想起来，几乎是莫名其妙的事。

古人曾说："民声，神声也。"（Vox populi, vox Dei.）传神声者，代神叫喊者，这是预言者，是诗人。然而所谓神，所谓 inspiration（灵感）这些东西，人类以外是不存在的。其实，这无非就是民众的内部生命的欲求；是潜伏在无意识心理的阴影里的"生"的要求。是当在经济生活、劳动生活、社会生活、政治生活等的时候、受着物质主义、利害关系、常识主义、道德主义、因袭法则等类的压抑束缚的那内部生命的要求——换句话，就是那无意识心理的欲望，发挥出绝对自由的创造性，成为取了美的梦之形的"诗"的艺术，而被表现。

因为称道无神论而逐出大学，因为矫激的革命论而失了恋爱，终于淹在司沛企亚⁴的海里，完结了可怜的三十年短生涯的抒情诗人雪莱，曾有托了怒吹垂歇的西风，披陈遐想的有名的大作，现在试看他那激调罢：

Drive my dead thought over the universe

    Like withered leaves to quicken a new birth!

  And, by the incantation of this verse,


    Scatter as from an unextinguished hearth

      Ashes and sparks, my words among mankind!

  Be through my lips to unawakened earth

---

4　现译"斯佩齐亚"。——编者注

The trumpet of a prophecy！ O Wind,

If winter comes, can spring be far behind?

——Shelley, *Ode to the West Wind.*

在宇宙上驰出我的死的思想去，

如干枯的树叶，来鼓舞新的诞生！

而且，仗这诗的咒文，

从不灭的火炉中,（撒出）灰和火星似的,

向人间撒出我的许多言语！

经过了我的口唇，向不醒的世界

去作预言的喇叭罢！阿，风呵,

如果冬天到了，春天还会远么？

——雪莱《寄西风之歌》

在自从革命诗人雪莱叫着"向不醒的世界去作预言的喇叭罢"的这歌出来之后，经了约一百余年的今日，波尔雪维主义已使世界战栗，叫改造求自由的声音，连地球的两隅也遍及了。是世界的最大的抒情诗人的他，同时也是大的预言者的一个。

## 二　理想主义与现实主义

或人说，文艺的社会底使命有两方面。其一是那时代和社会的诚实的反映，别一面是对于那未来的预言底使命。前者大抵是现实主义（realism）的作品，后者是理想主义（idealism）或罗曼主义

（romanticism）的作品。但是从我的《创作论》的立脚地说，则这样的区别几乎不足以成问题。文艺只要能够对于那时代那社会尽量地极深地穿掘进去，描写出来，连潜伏在时代意识社会意识的底的底里的无意识心理都把握住，则这里自然会暗示着对于未来的要求和欲望。离了现在，未来是不存在的。如果能够描写现在，深深的<sup>5</sup>彻到核仁，达了常人凡俗的目所不及的深处，这同时也就是对于未来的大的启示、的预言。从弗洛伊德一派的学子为梦的解释而设的欲望说、象征说说起来，那想从梦以知未来的梦占（详梦），也不能以为一定不过是痴人的迷妄。正一样，经了过去、现在而梦未来的是文艺。倘真是突进了现在的生命的中心，在生命本身既有着永久性、普遍性，则就该经了过去，现在而未来即被暗示出。用譬喻来说，就如名医诊察了人体，真确地看破了病源，知道了病苦的所在，则对于病的疗法和病人的要求，也就自然明白了。说是不知道为病人的未来计的疗法者，毕竟也还是对于病人现在的病状，错了诊断的庸医的缘故。这是从我的在先论那创作，提起左拉的著作那一段，<sup>6</sup>也就明了的罢。我想，倘说单写现实，然而不尽他对于未来的预言底使命的作品，毕竟是证明这作为艺术品是并不伟大的，也未必是过分的话。

## 三　短篇《项链》

莫泊桑（Guy de Maupassant）的短篇，而且有了杰作之一的定评的东西之中，有一篇《项链》（*La Parure*）。事情是极简单的——

一个小官的夫人，为着要赴夜会，从熟人借了钻石的项链，出去了。当夜，在回家的途中，却将这东西失去。于是不得已，和丈夫商议，借了几千金，买一个照样的项链去赔偿。从此至于十年之久，为了还债，拼命地节俭，劳作着，所过的全是没有生趣的长久的时光。待到旧债渐得还清了的时候，详细查考起来，才知道先前所借的是假钻石，不过值到百数元钱罢了。

假使单看梦的外形的这事象，像这小话，实在不过是极无聊的一篇闲话罢。统诗歌、戏曲、小说一切，所以有着艺术底创作的价值的东西，并不在乎所描写的事象是怎样。无论这是虚造，是事实，是作家的直接经验，或间接经验，是复杂，是简单，是现实底，是梦幻底，从文艺的本质说，都不是问题。可以成为问题的，是在这作为象征，有着多少刺激底暗示力这一点。作者取这事象做材料，怎样使用，以创造了那梦。作者的无意识心理的底里，究竟潜藏着怎样的东西？这几点，才正是我们应当首先着眼的处所。这项链的故事，莫泊桑是从别人听来，或由想象造出，或采了直接经验，这些都且作为第二的问题；这作家的给与这描写以可惊的现实性，巧妙地将读者引进幻觉的境地，暗示出那刹那生命现象之"真"的这伎俩，就先使我们敬服。将人生的极冷嘲底（ironical）的悲剧底的状态，毫不堕入概念底哲理，暗示我们，使我们直感底地，正是地，活现地受纳进去，和生命现象之"真"相触，给我们写得可以达到上文说过的鉴赏的第四阶段的那出色的本领，就足以惊人了。这个闲话，毕竟不过是当作暗示的家伙用的象征。莎士比亚在那三十七篇戏曲里，是将胡说八道的历史谭、古话、妇女子的胡诌、报纸上社会栏的记事似的丛谈作为材料，而纵横无尽地营了他的创造创作的生活的。

但莫泊桑倘若在最先，就想将那可以称为"人生的冷嘲（irony）"这一个抽象底概念，意识地表现出，于是写了这《项链》，则以艺术品而论，这便简单得多，而且堕入低级的讽喻（allegory）式一类里，更不能显出那么强有力的现实性、实感味来，因此在作为"生命的表现"这一点上，一定是失败的了。怕未必能够使那可怜的官吏的夫妇两个，活现地、各式各样地在我们的眼前活跃了罢。正因为在莫泊桑无意识心理中的苦闷，梦似的受了象征化，这一篇《项链》才能成为出色的活的艺术品，而将生命的震动，传到读者的心中，并且引诱读者，使他也做一样的悲痛的梦。

有些小说家，似乎竟以为倘不是自己的直接经验，便不能作为艺术品的材料。胡涂之至的谬见而已。设使如此，则为要描写窃贼，作家便该自己去做贼，为要描写害命，作家便该亲手去杀人了。像莎士比亚那样，从王侯到细民，从弑逆，从恋爱，从见鬼，从战争，从重利盘剥者，从什么到什么，都曾描写了的人，如果一一都用自己去直接经验来做去，则人生五十年不消说，即使活到一百年一千年，也不是做得到的事。倘有描写了奸情的作家，能说那小说家是一定自己犯了奸的么？只要描出的事象，俨然成功了一个象征，只要虽是间接经验，却也如直接经验一般描写着，只要虽是向壁虚造的杜撰，却也并不像向壁虚造的杜撰一般描写着，则这作品就有伟大的艺术底价值。因为文艺者，和梦一样，是取象征底表现法的。

关于直接经验的事，想起一些话来了。一向道心坚固地修行下来，度着极端的禁欲生活的一个和尚，却咏着俨然的恋的歌。见了这个，疑心于这和尚的私行的人们很不少。虽然和尚，也是人的儿。即使直接经验上没有恋爱过，但在他的体验的世界里，也会有美人，有恋爱；尤其是在性欲上加了压抑作用的精神底伤害，自然有着的罢。我想，我们将这看作托于称为"歌"的一个梦之形而出现，是并非无理的。

再一想和尚的恋歌的事，就带起心理学者所说的二重人格（double personality）和人格分裂这些话来了。就如那斯蒂文森（R. L. Stevenson）的杰作，有名的小说"*Dr. Jekyll and Mr. Hyde*"里面似的，同一人格，而可以看见善人的 Jekyll 和恶人的 Hyde 这两个精神状态。这就可以看作我首先说过的两种力的冲突，受了具象化的。我以为所谓人的性格上有矛盾，究竟就可以用这人格的分裂，二重人格的方法来解释。就是一面虽然有着罪恶性，而平日总被压抑作用禁在无意识中，不现于意识的表面。然而一旦入了催眠状态，或者吟咏诗歌这些自由创造的境地的时候，这罪恶性和性底渴望便突然跳到意识的表面，做出和那善人那高僧平日的意识状态不类的事，或吟出不类的歌来。如佛教上所谓"降魔"，如福楼拜的小说《圣安敦的诱惑[7]》（*La Tentation de Saint Antoine*）那样的时候，大约也就是精神底伤害的苦闷，从无意识跳上意识来的精神状态的具象化。还有，平素极为沉闷的憎人底（misanthropic）的人们里，滑稽作家却多，例如夏目漱石氏那样正经的阴郁的人，却是做《哥儿》和《咱们是猫[8]》的 humorist，如斯威夫特（J. Swift）那样的人，却做《桶的故事》（*Tale of a Tub*），又如据最近的研究，谐谈作者十返舍一九，是一个极其沉闷的人物。凡这些，我相信也都可以用这人格分裂说来解释。这岂不是因为平素受着压抑，潜伏在无意识的圈内的东西，只在纯粹创造那文艺创作的时候，跳到表面，和自己意识联结了的缘故么？精神分析学派的人们中间，也有并用这来解释cynicism（嘲弄）之类的学者。

---

7　现译"圣安东的诱惑"。——编者注
8　现译"我是猫"。——编者注

将艺术创作的时候，用比喻来说，就和酒醉时相同。血气方刚的店员在公司或银行的办公室里，对着买办和分行长总是低头。这是因为连那利害攸关的年底的花红也会有影响，所以自己加着压抑作用的。然而在宴席上，往往向老买办或课长有所放肆者，是酩酊的结果，利害关系和善恶批判的压抑作用都已除去，所以现出那真生命猛然跃出的状态来。至于到了明天，去到买办那里，从边门向太太告罪，拜托成全的时候，那是压抑作用又来加了盖子，塞了塞子，所以变成和前夜似像非像的别一人了。罗马人曾说："酒中有真。"（In vino veritas.）正如酩酊时候一样，艺术家当创作之际，则表现着纯真，最不虚假的自我。和供奉政府的报馆主笔做着论说时候的心理状态，是正相反对的。

## 四　白日的梦

自古以来，屡屡说过诗人和艺术家等的 inspiration 的事。译起来，可以说是"神来的灵兴"罢，并非这样的东西会从天外飞下，这毕竟还是对于从作家自身的无意识心理的底里涌出来的生命的跳跃，所加的一个别名。是真的自我，真的个性。只因为这是无意识心理的所产，所以独为可贵。倘是从显在意识那样上层的表面的精神作用而来的东西，则那作品便成为虚物、虚事，更不能真将强有力的振动，传到读者那边的中心生命去。我相信那所谓制作感兴（Schaffensstimmung），也就是从深的无意识心理的底里出来的东西。

作品倘真是作家的创造生活的所产，则作为对象而描写在作品里的事象，毕竟就是作家这人的生活内容。描写了"我"以外的人物事件，其实却正是描出"我"来。——鉴赏者也因了深味这作品，而发见鉴赏者自己的"我"。所以为研究或一种作品计，即有知道那作家的阅历和体验的必要，而凭了作品，也能够知道作家的人。哈里斯（Frank Harris）曾经试过，不据古书旧记之类，但凭莎士比亚的戏曲，来论断为"人"的莎士比亚。这虽然是足以惊倒历来专主考据的学究们的大胆的态度，但我相信这样的研究法也有着十分的意义。和歌德的《威绥的烦恼》一起，并翻那可以当作他的自传的《诗与真》（*Dichtung und Wahrheit*），和卢梭的《新爱罗斯[9]》（*Julie, ou La Nouvelle Héloise*）这恋爱谭一起，并读他的《自白[10]》（*Confessions*）第九卷的时候，在实际生活上败于恋爱的这些天才的心底的苦闷，怎样地作为"梦"而象征化于那些作品里，大概就能够明白地知道了。

见了我以上所说，将文艺创作的心境，解释作一种的梦之后，读者试去一查古来许多诗人和作家对于梦的经验如何着想，大概就有"思过半矣"的东西了。我从最近读过的与谢野夫人随笔集《爱和理性及勇气[11]》这一本里，引用了下面的一节，以供参考之便罢：

　　古人似的在梦中感得好的诗歌那样的经验虽然并没有，然而将小说和童话的构想在梦里捉住的事，却是常有的。这些里面，自然也有空想底的东西，但大约因为在梦里，意识便集中在一处，辉煌起来了的缘故罢，不但是微妙的心理和复杂的生活状态，比醒着时可以更其写实底地观察，有时竟会适当地配好了明暗度，分明地构成了一个艺术品，立体底地浮了出来。我想，在这样的时候，和所谓人在做梦，并不是睡着，乃是正做着为艺术家的最纯粹的活动这些话，是相合的。

　　还有，平生惘然地想着的事，或者不知道怎么解释才好，

9　现译"新爱洛伊丝"。——编者注
10　现译"忏悔录"。——编者注
11　现译"爱，理性以及勇气"。——编者注

64

没法对付的问题之类，有时也在梦中明明白白地有了判断。在这样的时候，似乎觉得梦和现实之间，并没有什么界线。虽这样说，我是丝毫也不相信梦的，但以为小野小町爱梦的心绪，在我仿佛也能够想象罢了。

不独创作，即鉴赏也须被引进了和我们日常的实际生活离开的"梦"的境地，这才始成为可能。向来说，文艺的快感中，无关心（disinterestedness）是要素，也就是指这一点。即惟其离了实际生活的利害，这才能对于现实来凝视、静观、观照，并且批评、味识。譬如见了动物园里狮子的雄姿，直想到咆哮山野时的生活的时候，假使没有铁栅这一个间隔，我们便为了猛兽的危险就要临头这一种恐怖之故，想凝视静观狮子的真相，也到底不可能了。因为这里有着铁栅，隔开彼我，置我们于无关心的状态，所以这艺术底观照遂成立。假如一个穿着时髦的惹厌的服饰的男人，绊在石头上跌倒了，这确乎是一场滑稽的场面。然而，倘使那人是自己的亲弟兄或是什么，和自己之间有着利害关系或有实际上的 interest，则我们岂不是不能将这当作一场痛快的滑稽味么？惟其和自己的实际生活之间，存着或一余裕和距离，才能够对于作为现实的这场面，深深地感受、赏味。用了引用在前的与谢野夫人的话来说，就是在"梦"中，即更能够写实底地观察，更能够做出为艺术家的活动来。有人说过，五感之中，为艺术的根本的，只有视觉和听觉。就是这两种感觉，不像别的味觉、嗅觉、触觉那样，为直接底实际底，而其间却有距离存在；也就是视觉和听觉，是隔着距离而触的。纵使是怎样滑软的天鹅绒、可口的肴馔，决不是完全的诗，也决不是什么艺术品。厨子未必能称为艺术家罢。在触觉、味觉之间，没有这"间隔"，所以是不能自己走进文艺的领地的感觉。因为这要作为艺术底，则还过于肉感底，过于实际底的缘故；因为和狮子的槛上没有铁栅时候一样的缘故。——以上的所谓"梦"，是说离开着"实际底"（practical）的生活的意思。更加适当的说，即无非是"已觉者的白日的梦"，诗人之所谓"waking dream"。

这"非实际底"的事，能使我们脱离利己底情欲及其他各样杂念之烦，因而营那绝对自由不被拘囚的创造生活。即凡有一切除去压抑而受了净化的艺术生活、批评生活、思想生活等，必以这"非实际底""非实利底"为最大条件之一而成立。见美人欲取为妻，见黄金想自己富，那是吾人的实际生活上的心境，假使仅以此终始，则是动物生活，不是有着灵底精神底方面的真的人类生活了。我们的生活，是从"实利""实际"经了净化，经了醇化，进到能够"离开着看"的"梦"的境地，而我们的生活这才被增高、被加深、被增强、被扩大的。将浑沌地无秩序无统一似的这世界，能被观照为整然的有秩序有统一的世界者，只有在"梦的生活"中。拂去了从"实际底"所生的杂念的尘昏，进了那清朗一碧，宛如明镜止水的心境的时候，于是乃达于艺术底观照生活的极致。[12]

这样子，在"白日的梦"里，我们的肉眼合，而心眼开。这就是入了静思观照的三昧境的时候。离开实行，脱却欲念，遁出外围的纷扰，而所至的自由的美乡，则有睿智的灵光，宛然悬在天心的朗月似的，普照着一切。这幻象，这情景，除了凭象征来表现之外，是别无他道的。

不但文学，凡有一切的艺术创作，都是在看去似乎浑沌的不统一的日常生活的事象上，认得统一，看出秩序来。就是仗着无意识心理的作用，作家和鉴赏者，都使自己的选择作用动作。凭了人们各各的选择作用，从各样的地位，用各样的态度，那有着统一的创

12 《出了象牙之塔》九一至九八页说"观照"的意义这一项参照。

造创作，就从这浑沌的事象里就绪了。用浅近的例来说，就譬如我的书斋里，原稿、纸张、文具、书籍、杂志、报章等等，纷然杂然地放得很混乱。从别人的眼睛看去，这状态确乎是浑沌的。但是我，却觉得别人进了这屋子里，即单用一个指头来一动就不愿意。在这里，用我自己的眼睛看去，是有着俨然的秩序和统一的。倘若由使女的手一整理，则因为经了从别人的地位看来的选择作用之故，紧要的原稿误作废纸，书籍的排列改了次序，该在手头的却在远处了，于我就要感到非常之不便。一到换了地位和态度来看事物，则因各人而有差异不待言，即在同一人，也能看出不同的统一。文艺的创作之所以竭力以个性为根基的原因就在此。譬如对于同一的景物，A看来和B看来，所看取的东西就很两样。还有从东看的和从西看的，或者从左右上下，各因了地位之差，各行其不同的选择作用。这和虽是同一人看同一对象，从胯下倒看的风景，和普通直立着所见的风景全然异趣，是一样的。——顺便说，不知道"艺术底"地来看自然人生的形式、法则的万能主义者或道学先生之流，比方起来，就如整理我的书斋的使女，什么也不懂，单靠着书籍的长短、颜色，或者单是用了因袭底的想法，来定砚匣和烟草盒的位置。于是我这个人的书斋的真味，因此破坏了。

## 五 文艺与道德

到最后，我对于文艺和通常的道德的关系，还讲几句话罢："文艺描写罪恶，鼓吹不健全的思想，是不对的。""倘不是写些崇高的道念、健全的思想的东西，岂不是不能称为大著作么？"凡这些，都是没有彻底地想过文艺和人生的关系的人们所常说的话。但只要看我以上的所述，这问题也该可以明白了。就是文艺者，乃是生命这东西的绝对自由的表现；是离开了我们在社会生活、经济生活、劳动生活、政治生活等时候所见的善恶利害的一切估价，毫不受什么压抑作用的纯真的生命表现。所以是道德底或罪恶底，是美或是丑，是利益或不利益，在文艺的世界里都所不问。人类这东西，具有神性，一起也具有兽性和恶魔性，因此就不能否定在我们的生活上，有美的一面，而一起也有丑的一面的存在。在文艺的世界里，也如对于丑特使美增重，对于恶特将善高呼的作家之贵重一样，近代的文学上特见其多的恶魔主义的诗人——例如波德莱尔那样的"恶之华"的赞美者，自然派者流那样的兽欲描写的作家，也各有其十足的存在的意义。只是文学也如不以 moral 为必要条件一样，也原不以 immoral 为必要。这就如上文所说，因为是站在全然离开了通用于"实际底"的世界的一切估价的地位上的 non-moral 的东西。[13]

问者也许说：那么，在历来的文学里，将杀人、淫猥、贪欲之类作为材料的罪恶底的东西特别多，是什么缘故呢？从作家这一边说来，这就因为平时受着最多的压抑作用的生命的危险性、罪恶性、爆发性的一面，有着单在文艺的世界里自由地表现出来的倾向的缘故。又从读者、鉴赏者这一边说，则是因为惟有与文艺作品相对的时候，存在于人性中的恶魔性罪恶性乃离了压抑，于是和作品之间，起了共鸣共感，因而做着一种生命表现的缘故。只要人类的生命尚存，而且要求解放的欲望还有，则对于突破了压抑作用的那所谓罪恶，人类的兴味是永远不能灭的。便是文艺以外的东西，例如见于电影，报章的社会栏里的强盗、杀人、通奸等类的事件，不就是永远惹起人们的兴味的么？法兰西的古尔蒙（Remy de Gourmont）曾说，"有许多人都喜欢丑闻（scandal），就因为在别人的丑行的败露上，各式各样地给看那隐蔽着的自己的丑的缘故。"这就是我已经说过

---

13　拙著《出了象牙之塔》中《观照享乐的生活》第一节参照。

的那自己发见的欢喜的共鸣共感。

这样子，在文艺的内容中，有着人类生命的一切。不独善和恶，美和丑而已。和欢喜一起，也看见悲哀；和爱欲一起，也看见憎恶。和心灵的叫喊一起，也可以听到不可遏抑的欲情的叫喊。换句话，就是因为和人类生命的飞跃相接触，所以这里有道德和法律所不能拘的流动无碍的新天地存在。深的自己省察，真的实在观照，岂非都须进了这毫不为什么所因的"离开着看"的境地，这才成为可能的事么？——在这一点上，科学和文学都一样的。就是科学也还是和"实际底""实用底"的事离开着看的东西。两点之间的最短距离是直线，恶货币驱逐良货币，科学的理论这样说。然而这是道德底不是，是善还是恶，在科学都不问。为理论（theory）这字的语源的希腊语的 Theoria，是静观凝视观照的意思，而这又和戏场（Theatron）出于同一语源，从这样的点看来，也是颇有兴味的事。

# 六　酒与女人与歌

在以上似的意义上，"为艺术的艺术"（L'art pour L'art）这一个主张，是正当的。惟在艺术为艺术而存在，能营自由的个人的创造这一点上，艺术真是"为人生的艺术"的意义也存在。假如要使艺术隶属于人生的别的什么目的，则这一刹那间，即使不过一部分，而艺术的绝对自由的创造性也已经被否定、被毁损。那么，即不是"为艺术的艺术"，同时也就不成其为"为人生的艺术"了。

希腊古代的阿那克里翁（Anakreon）的抒情诗，波斯古诗人奥玛·海姆亚（Omar Khayyám）的四行诗（Rubáiyát），所歌的都是从酒和女人得来的刹那的欢乐。中世的欧洲大学的青年的学生，则说是"酒，女人，和歌"（Wein, Weib, und Gesang）。将这三种的享乐，合为一而赞美之。诚然，在这三者，确有着古往今来，始终使道学先生们颦蹙的共通性。即酒和女人是肉感底地，歌即文学是精神底地，都是在得了生命的自由解放和昂奋跳跃的时候，给与愉悦和欢乐的东西。寻起那根柢来，也就是出于离了日常生活的压抑作用的时候，意识地或无意识地，即使暂时，也想借此脱离人间苦的一种痛切的欲求。也无非是酒精陶醉和性欲满足，都与文艺的创作鉴赏相同，能使人离了压抑，因而尝得畅然的"生的欢喜"，经验着"梦"的心底状态的缘故。但这些都太偏于生活的肉感底感觉底方面，又不过是瞬息的无聊的浅薄的昂奋，这一点，和歌即文艺，那性质是完全两样的。[14]

---

14　我的旧著《文艺思潮论》六七页以下参照。

# 第四　文学的起源

## 一　祈祷与劳动

一切东西的发达，是从单纯进向复杂的。所以要明白或一事物的本质，便该先去追溯本源，回顾这在最真纯而且简单的原始时代的状态。

所谓生活着，即是寻求着。在人类的生活上，是一定有些什么缺陷和不满的。因此凡那力谋方法，想来弥补这缺陷和不满的欲求，也就可以看作生命的创造性。有如进了僧院，专度着禁欲生活的那修道之士，乍一看去，似乎是断绝了一切的欲求和欲望的了，但其实并不如此。他们是为更大的欲望所动，想借脱离了现世底的肉欲和物欲之类，以寻求真的自由和解放，而灵底地进到具足圆满的超然的新生活境里去。凡极端和极端，往往是相似的，生的欲求至于极度地强烈者，岂不是竟有将绝了生命本身的自杀行为，来使这欲求得以满足的时候么？

缺陷和不满者，就是生命的力在内底和外底两面都被压抑阻止着的状态，这也就是人类的懊恼、的苦闷。个人的生活，是欲望和满足的无限的连续，得一满足，便再生出其次的新的欲望来，于是从其次又到其次，无穷无尽地接下去。人类的历史也一样，从原始时代以至今日，不，更向着未来永劫，这状态也还是永久地反复着的。

为想解脱那压抑所生的苦闷，寻求畅然地自由的生命的表现，而得到"生的欢喜"起见，原始时代的人类怎么做了呢？和文明的进步一同，我们的生活，也就在精神底和物质底两方面都增起复杂的度数来，所以在现代，以至在未来，和变化的增加一同，也越发加多复杂性。但人类生命的本来的要求既没有变，换了话说，就是在根本上并不变化的人间性既然俨然存在，则见于原始人类的单纯生活的现象，便是在现在，在未来，也还是永久地反复着的。

表示欧洲中世培内狄克（Benedikt）派道院的生活的话里，有一句是"祈祷和劳动"（orare et laborare）。这所指的生活，和在日本的禅院里，托钵的和尚将衣食住一切事，也和坐禅以及勤行一同，作为宗教底的修养，以虔敬的心，自行处理的事，是一样的。和这相仿的事，也可以想到作为人类而过了极简单的生活的那原始人类去。就是原始时代的人们，为要满足那切近的日常生活上的衣食住之类的物底欲求，去做打猎耕田的劳动，而一面又跪在古怪的异教的神们的座下，向木石所做的偶像面前叩头。在这时代，作为生命宇宙的发现，最显著地牵惹他们的眼睛的有两样。换句话，就是他们将这两者作为对象，而描写其"梦"。这两者就是日月星辰和作为性欲的表象的那生殖器。在露天底下起卧，无昼无夜地，他们仰看天体，于是梦着主宰宇宙的不变的法则，和无始无终的悠久的世界；也认知了人类所无可如何的绝大的无限力。又转眼一看自己，则想到身内燃烧着的烈火似的欲望，以性欲为中心，达于白热点。在为人类的生活意志的最强烈的表现的那食欲和性欲之中，他们又知道前者即使不完全，也还借劳动可以得到，后者的欲求却尤为强有力的东西了。因为在两性相交而创造一个新的生命，借此保存种族这一个事实之前，他们是不禁生了最大的惊叹的。

## 二　原人的梦

他们将这两个现象放在两极端，而在那中间，梦见森罗万象，对之赞颂、礼拜、唱赞美歌、诵咒文、做祈祷。将自己生命的要求欲望，向这些客观界的具象底的事物放射出去，以行那极其幼稚简单的表现。生的跃动，使他们在有限界而神往于无限界，使他们希求绝大的欲望的充足的时候，这就生出原始宗教的最普通的形式的那天然神教和生殖器崇拜教来。倘将那因为欲求受了制限压抑而生的人间苦，和原始宗教，更和梦和象征，加了联络、思索起来，则聪明的读者，就该明白文艺起源，究在那里的罢。在原始时代的宗教的祭仪和文艺的关系，诚然是姊妹[1]，是兄弟。所谓"一切艺术生于宗教的祭坛"这句话的意思，也就可以明白了。无论在日本，在支那[2]，在埃及、希腊，在印度、巴勒斯丁[3]，或者在今日还是原始状态的蛮民的国土里，这种现象，都是可以指点出来的事实。

在原始状态的人类的欲求，是极其简单，而那表现也极其单纯。先从日常生活上的实利底的欲求发端，于是成立简单的梦。譬如苦于亢旱，求雨心切的时候，偶然望见云霓，则他们便祈天；祈天而雨下，则他们又奉献感谢和赞美。谷物、牲畜为水害、风灾所夺的时候，则他们诅咒这自然现象，但同时也必至于非常恐怖，畏惧的罢。因为他们对于自然力，抵抗的力量很微弱，所以无论对于地水火风，对于日月星辰，只是用了感谢、赞叹，或者诅咒、恐怖的感情去相向，于是乎星辰、太空、风、雨，便都成了被诗化，被象征化的梦而被表现。尤其是，在原始人类的幼稚的头脑里，自己和外界自然物的差别是很不分明的，因此就以为森罗万象都像自己一般的活着，而且还要看出万物的喜怒哀乐之情来。殷殷的雷鸣，当作

---

1　现代汉语常用"姐妹"。——编者注
2　此为鲁迅原译，原文并无贬义。"支那"一词是古代印度梵文中支那（China）的音译，也是古代欧亚大陆诸国对中国最流行的称呼。一般认为，中日签订《马关条约》后，日本侵略者开始使用"支那"称呼中国，并带有蔑视和贬义。——编者注
3　现译"巴勒斯坦"。——编者注

神的怒声，瞻望着鸟啼花放，便以为是春的女神的消息。是将这样的感情、这样的想象，作为一个摇篮，而诗和宗教这双生子，就在这里生长了。

比这原始状态更进一步去，则加上智力的作用，起了好奇心，也发生模仿欲。而且，先前的畏敬和恐怖，一转而为无限的信仰，也成为信赖。无论看见火，看见生殖器，看见猴子臀部的通红的地方，都想考究那些的由来，加上理由去，而终于向之赞颂、渴仰、崇拜。寻起根本来，也就是生命的自由的飞跃因为受了阻止和压抑而生苦闷，即精神底伤害，这无非就从那伤害发生出来的象征的梦。是不得满足的欲求，不能照样地移到实行的世界去的生的要求，变了形态而被表现的东西。诗是个人的梦，神话是民族的梦。

从最为单纯的原始状态看起来，祈祷礼拜时候的心绪，和在文艺的创作鉴赏时候的心境，是这样明白地有着一致，而且能够看见共通性的。

# 后记

镰仓十月的秋暖之日，厨川夫人和矢野君和我，站在先生的别邸的废墟上，沉在散漫的思想中的时候，掘土的工人寻出一个栗色纸的包裹，送到我们这里来了。那就是这《苦闷的象征》的原稿。

《苦闷的象征》是先生的不朽的大作的未定稿的一部分。将这未定稿遽向世间发表，在我们之间，最初也曾经有了不少的议论。有的还以为对于自己的著作有着锋利的良心的先生，怕未必喜欢这以推敲未足的就是如此的形式，便以问世的。

但是，本书的后半，是未经公表的部分居多。将深邃的造诣和丰满的鉴赏的力量，打成不可思议的融合的先生在讲坛上的丰采，不过在本书里，遗留少许罢了。因了我们不忍深藏筐底的心意，遂将这刊印出来。

题名的《苦闷的象征》，是出于本书前半在《改造》杂志上发表时候的一个端绪。但是，只要略略知道先生的内生活的人，大约就相信这题名用在先生的著作上，并没有什么不调和的罢。因为先生的生涯，是说尽在雪莱的诗的 "They learn in suffering what they teach in song." 这一句里的。

当本书校订之际，难决的处所，则请教于新村出、阪仓笃太郎两先生。而且，也受同窗的朋友矢野峰人氏的照应，都在此申明厚的感谢的意思。

本书中的《创作论》分为六节，虽然首先原有着《两种力》《创造生活的欲求》等的标记，但其余的部分，却并未设立这样的区分。不得已，便单据我个人的意见，分了节，又加上自信为适当的标题。此外关于本书的内容和外形，倘有些不备之处，那就是因为我的无知无识而致的：这也在此表明我的责任。

十三年二月二日，山本修二。

# 项链

[法]莫泊桑　著　　常惠　译


这是些美丽可爱的姑娘们中的一个，好像运命[1]的舛错，生在一个员司的家里。她没有妆奁，也没有别的希望，又没有一个法子让一个体面而且有钱的人结识、了解、爱惜、聘娶；她只得嫁了一个教育部的小书记。

她是朴素不能打扮，但是可怜如同一个破落户似的；因为妇女们本没有门第和种族的分别，她们的美貌、她们的丰姿和她们的妖冶就是她们的出身和家世。她们天生的聪颖、她们高雅的本能、她们性情的和蔼，乃是她们唯一的资格，可以使平凡的女子与华贵的夫人平等。

她觉得生来就是为过一切的雅致和奢华的生活，因此不住的痛苦。她痛恨住所的贫寒、墙壁的萧索、坐位[2]的破烂、幔帐的简陋。这些东西，在别的同她一样等级的妇人一点看不出，使她忧愁和使她愤怒。小女仆做她粗糙的杂事的影子竟引起她悲哀的感慨和狂乱的梦想。她梦想那些寂静的前厅，悬挂着东方的壁衣，高大的古铜灯照耀着，还有两个短裤的仆人，躺在宽大的椅中，被暖炉的热气烘得他们打盹儿。她幻想那些阔大的客厅里，装璜[3]着那古式的锦幕、精巧的木器，还陈设些珍奇的古玩，和那些雅洁、清馨的小

---

1　现代汉语常用"命运"。——编者注
2　现代汉语常用"座位"。——编者注
3　现代汉语常用"装潢"。——编者注

客室,为下午同一般最亲密的朋友,或为一般女人最仰慕,最乐于结识的男子们谈话之所。

当她坐下,吃晚饭的时候,在蒙着一块三天没洗的台布的圆桌前边,对面,她的丈夫掀起汤锅来,面带惊喜的神气:"呵!好香的肉汤!我觉得没有再比这好的了……"她就梦想到那些精致的晚餐、晶亮的银器、挂在墙上古代人物的和仙林奇异禽鸟的壁毯;她就梦想到上好的盘碟盛着的佳肴,又梦想到一种狡然微笑的听着那情话喁喁,更梦想到一边吃着鲈鱼的嫩肉或小鸡的翅膀。

她没有服装,没有珠宝,一无所有。然而她正是喜爱这些;她自己觉着生来是合于这些的。她极想望娇媚,得人艳羡,能够动人而脱俗。

她有一个阔朋友,在修道院时的一个同伴,她再不想去看望的了,看望回来她多么苦痛。她整天的哭,因为忧愁、悔恨、绝望和贫乏。

然而,一天晚上,她的丈夫回来,得意的神气手里拿着一个宽信封。

——看呀。他说,这里有点东西为你的。

她赶紧拆开信封,抽出一张印字的请柬,上面写着这些话:

"教育总长与柔惹朗伯那夫人恭请路娃栽先生及其夫人于一月十八日星期一惠临教育部礼堂夜会。"

她本该喜欢,像她的丈夫所想那样,但她忿然把请柬掷在桌上,嘟哝着:

——你要我把这怎样办呢?

——但是,我的亲爱的,我原想着你必喜欢。你从不出门,而这却是一个机会,这个,一个最好的!我多么费事才得到它。人人都惦记这个的：这是很难寻求并且不常给书记们。你在那儿可以看见一切的官员。

她用恼怒的眼睛瞧他，不耐烦的发作了：

——你打算让我身上穿什么去呢？

他没有料到这个，结结巴巴的说：

——就是你上戏园子穿的那件衣裳。我觉得很好，依我……

他住了口，惊愕，惶恐，因为见他的妻子哭了，两颗大的泪珠慢慢的顺着眼角流到嘴角来了。他吃吃的说：

——你怎么了？你怎么了？

但是，使着强烈的压力，她制住了她的悲痛并擦干她的潮湿的两腮，用平和的声音回答：

——没有什么。只是我没有服装所以我不能赴这宴会。把你的请柬送给别的同事，他那妻子比我打扮的好的吧。

他难受了，于是说：

——比如，马底尔得。那得值多少钱呢，一身合式[4]的衣服，让你在别的机会也还能穿的，要那最简素的东西？

她想了几秒钟，合计妥了并且还想好她能够要的钱数而不致招出这省俭的书记当时的拒绝和惊骇的声音来。

末了，她迟疑着答道：

——我不知道的确，但是我想差不多四百弗郎我可以办到。

他脸色有点白了，因为他正存着这么一笔款子为是买一杆猎枪好加入打猎的团体，到夏天，在南代尔平原，星期的日子，同着几个朋友在那儿打白鸽。

然而他说：

——就是罢。我给你四百弗郎，但是该当有一件好看的长衫。

---

4　现代汉语常用"合适"。——编者注

宴会的日子近了，但路娃栽夫人好像是郁闷、不安、忧愁。然而她的衣服却是做齐了。她的丈夫一天晚上对她说：

——你怎么了？看看，这三天来你是非常的奇怪。

她就回答道：

——所让我发愁的是没有一件首饰，连一块宝石都没有，没有可以戴的。我处处带着穷气。我很想不赴这宴会。

他于是说，

——你戴上几朵鲜花，在现在的节季[5]这是很时兴的。化[6]十个弗郎你就能买两三朵鲜艳的玫瑰。

她还是不听从。

——不……在阔太太们群里透着穷气是再没有那么寒碜的了。

她的丈夫大声说：

——你多么愚呀！去找你的朋友佛来思节夫人向她借几样珠宝。你同她很亲近，能做到这点事的。

她发出惊喜的呼声。

——真的，我倒没有想到这儿。

第二天她到她的朋友家里，向她述说她的困难。

佛来思节夫人走近她的嵌镜子的衣柜，取出一个宽的匣子拿过来，打开它，于是对路娃栽夫人说：

——挑吧，我的亲爱的。

她先看了几副镯子，后来是一挂珍珠的项圈，随又看见一支维尼先式的宝石和金镶的十字架，确是精巧的手工。她在镜子前边试这些首饰，犹豫了，舍不得把它们离开，把它们退还。她总是问：

——你再没有别的了么？

5　现代汉语常用"季节"。——编者注
6　现代汉语常用"花"。——编者注

——还有呢，找呵，我不知道那样 [7] 合你的意。

忽然她发见在一个青缎子的盒子里，一挂精美的钻石项链；她的心不能不因极度的愿望而跳起了。她两手拿的时候哆嗦了。她把它系在脖子上，在她的高领的长衣上，她甚至于站在自己面前木然神往了。

随后，她问，迟疑着，又很着急：

——你能借给我这样么，只要这样？

——自然，一定能的。

她搂住她的朋友的脖子，狂热的亲她，跟着拿起她的宝物就跑了。

宴会的日子到了。路娃栽夫人得了胜利。她比一切妇女们都美丽、雅致、风流、含笑而且乐得发狂。所有的男子都看她，打听她的名姓，求人给介绍。所有阁员们都愿合她跳舞。就是总长也注意她了。

沉醉的疯狂的跳舞，快乐得眩迷了，在她的美貌的得意里，在她的成功的光荣里；在那一切的尊敬、一切的赞美、一切的妒羡和妇人的心中以为是最美满最甜蜜的胜利所合成的幸福的云雾里，她什么都不想了。

她在天亮四点钟才动身。她的丈夫，从半夜里，就和三位别的先生，他们的妻子也都是好作乐的，在一间空寂的小客室里睡了。

他把他带的为临走穿的衣服给她披在肩膀上，这是家常日用的朴素的衣服，同跳舞的衣服比着自然显得寒碜。她觉出来便想赶紧走，好让那些披着细毛的皮衣的夫人们不能看见。

路娃栽把她拉住：

——等等呵，你到外边要着凉的。我去叫一辆马车罢。

---

7 现代汉语常用"哪样"。——编者注

但她一点也不听他的。赶忙的就下了楼梯。等他们到了街上，没有看见一辆车；于是满处找，远远的看见车夫就喊。

他们顺着赛因河走去，失望，颤抖。终于在河岸上他们找着一辆拉晚的破马车，在巴黎只有天黑才能看得见，好像在白天它们羞愧自己的破烂似的。

车把他们一直拉到他们的门口，马丁街中，他们败兴的进了家。在她呢，这是完了。他呢，他就想着十点钟须要 [8] 到部里去。

她脱下她披在肩膀上的衣服，站在镜子前边，为是乘着在这荣耀里，她再自己照一照。但是猛然她喊了一声，她没有了在她脖子上的项链了。

她的丈夫，已经脱了一半衣服，就问：

——你有什么事情？

她转身向着他，昏迷了：

——我……我……我没了佛来思节夫人的项链了。

他直着身子，慌乱了。

——什么！……怎样！……这绝不能够！

于是他们在长衫折里寻找，在大衣折里，在各处的口袋里。他们竟没有找到。

他问：

——你确信离跳舞会的时候你还有它吗？

——是的，在部院的门口我还摸它呢。

——但是如果你要丢在街上，我们总听得见它掉的。这必落在车里了。

——是的，这准是的。你记得车的号码么？

——没有。你呢，你没有看过么？

---

8　现代汉语常用"需要"。——编者注

——没有。

他们惊慌的对望着，末后路娃栽再穿起衣服。

——我去，他说，把我们步行经过的路再踏勘一遍，看我或许找着它。

他出去了。她穿着晚装呆怔着，没有睡觉的力气，只倾倒在一把椅子上，没有心思，也没有计划了。

七点钟她的丈夫回来了。他什么也没有找着。

他到警察厅，到各报馆，为是悬赏寻求，到那各车行，总之有一线希望之处他都去到了。

她整天的等候着，始终在惊恐的状态里望着这不幸的灾祸。

路娃栽晚上回家，脸上苍白，瘦弱；他一无所得。

——该当，他说，给你的朋友写信说你把她的项链弄坏了，你正给她收拾呢。这样能容给我们找的工夫。

她照他所说的写去。


到了一个星期，他们所有的希望绝了。

路娃栽，似老去了五年，决然说：

——该当想法赔偿这件首饰了。

第二天他们拿了盛项链的盒子，便到这盒里所有的字号的宝石商人的店里。他就查他的帐簿：

——太太，这不是我卖的这挂项链，我只卖了这个盒子。

于是他们就从这家珠宝店绕到那家珠宝店，找一挂合先前的同样的，又查人家的旧帐，两个人都忧愁、苦恼坏了。

在宫殿街的一家铺子里，他们看见一挂钻石项链正和他们所要找的一样。它价值四万弗郎。人家让他们三万六千弗郎。

他们求这宝石商人三天以内不要卖出它去。他们又订了约，如果那一挂在二月底以前找着，那么他再退出三万四千弗郎把这挂收回。

路娃栽存有他的父亲遗留的一万八千弗郎。其余的他去借。

他去摘借，向这一个借一千，那一个借五百，从这儿借五个路易，那儿三个路易。他立些债券，订些使他破产的契约，合一些吃重利的人和所有各种放帐的摘借。他陷于最窘迫的地位了，冒险签他的名字而并不知道他能保持他的信用不能，并且，被未来的烦恼，将要临到他的身上的黑暗的前途，物质匮乏的忧愁和一切精神上的痛苦恐吓着，他把三万六千弗郎放在商人的柜台上，取去新的项链。

路娃栽夫人给佛来思节夫人拿去了项链，她一种冷淡的样子对她说：

——你该当早一点还我，因为我先要用的。

她没有打开盒子，这正是她的朋友担心的地方。如果她要看出来更换了，她将怎样想呢？她将怎样说呢？她不把她当一个贼么？

路娃栽夫人晓得穷人的艰难生活了。她又，猛然、勇敢的打定了她的主意。该当偿还这笔可怕的债务。她去偿还。于是辞退了女仆；迁了住所，赁了一间楼顶上的小屋。

她晓得家里一切粗笨的工作和厨房里的讨厌的杂事了。她刷洗碟碗，用她粉嫩的指尖摸那油腻的盆沿和锅底。她涮洗脏衣服、衬衣和揩布，她晒在一条绳子上；见天早晨，她提下秽土到街上，再提上水去，每上到一层楼她就站住喘气。而且，穿得像一个穷苦的女人，她到果局里、杂货店里、肉铺里，胳膊上挎着篮子，争价钱，咒骂着，一个铜子，一个铜子的俭省她那艰难的钱。

月月须得归一拨债券，再借些新的，好延长时日。

她的丈夫晚上工作，给一个商人誊写帐目，常常的，在夜间，

他还钞 [9] 那五个铜子一篇的誊录。

这种生活延迟了十年。

到了十年，他们都偿还了，连那额外的利息，和积欠的原利全都清了。

路娃栽夫人现在见老了。她成了一个粗鲁的、强壮的、严恶的和穷家的妇人了。蓬着头，拖着裙子和通红的手，她说话高声，用很多的水刷洗地板。但是时常，当她丈夫在办公处的时候，她便独自坐在窗前，便回想到从前的那天晚上，她是多么美丽，多么受欢迎的那一次的跳舞会。

倘那时她没有丢掉那挂项链后来该当是怎样呢？谁知道呢？谁知道呢？人生是怎样的奇怪和变幻呵！极微细的事就能败坏你或成全你！


恰巧，一天星期，她到乐田路去闲游，为舒散这一星期的劳乏，她忽然看见一个妇人领着一个孩子散步。原来是佛来思节夫人，依旧年青 [10]、好看、动人。

路娃栽夫人很觉感动。她和她去说话么？是说的，一定要说的。而且现在她都还清了，她都要告诉她。为什么不呢？

她走近前去。

——好呀，娇娜。

那一个一点也不认识她了，非常惊讶被一个妇人这样亲昵的叫着。她磕磕绊绊的说：

——但是……太太！……我不知……你一定是认错了。

——没有，我是马底尔得路娃栽。

---

9　现代汉语常用"抄"。——编者注
10　现代汉语常用"年轻"，"年青"现指处在青少年时期。——编者注

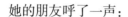

她的朋友呼了一声：

——呵！……我的可怜的马底尔得，你怎么改变得这样了！……

——是的，不见你以后，我过了很久苦恼的日子，经过多少的困难……而且都是因为你！……

——因为我……这怎么讲呢？

——你必记得你借给我的那挂为赴教育部宴会的项链。

——是呀。怎么样呢？

——怎么样，我把它丢了。

——怎么！然而你已经还了我了。

——我还了你一挂别的完全相同的。你看十年我们才把它还清。你知道那对于我们这什么也没有的人是不容易的……不过那究竟完了，我倒是很高兴了。

佛来思节夫人怔了。

——你是说你买了一挂项链赔我的那一挂么？

——是呵。你会没有看出来，呵？它们是很一样的。

于是她带着骄傲而诚实的喜悦笑了。

佛来思节夫人，感动极了，拉住她的两只手。

——哎！我的可怜的马底尔得！然而我的那一挂是假的。它至多值五百弗郎！……

# 出了象牙之塔

[日]厨川白村

Odi profanum vulgus et arceo；

Favete linguis：carmina non prius

Audita Musarum sacerdos

Virginibus puerisque canto.

——Q.Horath Flacci

*Carminum liber iii.*

憎俗众而且远离；

沉默罢：以未尝闻之歌

诗神的修士

将为少年少女们歌唱。

——贺拉斯

《诗集》卷三

# 题卷端

　　将最近两三年间，偷了学业的余闲，为新闻杂志所作的几篇文章和几回讲话，就照书肆的需求，集为这一卷。我是也以斯蒂文森将自己的文集题作《贻少年少女》（*Virginibus puerisque*）一样的心情，将这小著问世的。和世所谓学究的著作，也许甚异其趣罢。

　　关于"象牙之塔"这句话的意义和出典，就从我的旧作《近代文学十讲》里，引用左方这一节，以代说明罢：——

　　　在罗曼文学的一面，也有可以说是艺术至上主义的倾向。就是说，一切艺术，都为了艺术自己而独立地存在，决不与别问题相关；对于世间辛苦的现在的生活，是应该全取超然高蹈的态度的。置这丑秽悲惨的俗世于不顾，独隐处于清高而悦乐的"艺术之宫"——诗人丁尼生所歌咏那样的 the Palace of Art 或圣伯夫评维尼时所用的"象牙之塔"（tour d'ivoire）里，即所谓"为艺术的艺术"（art for art's sake），便是那主张之一端。但是，现今则时势急变，成了物质文明旺盛的生存竞争剧烈的世界；在人心中，即使一时一刻，也没有离开实人生而悠游的余裕了。人们愈加痛切地感到了现实生活的压迫。人生当面的问题，行住坐卧，常往来于脑里，而烦恼其心。于是文艺也就不能独是始终说着悠然自得的话，势必至与现在生存的问题生出密接的关系来。连那迫于眼前焦眉之急而使人们共恼的社会上宗教上道德上的问题，也即用于文艺上，实生活和艺术，竟至于接近到这样了。

还有，此书题作《出了象牙之塔》的意思，还请参照本书的六六、六八、二四一、二五二页去。（译者注：译本为二〇九、二一〇、三三五、四四三页。）

最后的《论英语之研究》（英文）这讲演，是因为和卷头的《出了象牙之塔》第十三节《思想生活》一条有关系，所以特地采录了这一篇的。著者当外游中用英语的讲演以及其他，想他日另来结集印行，作为英文的著作。

一九二〇年六月

在京都冈崎的书楼　著者

# 出了象牙之塔

## 一　自己表现

为什么不能再随便些，没有做作地说话的呢？即使并不俨乎其然地摆架子，并不玩逻辑的花把戏，并不抡着那并没有这么一回事的学问来显聪明，而再淳朴些，再天真些、率直些，而且就照本来面目地说了话，也未必便跌了价罢。

我读别人所写的东西，无论是日本人的，是西洋人的，时时这样想。不但如此，就是读自己所写的东西，也往往这样想。为什么要这样说法的呢？有时竟至于气忿起来。就是这回所写的东西，到了后来，也许还要这样想的罢；虽然执笔的时候，是著著留神，想使将来不至于有这样思想的。

从早到夜，以虚伪和伶俐凝住了的俗汉自然在论外，但虽是十分留心，使自己不装假的人们，称为"人"的动物既然穿上衣服，则纵使剥了衣服，一丝不挂，看起来，那心脏也还在骨呀、皮呀、肉呀的里面的里面。——剥去这些，将纯真无杂的生命之火红焰焰地燃烧着的自己，就照本来面目地投给世间，真是难中的难事。本来，精神病人之中，有一种喜欢将自己身体的隐藏处所给别人看的所谓肉体曝露狂（Exhibitionist）的，然而倘有自己的心的生活的曝露狂，则我以为即使将这当作一种的艺术底天才，也无所不可罢。

我近今在学校给人讲布朗宁（Robert Browning）的题作《再进一言》（*One Word More*）的诗，就细细地想了一回这些事。先前在学生时代，读了这诗的时候，是并没有很想过这些事的，但自从做恶文,弄滥辩,经验过一点对于世间说话的事情之后,再来读这篇著作,就有了各样正中胸怀的地方。布朗宁做这一首诗,是将自己的诗呈献给最爱的妻,女诗人伊丽莎白·巴雷特(Elizabeth Barrett)的时候,作为跋歌的。那作意是这样:无论是谁,在自己本身上都有两个面。宛如月亮一般,其一面虽为世界之人所见,而其他,却还有背后的一面在。这隐蔽着的一面,是只可以给自己献了身心相爱的情人看看的。画圣拉斐罗(Raffaello)为给世间的人看,很画了几幅圣母像,但为自己的情人却舍了画笔而作小诗。但丁(Dante)做那示给世间的人们的《神曲》(*Divina Commedia*)这大著作,但在《新生》(*Vita Nuova*)上所记,则当情人的命名日,却取画笔而画了一个天使图。将所谓"世间"这东西不放在眼中,以纯真的隐着的自己的半面单给自己的情人观看的时候,画圣就特意执了诗笔,诗圣就特意执了画笔,都染指于和通常惯用于自己表现的东西不同的别的姊妹艺术上。布朗宁还说,我是不能画,也不能雕刻,另外没有技艺的,所以呈献于至爱的你的,也仍然用诗歌。但是,写了和常时的诗风稍稍两样的东西来赠给你。

情人的事姑且作为别问题。无论怎样卓绝的艺术上的天才,将真的自己赤条条地表出者[1],是意外地少有的。就是不论意识地或无意识地,将所谓读者呀、看客呀、批评家呀之类,全不放在眼中,而从事于制作的人,也极其少有。仿佛看了对手的脸色来说话似的讨人厌的模样,在专门的诗人和画家和小说家中尤其多。这结果即成了匠气,在以自己表现为生命的艺术家,就是最可厌的倾向。尤其是老练的著作家们,这人的初期作品上所有的纯真老实的处所就逐渐稀薄,生出可以说是什么气味似的东西来。我们每看作家的全集,比之小说,却在尺牍或诗歌上面更能看见其"人";与其看时行

---

1　现代汉语常用"着"。——编者注

的画家的画，倒是从这人的余技的文章中，反而发见别样的趣致。我想，这些就都由于上文所说那样的理由的。

人们用嘴来说，用笔来写的事，都是或一意义上的自己告白，自己辩护。所以一面说起来，则说得愈多，写得愈多，也就是愈加出丑了。这样一想，文学家们就仿佛非常诚实似的罢，而其实决不然。开手就将自己告白做货色，做招牌的拜伦（G. G. Byron）那样的人，确是炫气满满的脚色[2]。说到卢梭的《忏悔录》（J. J. Rousseau'S Confessions）则是日本也已经译出，得了多数的读者的近代的名著，但便是那书，究竟那里为止是纯真的，也就有些可疑。至于歌德的《真与诗[3]》（W. von Goethe's Wahrheit und Dichtung）则早有非难，说是那事实已经就不精确的了。此外，无论是古时候的奥古斯丁（St. Augustine）的，近代的托尔斯泰（L. Tolstoi）的，也不能说，因为是忏悔录，便老实囫囵地吞下去。卡莱尔（Th. Carlyle）的论文说，古往今来，最率直地坦白地表现了自己者，独有诗人彭斯（R. Burns）而已。这话，也不能一定以为单是夸张罢。

至于日本文学，告白录之类即更其少。明治以后的新文学且作别论，新井白石的《折焚柴之记[4]》文章虽巧，但那并非自己告白，而是自家广告。倒不如远溯往古，平安朝才女的日记类这一面，反富于这类文章罢。和泉式部与紫色部的日记，是谁都知道的；右大将道纲母的《蜻蛉日记》，就英国文学而言，则可与仕于乔治三世（George Ⅲ.）的皇后的那女作家巴纳（Frances Burney）的相比，可以作东西才女的日记的双璧观。但是叙事都太多，作为内生活的告白录，自然很有不足之感。至于自叙传之类，则不论东西，作为告白文学，是全都无聊的。

2　现代汉语常用"角色"。——编者注
3　现译"诗与真"。——编者注
4　现译"折焚柴记"。——编者注

## 二　Essay

"执笔则为文。"

先前还是大阪寻常中学校——那时，对于现在的府立第一中学校，是这样的称呼——的学生时代之际，在日本文法的举例上或者别的什么上见过的这毫不奇特的句子，也不明白为什么，到现在还剩在脑的角落上。因为正月的放假，有了一点闲暇了，想写些什么，便和原稿纸相对。一拿钢笔，该会写出什么来似的。当这样的时候，最好便是取 essay 的体裁。

和小说戏曲诗歌一起，也算是文艺作品之一体的这 essay，并不是议论呀、论说呀似的麻烦类的东西。况乎，倘以为就是从称为"参考书"的那些别人所作的东西里，随便借光，聚了起来的百家米似的论文之类，则这就大错而特错了。

有人译 essay 为"随笔"，但也不对。德川时代的随笔一流，大抵是博雅先生的札记，或者炫学家5的研究断片那样的东西，不过现今的学徒所谓 Arbeit 之小者罢了。

如果是冬天，便坐在暖炉旁边的安乐椅子上，倘在夏天，则披浴衣，啜苦茗，随随便便，和好友任心闲话，将这些话照样地移在纸上的东西，就是 essay。兴之所至，也说些以不至于头痛为度的道理罢。也有冷嘲，也有警句罢。既有 humor（滑稽），也有 pathos（感愤）。所谈的题目，天下国家的大事不待言，还有市井的琐事、书籍的批评、相识者的消息，以及自己的过去的追怀，想到什么就纵谈什么，而托于即兴之笔者，是这一类的文章。

在 essay，比什么都紧要的要件，就是作者将自己的个人底人格的色采，浓厚地表现出来。从那本质上说，是既非记述，也非说明，又不是议论，以报道为主眼的新闻记事，是应该非人格底（impersonal）地，力避记者这人的个人底主观底的调子（note）的，essay 却正相反，乃是将作者的自我极端地扩大了夸张了而写出的东西，其兴味全在于人格底调子（personal note）。有一个学者，所以，评这文体，说，是将诗歌中的抒情诗，行以散文的东西。倘没有作者这人的神情浮动者，就无聊。作为自己告白的文学，用这体裁是最为便当的。既不像在戏曲和小说那样，要操心于结构和作中人物的性格描写之类，也无须像做诗歌似的，劳精敝神于艺术的技巧。为表现不伪不饰的真的自己计，选用了这一种既是费话也是闲话的 essay 体的小说家和诗人和批评家，历来就很多的原因即在此。西洋，尤其是英国，专门的 essayist 向来就很不少，而哥尔德斯密斯（O. Goldsmith）和斯蒂文森（R. L. Stevenson）的，则有不亚于其诗和小说的杰作。即在近代，女诗人美纳尔（Alice Meynell）女士的 essay 集《生之色采》（Color of Life）里所载的诸篇，几乎美到如散文诗，将诚然是女性的纤细和敏感，毫无遗憾地发挥出来的处所，也非常之好。我读女士的散文的 essay，觉得比读那短歌（Sonnet）之类还有趣得多。

诗人、学者和创作家，所以染笔于 essay 者，岂不是因为也如上述的但丁作画、拉斐罗作诗一样，就在表现自己的隐藏着的半面的缘故么？岂不是因为要行爽利的直截简明的自己表现，则用这体裁最为顺手的缘故么？

就近世文学而论，说起 essay 的始祖来，即大家都知道，是十六世纪的法兰西的怀疑思想家蒙田（M. E. de Montaigne），引用古典之多，至于可厌这一节，姑且作为别论，而那不得要领的写法，则大约确乎做了后来的爱默生（R. W. Emerson）这些人们的范本。

这蒙田的 essay 就转到英国，则为哲人培根（F. Bacon）的那个。后来最富于此种文字的英吉利文学上，就以这培根为始祖。然而在欧罗巴的古代文学中，也不能说这 essay 竟没有。例如有名的《英雄传[6]》（英译 *Lives of Noble Greeks and Romans*）的作者普鲁塔克（Ploutarkhos 通作 Plutarch）的《道德论[7]》（*Moralia*）之类，从今日看来，就具有堂皇的 essay 的体裁的。

虽然笼统地说道 essay，而既有培根似的，简洁直捷，可以称为汉文口调的艰难的东西，也有像兰姆（Ch. Lamb）的《伊里亚杂笔[8]》（*Essays of Elia*）两卷中所载的那样，很明细，多滑稽，而且情趣盎然的感想追怀的漫录。因时代，因人，各有不同的体裁。在日本文学上，倘说清少纳言的《枕草纸[9]》稍稍近之，则一到兼好法师的《徒然草》，就不妨说是俨然的 essay 了罢。又在德川时代的俳文中，Hototogis 派的写生文中，这样的写法的东西也不少。

## 三　Essay 与新闻杂志

起于法兰西，繁荣于英国的 essay 的文学，是和 journalism（新闻杂志事业）保着密接的关系而发达的。十八世纪的艾迪生（J. Addison）、斯台尔（R. Steele）的时代不待言，前世纪中，兰姆、亨德（L. Hunt）、哈兹里特（Wm. Hazlitt）那些人们的超拔的作品，也大抵为定期刊行物而作。尤其是在目下的英吉利文坛上，倘是带着文笔的人，不为新闻杂志作 essay 者，简直可以说少有。极其佩服法兰西的培洛克（H. Belloc），开口就以天外的奇想惊人的切斯特顿

---

6　现译"希腊罗马名人传"。——编者注

7　现译"道德论集"或"道德论丛"。——编者注

8　现译"伊利亚随笔"。——编者注

9　现译"枕草子"。——编者注

（G. K. Chesterton）等，其实就单以这样的文章风动天下的，所以了不得。恰如近代的短篇小说的流行，和 journalism 的发达有密接的关系一样，两三栏就读完的简短的文章，于定期刊行物很便当，也就是流行起来的原因之一。

然而，在日本的新闻杂志上，这类的文字却比较地不热闹。近年的，则夏目先生的小品，杉村楚人冠氏、内田鲁庵氏、与谢野夫人的作品里，都有着有趣的东西，此外也没有什么使人忘不掉的文字。这因为，第一，作者这一面，既须很富于诗才学殖，而对于人生的各样的现象，又有奇警的锐敏的透察力才对，否则，要做 essayist，到底不成功。但我想，在读者这一面也有原因的。其一，就是要鉴赏真的 essay，倘也像看那些称为什么 romance 的故事一样，在火车或电车中，跑着看跳着看，便不中用的缘故。一眼看去，虽然仿佛很容易，没有什么似的滔滔地有趣地写着，然而一到兰姆的《伊里亚杂笔》那样的逸品，则不但言语就用了伊丽莎白朝的古雅的辞令，而且文字里面也有美的"诗"，也有锐利的讥刺。刚以为正在从正面骂人，而却向着那边独自莞尔微笑着的样子，也有的。那写法，是将作者的思索体验的世界，只暗示于细心的注意深微的读者们。装着随便的涂鸦模样，其实却是用了雕心刻骨的苦心的文章。没有兰姆那样头脑的我们凡人，单是看过一遍，怎么会够到那样的作品的鉴赏呢。

然而就是英国的新闻杂志的读者，在今日，也并非专喜欢兰姆似的超拔的文章。essay 也很成了轻易的东西了。所以少微顽固的批评家之中，还有人愤慨，说是今日的 journalism，是使 essay 堕落了。然则在日本，却并这轻易的 essay 也不受读者的欢迎，又是什么缘故呢。

在日本人，第一就全不懂所谓 humor 这东西的真价值。从古以来，日本的文学中虽然有戏言，有机锋（wit），而类乎 humor 的却很少。到这里，就知道虽在议论天下国家的大事，当危急存亡之际，极其严肃的紧张了的心情的时候，尚且不忘记这 humor；有了什么质问之类，渐渐地烦难起来了的危机一发的处所，就用这 humor 一下子打通；互相争辩着的人们，立刻又破颜微笑着的风韵，乃是盎格鲁索逊[10] 人种的特色，在日本人中是全然看不见的。一说到议论什么事，倘不是成了青呀、黑呀的脸，"固也，然则"，或者"夫然，岂其然哉"，则说的一面固然觉得口气不伟大，听的一面也不答应。什么不谨慎呀、不正经呀这些批评，就是日本人这东西的不足与语的所以。如果摆开了许许多多的学问上的术语，将明明白白的事情，也不明明白白的地写出来，因为是"之乎者也"，便以为写着什么了不得的事情，高兴地去读。读起来，自己也就觉得似乎有些了不得起来了罢。将极其难解的深邃的思想或者感情，毫不费力地用了巧妙的暗示力，咽了下去的 essay，其不合于日本的读者的尊意，就该说是"不为无理"罢。

还有一个原因，是日本的读者总想靠了新闻杂志得智识[11]，求学问。我想，现代的日本人的对于学艺和智识，是怎么轻浮、浅薄、冷淡，这就证明了。学艺者，何待再说，倘不是去听这一门的学者的讲义，或者细读相当的书籍，是决定得不到真的理解的。纵使将所谓"杂志学问"这一些薄薄的智识作为基址，张开逾量的嘴来，也不过单招识者的嗤笑。因为有统一的系统底组织底的头脑，靠着杂志和新闻是得不到的。

但是定期刊行物既然是商品，即势不能不迎合读者的要求。于是日本的杂志——不，便是新闻的或一部分的也一样——便不得不成为全像通信教授的讲义一般的东西了。试去一检点近来出得很

---

10　现译"盎格鲁-撒克逊"。——编者注

11　现代汉语常用"知识"。——编者注

多的杂志的内容去，先是小说和情话，其次是照例的所谓论文或论说的"固也然则"式的名文，接着的就是这讲义录。除掉这些，则庞然数百叶[12]的巨册，剩下的便不过二十叶，多则三四十叶，所以要算稀奇。在普通的英美的评论杂志上一定具备的诗歌呀、essay 呀，轻易寻不到，那是不胜古怪之至的。

不觉笔尖滑开去了，写了这样傲慢的话放在前头，倘说，那么，我要做 essay 了，则即使白村这人怎样厚脸，也该诚恳地向了读者谢妄语之罪，并请宽容。为什么呢？因为真像 essay 的东西，到底不是我这等人所能做的。

Essay 者，语源是法兰西语的 essayer（试）。即所谓"试笔"之意罢。孩子时候，在正月间常写过"元旦试笔"的。倘说因为今年是申年，所以来做模拟的事，固然太俗气，但我是作为正月的试笔，就将历来许多文人学士所做过的 essay 这东西，真不过姑且仿作一回的。要写什么，连自己也还没有把握。如果缺了时间，或者烦厌了，无论什么时候，就收场。

## 四　缺陷之美

在绚烂的舞蹈会，或者戏剧、歌剧的夜间，凝了妆、笑语着的许多女人的脸上，带着的小小的黑点，颇是惹人的眼睛。虽说是西洋，有痣的人们也不会多到这地步的。刚看见黑的点躲在颊红的影子里时，却又在因舞衣而半裸了的脖颈上也看见一个黑点。这里那里，这样的妇女多得很。这是日本的女人还没有做的化妆法，恰如古时候的女人的眉黛一样，特地点了黑色，做出来的人工的黑子。名之曰 beautiful spot（美人的黡子），漂亮透了。

---

也许有人想：这大概是，妓女，或者女优、舞女所做的事罢。堂堂乎穿着 robe décolleté 的礼装的 lady 们就这样。

故意在美的女人的脸上，做一点黑子的缘故，和日本的重视门牙上有些黑的瑕疵，以为可以增添少女的可爱相，是一样的。

如果摆出学者相，说这是应用了对照（contrast）的法则的，自然就不过如此。白东西的旁边放点黑的，悲剧中间夹些喜剧的分子，便映得那调子更加强有力起来。美学者来说明，道是 effect（效果）增加了之故云。悲剧《玛克培斯》（Macbeth）的门丁这一场就是好例。并不粉饰也就美的白晰[13]人种的皮肤上，既用了白粉和燕支加工，这上面又点上浓的黑色的 beautiful spot 去。粉汁之中，放一撮盐，以增强那甜味，这也就是异曲同工罢。

"浑然如玉"这类的话，是有的，其实是无论看怎样的人物，在那性格上，什么地方一定有些缺点。于是假想出，或者理想化出一个全无缺点的人格来，名之曰神，然而所谓神这东西，似乎在人类一伙儿里是没有的。还有，看起各人的境遇来，也一定总有些什么缺陷。有钱，却生病；身体很好，然而穷。一面赚着钱，则一面在赔本。刚以为这样就好了，而还没有好的事立刻跟着一件一件地出来。人类所做的事，无瑕的事是没有的，譬如即使极其愉快的旅行，在长路中，一定要带一两件失策，或者什么苦恼、不舒服的事。于是人类就假想了毫无这样缺陷的圆满具足之境，试造出天国或极乐世界来，但是这样的东西，在这地上，是没有的。

在真爱人生，而加以享乐、赏味，要彻到人间味的底里的艺术家，则这样各种的缺陷，不就是一种 beautiful spot 么？

性格上，境遇上，社会上，都有各样的缺陷。缺陷所在的处所，一定现出不相容的两种力的纠葛和冲突来。将这纠葛这冲突，从纵，

---

13　现代汉语常用"白皙"。——编者注

从横，从上，从下，观看了，描写出来的，就是戏曲，就是小说。倘使没有这样的缺陷，人生固然是太平无事了，但同时也就再没有兴味，再没有生活的功效了罢。正因为有暗的影，明的光这才更加显著的。

有一种社会改良论者，有一种道德家，有一种宗教家，是无法可救的。他们除了厌恶缺陷、诅咒罪恶之外，什么也不知道。因为对于缺陷和罪恶如何给人生以兴味，在人生有怎样的大的 necessity（必要）的事，都没有觉察出。是不懂得在粉汁里加盐的味道的。

酸素[14]和水素[15]造成的纯一无杂的水，这样的东西，如果是有生命的活的自然界中，是不存在的。倘是科学家在试验管中造出来的那样的水，我们可是不愿意尝。水之所以有甘露似的神液（nectar）似的可贵的味道者，岂不是正因为含着细菌和杂质的缘故么？不懂得缺陷和罪恶之美的人们，甚至于用了牵强的计策，单将蒸馏水一般淡而无味的饮料，要到我们这里来硬卖，而且想从人生抢了"味道"去。可恶哉他们，可诅咒哉他们！

听说，在急速地发达起来的新的都会里，刑事上的案件就最多。这就因为那样的地方，跳跃着的生命的力，正在强烈地活动着的缘故。我们是与其睡在天下太平的死的都会中，倒不如活在罪的都会而动弹着的。月有丛云，花有风，月和花这才有兴趣。叹这云的心，嗟这风的心，从此就涌出人生的兴味，也生出"诗"来。兼好法师喝破了"仅看花好月圆者耶"之后，还说——

　　男女之情，亦岂独谓良会耶？怀终不得见之忧；山盟竟破；独守长夜；遥念远天；忆旧事于芜家：乃始可云好色。（《徒然草》第一百三十七段）

---

14　"氧元素"的旧称。——编者注
15　"氢元素"的旧称。——编者注

不料这和尚，却是一个很可谈谈的人。

小心地不触着罪恶和缺陷，悄悄地回避着走的消极主义、禁欲主义、保守思想等，在人类的生活方法上，其所以为极卑怯、极孱头，而且无聊的态度者，就是这缘故。说是因为要受寒，便不敢出门的半病人似的一生，岂不是谁也不愿意送的么？

因为路上有失策，有为难，所以旅行才有趣。正在不如意这处所，有着称为"人生"这长旅的兴味的。正因为人类是满是缺陷的永久的未成品，所以这才好。一看见小结构地整顿成就了的贤明的人们之类，我们有时竟至于倒有反感会发生。比起天衣无缝来，鹑衣百结的一边，真不知道要有趣多少哩。

## 五　诗人布朗宁

你们中间，可有谁可以拿石头来打这犯了奸淫的妇人的么？这样说的基督，是认得了活的真的人类了的诗人、艺术家；而且也是可为百世之师的大的思想家。较之一听到女教员和人私通，便仿佛教育界也已堕落了似的，嚷嚷起来的那些贤明的伪善者等辈，是差得远的殊胜伟大的人物。

人是活物；正因为是活着的，所以便不完全，有缺陷。一到完全之域，生命已经就灭亡。说出"创造的进化"来的哲学者也曾说过这事，诗人布朗宁也反反复复地将这意思咏叹了许多次了。

善和恶是相对的话，因为有恶，所以有善的。因为有缺陷，所以有发达；惟其有恶，而善这才可贵。倘没有善和恶的冲突，又怎么会有进化，怎么会有向上呢？"现在的生活，是我们的结局，或者还是显示或爬或攀的人们的脚的出发点呢？看起来，这里有着各样的障碍。要在从低跳向高，却将绊脚的石头当作阶段的人，罪恶和障碍是不足惧的。"（布朗宁作《环与书[16]》第十卷《教王篇》，四○七行以下。）因为有黑暗，故有光明；有夜，故有昼。惟其有恶，这才有善。没有破坏，也就没有建设的。现在的缺陷和不完全，在这样的意义上，确是人生的光荣。布朗宁这样地想。对于人生的事实，始终总不是静底地看，而要动底地看的人，不失信于流动无碍的生命现象的勇猛精进的人，所当达到的结论，岂非正是这个么？

光愈强，就和强度相应，那影也更其暗。美的脸上的 beautiful spot，用淡墨是不行的，总须比漆还要黑。人的性，是因为于善强，所以于恶也强。我们的生命，是经过着这善恶明暗之境，不断地无休无息地进转着的。

我不犯罪，所以好；诱惑是不敢接近的。说着这类的话，始终仅安于消极的态度的人们，使布郎宁说起来，就是比恶人更其无聊得多的下等的人类。还有，无论在东洋，在西洋，教人"知足"的人们都不少，但是一到知足了的时候，或则其人真是满足了的时候，生命之泉可就早经干涸了。必须有不安于现在的缺陷和不完全，而不住地神往的心，希求的心，在人生才始有意义。在《弗罗连斯[17]的古画》(Old Pictures in Florence) 这一篇中，乔托（Giotto）道："到了完全之域者，只有灭亡而已。"咏乐人孚格勒尔（Abt Vogler）则云："地有破片的弧，全圆是在天上。"咏文艺复兴期的学者则云，"将'现在'给狗子罢，给人则以'永劫。'"这作者布朗宁，在英国近代诸诗人中，是抱着最为男性底的壮快的人生观的人。和他同时的诗人而受了神明一般敬重的丁尼生（A. Tennyson）等辈，早经忘却了的今日，布朗宁的作品虽然那辞句很是晦涩难解，而崇拜的人却日见其多者，就因为一个勇猛的理想主义的战士的态度，惹动了飞跃着的今人的心的缘故。

16　现译"指环和书"。——编者注
17　现译"佛罗伦萨"。——编者注

一不经意，拉出了布朗宁这些人来，笔墨出轨到莫名其妙的地方去了，但是总而言之，正因为在"现在"有缺陷，大家嚷着"怎么办"这一点上，有着生活的意义的。即使明知是徒然，而还要希求的心，虽然苦恼，虽然惨痛，但倘没有这心，人生即无意味。缺陷的难得之味，也就在此。便是旅行去访名胜，名胜也许无聊到出于意料之外，然而在走到为止的路上，是有旅行的真味的。便是恋爱，也正在相思和下泪的中途有意味，一到了称为结婚这一个处所，则竟有人至于说，这已经是恋爱的坟墓了。与谢野夫人的新歌集《火之鸟》中有句云：

> 并微青的悲哀也收了进去，挣得丰饶了的爱的赋彩。
> 想到人间身之苦呀的时候，落下来的泪的甜味。

使雨果（V. Hugo）说起来，则所谓人者，都受着五十年或六十年的死刑的缓办的，这缓办的期间，就是我们的一生。一休禅师也说过使人耽心[18]的事，以为门松是冥途的行旅的一里冢，但在一个一个经过这些一里冢的路程上，不就有人生的兴味么？（译者注：门松是日本新年的门外装饰；一里冢是古时记里数的土堆，一里一个，或用树；今已无。）

艺术之类也如此。完成了的艺术，没有瑕疵，但也没有生命，只有死而已。因为已经嵌在定规里，一动也不能动的缘故。根本底改造的要求，即由此发生。去看雁治郎这些人的技艺，觉得巧是巧的。然而那也只能终于那么样，已经到了尽头的事，不是谁都看得出来么？砚友社以来的明治小说，被自然主义绝不费力地取而代之者，就因为尾崎红叶的作品已经成了完璧了。

---

18　现代汉语常用"担心"。——编者注

# 六　近代的文艺

将文艺上的古典派和罗曼派之差，亚克特美（académie）风[19]和近代风之异，都用了这缺陷之美的事来一想，颇有趣的。

以希腊、罗马的艺术为模范的古典派，是有着绝对美的理想的。那作品，是在寻求那不失整齐和均衡，严整的一丝不乱的完璧。是用了冷的理智来抑制情热，著重[20]于艺术上的规范和法则的无瑕的作品。和这反对而起来的罗曼派的文艺，则是不认一切法则和权威的自由奔放的艺术。从古典派的见地说，则这是连形制之类也全不整顿的满是瑕疵的杂乱的艺术品。罗曼派的头儿莎士比亚（W. Shakespeare）的戏曲，就和希腊的古典剧正反对，是形制歪斜的不整的作品。"解放"的艺术，前途当然在这里；缺点是多的，唯其多，生命的力也显现得比较的强；其中所描写的自然和人生，都更加鲜明地跃动着。

与其是无瑕而完美的水晶，倒不如寻求满是瑕疵的金刚石的，是罗曼派。好在光的强烈。岂但闹 beautiful spot 的乱子而已么，说是无论是痘疤，是痣，是瞎眼，是独眼，什么都无妨，只愿意有那洋溢着"生命感"的有着活活泼泼的力的面貌。

然而一到比罗曼派更进一步的近代派的文艺，则就来宝贵这瑕疵，宝贵这缺陷，就要将这作为出售的货色，所以彻底得很。亚克特美风的人们装出不以为然的脸相，也非无故的。

心醉之后看人，虽痘疤也是笑靥。将痘疤单看作痘疤的时候，就是还没有彻骨地心醉着的证据。在真爱人生，要彻到人间味的底里去的近代人，则就在这丑秽的黑暗面和罪恶里，也有美，看见诗

19　即"学院派""学院主义"。——编者注
20　现代汉语常用"着重"。——编者注

因为在较之先前的古典派的人们，专以美呀、善呀这些一部分的东西为理想，而不与丑和恶对面者尤其深远的意义上，就被人生的缺陷这东西惹动了心的缘故。以生命感，以现实感为根柢的前世纪后半以后的近代文艺，倘不竟至于此，是不满足的。

所以，自然派就将丑猥的性欲的事实，毫无顾忌地写了出来，赞美那罪和恶和丑，在文艺上创始了新的战栗的"恶之华"的诗人波德莱尔（C. Baudelaire），被奉为恶魔派的头领了。确是斐列特力克哈理生（Frederic Harrison）罢，见了罗丹（A. Rodin）的巴尔扎克（H. de Balzac）像，嘲为"污秽的崇拜"（Faulkult）。倘给他看了后期印象派的绘画，不知道会说出什么来。

石头都要用毛刷来扫得干干净净的西洋人，未必懂得庭石的妙味罢。倘不是乖僻得出奇，并且将不干净的苔藓当作宝贝的日本人，便不能领会得真的庭石的趣味。社会的缺陷和人类的罪恶，不就是这不干净的苔鲜 [21] 的妙味么？

所谓饮馔的通人，是都爱吃有臭味的东西的。倘若对于有臭味的东西不见得吃得得意，则无论是日本肴馔，是西洋肴馔，都未必真实地赏味着罢。

听说从日本向西洋私运东西的时候，曾有将货物装在泽庵渍物（译者注：用糠加盐所腌之萝卜。泽庵和尚所发明，故云。）的桶的底里的奸人。因为西洋的税关吏对于那泽庵渍物的异臭，即掩鼻辟易，桶底这一面就不再检查了。不能赏味那糠糟和泽庵渍物的气味者，纵使谈论些日本肴馔，也属无聊。还有，在西洋人，也吃各种有臭味的东西。便是 caviare（译者注：盐渍的鱼子），大抵的日本人也就挡不住。我想，倘不能对于那一看就觉得脏的称为 Roquefort 的干酪（cheese）之类，味之若有余甘者，是未必有共论西洋饮馔的资格的。

---

21　现代汉语常用"苔藓"。——编者注

文艺家者,乃是活的人间味的大通人。倘不能赏鉴罪恶和缺陷那样的有着臭味的东西,即不足与之共语人间。四近的官僚呀、教育家呀、和尚呀这一辈,应该知道,倘不再去略略修业,则对于文艺的作品等,是没有张嘴的资格的。

# 七　聪明人

我所趁着的火车,拥挤得很利害[22]。因为几个不懂事的车客没有让出坐位来的意思,遂有了站着的人了。这是炎热的八月的正午。

我的邻席上是刚从避暑地回来似的两个品格很好的老夫妇。火车到了一个大站,老人要在这里下车去,便取了颇重的皮包,站立起来。看车窗外面,则有一班不成样子的群众互相推排,竞奔车门,要到这车子里来乘坐。

老人将皮包搁在窗框上,正要呼唤搬运夫的时候,本在竞奔车门的群众后面的一个三十岁上下的洋装的男人,便囊囊地走近车窗下,要从老人的手里来接皮包。我刚以为该是迎接的人了,而老人却有些踌躇,仿佛不愿意将行李交给漠不相识的这男子似的。忽然,那洋装男人就用左手一招呼那边望得见的搬运夫,用右手除下自己戴着的草帽来,轻舒猿臂,将这放在老人原先所坐的位置上。老人对着代叫搬运夫的这男人道了谢,夫妇于是下车去了。

车里面,现在是因为争先恐后地拥挤进来的许多车客之故,正在扰嚷和混杂,但坐位总是不够,下车的人不过五六个,但上来的却有二三十人罢。

于是,那洋服的三十岁的男人,随后悠悠然进来了。我的隔邻而原是老人的坐位上,本来早已堂堂乎放着一顶草帽的,所以即

---

22　现代汉语常用“厉害”。——编者注

使怎样混乱，大家也对于那草帽表着敬意，只有这一处还是空位。三十岁男人便不慌不忙将草帽搁在自己的头上，使同来的两个艺妓坐在这地方。说一句"多谢"或者什么，便坐了下去的艺妓的发油的异臭，即刻纷纷地扑进我的鼻子来。

踏人的脚，脚被人踏，推人，被人推，拼死命挤了进来的诸公，都鹄立着。

也许有些读者，要以为写些无聊的事罢，但是人间的世界，始终如此，我想，再没有别的，能比在火车和电车中所造成的社会的缩图更巧妙的了。

奋斗的结果，终于遭了鹄立之难的人们，也许要大受攻击，以为捣乱，或者不知道礼仪。假使那时误伤了谁，就碰在称为"法律"这一种机器上，恐怕还要问罪。而洋装的三十岁男人却正相反，也见得是悠扬不迫的绅士底态度罢，也可以说是帮助老人的大可佩服的男儿罢，而且在艺妓的意中也许尊为恳切的大少罢。将帽子飞进车窗去，于法律呀、规则呀这些东西，都毫无抵触。他就这样子，巧妙地使那应该唾弃的利己心得了满足了。诚然是聪明人！

我对于这样的聪明人，始终总不能不抱着强烈的反感。

嚷着劳动问题呀、社会问题呀，从正面尽推尽挤的时候，就在这些近旁，不会有什么政客呀、资本家呀的旧草帽辗转着的么？

我常常这样想：抢了厨刀，做了强盗，而陷于罪者，其实是质朴，而且可爱的善人；至少也是纯真的人。可恶得远的东西，真真可憎的东西，岂不是做了大臣，成了富翁，做了经理，尤其甚者，还被那所谓"世间"这昏瞆东西称为名流么？易卜生（H. Ibsen）写在《社会之柱 23》（英译 *The Pillars of Society*）里的培尔涅克似的人物，日本的社会里是很多；但是培尔涅克似的将罪恶告白于群众之前

---

23　现译"社会支柱"。——编者注

者，可有一个么？他们不入牢狱，而在金殿玉楼中扬威。倘以为这是由于各人的贤愚和力量之差，那可大错了；也不独是运的好坏之差。其实，是因为人类的社会里，有大缺陷，有大漏洞的缘故。

所谓"盖棺论定"这等话，诳人罢了。如果那判断者仍是人们，仍是世间的时候，也还是不行。用了往昔的宗教信徒的口吻说起来，则倘不是到了最后的审判这一日，站在神的法庭上，会明白什么呢？

对于我们的彻底底本质底的第一义底生活，真能够完完全全地，作为准则的道德、法律、制度和宗教，在人类的文化发达的现今的程度上，是还未成就的。或者永远不成就也难说。就用随时敷衍的东西，姑且对付过去的，是现在的人类生活。劳工资本关系、治安警察法、陪审制度、妇女问题，将这些东西玩一通，能成什么事？倘不是再费上帝的手，就请将"人"这东西从新改造一通，是到底不见得能成气候的。

虽然这样，——不，惟其这样，人生是有趣的、有意味的。于我们，有着生活的功效的。思想生活和艺术生活的根源，也即从这里发生。再说一回：看缺陷之美罢！

## 八　呆子

将"好人物""正直者"这样体面的称呼，当作"愚物""无能者"这些极其轻蔑的意义来使用的国语，大约只有日本话罢。我们还应该羞，还应该夸呢，恰如 home 或 gentleman 这类言语，英语以外就没有，而盎格鲁索逊人种即以此为夸耀似的？

想起来，现今的日本，是可怕的国度。倘不像前回所说那样，去坐火车时，将旧草帽先行滚进去，就会如我辈一样困穷，或则受人欺侮；尤其甚者，还有被打进监牢里去的呢。我想，真是当祸祟的时代，生在祸祟的国度里了。

无论看那里，全是绝顶聪明人。日本今日第一必要的人物，也不是谋士，也不是敏腕家[24]，也不是博识家，这样的多到要霉烂了。最望其有的，只是一直条的热烈而无底的呆子。倘使第欧根尼（Diogenes）而在现今的日本，就要大白天点了怀中电灯，遍寻这样的呆子了罢。

特地出了王宫，弃了妻子，走进檀特山去的释迦，是大大的呆子。被加略的犹大所卖，遭着给家狗咬了手似的事情之后，终于处了磔刑的基督，也是颇大的呆子。然而这样的呆子之大者，不独在日本，就是现今的世界上，也到底没有的。纵使有，也一动不得动罢。不过从乡党受一些那是怪人呀、偏人呀、疯子呀之类的尊称，驯良地深藏起来而已罢。然而，我想，不得已，则但愿有个卡莱尔（Th. Carlyle），或易卜生，或者托尔斯泰那样程度的呆子。不，即使不过一半的也好，倘有两三个，则现今的日本，就像样地改造了罢，成了更好的国度了罢，我想。

所谓呆子者，其真解，就是踢开利害的打算，专凭不伪不饰的自己的本心而动的人；是决不能姑且妥协，姑且敷衍，就算完事的人。是本质底地，彻底底地，第一义底地来思索事物，而能将这实现于自己的生活的人。是在炎炎地烧着的烈火似的内部生命的火焰里，常常加添新柴，而不怠于自我的充实的人。从聪明人的眼睛看来，也可以见得愚蠢罢，也可以当作任性罢。单以为无可磋商的古怪东西还算好，也会被用 auto-da-fé 的火来烧杀，也会像尼采（F. Nietzsche）一样给关进疯人院。这就因为他们是改造的人，是反抗的人，是先觉的人的缘故。是为人类而战斗的 Prometheus 的缘故。是见得是极其危险的恶党了的缘故。是因为没有在因袭

---

24　现译"有才干的人""有能力的人"。——编者注

和偶像之前，将七曲的膝，折成八曲的智慧的缘故。是因为超越了所谓"常识"这一种无聊东西了的缘故。是因为人说右则道左，人指东则向西，真是没法收拾了的缘故。而这也就是预言者之所以为预言者，大思想家之所以为大思想家；而且委实也是伟大的呆子之所以为伟大的呆子的缘故。

这样的大的呆子，未必能充公司人员；倘去做买卖，只好专门折本罢。官吏之类，即使半日也怎么做？要当冥顽到几乎难于超度的现今的教育家，那是全然不可能的。然而试想起来，世界总专靠着那样的大的呆子的呆力量而被改造。人类在现今进到这地步者，就因为有那样的许多呆子之大者拼了命给做事的缘故。宝贵的大的呆子呀！凡翻检文化发达的历史者，无论是谁，都要将深的感谢，从衷心捧献给这些呆子的！

并且又想，democratic 的时代，决不是天才和英雄和预言者的时代了。现在是群集的时代；是多众的时代；是将古时候的几个或一个大人物所做的事业，聚了百人千人万人来做的时代。我们在现今这样的时代里，徒然翘望着释迦和基督似的超绝的大呆子的出现，也是无谓的事。应该大家自己各各打定主意，不得已，也要做那千分之一或者万分之一的呆子。这就是自己认真地以自己来深深地思索事物；认真地看那像书样子的书；认真地学那像学问样子的学问，而竭了全力去做那变成呆子的修业去。倘不然，现今的日本那样的国度，是无可救的。

我虽然自己这样地写；虽然从别人，承蒙抬举，也正被居然蔑视为呆子，受着当作愚物的待遇；悲哀亦广哉，在自己，却还觉得似乎还剩着许多聪明的分子。很想将这些分子，刮垢除痂一般扫尽，从此拼了满身的力，即使是小小的呆子也可以，试去做一番变成呆子的工夫。倘不然，当这样无聊的时代，在这样无聊的国度里，徒然苟活，就成为无意义的事了。

# 九　现今的日本

"与其遇见做着呆事的呆子，不如遇见失窃了小熊的牝熊。"这是《旧约》的《箴言》中的句子。日本的古时候的英雄，也曾说：再没有比呆子更可怕的东西。在世间，不是还至于有"呆气力"这一句俗谚么？

有小手段，长于技巧的小能干的人；钻来钻去，耗子似的便当的汉子；赶先察出上司的颜色，而是什么办事的"本领"的汉子。在这样的人物，要之，是没有内生活的充实，没有深的反省，也没有思索的。轻浮、肤浅、浅薄，没有腰没有腹也没有头，全然像是人的影子。因为不发底光，也没有底力，当然不会发出什么使英雄失色的呆气力来。无论什么时候，总是恍恍忽忽[25]、摇摇荡荡、跄跄踉踉的。假使有谁来评论现代的日本人，指出这恍恍忽忽、摇摇荡荡的事的时候，则我们可确有否认这话的资格么？我想，没有把握。

近日的日本，这摇摇荡荡、跄跄踉踉尤其凶。先前，说是米贵一点，闹过了。然而，在比那时只隔了两年的今日，虽然比闹事时候，又贵上两三百钱，而为我们物质生活的根本的那食物的价目，竟并不成为集注全国民的注意的大问题；或者还至于显出完全忘却了似的脸相。接着，就嚷起所谓劳动问题来了，然而连一个的劳工联合还未满足地办好之间，这问题的火势也似乎已经低了下去。democracy 这句话，格言似的连山陬海澨都传遍，则就在近几时。然而便是紧要的普通选举的问题，前途不也渺茫么？彼一时此一时，倘有对于宛然小户娘儿们的歇斯迭里似的这现象，用了陈腐平凡的

---

25　现代汉语常用"恍恍惚惚"。——编者注

话，伶俐似的评为什么易热故亦易冷之类者，那全然是错的。虽说"易热"，但最近四五十年来，除了战争时候，日本人可曾有一回，为了真的文化生活，当真热过？真的热，并不是花炮一般劈劈拍拍[26]闹着玩的。总而言之，就因为轻浮、肤浅的缘故。单是眼前漂亮，并没有达到彻底的地方。挂在中间，微温，妥协底，敷衍着，都是为此。换了话说，就是没有呆子的缘故，蠢人和怪人太少的缘故。

然而，这也可以解作都人和村人之差。正如将东京人和东北人，或者将京阪人之所谓"上方者"和九州人一比较，也就知道一样，都人的轻快敏捷的那一面，却可以看见可厌的浮薄的倾向。村人虽有钝重迂愚的短处，而其间却有狂热性，也有执着力，也有彻底性，就像童话的兔和龟的比较似的。

思想活动和实行运动是内生命的跃进和充实的结果，所以，这些动作，是出于极端地文化进步了的民族，否则，就出于极端地带着野性的村野的国民。两个极端，常是相等的。（但野蛮人又作别论，因为和还没有自己思索事物的力量的孩子一样，所以放在论外。）向现今世界的文明国看起来，最俨然地发挥着都人的风气和性格者，是在今还递传着腊丁文明的正系的法兰西人。所以从法兰西大革命以来，法国人总常是世界的新思潮新倾向的主动者，指导者，看见巴黎的风俗，便下些淫靡呀、颓废呀之类的批评的那一辈，其实是什么也不懂的。

但是，和这全然正反对，说起文明国中带得野性最多的村人来，究竟是那一国呢？

## 十　俄罗斯

这不消说，是俄罗斯。从地理上说，是在欧洲的一角，从历史上说，是有了真的文化以来不过百年。斯拉夫人种，确是文明世界的田夫野人也。这村民被西欧诸国的思潮所启发，所诱导，发挥出村民的真像村民，而且呆子的真像呆子的特色，于是产生了许多陀思妥耶夫斯基（F. Dostoyevski），产生了许多托尔斯泰了。

在我，俄文是一字也不识，不过靠着不完全的法译和英译，将前世纪的有名的戏曲和小说，看了一点点，所以议论俄罗斯的资格，当然是没有的。虽是当作专门买卖的文学，而对于俄罗斯最近的作品，也完全不知道。看看新闻纸上的外国电报，总有些什么叫作过激派的莫名其妙的话，但都是似乎毫不足信，而且统统是断片底的报道，一点也看不出什么究竟是什么来。俄国人现在所想，所做的事，究竟是善的还是恶的，是正当还是不正当，在一个学究的我，也还是连判断，连什么，都一点没有法。现下，bolsheviki 这字，记得在一本用英文写的书里面，曾说那意义是 more 即"更多"。但在日本语，为什么却译作过激派了呢？第一从那理由起首，我就不明白。想起来，也未必有因为别有作用，便来乱用误译曲译的横暴脚色罢，竟不知道是怎么一回事。总说，对于 bolsheviki 还有 mensheviki（少数党）是民主底社会主义的稳和派，但其中的事情，也知道得不详细。然而，倘若将多数党这一个字译作过激派要算正当，则在日本，也将多数党称为过激派，如何？听说，近来在支那[27]，采用日本的译语很不少。而独于 bolsheviki，却不取过激派这一个希奇古怪[28]的译语，老老实实地就用音译的。

像我似的多年研究着外国语的人，是对于这样无聊的言语的解释，也常要非常拘执的，但这且不论，独有俄罗斯，却真是看不准的国度。就是去读英、美的杂志，独于俄国的记事和论说，也看不

---

27　此为鲁迅原译，原文并无贬义。"支那"一词是古代印度梵文中支那（China）的音译，也是古代欧亚大陆诸国对中国最流行的称呼。一般认为，中日签订《马关条约》后，日本侵略者开始使用"支那"称呼中国，并带有蔑视和贬义。——编者注

28　现代汉语常用"稀奇古怪"。——编者注

分明。前天也读了一种英国的评论杂志，议论过激派的文章两篇并列着，而前一篇和后一篇，所论的事却正相反对的。这样子，当然不会有知道真相的道理。

然而在这里，独有一个，为我所知道的正确的事实。这就是，称为世界的强国而耀武扬威的各国度，不料竟很怕俄国人的思想和活动这一个事实。就是很怕那既无金钱，也没了武力的俄国人这一个不可解、不可思议的事实。其中，有如几乎要吐出自己的国度是世界唯一的这些大言壮语的某国，岂不是单听到俄罗斯，也就索索地发抖，失了血色么？仅从俄国前世纪的思想和艺术推测起来，我想，这也还是村民发挥着那特有的野性，呆子发挥着那呆里呆气和呆力量罢。所可惜者，那内容和实际，却有如早经聪明慧敏的几个日本的论者所推断一般，竟掉下那离开文明发达的路的邪道去，陷入了畜生道了罢。也许是苟为忠君爱国之民，即不该挂诸齿颊的事。此中的消息，在我这样迂远的村夫子，是什么也不懂的。

我不知道政治，然而在那国度里，于音乐生了格林卡（M. I. Glinka）、鲁宾斯坦（Rubinstein）兄弟、柴可夫斯基（P. I. Tchaikovsky）似的天才，于文学出了屠格涅夫（I. Turgeniev）、高尔基（Maxim Gorky）、阿尔志跋绥夫（M. Artzibashev）等，一时风动了全世界的艺术界者，其原因，我自信有一层可以十足地断言，就是在这村民的呆气力。

## 十一　村绅的日本呀

都人和村民，这样一想，现今的日本人原也还与后者为近。近是近的，但并非纯粹的村民。要之，承了德川文明之后，而五十年间又受着西洋文明的皮相的感化，而且在近时，托世界大战的福，国富也增加一点了。说起来，就是村民的略略开通一点的，也可以叫作村落绅士似的气味的东西。就像乡下人进了都会，出手来买空卖空或者屯股票，赚了五万、十万的钱，得意之至模样。既无都人的高雅，也没有纯村民的热性和呆气力。中心依然是霉气土气的村民，而口吻和服装却只想学先进国的样。朝朝夜夜，演着时代错误的喜剧，而本人却得意洋洋，那样子多么惨不忍见呵。唉唉，村绅的日本呀，在白皱纱之流的兵儿带上拖着的金索子，在泥土气还未褪尽的指节凸出的手指上发闪的雕着名印的金戒指，这些东西，是极其雄辩地讲着你现在的生活的。

唉唉，村绅的日本呀，村绅的特色，是在凡事都中途半道敷衍完，用竹来接木。像呆子而不呆，似伶俐而也不伶俐，正漂亮时而胡涂着。那生活，宛如穿洋服而着屐子者，就是村绅。

唉唉，村绅的日本呀，向你谈些新思想和新艺术，我以为还太早了。假使一谈，单在嘴上，则如克鲁泡特金（P. Kropotkin）呀、罗素（B. Russell）呀、马克思（K. Marx）呀等类西洋人的姓氏，也会记得的罢；内行似口气，也会小聪明地卖弄的罢。但在肚子里，无论何时，你总礼拜着偶像。你的心，无论怎样，总离不开因袭。你并不想将 Taboo 忘掉罢。怀中的深处还暗藏着生霉的祖传的淀屋桥的烟袋，即使在大众面前吸了埃及的金口烟卷给人看，会有谁吃惊么？

唉唉，村绅的日本呀，说是你不懂思想和宗教和艺术，因而愤慨者，也许倒是自己错。想起来，做些下流的政治运动，弄到一个议员，也就是过分的光荣了。然而像你那样，便是政治，真的政治岂不是也不行么？惘然算了世界五大强国之一，显出确是村绅似的荣耀来，虽然好，但碰着或种问题，却突然塌台，受了和未开国一样看待了。这不是你将还不能在世界的文化生活里入伙的事，俨然招供了么？巧妙地满口忠君爱国的人们，却不以这为国耻，是莫名其妙的事。

我就忠告你罢。并不说死掉了再投胎，但是决了心，回到村民的往昔去。而且将小伶俐地彷徨徘徊的事一切中止，根本底地、彻底底地、本质底地，再将自己从新反省过，再将事物从新思索过才是。而且倘不将想好的事，出了村民似的呆子的呆气力，努力来实现于自己的生活上，是不中用的。股票，买空卖空，金戒指，都摔掉罢！

唉唉，村绅的日本呀，你如果连这些事也不能，那么再来教你罢：回到孩子的往昔去。自己秉了谦虚之心，想想八十的初学，而去从师去。学些真学问，请他指点出英、法的先辈们所走的道路来。不要再弄杂志学问的半生不熟学问了，热心地真实地去用功罢。而且，什么外来思想是这般的那般的，在并不懂得之前，就摆出内行模样的调嘴学舌，也还是断然停止了好。

唉唉，村绅的日本呀，倘不然，你就无可救。你的生活改造是没有把握的。前途已经看得见了。

写着之间，不提防滑了笔，成了非常的气势了。重读一遍，连自己也禁不住苦笑，但这样的笔法，在意以为 essay 这一种文学是四角八面的论文，意以为村学究者，乃是从早到夜，总抡着三段论法的脚色的诸公，真也不容易看下去罢。我还有要换了调子，写添的事在这里。

## 十二　生命力

日本人比起西洋人来，影子总是淡。这就因为生命之火的热度不足的缘故。恰有贱价的木炭和上等的石炭那样的不同。做的事，成的事，一切都不彻底，微温，挂在中间者，就是为此。无论什么事，也有一点扼要的，但没有深，没有力，既无耐久力，也没有持久性，可以说"其淡如水"罢。

可以用到五年十年的铁打的叉子（fork）不使用，却用每日三回，都换新的算做不错的杉箸者，是日本流。代手帕的是纸，代玻璃门的是纸隔扇之类，一切东西都没有耐久性。日本品的粗制滥造，也并不一定单是商业道德的问题，怕是邦人的这特性之所致的罢。

在西洋看见日本人，就使人索然兴尽，也并非单指皮肤的白色和黄色之差。正如一个德国人评为 Schmutzig gelb（污秽的黄色）那样，全然显着土色，而血色很淡，所以不堪。身矮脚短，就像耗子似的，但那举止动作既没有魄力，也没有重量。男子尚且如此，所以一提起日本妇人，就真是惨不忍睹，完全像是人影子或者傀儡在走路。而且，男的和女的，在日本人，也都没有西洋人所有的那种活泼丰饶的表情之美；辨不出是死了还是活着，就如见了蜜蜡做的假面具一般。这固然因为从古以来，受了所谓武士道之类的所谓"喜怒哀乐不形于色"这些抑制底、消极底的无聊的训练之故罢，但泼剌[29]的生气在内部燃烧的不足，也就证明着。

欧洲的战争，那么样费了人命和财帑，一面将那面打倒、击翻，直战到英语的所谓 to the knock-out（给站不起）这地步了。诚然有着毒辣的彻底性。一看战后法兰西对德国的态度，此感即尤其分明。然而，日、俄战争的日本，则虽然赶先开火，毕毕剥剥地闹了起来，到后来，两三年就完了。战争是中途半道。悬军长驱，直薄敌人的牙城么，就在连敌人的大门口还没有到的奉天这些地方收梢。也并非单因为国力的不支而已，是小聪明地目前漂亮，看到差不多的地方就收场、回转。像那世界战争似的呆样，无论如何，总是学不到的是日本人。因为是将敌人半生半杀着就放下的态度，所以俄罗斯倘没有成为现在这样状态，也许就在今日，正重演着第二回的日、俄战争了。

战争那样的野蛮行为，可以置之不论，但我们在精神生活社会

---

29　现代汉语常用"泼辣"。"泼剌"现形容鱼在水里跳跃的声音。——编者注

生活上，一碰到什么问题的时候，也还是将这半生半杀着就算完。打进那彻底底的解决去的，必须的生命力，是在根本上就欠缺的。

日本人总想到处肩了历史摆架子，然而在日本，不是向来就没有真的宗教么？不是也没有真的哲学么？其似乎宗教，似乎哲学的东西，都不过是从支那人和印度人得来的佛教和儒教的外来思想。其实，是借贷，是改本。要发出彻底底地解决的努力来，则相当的生命力和呆气力都不够，只好小伶俐地小能干地半生半杀了就算完，在这样的国民里，怎么能产生那震动世界的大思想、哲学、宗教呵！又怎么会有给与人类永远的幸福的大发明、大发见呵！

今也，正当世界的改造期了，日本人也还要反复这半生半杀主义么？也还不肯切实、诚恳，而就用妥协和敷衍来了事么？

## 十三　思想生活

伤寒病菌侵入人体，于是其人的肉体的生活力，即与这魔障物相接触而战争。因战争，遂发热。所以生活力愈强的人，这热也愈高，那结果，却是体质强健者倒容易丧命。的确与否不得而知，但我却曾经听到过这样的话，并且以为很有趣。

生命力旺盛的人，遇着或一"问题"。问题者，就是横在生命的跃进的路上的魔障。生命力和这魔障相冲突，因而发生的热就是"思想"。生命力强盛的人，为了这思想而受磔刑，被火刑，舍了性命的例子就很不少。而这思想却又使火花迸散，或者好花怒开，于是文学即被产生，艺术即被长育了。

在生命力的贫弱者，所以就没有深的思想生活。思想不深的处所，怎么会产出大的文学和大的艺术来呢？仅盛着一二分深的泥土的花盆里，不是不会有开出又大又美的花的道理的么？

去年暮秋的或一晚，看过冈崎公园的帝国美术展览会的归途中，来访我的书斋的一个友人说："一想到现今的日本所产生的最高的艺术，不过是那样的东西，就使人要丧气。"

我回答说："即使怎样丧气，花盆里缺少泥土，没有法子的。而且，想大加培植的人，不是一个也没有么？假使有之，但不与这样的呆子来周旋，不正是现在的日本人的生活么？单是浮面上的聪明人特别多……"

只要驯良地做着数学和哲学的教员就完事了，却偏要将本分以外的事，去思索，去饶舌，以致在战时关到监牢里去的罗素，从聪明人的眼睛看起来，也许不见得是很聪明的脚色罢。然而他那近著《社会改造的根本义[30]》( Principles of Social Reconstruction )，却如日本也已流传着那样，确是很有意味的书。罗素所用的是非常简单的论法，将人间所做的一切，都以冲动来说明。诚不愧为英吉利的思想家，那不说迂曲模胡的话这一点，是极痛快的。

我们的活动的若干，是趋向于创作未有的事物，其余的则趋向于获得或保持已有的事物。创作冲动的代表，是艺术家的冲动；占有冲动的代表，是财产的冲动。所以，创作冲动做着最紧要的任务，而占有冲动成为最小了的生活，就是最上的生活。(罗素《社会改造的根本义》二三四页)

用了罗素的口吻说，则日本人等辈，冲动性是萎缩着的。而其微弱的冲动性，又独向财产的占有冲动那一面，动作得最多；至于代表创作冲动的艺术活动等，却脉搏已经减少了。使罗素说起来，这是最坏的生活，这就是村绅之所以为村绅的原因。

30　现译"社会改造原理"。——编者注

不独是文学和艺术，现在世界的大势，是政治和外交也已经进步，不像先前似的，单是手段和眼力了。劳动问题已非工场法之类所能解决，国际联盟也难于仅以外交公文的往复完事了。因为文化生活的一切活动，都以思想生活这东西做着基础的缘故。责备日、俄战争前后的日本的外交，以为拙劣者，只有那时的日本的新闻，我们却屡次看见外国的批评家称赞着以前的日本外交的巧妙。是的，巧妙者，因为不过是手段，敏捷者，因为不过是眼力的缘故。因为照例的小聪明人的小手艺，很奏了一点功效的缘故。看见了这回讲和会议的失败，也有人评论，以为是日本人不善于宣传运动之所致的。但并无思想者，又宣传些甚么呢？即使要宣传，岂不是也并无可以宣传的思想么？没有可说的肚子和头的东西，即使单将嘴巴一开一闭地给人看，不是也无聊得很么？

将在公众之前弄广长舌这些事，当作恶德者，是日本的习惯。倘要在小房子里敷衍，那是很有些有着大本领的。所谓在集会上议决，单是表面的话，其实不过是几个阴谋家在密室中配好了的菜单。好在是几百年来相信着"口为祸之门"而生活下来的日本人，是在专制政治之下，夺去了言论的自由，而几世纪间，毫不以此为苦痛的不可思议的人种。那结果，第一，日本语这东西就先不发达，不适于作为公开演说的言语了。在这一点上，最发达的是世界上最重民权自由的盎格鲁索逊人种的国语。意在养成 gentlemen 的古风的堪勃烈其和恶斯佛大学等，当作最紧要的训练的是讨论。在日本，将发表思想的演说和文章，当作主要课目的学校，在过去，在现在，可曾有一个呢？便是在今日，不是还至于说，倘在演说会上太饶舌了，教师的尊意就要不以为然么？无论什么东西，在不必要的地方就不发达。日本语之不适于演说，日本之少有雄辩家者，就因为没有这必要的缘故。和英语之类一比较，这一点，我想，实在是可以惭愧的。（别

项英语讲演《英语之研究》参照）

日本语这东西，即此一点，就须改造了。向着用这日本语的日本人，催他到巴黎的中央这类地方，以外国语作宣传运动去，那也许是催他去的倒反无理罢。

思想是和金钱相反的，愈是用出去，内容就愈丰饶；如果不发表，源泉便涸竭[31]了。单从这一点看起来，日本人的思想生活岂不是也就非贫弱不可么？

日本人不以真的意义读书，也是思想生活贫弱的一个原因罢。倘以为读书是因为要成博学家之类，那是无药可医。为什么不去多读些文学书那样的无用之书的？

## 十四　改造与国民性

为了"但愿平安"主义的德川氏三百年的政策之故，日本人成为去骨泥鳅了。小聪明人愈加小聪明，而不许呆子存在的国度，于是成就了。单是擅长于笔端的技巧者，即在艺术界称雄，连一篇演说尚且不甚高明者，即在政党中拜帅的不可思议的立宪国，于是成就了。

我说：这是因为德川政策的缘故。为什么呢？因为一查战国时代的事，日本人原是直截爽快得多的；原是更彻底底地，并不敷衍的。

但是，概括地说起来，则无论怎么说，日本人的内生活的热总不足。这也许并非一朝一夕之故罢。以和歌俳句为中心，以简单的故事为主要作品的日本文学，不就是这事的明证么？我尝读东京大学的芳贺教授之所说，以乐天洒脱、淡泊萧洒[32]、纤丽巧致等，为我国的国民性，辄以为诚然。（芳贺教授著《国民性十论》一一七至

---

31　现代汉语常用"枯竭"。——编者注
32　现代汉语常用"潇洒"。——编者注

一八二页参照）过去和现在的日本人，确有这样的特性。从这样的
日本人里面，即使现在怎么嚷，是不会忽然生出托尔斯泰和尼采和
易卜生来的。而况莎士比亚和但丁和弥尔顿，那里会有呢。

世间也有些论客，以为这是国民性，所以没有法。如果像一种
宿命论者似的，简直说是没有法了，这才是没有法呵。绝对难于移
动的不变的国民性，究竟有没有这样的东西，姑且作为别一问题，
而对于国民性竭力加以大改造，则正是生活于新时代的人们的任
务。喊着改造改造，而只嚷些社会问题呀、妇女问题呀、什么问题
呀之类，岂不是本末倒置么？没有将国民性这东西改造，我们的生
活改造能成功的么？

我说：再多读些。我说：再多吃些，再多说些。我说：再多吃些
可口的好东西。我说：并且成了更呆更呆的呆子，深深地思索去。这
些事情，先该是生活改造的第一步。根本不培植，会生出什么来呢!

现在还铺排些这样陈腐平凡的话，我很觉得羞惭，也以为遗
憾。我决不是得意地写出来的。

追忆起来，千八百六十年之春，约翰·拉斯金（John Ruskin）搁
了他那不朽的大著《近代画家论[33]》（Modern Painters）之笔了。从
千八百四十三年第一卷的属稿起，至此十七年，第五卷遂成就。在
这十七年中，又作了《建筑的七灯[34]》（Seven Lamps of Architecture）；
又作了《威尼斯之石》（Stones of Venice）；又作了《拉斐罗前派[35]》
（Pre-Raphaelitism），大为当时的新艺术吐气。此外公表的议论和讲
演还很多。他的不断的努力终于获报，那时艺术批评家拉斯金的名
声，就见重于英国文坛了。这是拉斯金四十岁的时候。

他突然转了眼光。他暂时离开"艺术之宫"，出了"象牙之塔"，

33　现译"现代画家"。——编者注
34　现译"建筑的七盏明灯"。——编者注
35　现译"拉斐尔前派"。——编者注

谈起社会问题和经济问题来了，开手就将 essay 四篇载在《康锡耳杂志》(*Cornhill Magazine*)上，这就是《寄后至者》(*Unto this Last*)的名著。近时，我的友人石田宪次君已经将这忠实地译出，和他一手所译的卡莱尔的《过去和现在[36]》(*Past and Present*)，一同行世了。

拉斯金在这四篇文字中，和当时的风潮反抗，解说"富"是怎样的东西。并说灵的生活，以示富与人生的关系。拉斯金是想了艺术的民众化、社会化，又觉得当社会昏蒙丑恶时候，仅谈艺术之无谓，所以写这四篇的。但世间都不理。俗众且报之以嘲骂，书店遂谢绝他续稿的印行。这和他此后为劳动问题而作的各种书，拉斯金还至于不能不从当时的俗众们受了"危险的革新论者"(dangerous innovator)这一个不甚好听的徽号。

然而拉斯金的经济说，却有千古的卓见，含着永久的真理的。但使对于经济问题毫没有什么素养和心得的我来说，我却劝读者不如去看英国的以现代经济学者称一方之雄的霍布森(J. A. Hobson)的研究《社会改良家拉斯金》(*John Ruskin, Social Reformer*)去。这正月，我也四十岁了。就是近世英国最大思想家之一的拉斯金做了《寄后至者》的那四十岁。但因为生来的钝根和懒惰，在我，竟一件像样的事也没有做。既不能写拉斯金似的出色的文章，也没有以那么伟大的头脑来观照自然和人生的力量，仍然不过是一个村夫子而已。幸而还有自知之明，所以仍准备永远钻在所谓"文艺研究"这小天地里。准备固然是准备的，然而一看现在的日本的社会，也还是时时要生气，心里想：如果这模样，须到什么时候，才生出大的文学和艺术来呢？无端愤慨，以为根本不加改善，则终究归于无成者，也就为了这缘故。像我辈似的，即使怎样跳出"象牙之塔"来，伎俩也不过如此，那是自己万分了然的，但是看了那些将思想当作

---

36 现译"文明的忧思"。——编者注

危险品，以演剧为乞儿的游戏，脱不出顽冥保守的旧思想的人们，却实在从心底里气忿。所以虽然明知道比起拉斯金之流所做的事来，及不到百分之一、千分之一，不，并且还及不到万分之一，也要从"象牙之塔"里暂时一伸颈子，来写这样的东西了。

## 十五　诗三篇

我不想讲什么道理，还是谈诗罢。

诗三篇，都是布朗宁的作品。作为根柢的中心思想是同一的，这诗圣的刚健而勇猛，而又极其壮快的人生观，就在其中显现着。

在《青春和艺术》（*Youth and Art*）里所说的，是女的音乐家和男的雕塑家两个，当青年时，私心窃相爱恋，而两皆犹豫逡巡，终于没有披沥各人的相思之情的末路的惨状。说的是女人，是追忆年青的往日，对于男的抱怨之言。

还在修业的少年雕塑家，正当独自制作着的时候，却从隔路的对面的家里，传出女的歌唱和钢琴声来。那女子的模样，是隔窗依稀可见的，但没有会过面。这事不知怎样，很打动了这寂寞的青年的心了。女的那一面，也以为如果掷进花朵来，即可以用眼光相报。春天虽到，而两人的心都寂寞。女的是前年秋季到伦敦来修业，预备在乐坛取得盛大的荣名的。

藏着缠绵之情，两人都踌躇着，而时光却逝去了。男的又到意大利研究美术去，后来大有声名，列为王立美术院之一员，且至于荷了授爵的荣耀。

女的后来也成了不凡的音乐家，有名于交际界，其间有一个侯爵很相爱，不管女的正在踌躇着，强制地结了婚了。

这侯爵夫人和声名盖世的雕刻家，在交际场中会见了。这时候，女的羞得像一个处女。

世间都激赏这两人的艺术好，然而两人的生活是不充实的，即使叹息，也并不深，即使欢笑，心底里也并不笑。他们的生活是补钉，是断片。

Each life's unfulfilled, you see;

It hangs still, patchy and scrappy.

——*Youth and Art XVI.*

他们两个的艺术里面，所以，缺少力量；总有着什么不足的东西。这就因为应该决行的事情，没有决行的缘故；奋然直前，鬼神也避易的，而他们竟没有直前的缘故。到了现在，青春的机会可已经不知道消失在那里了。

布朗宁还有刺取罗马古诗人的句子，题曰《神未必这样想》(*Dis Aliter Visum*)的一篇诗，也有一样的意思。这是愤怒的女子，谴责先前的恋人的话。正如今夜一样，十年以前，他们俩在水滨会见了。女的还年青，男的却大得多，因此也多有了所谓"思虑""较量"这些赘物。男的也曾经想求婚，但还因为想着种种事，踌躇着。例如这女子还不识世故呀，年纪差得远，将来也有可虑呀之类，怀了无谓的杞忧，男的一面，竟没有决行结婚的勇气。事情就此完结了。待到十年后的今日，男的还是单身，但和 ballet（舞曲）的女伶结识着；女的却以并无爱情的结婚，做了人妻了。岂但因为男的一面有了思虑较量这些东西，这两人的生活永被破坏了呢，其实是现在相牵连的四人的灵魂，也统统为此沦灭。在男人，固然自以为思虑较量着罢，但诗圣却用题目示意道："神未必这样想。"

凡有读这两篇诗的人们，该可以即刻想起作者布朗宁这人的传记的一种异采罢。

诗人布朗宁是通达的人，是信念的人；有着尽够将自己的生活，堂皇地真实地来艺术化的力量，总不使"为人的生活"和"为艺术家的生活"分成两样的。这就因为在他一生的传记中，并没有所谓"自己分裂"那样的惨淡的阴影的缘故。当初和女诗人伊丽莎白·巴雷特相爱恋，而伊丽莎白的父亲不许他们结婚。于是两人就随便行了结婚式，从法兰西向意大利走失了。虽说这病弱的女诗人比丈夫短命，但布朗宁夫妻在意大利的十六年间的结婚生活，却真是无上之乐的幸福者。和遭着三次丧妻的不幸的弥尔顿相对照，其为幸福者，是至于传为古今文艺史上的佳话的。试一翻夫妻两诗人的诗集，又去看汇集着两人的情书的两卷《书翰集》，则无论是谁，都能觉到这结婚生活的幸福，是根本于布朗宁的雄健的人生观的罢。在怀着不上不下的杞忧，斤斤于思虑较量的聪明人，那"走失"，也就是万万做不出来的技艺。

较之上文所举的两篇更痛快，更大胆，可以窥见勇决的布朗宁对于人生的态度者，是那一篇《立像和胸像》(*The Statue and the Bust*)。每当论布朗宁之为宗教诗人，为思想家的时候，道学先生派的批评家往往苦于解释者，就是这一篇。

事情要回到三百多年的往昔去。意大利弗罗连斯的望族力凯尔提 ( Riccardi ) 家迎娶新妇了。

在高楼的东窗，侍女们护卫着，俯瞰着街上广场的是新妇。忽然间，瞥见了缓缓地加策前行的白马银鞍的贵公子了。

"那品格高华的马上人是谁呢？"新妇赧着颜这样问。侍女低声回答说，"是斐迪南 ( Ferdinand ) 大公呵。"

过路的大公也诧异地向窗仰视，探问她是什么人，从者答道，"那是新近结婚的力凯尔提家的新妇。"

当大公用恋人的眼，仰看楼窗的时候，宛如初醒的人似的，新妇的眼也发了光，——她的"过去"是沉睡。她的"生"从这时候才开始。从因爱生辉的四目相交的这刹那起，她这才苏醒了。

是夕，大张新婚的飨宴，大公也在场。大公看见华美的新夫妇近来了。这瞬间，大公和新妇亲面了。依那时的宫庭 [37] 的礼仪，大公遂赐臣僚力凯尔提家的新妇以接吻。

这真不过是一瞬间。在这瞬息中，两人该不能乘隙交谈的，但在垂头伫立的新郎，却仿佛听到一句什么言语了。

是夜，新郎新妇在卧室的灯影下相对的时候，男的便宣言：到死为止，不得走出宅外一步去；只准从东窗下瞰人世，像那寺中的编年记者似的。

"遵命。"口头是回答了，但新妇的心中，却有别的回答在：和这恶魔，再来共这夜么？在晚祷的钟声未作之前，脱离此间罢，扮作侍从者模样，逃走是很容易的。——但是，明日却不可。（这样想着的时候，她的眼光凝滞了。）父亲也在这里，为了父亲，再停一日罢。单是只一日。大公的经过，明天也一定可以看见的罢。

在床上这样想，她翻一个身，便睡去了。谁都如此，事情决定，说是明天，便睡去，这新妇也如此的。

这一夜，大公那一面也在想：纵使这幸福的杯，在精神和肉体上怎样地价贵，或怎样地价廉，也还是一饮而尽罢。明日，便召了趋殿的新郎，请新妇到沛忒拉雅（Petraya）的别邸中，去度新婚的佳日。但新郎却冠冕地辞谢了。他说，在已固然是分外的光荣，但对于南方生长的妻，北的山风足以伤体，医生是禁其出外的。

大公也不强邀，就此中止了，但暗想，那么，今夜就决行非常手段，诱出新妇来罢。然而且住，今夜姑且罢休。须迎从法兰西来的使节去，不能做。无法可想，暂停一日罢。而且单以经过那里，

---

37  现代汉语常用"宫廷"。——编者注

仰窥窗里的容颜，来消停这一日罢。

的确，那一天经过广场的时候，因爱生辉的大公的眼波，——真心给以接吻的口唇，窗里的女人——看见了。

说是明日，又说是明日，这样踌躇起来，一日成为一周，一周成为一月，一月又延为一年。在犹豫逡巡中，时光逝去了。爱的热会冷却罢，老境会临头罢。说着且住且住，以送敷衍的月日，而迎新年。生活的新境界，总不能开拓。幽囚之身，则从东窗的栏影里下窥恋人，经过广场的大公，则照例仰眺窗中的女子，每日每日，都说着明日明日地虚度过去。用了不彻底的敷衍和妥协，来装饰对于世间的体面的几何年，就这样地过去了。

她有一天，在自己的头发中发见了几丝的白发。她知道"青春"的逝去了。两颊瘦损，额上已有皱纹。以前默然对镜的她，便急召乐比亚（Robbia）的陶工，命造自己的胸像，并教将这胸像放在俯瞰那恰恰经过广场的恋人的位置上，聊存年青时候的余韵的姿容。

大公也叹息道，"青春呀——我的梦消去了！要留下他的铭记罢？"于是召唤婆罗革那[38]（Bologna）的名工，使仿照自己的骑马丰姿，造一个黄铜的立象，放在常常经过的广场中。

这两人的"立像和胸像"留在地上，但两人在地下，现在正静候着神的最后的审判罢。今日说着明日，送了"想要努力的懒惰"的每日每日，终于不能决行那人生一大事的他们俩，神大概未必嘉许罢。诗人布朗宁说。

诗人说，"也许有人这么说着来责备罢。因为迟延了，所以正好，一做，不就犯了罪恶么？"这虔敬的宗教诗人，是决不来奖劝和有夫之妇的背义之爱的。只是，人生者，乃是试练。这试练，正如可以用善来施行一般，也可以用恶。决胜负者，无须定是赌钱。筹

---

38　现译"博洛尼亚"。——编者注

马也不妨，只要切实地诚恳地做，就是真胜负。即使目的是罪恶罢，但度着虚饰敷衍的生活的事，就误了人生的第一义了。冲动的生命，跃进的生命，除此以外，在人生还有什么意义呢？

《立像和胸像》的作者既述了这意思，在最末，更以古诗人贺拉斯（Horatius）诗集里的名句结之：曰："不是别人的事呵！"（De te, fabula！）

西洋的书籍里常常看见的这有名的警世的句子，也在马克思的《资本论》（Karl Marx：*Das Kapital*）中，因日本的翻译者而被误译了。

# 十六　尚早论

布朗宁并非教人以道德上的 anarchism（无治主义）或是什么。在人生，是还有比平常的形式道德和用了法律家的道理所做的法则更大、更深，而且更高的道德和法则的。在还未达到这样的第一义底生活以前，我们也还是办事员，是贤母良妻，是学问研究职工，是投机者，是道学先生。而且，并不是"人"。在想要抓住这真的"人"的地方，就有着文艺的意义，有着艺术家的使命。

呵呀，又将笔滑到文艺那边去了。这样的事，现在是并不想写的。

布朗宁说，恶也不打紧，想做，便做去。在两可之间，用了思虑和较量，犹豫逡巡，送着敷衍的微温的每日每日，倒是比什么都更大的罪恶。然而世上有一种尚早论者。在日本，尤其是特多的特产物。说道，普通选举是好的，但还早。说道，工人联合也赞成的，但在现今的日本的劳动者，还早。说道，女子参政也不坏，但在现今的日本的妇人，还太早。每逢一个问题发生，这尚早论者的聪明人，便出来阻挠。说道凡事都不要着急，且住且住地挽留。天下也许有些太平罢，但以这么畏葸的妥协和姑息的态度，生活改造听了不要目瞪口呆么？

布朗宁说的是恶也不妨，去做去。古来的谚语也教人"善则赶先"。然而尚早论者，却道善也不必急。明日，后日，明年，十年之后，这么说着，要踏进终于在明镜中看见几丝银发的力凯尔提家的夫人的辙里去。倘若单是自己踏进去，那自然是请便，但还要拉着别人去，这真教人忍不住了。

游泳，原是好的，但在年纪未到的人是危险的，满口还早还早，始终在地板上练浮水，怕未必会有能够游泳的日子罢。为什么不跳到水里去，给淹一淹的？在并无淹过的经验的人，能会浮水的么？在浅水中拍浮着，用了但愿平安主义，却道就要浮水，那是胡涂的聪明人的办法。只因为关于游泳的事，我的父母是尚早论者，因此直到顶发已秃的现今，我不知道浮水。后来又割去了一条腿，所以这个我，是将以永远不识游泳的兴味完结的了。

不淹，即不会游泳。不试去冲撞墙壁，即不会发见出路。在暗中静思默坐，也许是安全第一罢，但这样子，岂不是即使经过多少年，也不能走出光明的世界去的么？不是彻底地误了的人，也不能彻底地悟。便是在日本，向来称为高僧大德的这些人们之中，就有非常的游荡者。岂不是惟在勤修中且至于有了私生儿的奥古斯丁，这才能有那样的宗教底经验么？

莽撞地，说道碰碎罢了者，是村夫式呆子式，乃是日本人多数之所不欲为的。无论何时，无论何地，在这国度里，尚早论占着多数者，就是那结果。

在内燃烧的生命之火的热是微弱的，影是淡薄的，创作冲动的力是缺乏的日本人，无论要动作，要前进，所需的生命力都不够。用了微温、姑息、平板，来敷衍每日每日的手段，确也可以显出办事家风的思虑较量罢。这样子，天下也许是颇为泰平无事的，但是，那使人听得要饱了的叫喊改造的声音，是空虚的音响么，还是模学别国人的口吻呢？

俗语说，穷则通。在动作和前进，生命力都不够者，固然不会走到穷的地步去，但因此也不会通。是用因袭和姑息来固结住，走着安全第一的路的，所以教人不可耐。

偶而有一个要动作前进的出来，大家就扑上去，什么危险思想家呀，外来思想的宣传者呀，加上各样的坏话，想将他打倒。虽然不过是跄跄踉踉摇摇荡荡之辈，但多数就是大势，所以很难当。倘没有很韧性的呆子出来，要支持不下去了。好个有趣的国度！

有人说些伶俐话，以为政府是官僚式的。在日本，民众这东西，不已经就是官僚式的么？其实，在现今的文明国中，像日本的bourgeois（中产阶级）似的官僚式的bourgeois，别地方不见其比：这是我不惮于断定的。

生命之泉已经干涸者，早老是当然的事，但日本似的惟老头子独为阔气的国度，也未必会再有。在教育界等处，二十岁的老头子决不希罕，也是实情。一进公司，做了资本家的走狗，则才出学校未久的脚色，已经成为老练、老狯、老巧了：能不使人惊绝。正如树木从枝梢枯起一样，日本人也从头上老下去。假使布朗宁似的，到七十七岁了，而在《至上善<sup>39</sup>》（*Summum Bonum*）这一篇歌中，还赞美少女的接吻，或如新近死去了的法兰西的雷诺阿（A.Renoir）似的，成了龙钟的老翁，还画那么清新鲜活的画，倘在日本，不知道要被人说些甚么话呢。我每听到"到了那么年纪了……"这一句日本人的常套语，便往往要想起这样的七十岁八十岁的青年之可以宝贵来。说道"还年青还年青"，在"年青"这话里，甚至于还含有极其侮蔑的意思者，是日本人。这也是国粹之一么？

---

39 现译"至善"。——编者注

# 观照享乐的生活

## 一　社会新闻

日常，给新闻纸的社会栏添些热闹的那些砍了削了的惨话不消说了；从自命聪明的人们冷冷地嘲笑一句"又是痴情的结果么"的那男女关系起，以至诈欺偷盗的小案件为止，许多人们，都当作极无聊的消闲东西看。但倘若我们从事情的表面，更深地踏进一步去，将这些当做人间生活上有意义的现象，看作思索观照的对境，那就会觉得，其中很有着足够使人战栗，使人惊叹，使人愤激的许多问题的暗示罢。假使借了索福克勒斯（Sophokles）、莎士比亚、歌德、易卜生所用的那绝大的表现力，则这些市井细故的一件一件，便无不成为艺术上的大著作，而在自然和人生之前，挂起很大的明镜来。比听那些陈腐的民本主义论更在以上，更多，而且更深地将我们启发，使我们反省的东西，正在这社会新闻中，更可以常常看见。在这里动弹着的，不是枯淡的学理，也不是道德说，并且也不是法律的解释，而即是活的，一触就会沁出血来的那样的"人间"。"现代"和"社会"，都赤条条地暴露着。便是动辄要将人们的自由意志和道德性，也加以压迫和蹂躏的"运命"的可怕的形状，不也就在那里样样地出现，吓着我们么？

然而也有和普通的社会新闻不同，略为有力，而且使世人用了较为正经的态度来注目的事件。例如某女伶的自杀呀，一个文人舍了妻子，和别的女人同住了的事呀，贵族的女儿和汽车夫 elope（逃亡）了的事呀，一到这些事，有时竟也会发生较为正经的批评，比起当作寻常茶饭事而以云烟过眼视之的一般的社会新闻来，就稍稍异趣。然而这究竟也无非因为问题中的人物，平素在社会的关系上，立于易受世间注意的地位之故罢了。世人对于它的态度，仍然很轻浮；因此凡所谓批评，也仍然就是从照例的因袭道德呀、利害问题呀、法律上的小道理呀之类所分出来的，内容非常空疏贫弱的东西。

先前，以为凡是悲剧的主要脚色，倘非王侯将相那样的从表面上的意义看来，是平常以上的人物，或则英雄美人那样，由个人而言，有着拔群的力量的人物，是不配做的。然而自从在近代，易卜生一扫了这种谬见以来，无论是小店的主妇，是侯门的小姐，就都当作一样地营那内部生活的一个的"人"用。从价值颠倒以及平等观的大而且新的观察法说起来，凯撒（Julius Caesar）的末路和骗子的失败，在根本义上正不妨当作"无差别"看。依着那人的地位和名声，批评的态度便两样，这不消说，即此一节已就自己证明批评者的不诚恳了。

在这里引用起来，虽然对于故人未免有失礼之嫌罢——但当明治大正以来常是雄视文坛的某氏辞了学校的讲坛，离了妻子，和某女伶一同投身剧界的时候，世人对于这事的批评态度是怎样，在我们的记忆上是到现在还很分明的。我和他仅在他的生前见过一回面，对于个人的他知道的很不多。但曾经听到过，他和所谓名士风流者不同，是持身极为谨严的君子。而且在识见上，在学殖上，在文章上，都确是现在难得的才人，则因了他的述作，天下万众都所识得的。况且以他那样明敏的理智，假使也如世间的庸流所做的一样，但凭了利害得失的打算而动，那就决不至于有那样的举动的罢；未必敢于特地蹂躏了形式道德，来招愚众的反感了罢。然而行年四十，走穷了人生的行路的他，重迭了痛烈的苦闷和懊恼之后，终于向着自己要去的处所而独往迈进了。决了心，向着自我建设和生活改造直闯进去的真挚的努力，却当作和闲人为妓女所引的事情一样看待者，不是在自命聪明的人们里就不少么？对于那时的他的内生活的波澜和动摇，有着同情和理解的批评，我不幸虽在称为世间的识者那样的人们里，也没有多听到。

凡在这样的时候，人何以不能用了活人看活人的眼睛来看的呢？难道竟不能不要搬出拘执的窘促的因袭道德和冰冷而且不自然的僵硬的小道理来，而更简洁更正直地就在自己和对象之间，发见人的生命的共感的么？难道竟没有觉到，倘站在善恶的彼岸，用了比现在稍高一点稍大一点的眼睛，虚心坦怀地来彻底地观照人生的事实，也就是使自己的生活内容更加丰富的唯一的道路么？

## 二　观照云者

只要不是"动底生命"的那脉搏已经减少了的老人，则人的一言一行中，总蕴蓄着不绝地跳跃奔腾，流动而不止的生命力。倘若人类是仅被论理、利害、道德所动的东西，那么，人生就没有烦闷，也没有苦恼，天下颇为泰平了罢。然而别一面，便也如月世界或者什么一样，化为没有热也没有水气的干巴巴的单调的"死"的领土，我们虽然幸而生而为人，也只好虚度这百无聊赖的五十年的生涯了。在愈是深味，即新味愈无尽藏的人生中，所以有意义者，就因为无论如何，总不能悉遵道学先生和理论先生之流的尊意一样办的缘故。深味人生的一切姿态，要在制作中捉住这"动底生命"的核仁，那便是文艺的出发点。

人类诚然是道德底存在（moral being）也是合理底存在（rational being）。然而决不能说这就是全部的罢。当生命力奔逸的时候，有时跳出了道德的圈外，便和理智的命令也违反。有时也许会不顾利害的关系，而踊跃于生命的奔腾中。在这里，真的活着的人味才出现。要捉住这人味的时候，换了话说，就是要抓着这人味而深味它的时候，我们就早不能仅用什么道德呀、道理呀、法则呀、利害呀、常识呀的那些部分底的窥测镜。因为用了这些，是看不见人生的全圆的。倘不是超脱了健全和不健全，善和恶，理和非之类的一切的估价，倘没有就用了纯真的自己的生命力，和自己以外的万象相对的那一点真挚的态度，可就不成功。这就是说，须有力求理解一切，同情一切的努力。倘使被什么所拘囚、迁执着，又怎能透彻这很深很深的人味的底蕴呢。

历来的许多天才想看人生的全圆的时候，在那极底里，希腊的悲剧作家看出了"运命"，莎士比亚看出了"性格"，易卜生看出了"社会"的缺陷，前世纪的 romanticist 看出了"情热"，自然主义的作家看出了"性欲"；一面既有看出了"神"的弥尔顿，别一面又有看出了"恶魔"的拜伦；雨果看出了"爱"，而波德莱尔却赞美"恶之华"。这是因了作家的个性和时代思潮的差异，而个个的作家，就看出样样的东西来。而这样的东西，就是道理不行，道德也不行的人生的本质底的事实，也就是充满着矛盾和缺陷的人生的形相。在这里，就有清新强烈的生命力发现。无论在社会新闻中，在大诗篇大戏曲的底下，都一样地有这样的力活动着。

英吉利的马修·阿诺德（Mathew Arnold），为批评家，为诗人，都是有着过人的天分的人物。但在今日看起他的著作来，古风的诗篇姑且勿论，那评论的一面，却也不觉得有怎样地伟大。只是这人是很巧于造作文句的。自己想出各样巧妙的文句来，自己又将这随地反复、利用，使其脍炙人口，这手段却可观。其中有论诗的话，以为是"人生的批评"；还有咏希腊的索福克勒斯的，说是"凝视人生而看见了全圆"，也是出名的句子。这些文句，现在是已经成为文界的通语了，在这里面，读者就会看出我在上文所说那样的意义的罢。

有一种人，无论由社会新闻，或者由什么别的，和人生的一切的现象相对的时候，那看法，总是单用了利害关系来做根基：名之曰市井的俗辈。还有相信那所谓法律这一种家伙的万能的人们也很多。公等还是先去翻一翻高尔斯华绥（J. Galsworthy）的戏曲《正义》（Justice）去，那就会明白在活人上面，加了法律的那机械似的作用的时候，就要现出怎样的惨状来罢。若夫对于摸着白须，歪着皱脸，咄咄吃吃地谈道的人们，则敢请想一想活道德是有流动进化的事。每逢世间有事情，一说什么，便掏出藏在怀中的一种尺子来丈量，凡是不能恰恰相合的东西，便随便地排斥，这样轻佻浮薄的态度，就有首先改起的必要罢。尤其是那尺子，倘不是天保钱时代（译者注：西历一八三〇至四三）照样的东西就好。

重复说：立在善恶正邪利害得失的彼岸，而味识人生的全圆，想于一切人事不失兴味者，是文艺家的观照生活。这也便是不咎恶、不憎邪，包容一切的神的大心、圣者的爱。毫不抱什么成心，但凭了流动无碍的生命的共感，对于人类想不失其温暖的同情和深邃的了解，在这一点上，文艺家就是广义的 humanist，是道学先生们所梦想不到的 moralist。离了这深的人味，大的道德、真的文艺是不存在的。岂但文艺不存在而已，连真的有意义有内容的生活也不能成立的。

倾了热诚以爱人生者，就想深深地明白它，味识它；并那杯底里的一滴都想喝干、味尽。不问是可怕、可恶、可忧、丑，只要这些既然都是大的人生的事实，便不能取他顾逡巡那样的卑怯态度。我们自然愿意是贤人，是善人。但倘不毅然决然地也做傻子，也做恶魔，即难望观照一切，而透彻它们的真味。尽掬尽掬，总是不尽的深的生命之泉，终于不会尝到的罢。

奥塞罗（Othello）为了嫉妒，杀掉其妻苔丝德蒙娜（Desdemona），自己也死了，莎士比亚对于他毫不加什么估价。叫作娜拉（Nora）的女人，跳出了丈夫海尔茂（Helmer）的宅子了，易卜生对于这也毫不加什么道德底批判。不过是宣示给公众，说道请看大的这事实罢！岂会有这样的人，竟在用法则和道德做了挡牌，说些健全或不健全，正或邪，这样那样之前，不先以一个"人"和这活的人生的事实相对，而不被动心的么？换了话说，就是：岂会有就在自己的心中鼓动着的那生命的波动上，不感到新的震动的？不就是为那力所感，为那力所动，因此才能够透彻了人味的么？正呢不正呢，理呢非呢，善呢恶呢，在照了理智和法则，来思量这些之前，早就开了自己的心胸，将那现象收纳进去。譬如一家都生了流行感冒，终于父母都死了，两个孤儿在病床上啼哭，见了这事，是谁也不能下正邪善恶的批判的。和这正一样，单当作可怕的人生的事实，感到一切的态度，不就是有人情的人的像人的态度么？我相信，在绝不用估价这一点上，科学者的研究底态度和文艺家的观照，是可以达到没有大差的境地的。

春天花开，秋有红叶。这是善还是恶，乃是别问题；能发财不能，也在所不问的。单是因了赏味那花，看那红叶而感得这个，其间就有为人的艺术生活在。一受功利思想的烦扰，或心为善恶的批判所夺的时候，真的文艺就绝灭了。文学是不能用于劝善惩恶和贮金奖励的。因为这毕竟是人生的表现的缘故。因为这是将活的事实，就照活的那样描写，以我和别人都能打动的那生命力为其根柢的缘故。

## 三 享乐主义

在人类可以营为的艺术生活上，有两面。第一，是对着自然人生一切的现象，先想用了真挚的态度，来理解它。我上文说过的那观照（或是思索），就是给这样的努力所取的名目。但是如果更进一步说，则第二，也就成为将已经理解了东西更加味识，而且鉴赏它的态度。使自己的官能锐利、感性灵敏、生命力丰饶，将一切都收纳到自己的生活内容里去，溶和[1]在称为"我"者之中，使这些成为血肉的态度，这姑且称为享乐主义罢。

当使用享乐主义这一个名目时，我还有和这名目相关的一段回忆。

那是旧话了，早可过了十年了。那时候，和就住在我的很邻近的一位先辈见访的谈话之间，曾经议论到 dilettantism 这一个名词的译法。他说："想翻作'鉴赏主义'罢……"我从语源着想，却道："翻作'享乐主义'呢？"此后不多久，那先辈在新闻上陆续揭载的自传小说体的作品里，就用了后一个译语了。这是这名目在文坛上出现的最始。

从此以后，享乐主义的名就被世间各样滥用，也常被误解，以为就是浅薄的不诚恳的快乐主义。毕竟也因为"享乐"这两个字不好的缘故呵，还是译作鉴赏主义倒容易避去误解罢。虽在现在，我还后悔着那时的太多话。那先辈，是已经成了故人了。

所谓什么什么 ism 者，原不过对于或一种思想倾向以及生活态度之类，姑且给取一个名目的标纸似的东西，在名目本身中，是并没有什么深意义的。但是因为有了那名目，便惹起各样的议论来，即名目所表示的内容，也被各样地解释。正如一提起自然主义，世间的促狭儿便解作兽欲万能思想；将 democracy 译作民主主义或民本主义，便以为是危险思想或者什么之类一样，享乐主义这一个译语，也和最初想到这字的我自己的意思，成了距离很远的东西了。想出鉴赏主义这译语来的那先辈的解释怎样，固然是另一问题，总

---

1　现代汉语常用"融合""融和"。——编者注

之鉴赏主义这一面，也许倒是较为易懂的稳当的文字罢。

真爱人生，要味其全圆而加以鉴赏的享乐主义，并非像那飘浮在春天的花野上的胡蝶[2]一样，单是寻欢逐乐，一味从这里到那里似的浅薄的态度。和普通称为 epicureanism 的思想，在文艺上，就是古代希腊赞美酒和女人的阿那克里翁（Anakreon）以来的快乐主义，也完全异趣的。倘就近代而言，则比起王尔德（O. Wilde）在《Dorian Gray》（其第二章及第十一章等）中所用的新快乐主义（new hedonism），或者别的批评家所命名的耽美主义[3]（aestheticism）之类的内容的意义来，这是大得多，深得多的真率而诚恳的生活态度。王尔德的那样的思想和态度，本来是从佩特（W. Pater）出来的，但到了王尔德，则无论其作品，其实生活，较之佩特，即很有浅薄惹厌、不诚恳、浮滑之感了。

佩特在他那论集《文艺复兴研究》（*The Renaissance*）的有名的跋文中说——

在各式各样的戏曲底的人生中，给与我们者，仅有脉搏的有限的数目。须怎样，才能将在脉搏间可见的一切，借了最胜的官能，于其间看完呢？又须怎样，我们才能最迅速地从刹那向刹那流转，而又置身于生命力的最大部分成了最纯的力，被统一了的焦点呢？任何时，总以这坚硬的宝玉似的火焰燃烧，维持着这欢喜，这便是在人生的成功。

这些话，确可以道破我所说的享乐主义的一面的。但是佩特在这里，并没有用"dilettantism"那样的字，自然是不消说。这跋文无

---

2　现代汉语常用"蝴蝶"。——编者注
3　现译"唯美主义"。——编者注

端惹了当时的英国文坛和思想界的注目，有一派竟加以严厉的攻击了，后来佩特便将自己的内生活用自传体的小说模样叙述出来，题曰《快乐主义者美里亚斯[4]》(*Marius the Epicurean*)，以答世间的攻难。那故事是描写纪元二世纪时，生在罗马的思潮混乱时代的一个青年美里亚斯的思想生活的路线的，他壮大后，遂成了古昔契来纳[5](Cyrene)的哲人阿里斯提波(Aristippos)所说快乐主义的信徒，后受基督教会的感化，竟以一种的殉教者没世。这书的第九章叙"新契来纳思想"的一节说——

> 这样的愉快的活动，也许诚然可以成为那所谓快乐主义的理想罢。然而对于当时美理亚斯所经过的思索，则以为那是快乐说的非难，却一点不对的。他所期待的并非快乐，是生的充实，是作为导向那充实的东西的透观(insight)。殊胜的有力的各样的经验，其中有宝贵的苦恼，也有悲哀；也有见于亚普留斯(Apulius)的故事里那样的恋爱，真挚热烈的道德生活。简言之，即无论出现于人生的怎样的形相，苟是英武的，有热情的，理想底的东西，则他的"新契来纳思想"，是取了价值的标准的。（同书一五二叶）

自从公表了先前的跋文以来，在为快乐主义者这一个恶名所苦的佩特的这言辞中，颇可见自行辩解的语气。但我想，他的态度是尽量地真率，严肃，并非只在刹那刹那的阴影里，寻欢奔走的那样的人，也不是耽乐肉欲，单淹在物质里的 sybarite（荡子）的流亚，也就可以想见了。

---

4　现译"享乐主义者美里亚斯"。——编者注
5　现译"昔兰尼"。——编者注

# 四 人生的享乐

给一种思想命名为 ism 的标纸，想起来，是似乎便当而又不便的东西。作为我在先想出享乐主义这一个译文的根源的那洋文的 dilettantism，在我所说的意义上，已经就是很不便当的文字了。

略想一想看，西洋的文学者是怎样地解释这话的。洛威尔（J. R. Lowell）的有名的文集《书卷之中》（*Among My Books*）的第二卷中，有一处说，dilettantism 和怀疑思想是双生的姊妹。诚然，从不相信固定的法则，由此规定的事即都不喜欢的那态度看起来，是带着怀疑思想的色采的。然而这也凭看法而定：既可以算作极其无聊的事，也可以成为生活态度的极其出色的事。倘将这解释为勇猛地雄赳赳地要一径越过那流动变化的人生的大涛的态度，则我以为其间即难免有怀疑的倾向；但我同时又想，凡为大的人生的肯定者当然应取的态度，岂不是一定带着这样似的色采的么？

在西洋，这字的最为普通的解释，是爱文学和美术，对于人生，则取袖手旁观的态度，自己是什么也不做，懒散着，而别人的事，却这样那样说不完，极其懒惰、温暾，而且从或一意义上说，则是伶俐的生活态度。和徒然玩着诗歌和俳句，摩弄书画骨董的雅人，相去不远的。卡莱尔用了照例的始终一贯，激烈地，痛快地，将时势加以骂倒和批评的名著《过去和现在》（劳动问题和社会问题正在喧嚣的此时，出于我的在京都的一个朋友之手的此书的全译，近来出了板 [6]，是可喜的事）的第三卷第三章以下所批评的，就是这样的意义的 dilettantism。古来，在日本文学史上，这一类的享乐家尤不少。又有虽然稍不同，但西洋的批评家评法朗士（Anatole France）似的

---

6　现代汉语常用"出版"。——编者注

文人，说是 dilettant 的时候，我以为也确有这种意思的。

对于这样的态度，现在未必还有我来弄墨的必要罢。艺术生活者，决非与围棋谣曲同流的娱乐，也不是俗所谓"趣味"的东西。是真切的纯一无杂的生活。是从俗物看来，至于见得愚直似的，极诚恳而热烈的生活。因为并不是打趣的风流气分的弛缓了的生活的缘故。

我已经不能拘泥于名目和标纸之类了，不管他是洋文的 dilettantism，是嵌上了汉字的享乐主义，这些事都随便。但应该看取，这里所谓观照享乐的生活这一个意义的根柢里，是有着对于人生的燃烧着似的热爱，和肯定生活现象一切的勇猛心的。

从古以来，度这样体面的充实的生活的伟人很不少。文艺上的天才，大抵是竭力要将"人生"这东西，完全地来享乐的人物。袖手旁观的雅人和游荡儿之流，怎么能懂得人生的真味呢？大的艺术家，即在他的实行生活上，也显现着凡俗所不能企及的特异的力。有如活在"真与诗"里的歌德，就是最大的人生的享乐者罢。看起弥尔顿的政治底生涯来，也有此感。又从哈里斯（F. Harris）的崭新而且大胆的论断推想起来，则在以人而论的莎士比亚的实生活上，也有此感。去国而成了流窜之身的但丁，更不消说了。踢开英吉利，跳了出去的拜伦，愤藤原氏的专横，Don Juan 似的业平，就都有同样的意思的实生活的罢。至在艺术和生活的距离很相接近了的近代，要寻出这样的例子来，则几乎可以无限，他们比起那单是置身于艺术之境，以立在临流的岸上的旁观者自居，而闲眺行云流水的来，是更极强，极深地爱着人生的。耸身跳进了在脚下倒卷的人生的奔流，专意倾心地要将这来赏味、来享乐。一到这样，则这回对于自己本身，也就恰如旁观者的举动一样，放射出锋利的观照的视线来，于是遂发生深的自己的反省。我以为北欧的著作家，这样的态度是特为显著的。

以为文学是不健全的风流或消闲事情的人们,只要一想极近便的事,有如这回的大战时候,欧洲的作家做了些什么事,就会懂得的罢。最近三四年来,以艺术底作品而论,他们几乎没有留下一件伟大的何物。这就因为他们都用笔代了剑去了。为了旧德意志的军国主义,外面地,那生活的根柢将受危险的时候,他们中的许多,便蹶起而为鼓舞人心,或者为宣传执笔。英国的作家,是向来和政治以及社会问题大有关系的,可以不待言。而比利时的梅特林克( M. Maeterlinck )和维尔哈伦( E. Verhaeren ),这回也如此。尤其是后者的绝笔《战争的赤翼》( *Les Ailes Rouges de la Guerre* ),则是这诗人的祖国为德兵的铁骑所蹂躏时候的悲愤的绝叫也。在法兰西,则孚尔( P. Fort )的美艳的小诗已倏然变了爱国的悲壮调,喀莱革( Fernand Gregh )的诗集成为《悲痛的王冠》( *La Couronne Douloureuse* ),此外无论是巴泰游( H. Bataille ),是克洛代尔( P. Claudel ),是旧派的人们,是新派的人们,无不一起为祖国叫喊,将法兰西当作颓唐的国度,性急地就想吊其文化的末路的那些德国心醉论者流,只要看见这些文艺作品上的生命力的显现,就会知道法兰西所得的最后的战胜,决非无故的罢。

我在上文曾说以笔代剑,但在这回的大战中,就照字面实做的文学者也很多。有如英国的布鲁克( Rupert Brooke )毙于大达耐尔[7]( Dardanelles )的征途,法兰西新诗坛的首选贝玑( Ch. Péguy )殇于玛仑[8]( Marne )的大战,就是最著的例。还有,这是日本的新闻纸上也常常报告,读者现在还很记得的罢,听到了意大利的邓南遮( G. D'Annunzio )在飞机上负了伤的话,人们究竟作何感想呢?对于蒸在温室里面似的,带着浓厚的颓唐底色采的这作家的小说,一概嘲

---

7　现译"达达尼尔海峡"。——编者注

8　现译"马恩"。——编者注

为不健全的人们，敢请再将在艺术生活的根底里的严肃悲壮的生命活动，努力之类的事，略为想一想罢。邓南遮这人，无论从怎样的意义上看，总是现存的最华美的 romanticist，享乐主义者。倘不是真实地热爱人生，享乐人生者，怎么能做出那样的举动来？

## 五　艺术生活

以观照享乐为根柢的艺术生活，是要感得一切、赏味一切的生活。是要在自己和对象之间，始终看出纯真的生命的共感来，而使一切事物俱活，又就如活着照样地来看它的态度。美学上所谓感情移入（Einführung）的学说，毕竟也就是指这心境的罢。

并非道理，也并非法则，即以自己的生命本身，真确地来看自然人生的事象，这里就发生感兴，也生出趣味来。进了所谓物心一如之境，自己就和那对境合而为一了。将自己本身移进对境之中，同时又将对境这东西消融在自己里。这就是指绝去了彼我之域，真是浑融冥合了的心境而言。以这样的态度来观物的时候，则虽是自然界的一草一木，报纸上的社会新闻，也都可以看作暗示无限，宣示人生的奥妙的有意义的实在。借了诗人布莱克（W. Blake）的话来说，则“一粒沙中见世界，一朵野花里见天，握住无限在你的手掌中，而永劫则在一瞬”云者，就是这艺术生活。

我本很愿意将这论做下去，来讲一切文艺，都是广义的象征主义。但在这里，现在也不想提出如此麻烦的议论来。我觉得拿出教室的讲义似的东西，来烦恼正以兴味读着的读者，是过于莽撞的事，我还是将上文说过的那些，再来稍为平易地另讲一遍罢。

过着近日那样匆忙繁剧的日常生活的人们，单是在事物的表面滑过去。这就因为已没有足以宁静地来思索赏味的生命力的余裕了的缘故。虽然用了眼睛看，而没有照在心的底里看，耳朵里是听到的，但没有达到了胸中。懒散、肤浅、真爱人生而加以赏味的生活，快要没有了。于是一遇到什么事，便用了现成的法则，或者谁都能想到的道理和常识之类，来判断了就完事。换了话说，就是完全将事象和自己拉远，绝不想将这收进到自己的体验的世界里去。人生五十年，纵使大规模地做事，岂非也全然是一种醉生梦死么？

我用了极浅近的譬喻来说罢。食物这东西，那诚然是为了人体的荣养而吃的。但这果真是食物之所以为食物的意义的全部么？倘使饮食的理由，单在卵白质若干、小粉若干，由此发出几百加罗利[9]的热，则所谓食物者，不过在劳动运转以养妻子的一种机器上所注的油而已。然而人类既然是人类而非机器，则必须到了感得食物，即味得食物的地方，这才生出"完全地将这吃过了"这一个真意义。倘单是剌剌促促[10]地，急急忙忙地，像吞咽辨当饭（译者注：须在外自食者置器具中随身携带的饭菜）似的吃法，则即使肚子会鼓起，而食物却毫不成为自己的生活内容，所谓"不切身"的。凡是忙到不顾及味识人生的艺术生活，即观照享乐的今人的生活，我就称之为这辨当肚。

我从这下等的譬喻再进一步说罢。为了要最完全最深邃地享乐食物，即不可不竭力地使其人的味觉锐敏，健康旺盛起来。如果是半病人，正嚷着那个好，这个不好，不消化的东西是严禁的，医生指定的食品之外，乱吃了就不行之类，则无论给他吃什么，又怎么能够懂得真的味道呢？而且味觉一锐敏，即不消说，也就会寻出别人所不能赏味的味道来。凡是不为道德和法律所拘囚，竭力来锐敏自己的感性，而在别人以为不可口的东西里，也能寻出新味的人生的享乐者，我以为就是这味觉锐利的健康的人，就是像爱食物一

9 现译"卡路里"。——编者注
10 现代汉语常用"促促刺刺"。——编者注

样，爱着人生的人。

我用了"爱人生"这话的时候，读者中也许有人要指摘，说是文学者中很不少憎人者和厌生家罢。然而倘非真爱，就也不会憎，也不会厌的。因为所谓"可爱不胜，可憎百倍"，憎者，不过就是爱的一种变态。倘在自以为现世不值半文钱，将人生敷衍过去，以冷冷淡淡地如观路人的态度，来对人生一切现象的人们，或者只被动于外部的要求，机器似的转动着的肤浅的人们，又怎么会有厌生，怎么会有憎人呢？

近来，略学了一点学问的人们，每喜欢说"科学底"呀、"研究底态度"呀之类的话。诚然，这是体面的可贵的事呵。然而研究者，乃是要"知"的努力，和享乐是别问题的。不消说，"知"来协助"味"的时候自然也很多。但以智识而论，则一无所知的孩子，却对于成人所没有味得的各样东西觉得有趣，在那里看出感兴。诗人华兹华斯（W. Wordsworth）时时追怀着自己幼时的自然美感，即从这意义而来的。而同时也有和这完全正相反，虽然很知道，却毫不加以味识的人们。例如通世故达人情的人们里面，丝毫没有味到人生的就很多。又在深邃地研究事物而知道着的学者中间，甚至于全然欠缺着味识事物的能力的也不少。这就因为作为智识而存立了，却未能达到味得、感得、享乐那对象的缘故。也就因为还没有将这消融在自己的生活内容之中，将自己的生命嘘进对象里去，使有生命而观照它的缘故。见了那现使满都的子女无不陶醉的樱花，加以研究的科学家，说，花者，树木的生殖机关也。作为智识，而知道花蕊和花粉的作用，那诚然是可贵的事。然而对了烂缦[11]万朵的樱花，如果单以这研究底态度相终始，竟有什么看花的意思呢？倒不如不知花为何物，而陶醉于花的田夫野人，却是为人的真正的生活法了。倒不如对着山樱，说道"人

---

11　现代汉语常用"烂漫"。——编者注

问敷岛大和心"那样全然不合常识，也不合道理的话的人，却是真要使人得生活的态度了。（译者注："人问敷岛大和心，是朝暾下散馥的山樱。"是日本最通行的歌，矶城岛之作。"敷岛大和心"犹言日本精神。）对于这，一定以为非作"朝暾下发香的生殖器"观即属不真的科学者，我以为这才实在可悯哩。（对于文学上所谓真和科学家所说的真的关系，在后面《艺术的表现》里已经说了大概。）

借了布朗宁的诗的意思来说，则"味"的事，就是"活"的事。"知"的里面，并不含有"to taste life"的意义。为要深味，自然应该深知。我们正因为要味识，所以要知道的。

读小说和看演剧，本不是风流，也不是娱乐。因为俗物们将这弄成风流，当作娱乐了，所以也就会不健全，也会有害。借了天才的特异的表现力，将我们钝眼所看不见的自然人生的形相，活着照样地示给我们，因此在文艺的作品上，就生出重大的生活上的意义来。所谓"无用之书也能有用"的就是。

愈是想，即愈觉近来日本人的生活和艺术相去太远了。五十年来，急急忙忙地单是模仿了先进文明国的外部，想追到他，将全力都用尽了，所以一切都成了浮滑而且肤浅。没有深，也没有奥，没有将事物来宁静地思索和赏味的余裕。说是米贵了，嚷着；说道普通选举呀，闹起来。哪，democracy 呵；哪，劳动问题呵；人种差别撤废呵；这样那样呵。那漫然胡闹的样子，简直像是生了歇斯迭里病的女人。而彼一时，此一时，因为在根本上，并没有深切宁静地来思索事物的思想生活这东西的，所以没有什么事，一切都是空扰攘。虽然发了嘶声，发病似的叫喊，但那声音的底里没有力，没有强，也没有深，空洞之音而已。从这样不充实的生活里，是决不会生出大艺术来的。

人们每将美国人的生活评为杀风景[12]，评为浅薄的乐天主义。

---

12 现代汉语常用"煞风景"。——编者注

那诚然是确实不虚的罢。然而美国人有黄金，有宗教。日本人有什么呢？日本人没有美国人那么多的钱，也没有宗教的力。物质底和精神底两方面，日本人比起美国人来，生活更加贫弱，更加空虚。他们美国人，总之不就用了那一点国力，在现在各方面，使全世界都在美国化（americanize）么？在文学上，最近的美国也已经要脱离英吉利文学的传统，生了林赛（Vachel Lindsay），出了弗罗斯特（Robert Frost）；便是好个顽固的英吉利文坛的批评家，不也给马斯特斯（Edgar Lee Masters）的新声吃了惊么？回顾日本则如何？演剧入了穷途了，新的路至今没有寻出。至于诗歌，就几乎灭亡，全从文坛上消声匿迹了。说起文艺批评来，便是短评或者捷评，说道"丰满的描写"呀、"温柔的笔法"呀之类，简直是棉袄或是垫子的品评似的一定章法。这也无怪，近来即使做了长长的文艺评论，谁也不见得肯像读普通选举论和劳动问题论那样地注意来读它。于是文坛就成为只仗着小说——这也只仗着几个只做短篇的作家，艰难地保着余喘的模样。这是怎样可虑的事呵！

宗教并不是称为"和尚"的一种专门家的职务，各人都该有宗教生活。还有，倘使政治还属于称为"政治家"这一种专门家的职务的时候，则真的democracy即不发达；不是各人都对于政治问题有兴味，无论如何总不会好的。和那些正一样，文艺也决非文艺家的专门职务，倘没有各人各个的艺术生活，即不会真生出大的民众艺术来。在各人，在民众全体，那根本上如果都有出色的充实了的内生活，则从这里，就会发生宗教信念罢，政治也会被革新罢；而且伟大的新兴艺术也会从这里起来，给民众和时代的文化，戴上光荣的王冠罢。在这样的意义上，日本人现在岂不是还有将自己的生活稍稍反省，加以改造的必要么？

# 从灵向肉和从肉向灵

## 一

日本人的生活之中，有着在别的文明国里到底不会看见的各样不可思议的古怪的现象。世间有所谓"居候"者，是毫没有什么理由，也并无什么权利，却吃空了别人家的食物，优游寄食着的"食客"之称。又有谚曰"小姑鬼千匹"，意思是娶了妻，而其最爱的丈夫的姊妹，却是等于一个千恶鬼似的可恶可怕的东西。这也是在英、美极其少有的现象。又在教育界，则有所谓"学校风潮"的希奇现象，不绝地起来，就是学生同盟了反抗他们的教师这一种可怕的事件。

这些现象，从表面看来，仿佛见得千差万别，各有各个不同的原因似的罢，然而一探本源，则其实不过基因于一个缺陷。我就想从极其通俗平易的日常生活的现象归纳，而指摘出这一个缺陷来。

将西洋的，尤其是英、美人的生活，和我们日本人的一比较，则在根本上，灵和肉，精神和物质，温情主义和权利义务，感情生活和合理思想，道德思想和科学思想，家族主义和个人主义，这些两者的关系上，是完全取着正相反的方向的。我们是想从甲赴乙，而他们却由乙向甲进行。倘若日本人而真要诚实地来解决生活改造的问题，则开手第一著就应该先来想一想这关系，而在此作为出发点，安下根柢去。

在日本而宿在日本式的旅馆中，在我们确是不愉快的事情之一。更其极端地说起来，则为在景色美丽的这国度里，作应当高兴的旅行，而却使我们发生不愉快之感者，其最大的原因，就是旅馆，就是旅馆和旅客的谬误的关系。仔细说，则就是旅馆和旅客的关系，并不站在纯粹的物质主义，算盘计算的合理底基础上。

一跨进西洋的 hotel，就到那等于日本的帐场格子的 office 去。说定一夜几元的屋，单人床，连浴场，什么什么，客人所要的房子之后，这就完。什么掌柜的眼睛灼灼地看人的衣服和相貌，甚至于没有熟人的绍介[1] 就不收留；什么倘是敝衣、破帽，不像会多付小帐的人便领到角落的脏屋子里去之类的岂有此理的事，断乎不会有。因为旅馆和寓客的关系，是纯然，而且露骨的买卖关系，算盘计算，所以只要在帐房预先立定契约，便再没有额外的麻烦。待到动身的时候，又到帐房去取帐，就付了这钱，也就完。洗濯钱，饭菜钱，酒钱，这样那样，都开得很明细的。所谓茶代（译者注：犹中国的小帐）这一种愚劣的东西，是即使烂钱一文也绝对地不收，也不付。

那么，hotel 的人们对待寓客，就冷冷淡淡恰如待遇路人一样么？决不然的。还有，因为每室之间有墙壁，门上又有锁，那构造总是个人主义式，所以寓客和寓客不会亲热，住在里面不愉快么？也不然的。和这正相反，日本的旅馆的各房间虽然只用纸门分隔，全体宛然是家族底融洽底构造一般，而那纸门其实倒是比铁骨洋灰的墙壁尤其森严冰冷的分隔。而且连给所有的寓客可以聚起来闲谈的大厅的设备也没有。即使偶然在廊下之类遇见别的客人，也不过用了怀着"见人当贼看"的心思的脸，互相睨视一回；像西洋那样，在旅馆的前厅里，漠不相识的旅客们亲睦地交谈的温气，丝毫也没有。从个人主义出发，这彻底了之后的结果，就成为温情底了的是西洋的 hotel。便是忙碌的掌柜和经理，在闲暇时候，也出来和客人谈闲天。看见日本人寓在里面，便谁也来，他也来，提出意外

---

1 现代汉语常用"介绍"。——编者注

的奇问和呆问，大家谈笑着。寓得久了，亲热之后，便会发生同到酒场去喝酒之类的友爱关系，涌出温情，生出情爱来。这友爱，这温情，这情爱，即不外以纯粹的算盘计算和露骨的买卖贷借的契约关系，作为基础，作为根柢，而由此发生出来的东西。

在日本的旅馆里，就如投宿在亲戚或者朋友的家里似的，对于金钱之类，先装作不成问题模样。待客人交出了称为"茶代"的一种赠品之后，那答礼，就是临行之际，手巾还算好，还将称为"地方名产"的很大的酱菜桶或是茶食包送给客人。主人和掌柜的走出来，叙述些毫无真实的温情，也无友爱的定规的所谓"招呼"。那关系，是朋友关系似的，赠答关系似的，标榜着非常恳待似的，而其实却是在帐房里悄悄地拨着算盘，算出来的东西呵。在这友爱，这恳切，这温情之中，既没有一点温热，也没有一点甜味，所以，是不愉快的。

西洋的 hotel 的是从物质涌出来的精神，从"物"涌出来的"心"，从杀风景的权利义务关系涌出来的温情。日本的旅馆可是走了一个正反对，是狼身上披着羊皮的。

## 二

在日本，师弟关系这一件事，议论很纷纭。还在说些什么离开七尺，可不可以踏先生的影子。即使为师者并没有足以为师的学殖和见识，但一做弟子，则反抗固然不行，而且还要勒令尊敬。一到金钱的关系，则在师弟之间，尤其看作绝对地超越了的事。那么，我们就可以说，在日本的师弟关系，情爱果真很深么？教师对于学生比在英、美更亲切，学生对于教师比在英、美更从顺么？教育界的眼前的事实，究竟声明着什么来？那称为"学校风潮"这一个犯忌的现象，岂不是在英、美和别的文明国的学校里，几乎不会看见的最丑恶的事实么？

　　美国那样的国度里，教师的教诲学生，是当作 business（商业）的。从照例的顽固的日本式的思想看来，那是极其杀风景，极其胡闹似的罢，然而其实是 business 无疑。学生付了钱，教师就对于这施教育，在物质关系上，是俨然的 business；毫没有神圣的纯粹的灵底关系，或者别的什么在里面。不缴学费的学生就除名，教师收钱，作为劳动的报酬，衣食着，岂不是就是证据么。然而人类的本性，既然并非畜生，则受了较好的教诲，启发了自己的智能，就会自然而然地涌出感谢之念，也生出尊敬之心来；教师这一面，对于自己的学生，也自然会发生薪水问题和算盘计算以外的情爱：这是人情。只要不像现在的日本的学校一样，教师的头脑反比学生陈旧，学问修养品性上有欠缺，则师弟之间，一定会涌出温情敬爱的灵底关系来的。倘若改善了教师的物质底待遇，请了好教师，则彻底地将基础安在所谓 business 这算盘计算上，而在这里就涌出真的师弟的情爱。在对于无能的教师没有给钱的必要和理由这一种 business 本位的美国学校里，我曾见了比日本确是美得多高得多的师弟关系，很觉得欣羡。尤其是大学生和教授的关系，走出教室一步，便如亲密的朋友关系似的，见了这而觉得不可名言的快感者，该不只我一个罢。说是英、美的学校，因为是自由主义，所以不起学校风潮之类者，无非不值一顾的浅薄的观察罢了。

　　还有些人说，英、美是个人主义，所以亲子之情薄，日本是家族主义，所以亲子之情深。这也是完全撒谎。

　　在美国，一到暑假，体面的富豪——即资本家的子弟，去做电车的车掌，或者到农村去做事，成为劳动者的就很多。从一方面说起来，这自然是因为和日本的书生花着父母的钱而摆出公子架子，乐于安居徒食的恶风正相反，无贫富上下之别，对于劳动，尤其是筋肉劳动的神圣，谁都十分懂得的缘故罢，但其主要的原因，则不消说，就在个人主义。日本是称为"儿童的天国"的——但因此也就是"母亲的地狱"，——从婴儿时代起，父母就过于照料。所以无论到什么时候，孩子总没有独立心，达了丁年以上，还靠着父母养赡，不以为意。对别人已经能开相当的大口的青年，而缠着自己的母亲等索钱之际，便宛然一个毫没有个人的自觉的肉麻小子，这样的滑稽的矛盾，时常出现。当日本的高等程度的学生在暑假的几个月中，时间很有余裕，而花了父母的钱，跟在婊子背后的时候，美国富豪的子弟，却用了自己的额上的汗，即使为数不多，可是正努力于挣得自己的学费。即此一事，美国国运的迅速进步的原因究在那边，不也就可以窥见一端了么？

谈话有些进了岔路了，但是，因为亲子之间，都确定了个人的坚确的立脚点，所以美国的人们，父母在儿女的家里逗留，也付寄宿费；子女手头不自由了，便说："父亲，请你买了这一本旧书罢。"这样的事实，从日本人的眼光略略一看，是极其杀风景、不人情的、没道义的。殊不料在这样巩固的彻底了的物底基础之上，却正如从丰饶肥沃的土里开出美丽的花来一样，令人生羡的快乐温暖的美的亲子的情爱，就由此萌芽、发育。冥顽的老爹勒令儿子孝顺，用压迫来勒索服从和报恩的国度里决不会遇见的孝子、孝女和慈父、慈母，在他们那里都有。最初就灵底地、精神底地——道德底地，而并不明确地，立于权利义务和物质底个人底基础之上，便到底得不到的深邃的母子之情，也就由此发生。岂不是人类么？岂不是亲子么？只要物质底基础一巩固，即使听其自然，也涌出温情来。

亲子、兄弟、夫妇，这些所有家族关系，在英、美的个人主义国，却意外地比日本圆满得多，温暖得多。在夫妇之间，则因为有了财产和权利的个人主义底确定，所以夫妇之情也比在日本深得多。我要将日本的姑媳的关系指摘出来，作为最显明的一条这样的例证。

一看清少纳言的《枕草纸》，举姑媳为"不睦者"之一，就可见远自平安朝的古昔，下至大正的今日，这是日本的家族生活的一个大弱点。这珍奇的现象，在英、美的个人主义国，不妨说，是几乎绝对没有的。儿子一结婚，母亲便如新得了一个女儿似的，加以爱惜。儿媳那一面，一想到那是生育了自己最爱的丈夫的母亲，则只要没有无理的压迫和强制，即自然有爱情之泉从两方面滚滚地腾涌出来。因为最初就互相尊重着个人的权利，一切都从这里出发的，所以两面都没有互相侵凌之余地。我以为现在日本的主妇之一切多不进步者，也不单是为夫的男子之罪，姑媳的不祥的反目嫉视，实是一个很大的原因，所以特地指出，作为例证。在日本的普通家庭中，儿媳走到姑的面前，岂非确是一种奴婢么？读了德富氏的《不如归》的英译本，见了纯然是西洋中世的女人似的浪子这女主人，美国人说：那是低能者，还是疯子呢？我以为他们不懂那小说的意思，也非无故的。

我的幼儿在美国妇人所经营的幼稚园走学。作为降生节的赠品，说是这给父亲，就将五六张纸订成的本子，又说这给母亲，另外又将厚纸所做的线板，使他拿回来。西洋的赠品，一定是一个一个，按每人赠送的。托丈夫做了事，送给夫人一条衣领做谢礼，也是无意味，因为夫妻的所有之间，是有确然的区别的。尤其是使那受了父母的赠品的幼儿，也宛然一个独立的个人一样，就将自己在幼稚园里所做的东西作为答礼这一种习惯，也是很好的事。从儿童的时代起，就用了这样的居心来抚育，这才能成就那为个人而有自觉的人。

# 三

西洋人就在裤子的袋子等类里，散放着钱，铿锵地响着。这是英、美人最多，大陆诸国的人们所不很做的事。在日本人的我们，仿佛觉得总有些很下等的杀风景似的。这就因为日本人对于"金钱"这极端地物质底的东西，怀着一种偏见的缘故。仍然是想从精神向着物质，从灵向着肉而倒行的缘故。

拿谢金到师傅那里去，付看资给医生，交笔资给画家，都包了贡笺，束了"水引"，还说这是不够精神底的，又加上称为"熨斗"的装饰。（译者注：日本馈送物品，包裹之外，束以特制之线，半红半白，——丧事则半黑，——称为水引。又于线间插一圭形折纸，曰熨斗。）大约还以为不足罢，这回又载在盘子上，包上包袱，而且还至于谦恭一通。又费事，又麻烦，物质和劳力全都虚耗的事，姑且作为别问题，这在日本人的生活上，实是想用了精神的要素，来掩饰物质底要素的恶风的一端。贡笺包裹的后面，就分明地写着"银几元"这极其杀风景的字样，不正是现实暴露的笑话么？这和上面说过的旅馆的结帐和茶代一样，都是装作从灵，即从精神出发模样，而其实却落在肉里，归到物质里去的。

谢金、看资、笔资，这岂非都是对于劳动的报酬么？倘以为和付给俸钱或工钱全一样，不加包太失礼，则装入信封里去付给，也是毫无妨碍的。尤其甚者，且至于中间的谢金、看资、笔资只有不适当的一点，而想用了体面的贡笺和伟大的水引来掩饰过去，在这地方，就有着日本人的生活的不安定、缺陷、浅薄。

将并非出于纯情的赠答品的东西，装作赠答品模样，以行金钱的支付。收受的一边，遇到不适当的少数的时候，本有提出抗议的权利的，但却带着称为"水引"和"熨斗"的避雷针，足够使他不能动用权利。即使怎样掩饰，装作精神底模样，而因为那根本的物质底基础并不明确巩固，所以毫不彻底、毫不充实的。

英、美人的办法，是作为义务而付给金钱，作为权利而收受，所以付给之际，没有水引和熨斗的必要，收受时也无须谦虚。如此之外，便是西洋人，也说些"不过一点意思"的应酬话，收受者的一边也答礼道"多谢"。因为是立于合理的基础上的情态，所以有着真的温暖，诚然是士君子似的态度。

日本的旅馆的废止茶代，无论过了多少时候，终于不能办到者，就因为在日本人的生活上，有着这灵肉颠倒的缺陷的缘故。英、美的饭店、旅馆中付给堂倌的小帐，大率以所付全额的十分之一为标准，给得太多的，有时反成笑话。既没有给一宿两宿的旅馆的茶代就是数百元，而自鸣得意的愚物，也没有领取了这个而真心佩服崇拜的没分晓汉：这是英、美式。无论什么时候，总用那超越了权利义务关系的贿赂式的金钱授受的是日本流。

## 四

我省去了那样的繁琐的许多例证，从速作一个结论罢。

重视那称为"礼仪"这一种精神底行为，在人间固然是切要的。然而倘若那礼仪不能合理底地、物质底地、内容底地充实着，则即使作为虚礼而加以排斥的事，还得踌躇，但有时候岂不是竟至于使对手感到非常的不快，发生反感么？

美国人之类，从衣袋里抓出一把钱来，就这样精光地送到对手的面前，说道："唯，这是谢金。"这作为太不顾礼仪，彻底了唯物主义的一例，是诚然不愉快的，但比起避雷针的水引、熨斗来，却还有纯朴的好处在。

日本人无论什么事，首先就唯心底地、精神底地、从人情主义和理想主义出发，并无合理底物质底基础，而要说仁义、教忠孝、重礼、贵信；假使像古时候那样，无论那里，都能够用这做到底，那自然是再好没有的事，但"武士虽不食，然而竹牙刷"（译者注：这是谚语，犹言武士虽不得食，仍然刷牙，以崇体制）的封建时代，早经葬在久远的过去中，在今日似的经济组织、社会组织之下，这从灵向肉的倒行法，已成为全然不可能的事了。已成为不可能，而终于不改，总不想走从肉向灵，从物质向人情，从权利义务向情爱的合理的自然的道路，所以在日本人的生活上，有着缺陷，内容是不充实的。现在的情形，是自己就烦闷于这矛盾、不统一了。

有如德川时代的稗史院本上所写那样，古时候的妓女，是虽然对于许多男子卖身，但心的贞操，则仅献于一个男子。那贞操观念，是纯粹的唯心的。在古时候，可以将精神和物质，灵和肉，分离到如此地步而立论，但这样的事，在今日的时势，难道果真是可能的么？虽在今日，一有行窃或失行的人，老人或者道学先生首先就呵责这人的"居心"坏。然而所谓"居心"之类的东西，难道果真能够独立的么？寒无衣饥无食的时候，为了生存权和生存欲望之故，即使怎样"居心"好的人，至于去偷邻人的东西，也是不足为奇的事。当研讯"居心"如何之先，为什么不想去改良这人的物质生活的？为什么不想去除掉使这人行窃的物质的原因的？为什么对于会生出尽做尽做，总不能图得一饱的人们来的社会组织的缺陷，不去想一想的！？

是有肉体的精神，有物的心。倘若将这颠倒转来，以为有着无肉体的精神，无物的心，则这就成为无腹无腰又无足的幽鬼。日本人于无论什么事，都不能深深地彻底，没有底力，跄跄跟跟，摇摇荡荡者，其实就因为度着这幽鬼生活的缘故。

彻底了现实主义，即从那极深的底里涌出理想主义来。用唯物论尽向深奥处钻过去，则那地方一定有唯心论之光出现。世界的思想史是明明白白地证明着这事实的。日本人因为于这两面都不能彻底而挂在中间，所以那生活始终摇荡着，既不成为古印度人那样的唯心底，也不成为现在美国人那样的唯物底。从这样的国度里，怎么会生出震动世界的大思想、大文明来？

法兰西革命后的十九世纪的欧洲，是用物质文明走到尽头的了。用了权利关系，走彻了能走的路，已经一步也不能移动了。在人，则以个人主义，在国家，则以国民主义，都已彻底。自然科学的万能力，也发挥到极点了。到世纪末，已以这样十分地彻底，尽头了。于是最近二十年来，思想界遂产生了理想主义、精神主义、神秘主义，便是共存同聚（solidarity）的社会思想，也至于流行。又在实际界，则因为想要打破那十九世纪以来走到尽头了的权利关系，于是就演了一场称为"世界战争"的大悲剧。国度和国度的关系，既以各自的权利主张入了穷途，这回便改了方向，想以情爱主义、道德主义的灵底信仰和理想主义来维持国际关系，硬想出所谓"国际联盟"这一条苦计来。国际联盟的力量，真将各国的关系，完全地安在称为"道德"的精神底基础之上的成功的日子，那前途还辽远罢，但在讲和条约上所定的国际联盟的规约，总也算是宣示着将要从肉向灵，以权利思想为基础，而向平和主义道德思想进行的世界改造的方向和意义了。

从无论何时，总将时代的思潮，最迅速最鲜明地反映出来的文艺上看来，这样的倾向更见得明显。唯物主义、科学万能思想所产的自然主义、现实主义的文艺，约在三四十年前，已和一大转变期相遇；将近前世纪的末叶，而在走到尽头了的唯物观、现实观上面，建立起精神主义、神秘思想、人道主义那些新的理想主义的文艺来。文艺上之所谓象征派，或者大率称为新罗曼派的倾向，无非就是物质和理智都已到了尽头，因而兴起的"灵的觉醒"（réveil de l'âme）。还有，易卜生一派的问题文艺渐衰，而为梅特林克，为辛格（J. M. Synge），为叶芝（W. B. Yeats），为罗斯丹（E. Rostand），以至出了霍夫曼斯塔尔（Hugo von Hofmannstal）和施尼茨勒（A. Schnitzler），也是宣示着思潮的同样的变迁的。

然而以上单是十九世纪以后的话。综计古今，概括地说起来，就是西洋人的生活，较之东洋人的，从古以来，就尤其物质底得多，肉底得多。而且尤其合理底得多，自然科学底得多，也都是无疑的事实。在这样的基础之上，他们就立道德、信宗教、思哲理。因为是从肉向灵而进行的，所以西洋文明那一边，较之东洋文明，更自然，更强，其发达遂制了最后的胜利，而造出今日的世界文化的大势，并且将从灵向肉的幽鬼生活的东洋文明压倒了！

## 五

从上文所述的见地，将这应用在劳动问题上，试来想一想罢。就灵和肉，温情主义和权利思想这两者的关系而言，也可以一样地解释的。

近时，代表了日本而往美国的劳动使节的一队，回来了。其中有资本家代表的那叫作武藤某的谈话，登在日报上。我读了这个，觉得这乃是全不懂得东西文明的本质上的差异者之谈。倘使为自己的便宜和利益起见，拿出这样的结论来，那我不知道；如果当作一种独立的见解，则我以为不过是知其一不知其二者的观察罢了。大阪的几种大报上所载的谈话中，有着下面那样的一节：

加入了劳动联合的美国劳动者，大概不过三成呀。可是那倾向，却和日本全然相反；和日本的向着权利思想正相反，在美国，近来是从个人主义向着家族主义走，就是温情主义极其流行了。而且很普遍；联合是向来不兴旺。日本的资本家们也有大家同盟起来，从此奖励那温情主义的必要罢。

不错，美国人现在正想从肉向灵，从个人主义向家族主义，从权利主义向温情主义而迁变，在或一程度上，那是事实罢。然而这是于肉走尽了的结果；是用个人主义、权利主义一直走到了可走的极度之点，而在那基础上面建筑起来的温情主义。就和我上文说过的美国人的亲子、夫妇的爱情，师弟关系，旅馆的待遇相同。现在向了毫无个人主义的基础，也没有权利思想的根柢的人们，教他们走到温情主义去，乃是对着乌鸦硬要他学鹭鸶。世上岂有说是因为胖子在服清瘦药，便劝瘦子也去服清瘦药的医生的？对了跄跄踉踉、摇摇荡荡、度着从灵向肉的幽鬼生活的日本社会，还要来说温情主义，这岂不是要使这幽鬼生活更加幽鬼生活么？武藤某又添上话，说："学者们也还是略往美国去看一看好罢。"我也许因为见识不足之故罢，自己也往美国看了来，可是并没有达到这样奇怪之至的结论的。（再说，在美国，加入劳动联合的所以较少者，是因为劳动者的大多数并非纯粹的盎格鲁索逊系的美国人，而是日耳曼种及其他，多是移住劳动者这一个事实的缘故。这是出于世界人种集合营生的美国特有的情势的，并不是足供他国参考的事件。北美人和别国的移住劳动者，到处是水和油的关系，这只要一看现在加厘福尼州[2]的日本移民和美国人的关系那样的极端的例，不就可以明白么？至于在日本的日本劳动者，则不待言，九成九是纯粹的日本

2　现译"加利福尼亚州"。——编者注

人。即此一端，美国的事情在日本也全不足以作为参考。）

英、美人是世界上最为现实底、物质底，权利义务思想最是发达了的国民。因为那现实主义现在已经十分彻底了的缘故，从那里要涌出精神主义、温情主义来了。所以在近时，英、美的劳动问题，社会主义的思想，和德、法、意及其他国度的社会主义不同，很带着人道底艺术底宗教底色彩；甚至于还有竟使人以为似乎先前的拉斯金（Ruskin）、卡莱尔（Carlyle）、莫里斯（William Morris）等时候的基督教社会主义的复活的。诗人莫里斯的艺术底社会主义，今又骤然唤起世人的注意，著过《近代的乌托邦[3]》的现时英国小说界的老将威尔斯（Wells），至于写出《神，莫见的王》（*God, the Invisible King*）来，岂不是都表示着这般的消息么？（参照拙著《印象记》中《欧洲战乱与海外文学》三八五页）然而这即在西洋，也特是英、美的话。是只限于建国以来，一向以权利主义、物质主义行来的盎格鲁索逊人种的事；别的诸国，则还正在忙杀于物质主义、自然科学底社会主义的基础工程哩。

在已经彻底了科学底物质底的事，近来且将成为空想底艺术底人道底的国度的人们，看见日本人现在重新来读"科学底社会主义之父"的马克思（Marx）的所说——约四十年前去世了的他的著作，也许禁不得要喷饭罢。然而马克思是旧是新都不妨。日本人总该首先倾听唯物史观，一受那彻底了的物质主义的洗礼。因为倘不是先行筑好根柢，是不能达到大的理想主义、深的精神生活的。沙上面，不是造不成大厦高楼的么？

我国的夫妇间爱情之不及西洋人，师弟间温情之缺乏，劳动者和资本家关系之像主仆，旅馆之不能废止茶代，归根结蒂[4]，只在一

---

3　现译"现代乌托邦"。——编者注

4　现代汉语常用"归根结底"。——编者注

端。就是因为没有合理底生活的根柢，不彻底于物质主义、权利思想，总是希求着与肉无关的灵的生活，被拘囚于浅薄脆弱的、陈旧的理想主义的缘故。

为人类的最像样的生活，那无须再说，是灵和肉，内容和外形之间，都有浑然的调和，浑然的融合的生活了。于肉不彻底，于物质未尝碰壁，于内容并不充实的日本人，是没有大而深，而且广的精神生活的。因为精神生活并不大而深而且广，所以没有哲学，也没有宗教，道德也颓败，艺术也衰落了。无论冲突着什么问题，那对付的态度，是轻浮，没有深，也没有强，总不会斩钉截铁的，是幽鬼生活的特征。到最后，我再说一遍罢：日本人的生活改造，倘不首先对于从肉向灵的这根本的问题，彻底地想过，是不行的！

# 艺术的表现

[这一篇,是大正八年(一九一九)秋,在大阪市中央公会堂开桥村、青岚两画伯的个人展览会时,所办的艺术讲演会中的讲演笔记。]

因为是特意地光降这大阪市上到现在为止还没有前例的纯艺术的集会的诸位,所以今天晚上我所要讲的一些话,也许不过是对着释迦说法;但是,我的讲话,自然是预期着给我同意的。

世间的人们无论看见绘画,或者看见文章,常常说,那样的绘画,在实际上是没有的。向来就有"绘空事"这一句成语,就是早经定局,说绘画所描出来的是虚假。那么长的手是没有的;那花的瓣是六片,那却画了八片,所以不对的:颇有说着那样的话,来批评绘画的人。这在不懂得艺术为何物的世间普通的外行的人们是常有的事,总之,是说:所谓艺术,是描写虚假的东西。便是艺术家里面,有些人似乎也在这么想,而相信科学万能的人们,则常常说出这样的话来。曾经见过一个植物学家,去看展览会的绘画,从一头起,一件一件,说些那个树木的叶子,那地方是错的,这个花的花须是不真确的一类话,批评着;但是,我以为这也是太费精神的多事的计较。关于这事的有名的话,法兰西的罗丹的传记中也有这样一件故事:一个南美的富翁来托罗丹雕刻,作一个肖像,然而说是因为一点也不像,竟还给罗丹了。罗丹者,不消说得,是世界的近代的大艺术家。他所作的作品,在完全外行人的眼里,却因为说是和实物不相像,终于落第了。这样的事,是指示着什么意义呢?倘使外面底地，单写一种事象，就是艺术的本意，则只要挂着便宜的放大照相就成。较之艺术家注上了自己的心血的风景画，倒是用地图和照片要合宜得多了。看了面貌，照样地描出来，是不足重轻的学画的学生都能够的。这样的事，是无须等候堂堂的大艺术家的手腕，也能够的。倘若向着真的艺术家，托他要画得像，那大概说，单是和实物相像的绘画，是容易的事的罢。但一定还要说，可是照了自己的本心，自己的技俩，艺术底良心，却敢告不敏，照相馆的伙计一般的事，是不做的。到这里，也许要有质问了：那么，艺术者，也还是描写虚假的么？不论是绘画是文章，都是描写些胡说八道的么？艺术者，是从头到底，描写真实的。绘画的事，我用口头和手势，有些讲不来，若就文章而论，则例如看见樱花的烂缦，就说那是如云、如霞一类的话。而且，实际上，也画上一点云似的，或者远山霞似的东西，便说道这是满朵的樱花盛开着，确是虚假的。但是，比起用了显微镜来调查樱花，这"花之云"的一边，却表现着真的感得，真的"真"。与其一片一片，描出樱花的花瓣来，在我们，倒不如如云如霞，用淡墨给我们晕一道的觉得"真"，对谁都是"真"。比如，说人的相貌，较之记述些那人的鼻子，这样的从上到下，向前突出着若干英寸这类话，倒不如说那人的鼻子是象尺八（译者注：似洞箫，上细下大）的，却更有艺术底表现。所谓"象尺八"者，从文章上说，是因为用着一个 Simile，所以那"真"便活现出来了。所谓支那[1]人者，是极其善于夸张的。只要大概有一万兵，就说是百万的大军，所以，支那的战记之类，委实是干得不坏。总而言之，谎话呵，讲大话也是说谎之一种，说道"白发三千丈"，将人当呆子。什么三千丈，一尺也不到的。但是，一听到说道三千丈，总仿佛有很长的拖着的白发似的感得。

---

1　此为鲁迅原译，原文并无贬义。"支那"一词是古代印度梵文中支那（China）的音译，也是古代欧亚大陆诸国对中国最流行的称呼。一般认为，中日签订《马关条约》后，日本侵略者开始使用"支那"称呼中国，并带有蔑视和贬义。——编者注

那是大谎,三千丈……也许竟是漫天大谎罢。虽然也许是大谎,但这却将或一意义的"真",十分传给我们了。

在这里,我仿佛弄着诡辩似的,但我想,除了说是"真"有两种之外,也没有别的法。就是,第一,是用了圆规和界尺所描写的东西,照相片上的真。凡那些,都是从我们的理智的方面,或者客观底,或者科学的看法而来的设想,先要在我们的脑子里寻了道理来判断,或者来解剖的。譬如,在那里有东西像是花。于是我们既不是瞥见的刹那间的印象,也不是感情,却就研究那花是什么:樱花,还是什么呢?换了话说,就是将那东西分析,解剖之后,我们这才捉住了那科学底的"真"。也就是,用了我们的理智作用为主而表现。终于就用了放大镜或显微镜,无论怎么美观的东西,不给它弄成脏的,总归不肯休歇。说道不这样,就不是真;艺术家是造漫天大谎的。那样的人们,总而言之,那脑子是偏向着一面而活动的;总之,那样意义的真,就给它称作科学底"真"罢。那不是我们用直觉所感到的真,却先将那东西杀死,于是来解剖,在脑子里翻腾一通,寻出道理来。譬如,水罢,倘说不息的川流,或者甘露似的水,则无论在谁的脑子里,最初就端底地、艺术底地、豁然地现了出来。然而科学者却将水来分析为 $H_2O$,说是不这样,便不是真;甘露似的水是没有的,那里面一定有许多霉菌哩。一到被科学底精神所统治而到了极度的脑,不这样,是不肯干休的。至于先前说过的白发三千丈式的真呢,我说,称它为艺术上的真。在这是真,是 true 这一点上,是可以和前者比肩,毫无逊色的。倘有谁说是谎,就可以告状。决没有说谎,到底是真;说白发三千丈的和说白发几尺几寸的,一样是真。这意思,就是说,这是一径来触动我们的感,我们的直感作用的,并不倚靠三段论法派的道理、解剖、分析的作用,却端底地在我们的脑子里闪出真来,——就以此作为表现的真。一讲道理之类,便毁坏了。无聊的诗歌,谈道理和说明，当然自以为那也算是诗歌的罢，但那是称为不成艺术的豕窠的。我们的直感作用，或者我们的感，或者感情也可以，如果这说是白发三千丈，听到说那人的鼻子象尺八，能够在我们的脑里有什么东西瞥然一闪，则作为表现的真，就俨然地写着了。

那么，要这么办，得用怎样的作用才成呢？这是要向着我们的脑，给一个刺戟[2]，就是给一种暗示的。被那刺戟和暗示略略一触，在这边的脑里的一种什么东西便突然燃烧起来。在这烧着的刹那间，这边的脑里，就发生了和作家所有的东西一样的东西，于是便成为所谓共鸣。然而在世间也有古怪的废人，有些先生们，是这边无论点多少回火，总不会感染的。那是无法可施。但倘若普通的人们，是总有些地方流通着血，总有些地方藏着泪的；当此之际，给一点高明的刺戟或暗示，就一定着火；这时候，所谓艺术的鉴赏，这才算成立了。这刺戟，倘在绘画，就用色和形；在文学，是用言语的；音乐则用音：那选择，是人们的自由，各种的艺术，所用的工具都不一样。总之，是工具呵。所以，有时候，就用那称为"夸张"的一种战术，那是，总而言之，艺术家的战术之一罢了。将不到一寸或五分的东西，说道三千丈，那就是艺术家的出色的战法。这样的战法，是无论那一种艺术上都有的。要说到这战法怎样来应用，那安排，就在使读者平生所有的偏向着科学底真而活动的脑暂时退避；在这退避的刹那间，一边的直感的作用就昂然地抬起头来。换了话来说，也就是作家必须有这样的手段，使人们和那作品相对的时候，能暂时按下了容受科学底论理底的真，用显微镜来看，用尺来量的性质。总而言之，凡是文学家或画家，将读者和鉴赏家擒住的手段，是必要的。总之，这暗示这一种东西，也和催眠术一样，倘是拙劣的催眠术，对谁也不会见效，在拙劣的艺术家，技巧还未

2 现代汉语常用"刺激"。——编者注

纯熟的艺术家的作品里，就没有催眠术的暗示的力量。即使竭力施行着催眠术，对手可总不睡；当然不会睡的，那就因为他还有未曾到家之处的缘故。所以，凡有作品，作为艺术而失败的时候，总不外两个原因。就是，用了暗示来施行了催眠术之后，将读者或看画的人，拉到作者这一边来了之后，却没有足以暂时按下那先前所说的容受科学上的真的头脑的力量，这就是作家的力量的不足。否则，这回可是鉴赏者这一边不对了，那是无论经过了多么久，总不能逃脱了道理或者推论、解剖、分析的作用，放不下计算尺的人们。这一节，现代的人们和先前的人们一比较，质地却坏得多了。于是当科学万能的思想统治了一时的世间的时候，极端的自然主义或写实主义就起来了。这是由于必要而来的。然而一遇到这样的人们，就是即使善于暗示的大天才，无论怎样巧妙地行术，也是茫无所觉，只有着专一容受那科学上的真的脑子的先生们，却实在无法可想，所谓无缘的众生难于救度，这除了逐出艺术的圈子之外，再没有别的法。这一族，是名之曰俗物的。倘说到作家何以擒不住观者和读者呢？有两样：就是刚才说过的擒住的力的不足的时候，和对手总不能将这容受的时候。从先前起，用了很大的声音，说着古怪的话，诸位也许觉得异样罢，那是照相呵、照相师呀、人相书呀，或者是寒暑表到了多少度呀。今天并不说：今天热得很哪……用了寒暑表呀、水银呀那类工具，解剖分析了，表出华氏九十度摄氏若干度来，但是，这倘不是先用了脑里所有的那称为寒暑表这一种知识，在脑里团团地转一通，便不懂得。然而芜村的句子说——

　　　　犊鼻裈上插着团扇的男当家呀。

赤条条的家主只剩着一条犊鼻裈，在那里插着团扇，这么一说，就即此浮出伏天的暑热的真来。那么，这两者的差异在那里呢？就是科学底的真和作为表现的"真"，两者之间的差异在那里呢，要请大家想一想。作为科学的"真"的时候，被写出的真是死掉了的；没有生命，已经被杀掉了。在被解剖、被分析的刹那间，那东西就失却生命了。至于作为艺术上的表现的"真"的时候，却活着。将生命赋给所描写的东西，活跃着的。作为表现的艺术的生命，就在这里。将水分析，说是 $H_2O$ 的刹那间，水是死了；但是，倘若用了不息的川流呀，或者甘露似的水呀，或者别的更其巧妙的话来表现，则那时候，活着的特殊的水，便端底地浮上自己的脑里来。换了话来说，就是前者是杀死了而写出，然而作为表现的真，是使活着而写出的。也就是，为要赋给生命的技巧。所谓技巧者，并非女人们擦粉似的专做表面底的细工，乃是给那东西有生命的技巧。一到技巧变成陈腐，或者嵌在定型里面时，则刺戟的力即暗示力，便失掉了。他又在弄这玩意儿哩，谁也不再来一顾。一到这样，以作为表现而论，便完全失败，再没有一点暗示力了。因为对于这样的催眠术，谁也不受了。

那么，这使之活着而写出的事，怎么才成呢？又从什么地方，将那样的生命捉了来呢？比如用瓶来说，那就说这里有一个瓶罢。将这用油画好好地画出的时候，那静物就活着。倘使不活着，就不是艺术底表现。要说到怎么使这东西活起来，那就在通过了作家所有的生命的内容而表现。倘不是将作家所有的生命的内容，即生命力这东西，移附在所描写的东西里，就不成其为艺术底表现。那么，就和科学者的所谓寒暑表几度、 $H_2O$ 之类，成为一伙儿了。所以即使画相同的山、相同的水，艺术家所写出来的，该是没有一个相同。这就因为那些作家所有的生命的内容，正如各人的面貌没有相同的一样，也都各样的。假使将科学者的所谓"真"，外面底地描写起来，那也就成为 impersonal，非个人底了。倘用科学者们心目中那样的尺来量，则一尺的东西，无论谁来量，总是一尺。毫不显出个性。因为在科学者所传的"真"里，并没有移附着作家的生命这东西，所以无论谁动手，都是一尺，倘说这一尺的东西有一尺五寸，那就错了；精神有些异样了。将这作为死物，外面底地来描写，则是 impersonal，几乎没有差异的。所谓作家的生命者，换句话说，也就是那人所有的个性、的人格。再讲得仔细些，则说是那人的内底经验的总量，就可以罢。将那人从出世以来，各种各样地感得，听到、做过的一切体验的总量，结集起来的东西，也就是那人所有的特别的生命，称为人格，或者个性，就可以的。所以，用了圆规和界尺，画出来的匠气的绘画上，并不显有人格的力，和科学底表现是同一的东西；用了机器所照的照相也一样。照相之所以不成为艺术品者，就因为经了称为机器这一件 impersonal 的东西所写的缘故；就因为所表出的，并不是有血液流通着的人类在感动之后，所见的东西的缘故。所以，写实主义呀、理想主义呀，虽然有各样的名目，但这既然是艺术品，就不过是五十步百步之差。依着时代的关系，倘非科学底的真，便不首肯的人们一多，因为没有法，文学者这一面也就为这气息所染，和科学底态度相妥协了。总之，是作家所有的个人的生命，移附在那作品上的，德国的美学家，是用了"感情移入"这字来说明的。例如，即使是一个这样的东西（指着水注），也用了作家自己所有的感情，注入在这里面而描写，那时候，这才成为艺术底。所以见了樱花，或则说是如云如霞，或则用那全然不同的表现方法罢。这就是作家在自己的作品上显出感情的地方。因此庸俗的人们便画庸俗的画，这样的人和作品之间，所以总有同一的分子者，就为此。字这一种东西，在东洋是成为冠冕堂皇的艺术的，西洋的字，个性并不巧妙地现出，然而日本的字，向来就说是"写出其人的气象"的，因为和汉的字，俨然有着其人的个性的表现，显现着生命，所以那是堂皇的美术。然而西洋的字体似的机械底的有着定规形状的东西，是全不成为艺术的。

于是艺术者，就成了这样的事，即：表现出真的个性，捕捉了自然人生的姿态，将这些在作品上给与生命而写出来。艺术和别的一切的人类活动不同之点，就在艺术是纯然的个人底的活动。别的事情，一出手就是个人底地闹起来，那是不了的。无论是政治，是买卖，是什么，一开手就是个人底地，那是不了的；然而独有艺术，却是极度的个人底活动。就是将自己的生命即个性，赋给作品。倘若模拟别人，或者嵌入别人所造的模型中，则生命这东西，就被毁坏了，所以这样的作品，以艺术而论，是不成其为东西的。最要紧的，第一是在以自己为本位，毫不伪饰地，将自己照式照样地显出来。正如先前斋藤君（画家斋藤与里氏）的话似的，自由地显出自己来的事，在艺术家，是比什么都紧要；假使将这事忘却了，或者为了金钱，或者顾虑着世间的批评而作画的时候，则这画家，就和涂壁的工匠相同。从头到底，总是将自己的生命照式照样地显出，不这样，就不成艺术。须是作者所有的这个性，换了话说，就是其人的生命，和观览玩味的人们的生命之间，在什么地方有着共通之点，这互相响应了，而鉴赏才成立；于是也生出这巧妙，或这有趣之类的快感来。

我以为这回所开的个人展览会的意义，也就在这样的处所。这一节，先前斋藤君的演说里，似乎讲得很详细了，所以不再多说；但是，称为政府那样的东西，招集些人们，教他们审查，作为发表的机关那样的，在或一意义上束缚个性的方法，是无聊的方法，以真的艺术而论，是没有意思的。我对了来访的客人们，尝说这样的坏话。将自己家里所说的坏话，搬到公众的场上来，虽然有些可笑，但是文部省美术展览会呀、帝国美术展览会呀，要而言之，就像妓女的陈列一般的东西。诸位之中，曾有对女人入过迷的经验的，该是知道的罢，艺术的鉴赏，就和迷于女人完全一样。对手和自己之间，在什么地方，脾气帖然相投；脾气者，何谓也，谁也不知道。然而，和对手的感情和生命，真能够共鸣，所谓受了催眠术似的，这才是真真入了迷。陈列妓女的展览会里，有美人，也有丑妇，聚集了各种各样的东西，来举行美人投票一般的事。这是一等，这是二等，特选呀，常选呀，虽是这么办，和真真入迷与否的问题，是没交涉的。假使吉原的妓女陈列是风俗坏乱，则说国家所举行的展览会是艺术坏乱，也无所不可罢。在这一种意义上，作家倘若真是尊重自己的个性，则还是不将作品送到那样的地方去，自己的画，就自己一个任意展览的好罢。如果理想底地、彻底底地说，则艺术而不到这地步，是不算真的。如果没有陈列的地方，在自己家里的大门口、屋顶上，都不要紧。要而言之，先前也说过，审查员用了自己的标准，加上一等、二等之类样样的等级，以及做些别的事，乃是愚弄作者的办法。从我们鉴赏者这一面看起来，即使说那是经过美人投票，一等当选了的美人，也并不见得佩服，不过答道，哼，这样的东西么？如此而已。与其这个，倒不如丑妇好，一生抱着睡觉罢。倘不到这真真入迷的心情，则艺术这东西，是还没有真受了鉴赏的。总而言之，个性之中，什么地方，总有着牵引这一边，共鸣的或物存在。换句话，就是帖然地情投意合。要之，我们倘不是以男女间的迷恋一般的关系，和艺术相对，是不中用的。倘不这样，要而言之，不过是闲看妓女的陈列而已。这一回，桥村、青岚两君的作品的个人展览会开会了，而且这还开在向来和艺术缘分很远的大阪，在这样的意义上，我以为实在是非常愉快的事。于是，为要说一说自己的所感，就到这里来了；但因为今晚又必须趁火车回到京都去，所以将话说得极其简单了。

# 游戏论

## ——为国民美术展览会的机关杂志《制作》而作

一

从《制作》的初号起，连续译载着德国席勒（Fr. von Schiller）的《论美底教育的书信[1]》（*Briefe über die Aesthetische Erziehung des Menschen*），我因此想到，要对于这游戏的问题，来陈述一些管见。

我们当投身于实际生活之间，从物质和精神这两方面受着拘束，常置身于两者的争斗中。但在我们，是有生命力的余裕（Das überflüissig Leben）的，总想凭了这力，寻求那更其完全的调和的自由的天地；就是官能和理性，义务和意向，都调和得极适宜的别天地。这便是游戏。艺术者，即从这游戏冲动而发生，而游戏则便是超越了实生活的假象的世界。这样的境地，即称之为"美的精神"（Schöne Seele）。以上那些话，记得就是席勒在那《书信》的第十四和十五里所述的要旨似的。

康德（I. Kant）也这样想，听说在或一种断片录中，曾有与劳动相对，将艺术作游戏观之说，然而我不大知道。可是一直到后来，将这席勒的游戏说更加科学底地来说明的，是斯宾塞（H. Spenser）的《心理学》（第九篇第九章《审美感情》）。

无论是人，是动物，精力一有余剩，就要照着自己的意思，将这发泄到外面去。这便成为模拟底行为（stimulated action），而游戏遂起。因为我们是素来将精力用惯于必要的事务的，所以苟有

---

1　现译"审美教育书简"。——编者注

余力，则虽是些微的刺戟，也即应之而要将那精力来动作。这样时候的动作，则并非实际底行为，却是行为的模拟了。就是"并不自然地使力动作之际，也要以模拟的行为来替代了真的行为（real action）而发泄其力，这么的人为底的力的动作，就是游戏。"斯宾塞说。

在人类，将自己的生命力，适宜地向外放射，是最为愉快的；正反对，毫不将力外泄，不使用，却是最大的苦痛。最重的刑罚，所以就是将人监禁在暗室里，去掉一切刺戟，使生命力绝对地不用，置之于拜伦（G. G. Byron）在《勖瀜的囚人 [2]》（*The Prisoner of Chillon*）里所描写的那样状态中。做苦工的，反要舒适得多。长期航海的船的舱面上，满嘴胡子的大汉闹着孩子也不做的顽意儿。此外，墙壁上的涂抹，雅人的收拾庭院，也都可以这样地加以说明的。

## 二

然而和以上的游戏说异趣，下了更新的解释者，则是前世纪末瑞士的巴拾尔大学的格罗斯（K. Groos）教授公表的所说。

教授在《动物的游戏》（*Spiele der Tiere*）和《人类的游戏》（*Spiele der Menschen*）两书中所述之说，是下文似的解释，和以前者全然两样的。

游戏并非起于实际底活动之后的反响，倒是起于那以前的准备。就是，较之历来的意见，是将游戏看作在生活上有着更重大的、必要的、严肃的一要素的。人和动物，当幼小时，所以作各样的游戏者，是本能底地，做着将来所必要的肉体上精神上的活动。不只是自己先前所做过的活动的温习，却是作为将来的活动的准

---

2　现译"锡雍的囚徒"。——编者注

备，而做着那实习和训练。这即使谁也没有发命令，而人和动物的本能就要这样。有如女孩子将傀儡子或抱或负者，如斯宾塞这些人所说一样，决不是习惯底的模拟行为；乃是从几百代的母亲一直传下来的本能性，作为将来育儿的预备行为，而使如此。小猫弄球，小孩一有机会便争闹，也无非都是未来的生存竞争的准备。所以使格罗斯说起来，则无论是人，是动物，并非因为幼小，所以游戏，乃是因为游戏，所以幼小的。因为这里有"未来"在。

譬如原始时代的人和野蛮人之类，聚集了许多人，歌且跳，跳且歌。后者的解释，即以为那决不是单从游戏冲动而发的，却是和敌人战争时候的团体运动的操练，是预备底实习。

# 三

关于游戏的以上的两说，将这从和艺术的关系上来观察，就有各种的问题暗示给我们。也和艺术所给与的快感，即游戏的快乐，或者艺术的实用底功利底方面相关联，成为极有兴味的问题。

在现今，大抵以为席勒的游戏说，是被后来的格罗斯教授的所说打破了。然而我从艺术在人类生活上的意义着想，却竟以为上述的两说，不但可以两立而已，而且似乎须是并用了这两说，这才可以说明那作为游戏的艺术的真意义。

在称为职业、劳动、实际生活等类的事情以上，在我们，都还有以生命力的余裕所营的生活。和老人、成人相比较，青年和小儿就富于旺盛而泼剌的生气，生气怎么富，这力的余裕也就怎样大。我们想用了那余裕，来创造比现在更自由的，更得到调和的、更美的、更好的生活的时候，就是向上，也就是有进步。不独艺术，凡有思想生活，大概都是在这一种意义上的严肃的游戏。这也可以当作格罗斯的所谓"实生活的准备底阶段"观。

劳动和游戏之间,本来原没有本质上的差异的。譬如同是作画、弹钢琴,常因了做的人的环境和其人的态度,而或则成为游戏,或则成为职业劳动。流了汗栽培花木,在花儿匠是劳动,是事务罢,但在有钱的封翁,却是极好的游戏了。

那么,劳动和游戏之差,倘借了席勒的话来说,则所以不同者,只在前者是那劳作者的意向(Neigung)和义务(Pflicht)没有妥当地调和,而在后者,则那两事都适宜地得了一致。换了话说,便是前者是并非为了从自己本身所发的要求而劳作的,而在后者,却是为了自己,使自己的生命力活动,由此得到满足。所以,我以为游戏云者,可以说,是被自己内心的要求所驱遣,要将自己表现于外的劳作罢。人若自由地表现出自己,适宜地将自己的生命力发放于外,是带着无限的快感的;否则,一定有苦痛,这就成为不能称作游戏的事了。这游戏所在的地方,即有创造创作的生活出现。

纵使并不在生活问题可以简单地解决,社会问题也不如今日一般复杂的原始时代,即在古代,职业底劳动和游戏底劳作之间,是并没有这么俨然的区别的。都能够为了自己所发的内底要求,高兴地做事;为了满足自己,而忠实地、真率地、诚恳地,以严肃的游戏底心情做事的。当跪在祭坛前受神托,举行祭政一致的"祀事"的时候,他们就做那称为"神戏"的事:奏乐,戴了假面跳舞,献上美的歌辞。现在的所谓政治家和职业底僧徒所做的事,在他们是作为"戏"而兴办的。

要而言之,游戏者,是从纯一不杂的自己内心的要求所发的活动;是不为周围和外界的羁绊所烦扰,超越了那些从什么金钱呀、义务呀、道德呀等类的社会底关系而来的强制和束缚,建设创造起纯真的自我的生活来。席勒在那《书信》的第十五里说:"人惟在言语的完全的意义上的人的时候才游戏，也惟在游戏的时候才是完全的人。"这有名的话的真意义，就可以看作在这一点。我以为在这意义上，世间就再没有能比所谓游戏呀、道乐呀之类更其高贵的事了。

人生的一切现象，是生命力的显现，就中，最多最烈，表现着自己这个人的生命力的，是艺术上的制作。超脱了从外界逼来的别的一切要求，——什么义理、道德、法则、因袭之类的外底要求，当真行着纯然的自己表现的时候，这就是拼命地做着的最严肃的游戏。在这样的艺术家，则有着格罗斯所说那般的幼少，也有着大的未来。艺术家一到顾忌世间的批评，想着金钱的问题，从事制作的时候，这就已经不是"严肃的游戏"，而成为匠人的做事了；这时候，对绢素，挥彩毫，要在那里使自然人生都活跃起来的画家，已变了染店的细工人、泥水匠的佣工了。

虽然简括地说是游戏，其范围和种类却很多。随便玩玩的游戏，就是俗所谓"娱乐"一类的事，这就可以看作前述的斯宾塞所说的单是模拟底行为，起于实际底活动之后的反响的罢。但是，真的自己表现的那严肃的游戏，则不问其为艺术的、实业的、政治的、学艺的，乃是已经入了所谓"道乐"之域，因此，以个人而言，以人类而言，皆是也有未来，也有向上，有进转。将这像格罗斯那样的来解释，看作预备的行为，则我以为前述的两种游戏说，也未必有认为两不相容的冲突之说的理由罢。

# 描写劳动问题的文学

## 一 问题文艺

建立在现实生活的深邃的根柢上的近代的文艺，在那一面，是纯然的文明批评，也是社会批评。这样的倾向的第一个是易卜生。由他发起的所谓问题剧不消说，便是称为倾向小说和社会小说之类的许多作品，也都是直接或间接地，拿近代生活的难问题来做题材。其最甚者，竟至于简直跨出了纯艺术的境界。有几个作家，竟使人觉得已经化了一种宣传者（propagandist），向群众中往回，而大声疾呼着，这是尽够惊杀那些在今还以文学为和文酒之宴一样的风流韵事的人们的。就现在的作家而言，则如英国的萧（B. Shaw）、高尔斯华绥（J. Galsworthy）、威尔斯，还有法国的勃利欧（E. Brieux），都是最为显著的人物。

跟着近一两年来暂时流行了的民本主义之后，这回是劳动问题震耸了一世的视听了。资本家对劳动者的冲突，只在日本是目下的问题，若在欧洲的社会上，则已是前世纪以来的最大难问，所以文艺家之中，也早有将这用作主题的了。现在考察起这类的小说和戏曲的特征来，首先是（1）描写个人的性格和心理之外，还有描写多数者的群众心理的东西。尤其是在戏曲等类，则登场人物的数目非常之多。这是题材的性质自己所致的结果。在先，戏剧上使用群众的时候是有的。但是这只如在歌德的《Egmont》和莎士比亚的《Julius Caesar》里似的，以或一个人代表群众，全体（Mass）即用了个人的心理的法则来动作。将和个人心理的动作方法不同的群众心理这东西，上了舞台的事，在近代戏剧中，特在以这劳动问题为主题的作品中，已有成功的了。其次，还有（2）描写多数者的骚扰之类，则场面便自然热闹，成了 Sensational 的 Melodrama 式的东西。（3）从描写的态度说，其方法即近代作家大抵如斯，就是将现实照样地描写，于这资本劳动的问题，也毫不给与什么解决，单是描出那悲惨的实际，提出问题来，使读者自己对于这近代社会的一大缺陷，深深地反省、思索。（4）又从结构说，则普通的间架大抵在资本家劳动者的冲突事件中，织进男女的恋爱或家庭中的悲剧惨话去，使作品通体的 Effect 更其强、更其深。这决非所谓小说样的捏造，乃是因为劳动运动的背后，无论什么时候，在或一意义上，总有着女性的力的作用的。（5）而且这类作品中，资本家那边一定有一个保守冥顽不可超度的老人，即由此表出新旧思想的激烈的冲突。便是在日本，近来也很有做这问题的作品了，就中觉得是佳作之一的久米正雄氏的《三浦制丝场主》（《中央公论》八月号），在上述的最后两条上，也就和西洋的近代文学上所表示者异曲同工的。

## 二　英吉利文学

因为近来同盟罢工问题很热闹，我曾被几个朋友问及：西欧文艺的什么作品里，描写着这事呢？因此想到，现在就将议论和道理统统撇开，试来绍介一回这些著作罢。在英吉利，制造工业本旺盛，因此也就早撞着产业革命的难问题了。诗人和小说家的做这问题者，也比在大陆诸国出现得更其早。英文学的特色，是纯艺术的色采不及法兰西文学那样浓厚，无论在什么时代，宗教上政治上社会上的实际问题和文学，总有着紧密的关系的事，也是这原因之一罢。最先，为要拥护劳动者的主张，则有大叫普通选举的 Chartist（译者注：一八四〇年顷英国的改进派[1]）一派的运动；和那运动关联着，从前世纪的中叶起，在论坛，已出了卡莱尔的《过去和现在》、"Chartism"、《后日评论》（*Latter-Day Pamphlet*）等，拉斯金也抛了艺术批评的笔，将寄给劳动者的尺牍《*Fors Clavigera*》和《*Unto This Last*》之类发表了。在诗坛，则自己便是劳动者的诗人玛绥（Gerald Massey）以及在"Cry of Children"（《孩子的呼号》）中，为少年劳动者洒了同情之泪的布朗宁夫人的出现，也都是始于十九世纪的中叶的。

但是，在纯然的创作这方面，最先描写了这劳动问题的名作是金斯利（Charles Kingsley）的小说《酵母》（*Yeast.* 1848）和《亚勒敦洛克[2]》（*Alton Locke.* 1850）。当时的社会改造说，本来还不是后来得了势力的马克思一流的物质论，而是以道德宗教的思想为根蒂的旧式的东西，所以金斯利在这二大作品中所要宣传者，也仍不外乎在当时的英吉利有着势力的基督教社会主义；就是属于莫里斯和卡莱尔等的思想系统的形而上底东西。

因为物价的飞涨、工钱的低廉、作工时间的延长、就业的不易等各样的原因，当时的英国的劳动者，陷在非常的苦境里，对于地主及资本家的一般的反抗心气，正到了白热度了。这不安的社会状态，至千八百四十八年，又因了对岸的法兰西的二次革命，而增加了更盛的气势。金斯利的这两部书，就是精细地写出劳动阶级的苦况，先告诉于正义和人道的。在那根本思想上，已和今日的唯物底的社会主义基础颇不同，以文艺作品而论，其表现上，旧时代的罗曼的色采也还很浓重。尤其是《酵母》这一部，是描写荒废了的田园的生活和农民的窘状的，其中如主要人物称为兰思洛德的青年，出外游猎，受了伤，在寺门前为美丽的富家女所救，于是两人遂至

---

1　现译"宪章派"。——编者注
2　现译"阿尔顿·洛克"。——编者注

于相爱这些场面，较之以走入穷途了的今人的生活为基础的现代文学，那相差很辽远[3]。而且别一面，和这罗曼的趣味一同，又想将社会改造的主张，过于露骨地织进著作里去，于是就很有了不调和，不自然；将所谓"问题"小说的缺点，暴露无余了。不但以艺术品论，是失败之作，即为宣传主义计，似乎力量也并不强。从今日看来，这书在当时得了极好的批评者，无非全因为运用了那时的焦眉之急的问题，一时底地耸动了世人的视听罢了。

和这比较起来，《亚勒敦洛克》这一部，是通体全都佳妙得多的作品。这一部不是农民生活，乃是写伦敦的劳动阶级的境遇，细叙贫民窟的生活的。较之《酵母》，更近于写实，以小说而论，也已成功。书的写法，是托之成衣店的工人亚勒敦洛克的自传。从他出世起，进叙其和在一个画院里所熟识的大学干事的女儿的恋爱；其后因为用了口舌、笔墨，狂奔于劳动运动的宣传，被官宪看作发生于或一地方的暴动的煽动者，受了三年的禁锢。于是悟到社会改造的大业，须基督才能成就；一面又因失恋的结果，遂为周围的情势所迫，想迁到美国的狄克萨斯州[4]去。迨将在目的地上陆之前，在船中得了病，死去了。书即是至死为止的悲惨的生涯的记录。倘说是纯粹的小说，则侧重宣传的事，也写得太分明了，但作者却还毫不为意的说道："单为娱乐起见，来读我的小说的人们，请将这一章略掉罢。"（第十章）

## 三　近代文学，特是小说

然而从此金斯利这些人更近于我们的新时代的文学中，来一想

---

3　现代汉语常用"相差甚远"。——编者注
4　现译"得克萨斯州"。——编者注

那运用劳动对资本的问题的大作，则应当首先称举者，该是法兰西的左拉（E. Zola）的《发生[5]》（*Germinal. 1885*）罢。这不独是左拉一生的大作，而且欧洲劳动社会所读的小说，相传也没有比这书更普遍的。作者将自己热心地研究，观察所得的事实，作为基址，以写煤矿工人的悲惨的地狱生活；将工人一边的首领兰推这人，反抗那横暴的资本家的压制的惨剧，用了极精致的自然派照例的笔法，描写出来。那叙述矿工的丑秽而残忍，几乎不像人间的生活这些处所，倘在日本，是早不免发卖禁止了的。或人评这部书，以为是将但丁《神曲》中地狱界的惨酷，加以近代化的东西，却是有趣的话。还有同人的《工作》（*Travail. 1901*），也记资本主义的暴虐，专横的富豪的家庭生活的混乱的，一面则写一个叫作弗罗蒙的出而竞争的人，以资本和劳动的真的互相提携，而设立起来的工厂的旺盛。用了这两面的明白的对照，作者就将自己的社会改造的理想，乃在后一面的事，表示出来了。（左拉并非如或一部分的批评家所误信似的单是纯客观描写的作家，在他背后，却有很大的理想主义在，在这些书上就可见。）

在英吉利文学这一面，和左拉的《发生》几乎同时发现，单以小说而论，其事情的变化既多，而场面又热闹者，则是吉辛（G. Gissing）的《平民[6]》（*Demos*；*A Story of English Socialism. 1886*）。有一个不像小家出身的，高尚而大方的女儿叫安玛；而苗台玛尔是在勤俭严正的家庭里长大的社会主义者，和她立了婚约。但这社会主义者后来承继了叔父的遗产，开起铁工厂来，事情很顺手，于是成为富户了；为工人计，也造些干净的小屋，也设立了购买联合和公开讲演会之类。然而一到这地步，富翁脾气也就自然流露出来，弃了立过

---

5　现译"萌芽"。——编者注
6　现译"民众"。——编者注

婚约的安玛，去和别的大家女结婚。但是，不幸而这结婚生活终于陷入悲境，财产也失掉了。苗台玛尔的成为候补议员，也非出于社会党，而却从别的党派选出。因为这种种事，失了人心，有一回，在哈特派克遭了暴徒的袭击，仅仅逃得一条命。为避难计，他跳进一家的房屋中，则其中的一间，偶然却是安玛的住室。他想探一探暴徒的情形，就从这里的窗洞伸出头去；这时候，恰巧飞来一颗石子，头上就受了很重的伤，终于在先前薄幸地捐弃了的安玛的尽心护视之下，死去了。这是那长篇的概略。

专喜欢用穷苦生活来做题目的吉辛的著作中，并非这样的劳动问题，而单将工人工女的实际，写实底地描写出来的，例如 "Thyrza" 一类的东西，另外还有。西洋近代的小说，而以劳动者的生活和贫富悬隔的问题等作为材料者（例如用美国的工业中心地芝加各为背景，写工人的惨状，一时风靡了英、美读书界的 Upton Sinclair 的 "The Jungle" 之类），几乎无限。单是有关于这劳动对资本的冲突问题的作品，也就不止十种、二十种罢。其中如英国的 William Tirebuck 之作 "Miss Grace of All Souls"，成于美国一个匿名作家之笔的 "The Breadwinners" 以及 Mary Foote 女士的 "Coeur d'Alene"，用纽约的饭店侍者的同盟罢工作为骨子的 Francis R. Stoekton 的 "The Hundredth Man" 等，就都是描写同盟罢工而最得成功的通俗小说。

## 四　描写同盟罢工的戏曲

复次，在戏曲一方面，以同盟罢工为主题的作品中，最有名的是豪普特曼（Gerhart Hauptmann）的杰作，描写那希垒细亚的劳动者激烈的反抗的《织工》（Die Weber），这是历来好几回，由德文学的专门家绍介于我国了的，所以在这里也无庸再说罢。毕昂松（B. Bjoernson）的《人力以上》，则仅记得单是那前篇曾经森鸥外氏译出，收在《新一幕物》里；那后篇，虽然不及前篇的牧师山格那样，但也以理想家而是他的儿子和女儿为中心，将职工对于资本家荷勒该尔的反抗运动当作主题的。在英吉利文学，则梭惠埤（Githa Sowerby）的"Rutherford and Son"也是以罢工作为背景的戏剧；弗兰希斯（J. O. Francis）的"Change"亦同。还有摩尔（G. Moore）的"The Strike at Arlingford"则写诗人而且社会主义者的 John Reid 在同盟罢业的纷扰中，受了恋爱的纠葛和金钱问题的夹攻，终至于失败而服毒的悲剧；以作品而论，是不及毕昂松的。这些之外，又有美国盛行一时的作家克拉因（Ch. Klein）的"The Daughters of Men"。西班牙现存作家罗特里该士（I. F. Rodriguez）的"El Pan del Pobre"（《穷人的面包》），迭扇多（Joaquin Di-cento）的著作"Juan José"，丹麦培克斯忒伦（H. Bergstroem）的"Lynggaard and Co."，法兰西勃里欧的"Les Bienfaiteurs"（《慈善家》）等，殆有不遑枚举之多，但以剧而言，为最佳之作，而足与豪普特曼的《织工》比肩的东西，则是英国现代最大的戏剧作家高尔斯华绥的《争斗》（The Strive）。

《争斗》是描写忒莱那塞锡器公司的同盟罢工的。公司的总务长约翰安多尼，是一个专横、刚愎、贪婪无厌的人。工人的罢工已经六个月了，他却冷冷地看着他们的妻子的啼饥，更是一毫一厘的让步的意思也没有。而对抗着的工人那一面的首领，又是激烈的革命主义者大卫罗拔兹。剧本便将这利害极端地相反，——但在那彻底的态度上，两面却又有一脉相通的两个人物，作为中心而舒展开来。居这两个强力的中间的，是已经因为两面的冲突而疲弊困惫了的罢工工人，以及劳动联合的干事。那一面，有重要人员从伦敦来，开会协议，则工人这一面也就另外开会、商量调停的方法。恰巧略略在先，罗拔兹的妻因为冻饿而死掉了。工人们中，本来早有一部分就暗暗地不以矫激的罗拔兹的主张为然的，待到知道了这变故，这些人便骤然得了势力，终于大家决议，允以几个条件之下，妥协开工。工人们这一面便带了这决议案，去访公司的重要人员去。而那一面也已经开过会议，那结果，是冥顽的总务长安多尼因为彻底地反对调停，恰已辞职了。

本是冲突中心人物的两面的大将，都已这样地败灭了。当第三幕的最末，那枉将自己的妻做了牺牲而奋斗，终至众皆叛去的罗拔兹，和被公司要人所排挤的总务长安多尼，便两人相对，各记起彼此的这运命的播弄[7]，互相表了同情。

作者高尔斯华绥要以这一篇来显示资本家和劳动者的冲突之无益，那自然不待言，但同时也使人尽量省察，知道在资本主义的现状之下，罢工骚扰是免无可免的事。对于问题，并不给与什么解答，但使两面都尽量地说了使说的话，尽量地做了使做的事，将这问题作为现实社会的现象之一，而提示、暴露出来。将这各样事情，在不能忘情于人生的问题的人们的眼前展开，使他们对于这大的社会问题，觉得不能置之不理，这戏曲之所以为英国社会剧的最大作品的意义即在此。许多批评家虽说高尔斯华绥的这篇是有豪普特曼的影响的，然而那《织工》中所有的那样煽动的处所，在这《争斗》里却毫没有。单是这一点，以沉静的思想剧而论，高尔斯华绥的这一篇不倒是较进一步么，我想。末后的讥诮的场面，是近代现实主义的文艺的常例，故意地描写人生的冷嘲的，《织工》的结末，也现出这样的一种的讥诮来。

高尔斯华绥的戏曲是照式照样地描出现代的社会来。像萧伯纳那样，为了思想的宣传，将对话和人物不恤加以矫揉造作的地

---

7　现代汉语常用"拨弄"。——编者注

方, 一点也没有。罗拔兹在劳动者集会的席上, 痛骂资本家的话, 总务长安多尼叙述资本家的万能, 一步也不退让的演说, 两面相对, 使这极端地立在正反对的利害关系上的彻底的非妥协的二人的性格, 活现出来。还有, 总务长安多尼的女儿当罗拔兹的妻将死之际, 想行些慈善来救助她, 而父亲安多尼说的话是: "你是以为用了你的带着 [8] 手套的手能够医好现代的难病的。"(You think with your gloved hands you can cure the troubles of the century.)这些也是对于慈善和温情主义的痛快的讽骂。

　　或者从算盘上, 或者从感情, 或者从道理, 红了眼喧嚷着的劳动问题, 从大的人生批评家看来, 那里也就有滑稽, 有人情, 须髯如戟的男子的怒吼着的背后, 则可以看见荏弱的女性的笑和泪; 在冰冷的温情主义的隔壁, 却发出有热的纯理论的叫声: 在那里, 是有着这些种种的矛盾的。从高处大处达观起来, 观照起来, 则今人的社会底生活和个人底生活, 究竟见得怎样呢? 文艺的作品, 就如明镜的照影一般, 鲜明地各式各样地将这些示给我们。那些想在文艺中, 搜求当面的问题解决者, 毕竟不过是俗人的俗见罢了。

---

8　现代汉语常用"戴着"。——编者注

# 为艺术的漫画

## 一 对于艺术的蒙昧

在许多年来，只烦扰于武士道呀、军阀跋扈呀，或是功利之学呀等类的日本，即使是今日，对于艺术有着十分的理解和同情的人们还很少。尤其是或一方面的人们对于或种艺术的时候，不但是毫无理解、毫无同情而已，并且取了轻侮的态度，甚至于抱着憎恶之念，这从旁看去，有时几近于滑稽。我且说说教育界的事，作为一例罢。这社会，原也如军阀一样，是没分晓的人们做窠最多的处所，他们一面拉住了无聊的事，喊着国粹保存，作为自夸国度的种子，但连纯粹的日本音乐，竟也不很有人想去理会，这不是古怪之至么？懂得那单纯的日本音乐之中最有深度的三弦的教育家，百人之中可有一个么？只要说是祖宗遗留下来的，便连一文不值的东西也不胜珍重，口口声声嚷着日本固有呀，国粹呀的那些人们，并德川三百年的日本文化所产出的《歌泽》《长呗》《常盘津》《清元》（译者注：上四种皆是谣曲的名目）的趣味也不知道，只以为西洋的钢琴的哺哺之声是唯一的音乐的学校教员们，不也是可怜人么？即使不懂得三弦的收弦，还可以原谅，但是，现今的日本之所谓教育家的对于演剧的态度，是什么样子呢？！即使说冥顽不可超度的校长和教育家因为自己不懂而不去看，可以悉听尊便，但是连学生们的观剧也要妨害，在学校则严禁类似演剧的一切会，那除了说是被囿于照例的无谓的因袭之外，无论从理论讲，从实际讲，能有什么论据，来讲这样的话呢？因于固陋的偏见的今之教育家，对于艺术和教育的关系、美底情操的涵养、感情教育等，莫非连一回，也没有费过思量么？如果说费了思量，而还有在学校可以绝对禁止演剧的理由，那么，就要请教。我作为文艺的研究者，在学问上，无论何时，对于这样的愚论，是要加以攻击、无所踌躇的。

又如果说，是只见了弊害的一面而禁止的，那么，便是野球那样的堂皇的游戏，在精神底地，也有伴着输赢的弊害，在具体底地，也未始不能说，并无因了时间和精力的消耗而生的学业不进步的恶影响。弊害是并非演剧所独有的。要而言之，倘使顽愚的教育家从实招供起来，不过说，他们对于演剧有着怎样的艺术底本质的事，是本无所知，但被囚于历来很熟的因袭观念，当作乞儿的玩耍而已。除此以外，是什么理由，什么根据都没有。苟有世界的文明国之称的国度，像日本似的蔑视演剧的国，世界上那里还有呢？在美国的中学和大学，一到庆祝日之类，一定能看见男女青年学生们的假装演技。有美国学艺的中枢之称的哈佛大学，在校界内就有体面的大学所属的剧场。英国的演剧，上溯先前，就是始于大学而发达起来的。虽如德国前皇那样的人，于演剧，不是也特加以宫廷的保护的么？法兰西，那不消说，是有着堂堂的国立剧场的国度。在英国，不也如对于别的政治家和学者和军人一样，授优伶以国家的荣爵的么？（爵位这东西之无聊，又作别论。）这些事实，在一国的文化教养之上，究竟有着怎样的意义呢？又，作为民众艺术的演剧，是怎样性质的东西呢？自以为教育家而摆着架子的人们，将这些事，略想一想才是。如果想了还不懂，教给也可以的。

## 二 漫画式的表现

并非想要写些这样的事的。我应该讲本题的漫画。

也如教育家对于演剧和日本音乐的蒙昧一样，一般的日本人，对于作为一种艺术的漫画，也仿佛见得毫无理解，加以蔑视似的。

在日本，一般称为漫画的东西，那范围很广大。有的是对于时事问题的讽刺画即 cartoon，而普通称为"ホンチ繪"的 caricature 之类也不少。但不拘什么种类，凡漫画的本质，都在于里面含有严肃的"人生的批评"，而外面却装着笑这一点上。那真意，是悲哀，是讽骂，是愤慨，但在表面上，则有绰然的余裕，而仗着滑稽和嘲笑，来传那真意的。所用的手段，也有取极端的夸张法（exaggeration）的，这是在故意地增加那奇怪警拔 [1]（the grotesque）的特色。

譬如抓着或一人物或者事件，要来描写的时候罢，如果单将那特征夸大起来，而省略别的一切，则无论用言语，或用画笔，那结果一定应该成为漫画。画一个竖眉的三角脑袋的比里坚（译者注：Billiken 犹言小威廉，三十年前在美国流行一时的傀儡的名目），作为寺内伯者，就因为单将那容貌上的几个显著的特征，被加倍地描写了的缘故。和这夸张，一定有滑稽相伴，从文学方面说，则如夏目漱石氏的小说《哥儿》，或者又如和这甚异其趣的狄更斯（Ch. Dickens）的滑稽小说《璧佛克记事 [2]》（The Pickwick Papers），即都不外乎用言语来替代画笔的漫画底的文学作品。本来，在文学上，滑稽讽刺的作品里，这种东西古来就很多，从希腊的阿里斯托芬（Aristophanes）的喜剧起，已经可以看见将今日的漫画，行以演剧的东西了。就是对于伯里克利（Pericles）时代的雅典政界的时事问题，加以讽刺的，是这喜剧的始祖。

大的笑的阴荫里，有着大的悲。不是大哭的人，也不能大笑。所以描写滑稽的作者和画家之中，自古以来，极其苦闷忧愁的人，

1 现译"怪诞"。——编者注
2 现译"匹克威克外传"。——编者注

愤世厌生的人就不少。作《咱们是猫》，写《哥儿》时候的漱石氏，是极沉郁的神经衰弱式的人；在这一点上，英国十八世纪的斯威夫特（J. Swift）等，也就是出于同一的倾向的。倘不是笑里有泪，有义愤，有公愤，而且有锐敏的深刻痛烈的对于人生的观照，则称为漫画这一种艺术，是不能成功的。因为滑稽不过是包着那锐利的锐锋的外皮的缘故。见了漫画风的作品，而仅以一笑了之者，是全不懂得真的艺术的人们罢。

所以，诚实的、深思的人，喜欢漫画的却最多。这一件事实，仿佛矛盾似的，而其实并没有什么矛盾。倘说，在世界上，最正经，连笑也不用高声的，而且极其着实的实际底的人种是谁呢，那是盎格罗索逊人。像这盎格罗索逊人那样，喜欢滑稽的漫画的国民，另外是没有的；即使说，倘从英国的艺术除去这"漫画趣味"，即失掉了那生命的一半，也未必是过分的话罢。

## 三　艺术史上的漫画

Caricature 这字，是起源于意大利的，但在英国，却从十七世纪顷就使用起。可是漫画这东西的发源，则虽在古代埃及的艺术上，也留传着两三种戏画的残片，所以该和山岳一样地古老的罢。而希腊、罗马时代的壁画雕刻之类里，今日的漫画趣味的东西也很多，这是只要翻过西洋的美术史的人，谁也知道的。

再迟，进了中世，则和宗教上的问题相关联，这"漫画趣味"即愈加旺盛。见于修道院的壁画和建筑装饰之类者为最多，此外，则如中世传说的最有名之一的"赍纳开狐[3]"（Reineke Fuchs），分明就是讽刺当时德国国情的一篇漫画文学。还有，中世传说的"恶魔"，

3　现译"列那狐"。——编者注

那不消说，总是冷酷的讽刺的代表者。又如"死"（画作活的骸骨状的），也都是中世艺术所遗留下来的漫画趣味。那十五世纪的荷尔拜因（Hans Holbein）的名画《髑髅舞》（Totentanz），就是这。描写出"死"的威吓地上一切人们的绝大的力来，极凄怆险巇之致，是在古今的艺术史上，开辟了漫画的一新纪元的大作。这样子，在文艺复兴期以后欧洲各国的艺术上，讽诫讥笑的漫画趣味、恶魔趣味，遂至成了那重要的一部分了。

到近代，十八世纪大概可以说是在艺术上的漫画趣味的全盛期罢。尤其是英国，在小说方面，这时正有斯威夫特、斯摩列德（T. Smollet）或菲尔丁（H. Fielding）等，以被批评为卑猥或粗野的文字，来讥诮时代。当时，也正是沃波尔（Walpole）和毕德（Pitt）的政治，将绝好的题材盛行供给于漫画家的时代，十八世纪的英国，正如文艺上的富于讽刺文字一样，在绘画史上，也留下许多可以称为漫画时代的作品来。

这英国的十八世纪的漫画的巨擘，不消说，是威廉·荷加斯（William Hogarth 1697—1764）了。作为近世的最大画家的荷加斯的地位，本无须在这里再说，但他于描画政治上的时事问题，却不算很擅长；倒是作为广义的人生批评家，将当时的社会、风俗、人情来滑稽化了，留下许多不朽的名作。

画苑的奇才呵概斯的著作中，最有名的，是杰作《时式的结婚[4]》（Marriage à la Mode）这六幅接续画，现在珍藏在英国国立的画堂中。因为还是十八世纪的事，所以色彩并不有趣，在笔意里也没有妙味。那特色，是在对于一时代的风俗的痛烈的讥嘲、讽刺；是在几乎可以称为漫画的生命的讽骂底暗示（Satirical Suggestiveness）。所描写的是时髦贵族既经结婚之后，夫妇都度着放荡生活，失了财

---

4　现译"时髦婚姻"。——编者注

产,损了健康,女人做着不义事的当场,丈夫闯进来,却反为奸夫所杀,女人则服毒而死的颠末。其他,荷加斯所绘的妓女和荡子的一生的连续画中,也有不朽的大作。虽然间有很卑猥的,或者见得的残忍,但设想的警拔和写实的笔法,却和滑稽味相待而在漫画史上划出一个新的时期来。

从十八世纪至十九世纪,政治底讽刺画愈有势力了。为研究当时的历史的人们计,与其依据史家的严正的如椽之笔,倒是由这些漫画家的作品,更能知道时代的真相之故,因而有着永久的生命的作品也不少。就中,在克洛克襄克(George Cruikshank)的戏画中,和政界时事的讽刺一起,荷加斯风的风俗画也颇多,真不失为前世纪绘画史上的一大异彩。我藏有插入这克洛克襄克和理区的绘画的旧板《狄更斯全集》,作为狄更斯的滑稽小说的插画,是画以解文,文以说画,颇有妙趣难尽之处的。

在千八百四十年,以专载漫画讽刺的定期刊物,世界底地有名的"Punch"出版,英国第一流的漫画家几乎都在这志上挥其健笔,是世人之所知道的,虽在日本语里,也不知何时,传入了"ボンチ畫"这句话,所以也已经无须细说了罢。在前世纪,以漫画家博得世界底名声的斐尔美伊(Phil May 1864—1903),也就是在这"Punch"上执笔的。

像那正经的英国人一样,热心地喜爱漫画的,另外虽没有,但法兰西方面,有如前世纪的杜米埃(Honoré Daumier)的作品,则以痛快而深刻刺骨的滑稽画,驰名于全欧。他有这样的力,即用了他那得意的戏画,痛烈地对付了国王路易腓力(Louis Philippe),因此得罪,而成了囹圄之人。

## 四　现代的漫画

巴黎的歌舞喜剧场有一句揭为标语的腊丁文的句子。这就是 Castigat ridendo mores（以笑叱正世态）。这句话，是适用于喜剧和讽刺文学的，同时也最能表示漫画的本质。不但时代和民族的特色，都极鲜明地由漫画显示出来，即当辩难攻击之际，比之大日报的布了堂堂的笔阵的攻击，有时竟还是巧妙的两三幅漫画有力得多。我就来谈一点莱美凯司的作品，作为最近的这好适例罢——

从十八世纪顷起，在漫画界就出了超拔的天才的和兰[5]，当最近的世界大战时，也产生一个大天才，将世界的耳目惊动了。在这回的大战，和兰是始终以中立完事的，但因为有了这一个大漫画家莱美凯司的辛辣的德皇攻击的讽刺画之故，据说就和将万军的援助给了联合国一样。因为言语的宣传，不靠翻译，别国人是不能懂的，如果是绘画，则无论那一国人，无论是怎样的无教育者，也都懂得，所以将德皇的军国主义，痛快地加以攻击，至于没有完肤的他的漫画，遂成为最有效验的宣传（Propaganda），在世界各国到处，发挥出震动人心的伟力了。

莱美凯司在世界大战的初期止，是一个几乎不知名的青年画家，到开战之际，才在海牙的称为《电报通信》这一种新闻上，登载了痛击德皇的漫画，一跃而博得世界底名声了。在和兰，因为说他的作画要危及本国的中立，是颇受了些攻击的，但在联合国方面的赞扬，同时也非常之盛。尤其是在英国的伦敦，且为了他的作品特地开一个展览会，以鼓吹反德热；英、法、美诸国，都以热烈的赞辞，献给"为真理和人道而战的这漫画家"。我自己这时在美国，翻

---

5　现译"荷兰"。——编者注

着装钉[6]得很体面的他的漫画集的大本，和美国的朋友共谈，大呼痛快的事，是至今还记得的。

莱美凯司的画里，并无惨淡经营的意匠，倒是简单的图。这是极端地使用省笔法的，只在视为要害的地方，聚了满身的力，而向残虐的军国主义加以痛击。但总在何处含着讥嘲的微笑，将德皇的蛮勇化成滑稽的处所，是很有趣的。那热，那严肃味，和那讥嘲相纠合，于是成了他的作品的伟力。使法兰西那边的批评家说起来，莱美凯司的技巧，是不及近代许多英、法漫画界的巨匠远甚，但他那抓住戏曲底境地（dramatic situation）的伎俩，则是不许任何人追随的独特者云。

美国人喜欢滑稽讽刺的漫画之甚，只要看这是日刊新闻的主要的招徕品，就可知。以代表这一方面的新派的漫画家而论，如纽约的《德里比雍报》的洛宾生（B. Robinson）氏，即是现今美国画界最大的流行者之一罢。

在法兰西，漫画也有非常的势力，所以如《斐额罗报》的福兰（J. L. Forain）氏的时事漫画，便在现今也已经当作不朽的作品，还有，并非新闻画家，而是有名的漫画家中，则有卢惠尔（André Rouveyre），奇拔而出人意表之处，真是极其痛快，无论怎样的政治家、美人、名优，一触着他的毒笔，便弄得一文不值。上了钩的富人，也由不得不禁苦笑的罢。尤其是描画妇女时，非挥了那几乎可以称为残忍的锋利的解剖之笔，将她们丑化，便不放手：这态度，也有趣的。相传还有奇谈，说曾将一个有名的文豪的夫人，用了这笔法描写，竟至于被在法庭控告哩。丹麦的评论家布兰代斯（G. Brandes）曾评卢惠尔的作画，说："是用那野兽的玩弄获物似的，灭裂地爪撕齿啮，残忍的描法的。"这确乎是适当的批评。尤其是将

---

6 现代汉语常用"装订"。——编者注

一个女优，从各种的位置和姿势上看来，成了三十五张图画的那样的手段，我想，倘没有很精致的观察和熟达的笔，怕是做不到的工作罢。或者奔放地；或者精细地；或者刚以为要用很细的线了，而却以用了日本的毛笔一般，将乌黑的粗线涂写了的东西也有。而每一线，每一画里，又无不洋溢着生命的流，这一点，就是他人之难于企及的处所罢。

对于这卢惠尔，以及对于英国的毕尔博姆（Max Beerbohm）的漫画，曾在拙著《小泉先生及其他》里，添了那作品的翻印，稍稍详细地介绍过，所以在这里就省略了。

## 五　漫画的鉴赏

上面也已说过，漫画的艺术底特征，是尽于"grotesque"一语的。德国的美学家利普斯（Th. Lipps）说明这一语，云是要以夸张、丑化、奇怪、畸形化，来收得滑稽的效果。倘使这"grotesque"含有讽诚嘲骂攻击的真意的时候，则无论这是文章，是演剧，是绘画，是雕刻，便都成为漫画趣味的作品，而为莫里哀（J. B. P. Molière）的喜剧，为日本的即席狂言，为讽刺小说，为parody（戏仿的诗文），为德川时代的川柳，为葛饰北斋的漫画，在文艺上，涉及非常之大的范围了。

但是，这也是我们日常言语上所常用的表现法，例如称钱夹子为"虾蟆口"，称秃头为"药罐"或"电灯"的时候，就是平平常常，用着以言语来代画笔的漫画。因为这些言语，作为暗比（metaphor）的表现，是被艺术底地夸张、畸形化了的，有时候，且也含有很利害的嘲骂之意的缘故。至于那"虾蟆口"，则因为现今已经听得太惯了，所以我们也就当作普通的名词使用着，再不觉得有什么奇拔之感。学者说言语是"化石了的诗"的意义,也就在这里。

近来,在京都出了一回可谓渎职案件;说是那时,检事当纠问的时候,将各样的人放在"豚箱"里,于是人权蹂躏呀,什么呀,很有了些嚷嚷的议论。那是怎样的箱子呢,不知其详;但那"豚箱"这句话,可不知道是谁用开首的,却实在用了很巧的表现。这并不是照字面一样的关猪的箱或是什么,不过是用了漫画风的夸张和丑化的艺术底表现罢了。然而,为了漫画底的这一语,其惹起天下的同情和注意,较之一百个律师的广长舌有力得远,这是在读者的记忆上,到现在还很分明的罢。

在西洋,有"人是笑的动物"这一句有名的句子,但日本人,是远不及西洋人之懂得笑的。日本的文学和美术里的滑稽分子,贫弱到不能和西洋的相比较,岂不是比什么都确的证据么?一说到滑稽,便以为是斗趣[7],或是开玩笑的人们,虽在受过像样的教育的智识阶级里面,现在也还不少。将严肃的滑稽,诉于感情的滑稽,这样意味的东西,当作堂皇的艺术,而被一般人士所鉴赏,怕还得要许多岁月罢。所谓什么武士道之流,动辄要矫揉那人类感情的自然的发达,而置重于不自然的压抑底,束缚底的教育主义的事,确也是那原因之一罢。只要写着四角四方的不甚可解的文句,便对于愚不可及的屁道理,也不胜其佩服的汉子,纵使遇到了奇警的巧妙的漫画底表现,也毫不动心者,明明是畸形教育所产生的废物。英国人是以不懂滑稽(humor)者为没有 gentleman 的资格,不足与共语的,那意思,大概邦人是终于不会懂得的罢。疏外了感情教育艺术教育的结果,总就单制造出真的教养(Culture)不足的这样鄙野的人物来。

跟着新闻杂志的发达,在日本,近时也有许多漫画家辈出了。

---

7 现代汉语常用"逗趣"。——编者注

尤其是议会的开会期中，颇有各样有趣的作品，使日刊新闻的纸面热闹。较之去读那些称为一国之选良的人们的体面的名论，我却从这样的漫画上，得到更多的兴味和益处。但是，在始终只是固陋，冥顽，单将"笑"当作开玩笑或斗趣的人们，则即使现在的日本出了杜米埃，出了斐尔美伊，这也不过是给猪的珍珠罢。

# 现代文学之主潮

## 一

去今五十年前，北欧的剧圣寄信给他的最大的知己布兰代斯，用了照例的激越的调子，对于时势漏出愤慨和诅咒之声来。曰——

> 国家是个人的灾祸。普鲁士的国力，是怎么得来的？就因为使个人沉沦于政治底地理底形体之下的缘故。……先使人们知道精神底关系，乃是达到获得统一的唯一的路罢。只有如此，那自由的要素也许会起来。

易卜生写了这些话之后约半世纪，受了称为"世界战争"这铁火的洗礼，普鲁士的国家主义灭，俄罗斯的专制政治倒；偶像破坏民本自由这些近世底大思想，在千九百十九年的可贺的新春，遂和"平和"一同占了最后的胜利了。在这样的意义上，欧洲的战乱，则是世界底的思想革命的战争。这世界，比起近世最大的戏剧作家易卜生的头脑来，至少要迟五十年。

我又想，这回的战乱，是在前世纪以来的科学万能的唯物思想走尽了路的最后，所发现出来的现实暴露的悲剧。然而在文艺，则代表着这物质主义的自然主义，早葬送在往昔里，将近十九世纪末，已经作一大回转，高唱着理想主义或神秘象征这些新思想了。思潮早转了方向，便是"科学的破产"的叫声也已不足以惊人。在政治上，美国的威尔逊（W. Wilson）的理想主义颇促世界的注意，但二三十年前，在文艺上葬掉了自然主义的理想主义、人道主义或神秘主义，却久已成为主潮了。赶在迟醒的俗众前头，诗人和艺术家，是在大战以前，从二十世纪的劈头起，就已经走着这新的道路的。

世上也诚有古怪的人们。一将文学比政治之类先进一二十年不足奇，有时还至于早五十年或一百年的话对他说，就显出怪讶的脸来。也有些人，全然欠缺理解，即对于东西古今的文明史所显示的这最为明白的事实，也会以为这样的事未必有，这是文学家们的夸大的。

新的思想和倾向，无论何时，总被时运的大势所催促，不知由来地发动起来。最初，是几乎并无什么头绪的东西，也不具合理底形式。单是渺茫不可捉摸，然而有着可惊的伟大的力的一种心气、情调、心情。是用了小巧所不能抑制禁压，而且非到了要到的处所，是决不停止的奔流激湍似的突进力。将这当作跳跃着的生命的显现看，也可以罢。于过去有所不慊，就破坏他，又神往于新的或物，勤求不已的不安焦躁之思，是做着这样心气的根本的。赶早地捉住了这心气、这心情，将这直感，将这表现，反映出来的，就是文艺。即所谓一种的"精神底冒险"（spiritual adventure）。

诗人艺术家的锐敏的感性，宛如风籁琴一样，和不定所从来的风相触，便奏出神来的妙音。是捉到了还未浮上时代意识的或物，赶早给以新的表现的。先前的罗马人，将那意义是预言者的 Vates 这字，转用于诗人，确有深的意味在。

## 二

我相信，欧洲文学因为世界战乱而受了直接的影响，现在就要走向新的道路的事，是断乎没有的。我想，不过向着战前早经跨进一步了的神秘思想、理想主义、人道主义的路，更添了新的力而进行而已罢。因为当一般俗众沉溺于肉的时候，诗人和艺术家在战前就早已想探那灵界的深渊；因为埋掉了执滞于现实而不遑他顾的物质万能的自然主义，两脚确固地踏住了现实的地，他们先驱者的眼睛，已经高高地达到理想之境了。

前世纪末以来在欧洲的文坛上阔远地作响者，是想要脱离物质主义的束缚的"心灵解放"的声音。使战后的文学更增一层这主潮的力，更给那理想主义以一层加速度者，我想，大概就是这回的战乱的及于世上一般人心的影响罢。

这回的大战乱，是用了现代文明所有的一切的破坏力，扮演出来的悲剧。是扫除了一切虚伪和迷妄，造成使人复归于"本然的自我"的绝好机会。五十年八十年这长期间的物质底努力所筑成的许多东西，全都破坏，使欧洲人觉到了那功利唯物主义的空而又空。正如一个人，在垂死之际，或者置身于大悲哀大苦恼中时，便收了平时奔放着的心，诚实地思索人生，省察自己一样，当大扰乱大战役之后，用了镇定而且沉着的态度试来一考究"生的问题"的倾向，萌发于人心中者，也正是事理之常。即使不举先前的老例，就在从法兰西革命后以至自然主义勃兴时代的欧洲的民心，便分明地现着这样的倾向。当这回战乱时候，也早有许多人预言过宗教上要兴起新信仰，或则高唱宗教底精神的复活。威尔斯的《勃立忒林氏的洞观》( *Mr. Britling Sees it Through* )、《神，莫见的王》这些著作，很惹时人注目；一面则神秘思想的倾向愈加显著；终于乃即对于洛奇( Oliver Lodge )和道尔( Conan Doyle )之流的幽明交信之说，倾听的人们也日见其多了。

我已经在别一机会说过，当战乱间欧洲文坛实有秋风落莫[1]之

---

1 现代汉语常用"落寞"。——编者注

感。就一一的作品看来，可传不朽的大的艺术品极其少。但是，这样地进行一时受了阻止的文学，和战后的上文所说似的民心的新倾向相呼应，在战前以来的新理想主义上，将更添一层精采[2]，则大概可以盼望的罢。

三

日本虽说是参加战事了，但这大战乱的苦患，却几乎没有尝到。倒是将这当作意外的好机会，赚了一点点钱，高兴了的人们颇不少。所以要说这回的战争对于日本将来的文学，会给与，或则助成什么新倾向，那自然是不能的。有如那民本主义的思想，虽然作为战争的直接的影响，将很大的影响给与我国一般的思想界，在文坛上，则早在十年前，当自然主义盛行的时候，已经是许多人们宣传过的陈腐的东西了。无非这就以战争为机会，惹了一般民众的注意而已；日本的文学，是一直在前，就俨然带着民本化的民众艺术的性质的。就这一点而言，文坛确乎要比政治界之类早十年或五年。

但是，我将战争的直接影响这些事撇开，对于日本文坛的现在和将来，还有几样感想。

在或一时代的文学上，一定可以看见两派潮流的。对于成为本流，成为主潮这一面的倾向，别有成为逆流，成为潜流而运行的流派。这一面，要向现实的中心突进，肉薄而达到那核仁的力愈强，则在那一面，和这正相反，对于现世生活想超越和逃避的要求也愈盛。这两者一看似乎相矛盾、相背驰，而常是共立同存的事，在文艺史的研究者，是极有兴味的现象。我以为可以姑且称其一为文艺的求心底倾向，其他为远心底倾向。每一时代，这一面方是主潮本

---

2　现代汉语常用"精彩"。——编者注

流之间，则那一派作为逆流或潜流而存在；一进其次的时代，潜流于是代起，便成为本流主潮了。

将东西的文艺史上屡见的这现象，移在我国近时的文坛上一想，则在可以称为自然主义全盛期的时候，别一面，就有倾向正相反的夏目漱石氏（尤其是那初期的作品）一派的艺术起来，和竭力要肉薄那现实生活的核仁的文坛的主潮完全正反对，鼓吹着余裕低徊的趣味，现出对于现实生活的远心底逃避底倾向。这一事，是其间有着深的意味的。就是一到其次的时代，这潜流即成为本流而出现，超越了现实生活的逃避底远心底的文学，分明见得竟成了近时文坛的本流了。

看看新出的新作家的作品，分明是不切于现实生活的居多。一时成了文坛的口号的所谓"触着"之类的事，似乎全然忘却了。自然主义的特色的那肉底生活的描写，已经废止，更进一步而变了心理描写的精致的解剖，那是看得出来的；但是作家的态度，总使人觉得对于现实生活是很舒缓的超越底远心底的模样。即使不来列举各个作家和作品的名，大约平素留心于新出小说的人，都该觉得的罢。我并非说：这样的倾向是不行的。倒以为是在走穷了的自然主义时代的现实底倾向之后，正该接着起来的当然的推移和反动。惟执此比彼，则觉得这变迁过于迅速地从这极端跑到那极端，文坛上昨是今非的变化之急激，是在今还是惊绝的。

我们日本人的生活，比起西洋人的来，总缺少热和力。一切都是微温，又不彻底。自然主义的现实底倾向，也没有西洋那样猛烈的彻底的东西，因此接着起来的倾向，也是热气很少的高蹈底享乐底态度的东西；要想更加深入，踏进幽玄的神秘思想的境地之类的事，恐怕盼不到。因为必须是曾经淹溺于极深极深的肉的极底下者，这才能活在灵里的。

　　和这问题相关联，还有想到的事，是日本近时的文坛和民众的思想生活，距离愈去愈远了。换了话说，就是文艺的本来的职务，是在作为文明批评社会批评，以指点向导一世，而日本近时的文艺没有想尽这职务。是非之论且不管，即以职务这一点而论，倒反觉得自然主义全盛时间，在态度上却较为恳切似的。英、法的文学，向来都和社会上政治上的问题密接地关系着，不待言了；至于俄、德的近代文学，则极明显地运用着这些问题的很不少，其中竟还有因此而损了真的艺术底价值的东西呢。倘没有罗曼诺夫（Romanov）王家的恶政，则屠格涅夫、托尔斯泰、陀思妥耶夫斯基，也都未必会留下那些大著作了罢。战后的西洋文学，大约要愈加人道主义地，又在广义的道德底和宗教底地，都要作为"人生的批评"，而和社会增加密接的关系罢。独有日本的文坛，却依然不肯来做文化的指导者和批评家么？就要在便宜而且浅薄的享乐底逃避底倾向里，永远安住下去么？

# 从艺术到社会改造

## ——威廉·莫里斯的研究

No artist appreciated better than he the interdependence of art, ideas and affairs. And, above all, Morris knew better than anybody else that Morris the artist, the poet, the craftsman, was Morris the Socialist; and that conversed, Morris the Socialist was Morris the artist, the poet, the craftsman. ——Holbrook Jackson, All Manner of Folk. P. 159.

## 一 莫里斯之在日本

从现在说起来，已经是前世纪之末，颇为陈旧的话了；从那以前起，在我国久为新思潮的先驱者，鼓吹者，见重于思想界之一方的杂志《国民之友》（民友社发行）上，曾经有过绍介威廉·莫里斯（William Morris）的事。现在已经记不真确了，在那杂志的仿佛称为《海外思潮》的六号活字的一栏里，记得大概是因为那时莫里斯去世而作的外国杂志的论文的翻译罢。无论如何，总是二十二三年前的事，那时我是中学生，正是什么也不懂，什么也不能读，却偏是渴仰着未见的异国的文艺的时候，仗着这《国民之友》，这才知道了莫里斯的装饰美术和诗歌和社会主义。而且，那时还想赏味些这样的作品，至今还剩在朦胧的记忆里的那六号活字的《莫里斯论》，怕就是现代英国的这最可注目的思想家，又是拉斐罗前派的艺术家的莫里斯之名，传到我们文坛上的最初的东西罢。

在我所知道的范围内，就此后我国所见的《莫里斯论》而言，则明治四十五年二月和三月份的《美术新报》上，曾有工艺图案家富本宪吉氏于十几个铜版中模写了莫里斯的图案，绍介过为装饰美术家的莫里斯的半面。其时，我也因了富本氏的绍介而想到，就在同明治四十五年的《东亚之光》六月号上，稍为详细地论述过"为诗人的莫里斯"。尔来迄今八九年间，在英国，莫里斯的二十四卷的全集已由伦敦的朗曼斯社出版，也出了关于作为思想家，作为艺术家的他的许多研究和批评。诗人特令克渥泰尔（J. Drinkwater）以及克拉敦勃罗克（A. Clutton-Brock）等所作，现在盛行于世的数种评传不俟言；即如当前回的战争中，客死在喀力波里的斯各德（Dixon Scott）的遗稿《文人评论》中最后的一篇的那《莫里斯论》，初见于一卷的书册里面，也还是新近两三年前的事。

自从近时我国的论坛上，大谈社会改造论以来，由室伏高信氏、井箆节三氏、小泉信三氏等，莫里斯也以作为基尔特社会主义的先觉者而被绍介，而且寓他的新社会观于故事里的《无何有乡消息[1]》（*News from Nowhere*. 1891）的邦译，似乎也已成就了。我乘着这机会，要将那文艺上的事业，也可以说是所以使莫里斯终至于唱导那社会主义的根源，来简单地说一说。

## 二　迄于离了象牙之塔

从青春的时代，经过了壮年期，一到四十岁的处所，人的一生，便与"一大转机"（grand climacteric）相际会。在日本，俗间也说四十二岁是男子的厄年。其实，到这时候，无论在生理上，在精神上，人们都正到了自己的生活的改造期了。先前，听说孔子曾说过

---

1　现译"乌有乡消息"。——编者注

"四十而不惑"，但我想，这大概是很有福气的人，或者是蠢物的事罢。青春的情热时代和生气旺盛的壮年期已将逝去的时候，在四十岁之际，人是深思了自己的过去和将来，这才来试行镇定冷静的自己省察的；这才对于自己以及自己的周围，都想用了批评底的态度来观察的。当是时，他那内部生活上，就有动摇，有不满，而一同也发生了剧烈的焦躁和不安。古往今来，许多的天才和哲士，是四十才始真跨进了人生的行路，而"惑"了的。这时候，无论对于思想生活、实际生活，决了心施行自己革命的人们，历来就很不少。举些近便的例，则有故夏目漱石氏，弃学者生活如敝屣，决意以创作家入世的时候，就在这年纪。还有岛村抱月氏的撒了讲坛，投身剧界，绝不睬众愚的毁誉褒贬，而取了要将自己的生活达到艺术化的雄赳赳的态度，不也是正在这年纪么？一到称为"初老"的四十岁，作为生活的脉已经减少了的证据的，是所谓"发胖"，胖得团头团脑地，安分藏身的那些愚物等辈，自然又作别论。

在近代英国的文艺史上，看见最超拔的两个思想家，都在四十岁之际，向着相同的方面，施行了生活的转换：乃是很有兴味的事实。这就是以社会改造论者与世间战斗的拉斯金和莫里斯。

对于自己和自己的周围，这样的思想家和艺术家射出锐利的批评的眼光去的时候，而且遇到了生活的根本底改造的难问题的时候，他们究竟用怎样的态度呢？离开诗美之乡，出了"象牙之塔"的美的世界，和众愚，和俗众，去携手乱舞的事，是他们所断然不欲为，也所不忍为的。于是他们所取的态度，就是向着超越逃避了俗众的超然的高蹈底生活去；否则，便向了俗众和社会，取那激烈的挑战底态度：只有这两途而已。遁入"低徊趣味"中的漱石氏，倒和前者的消极底态度相近。和女伶松井氏同入剧坛，而反抗因袭道德的抱月氏，却是断然取了积极底的战斗者（fighter）的态度的罢。拉斯金和莫里斯弃了艺术的批评和创作，年四十而与世战，不消说，是出于后者的积极底态度的。两人的态度都绚烂、辉煌，并且也凛然而英勇。称之为严饰十九世纪后半的英国文艺史的二大壮观，殆未必是过分之言罢。

拉斯金年届四十，从纯艺术的批评，转眼到劳动问题社会批评去，先前已经说过了（参考《出了象牙之塔》第十四节）。自青年以至壮年期，委身于诗文的创作和装饰图案的制造，继续着艺术至上主义的生活，在开伦司各得的美丽的庄园里，幽栖于"象牙之塔"的莫里斯，从千八百七十七年顷起，便提倡社会主义，和俗众战斗，成了二十世纪的社会改造说的先觉，也就是走着和拉斯金几乎一样的轨道。如他自认，莫里斯在这一端，倒还是受了拉斯金的指教的。

## 三　社会观与艺术观

西洋的一个大胆的批评家，曾经论断说：近代文艺的主潮是社会主义。我以为依着观察法，确也可以这样说。在前世纪初期的罗曼派时代，已经出了英国的抒情诗人雪莱（P. B. Shelley）那样极端的革新思想家了；此后的文学，则如俄国的屠格涅夫（I. Turgeniev）、托尔斯泰，还有法国的雨果（V. Hugo）、左拉（E. Zola），对于那时候的社会，也无不吐露着剧烈的不满之声。只有表现的方法是不同的，至于根本思想，则当时的文学者，也和马克思（K. Marx）、恩格斯（F. Engels）、巴枯宁（Bakunin）怀着同一的思路，而且这还成了许多作品的基调的：这也是无疑的事实。但是，这社会主义底色彩最浓厚地显在文艺上，作家也分明意识地为社会改造而努力，却是千八百八十年代以后的新时代的现象。

一到这时代，文艺家的社会观，已并非单是被虐的弱者的对于强者的盲目底的反抗，也不是渺茫的空想和憧憬；他们已经看出可走的理路，认定了确乎的目标了。当时的法朗士（A. France）、梅特林克（M. Maeterlinck）、高尔基（M. Gorky）、启兰特（A. Kielland），以及豪普特曼（G. Hauptmann）、维尔加（G. Verga），就都是在这一种意义上的真的"为人生的艺术家"。

这个现象，在英国最近的文艺史上就尤其显。仍如我先前论《英国思想界之今昔》的时候说过一样（我的旧著《小泉先生及其他》三〇九页以下参照），这八十年代以后，是进了维多利亚朝后期的思潮转变期。就是，以前的妥协调和底的思想已经倒坏，英国将要入于急进时代的时候；在贵族富豪万能的社会上，开始了动摇的时候，尤其是千八百八十五年，英国的产业界为大恐慌所袭，为工资下落和失业问题所烦，是劳动问题骤然旺盛起来的时候。——我常常想，近时日本的社会和思想界的动摇，似乎很像前世纪末叶的英国。——上回所说的吉辛的小说《平民》的出现，就在这后一年。（《描写劳动问题的文学》参照。）

在这世纪末的英国文坛上出现，最为活动的改造论者，就是萧伯纳（Bernard Shaw）和威廉·莫里斯。萧在那时所作的小说，和后来发表的许多的戏曲，其中心思想，就不外乎社会主义。他被马克思的《资本论》所刺戟，又和阿里跋尔（Olivier）以及曾来我国，受过日本政府的优待的韦伯（Webb）等，一同组织起斐比安协会来，也就在这时候。要研究欧洲现存大戏曲家之一的萧的作品，是不可不先知道为社会主义的思想家的萧的。然而我现在并不是要讲这些事。

但是，在当时英国文坛的社会主义的第一人，无论怎么说，总还是威廉·莫里斯。

到四十岁时候止，即在他的前半生，莫里斯是纯然的艺术至上主义的人，又是一种的梦想家、罗曼主义者。但在别一面，也是活动的人、努力的人，所以对于现实生活的执着，也很强烈。一面注全力于诗歌和装饰美术的制作,那眼睛却已经不离周围的社会了。后年他所唱道的社会主义,要而言之,也就是以想要实现他怀抱多年的艺术上的理想的一种热意,作为根柢的;终于自己来统率的那社会民主党,在当时,比起实际底方面来,也还是及于思想界的影响倒更其大。

莫里斯原是生在富豪之家的人,年青时候以来,便是俗所谓"爱讲究"的人物。相传他初结婚,设立新家庭时,购集各样的器具和装饰品,而市上出售的物品,则全是俗恶之至的单图实用的东西,能满足自己的趣味的竟一件也没有。从这些地方,他深有所感,后来遂设立了莫里斯商会,自己来从事于装饰图案的制作。在壁纸、窗幔、刺绣、花纹,以及书籍的印刷、装钉等类的工艺这一面,莫里斯的主义,就在反抗近代的营利主义即 Commercialism,而以艺术趣味为本位,来制造物品。近代的机械工厂使一切工艺品无不俗化,甚至于连先前以玩赏为主的东西,现在也变了实用本位,原来爱其珍贵的东西,现在也以为只要便宜而多做就好了。先前的注心血于手艺而制作的东西,现在却从大工厂中随随便便地一时做成许多,所以那作品上并无生命,也没有趣味。只有绝无余裕的,也无享乐心情的,极其丑劣俗恶的近代生活,这样地与"诗"日见其远,而化为无味枯淡的东西。这在天生的富于诗趣的人,是万不能耐的。莫里斯的立意来做高尚雅致的图案和花纹,为显出纯粹的美的采色,[2]配合计,则不顾时间和劳力,也不顾价钱的真的工艺美术的自由的制作,就完全因为要反抗那俗恶的机械文明功利唯物的风潮之故。使染了烟煤的维多利亚朝晚期的英国,开出美丽的罗曼底的艺术之花,其影响更及于大陆各国,在现代欧洲一般的美术趣味上,促起一大革新者,实在是莫里斯的伟绩。一想这些事,则在他自己所说"无艺术的工艺是野蛮,无工艺的人生是罪恶"(Industry

---

2 现代汉语常用"彩色"。——编者注

without art is barbarity; life without industry is guilt）的话里，也可以
看出深的意义来。

从劳动者这一方面想，则在今日的机械万能主义资本主义之
下，于劳动生活上也全然缺着所谓“生的欢喜”（Joy of Life）这回
事。因为劳动者毫没有自由的自己表现的余地的缘故。因为没有
从创造创作的自由而来的欢喜，换了话说，就是因为没有艺术生
活，所以人们就在倘不自行变为机械，甘受机械和资本的颐指气使
的奴隶，便即难于生存的不幸状态中。而且这不幸，又不独在无产
者和劳动阶级，即在富人，也除了杀风景的粗恶的物品之外，都虽
需求而无得之道。他们除了化钱³买得些无趣的粗制滥造的物品
之外，也不过徒然增加些物质上的富而已。

要改造这样惨淡的不幸的生活，首先着眼于今日的社会组织的
缺陷者，是拉斯金；受了他的启发，百尺竿头更进一步的，是莫里
斯。莫里斯是作为工艺家，而将拉斯金在论述中世建筑的名著《威
尼斯之石》（尤其是题作《戈锡克的性质》这一章）里所说的主张，
即艺术乃是人之对于工作的欢喜的表现（the expression of man's joy
in his work）之说，提到实际社会里去的。他以为倘要将劳动，不，
是并生活本身都加以艺术化，则应该造出一个也如中世一样，人们
都能够高兴地，自由地，享乐到制作创作的欢喜的社会。免去了强
制和压抑，置重于劳动者的自由和个性的表现的组织，是他作为社
会改造论的根本义的。他说：“一切工作，都有做的价值。一做，则
虽无任何报酬，单是这做，便是快乐。”他自己，是如此相信，如此
实行的人。又在他描写Communism的理想乡的小说《无何有乡消
息》第十五章中，主要人物哈蒙特在得到“对于好的工作，也没有
报酬么”这一个质问时，所回答的话，也是有趣的——

---

3　现代汉语常用“花钱”。——编者注

"Plenty of reward", said he, "the reward of creation. The wages which God gets, as people might have said time agone. If you are going to ask to be paid for the pleasure of creation, which is what excellence in work means, the next thing we shall hear of will be a bill sent in for the begetting of children."

——*News from Nowhere*, P. 101.

　　为艺术家的莫里斯，和拉斯金一样，一向就是热心的中世爱慕者。而十三四纪的社会，尤其是描在他想象上的乐园，也是诗美的理想境。那时的卢凡和恶斯佛这些街市，也不是今日的工业都市似的丑秽的东西，是借了各各自乐其业的工人之手所建造的。便是一点些小的物品，也因为表现着劳动者的欢喜，所以都带着趣味和兴致，有着雅致和风韵。

　　这尊崇中世的风气，即 Mediaevalism，本来是作为鼓吹新气运于那时英国文艺界的拉斐罗前派，尤其是罗塞蒂（D. G. Rossetti）等的艺术的根柢的，莫里斯从在恶斯佛大学求学的时候起，便和这一派的画家琼斯（E. Burne-Jones）等结了倾盖之交，一同潜心于中世艺术的研究。然而罗塞蒂的中世主义，也如在日本一时唱道过的江户趣味复活论一样，是高蹈底的纯艺术本位的东西，而拉斯金的，也有太极端地心醉中世的倾向。但莫里斯的主张和态度，则是较之罗塞蒂们的更其实际化、社会化，又除去了南欧趣味而使英国化，使拉斯金更其近代化了的东西。然而往来于莫里斯的脑里者，也还不是煤烟蔽天的近代的伦敦，而是十四世纪的权赛（G. Chaucer）时代的都会，"泰姆士的清流，回绕着碧绿的草地，微微地皓白清朗的伦敦。"将他的社会改造的理想，托之一篇梦话的散文著作《无何有乡消息》里，就是描写那人们都爱中世建筑，穿着中世的衣服的美境的。

出了"象牙之塔"以后的莫里斯，在社会运动的机关杂志《公益》(Commonweal)上执笔，又和 The Social Democratic Party 创立者这一个矫激的论汉德曼(H. M. Hyndman)共事，复又去而自己组织起 The Socialist League 来，在他的后半生，所以为社会改造而雄赳赳地奋斗者，要而言之，他的艺术观就是那些事情的基础。

现代人的生活的最大缺陷，是根基于现代的资本主义营利主义。先前在修道院中劳动的修士们，以为"劳动是祈祷"(Laborare est orate)，用了卡莱尔(Th. Carlyle)所说似的，即使做一双靴，也以虔敬的宗教底的心情作工。还有，古人也说过，"劳动是欢乐"(Labor est voluptas)。这就因为那制作品，是制作者的自由的生命的所产的缘故。这样子，要讨回现代人的生活上所失去的"生的欢喜"来，首先就得根本底地改造资本主义万能的社会。莫里斯就是从这见地出发的。

他是始终活在自己的信念和希望里的人。登在杂志《公益》上的诗篇，他自题为《The Pilgrims of Hope》(这诗的一部分，收在后文要讲的《途上吟》里)，莫里斯自己，无论何时，就是"希望的朝拜者"。晚期的著作中的一篇，歌咏那和《无何有乡消息》里所描写的同一理想的社会道——

For then, laugh not, but listen to this strange tale of mine,
All folk that are in England shall be better lodged than swine.

Then a man shall work and bethink him, and rejoice in the deeds of his hand,
Nor yet come home in the even too faint and weary to stand.

Men in that time a-coming shall work and have no fear

For to-morrow's lack of earning and the hunger-wolf anear,

I tell you this for a wonder, that no man then shall be glad

Of his fellow's fall and mishap to snatch at the work he had.

For that which the worker winneth shall then be his indeed,

Nor shall half be reaped for nothing by him that sowed no seed.

O strange new wonderful justice! But for whom shall we gather the gain?

For ourselves and for each of our fellows, and no hand shall labour in vain.

Then all Mine and all Thine shall be Ours, and no more shall any man crave

For riches that serve for nothing but to fetter a friend for a slave.

——*The Day is Coming.*

( Poems by the Way. p. 125. )

最后说——

Come, join in the only battle wherein no man can fail,

Where whoso fadeth and dieth, yet his deed shall still prevail.

Ah! Come, cast off all fooling, for this, at least, we know:

That the Dawn and the Day is coming, and forth the Banners go.

——Ibid.

这些鼓舞激励之辞，也就是他自己和世间战斗的进行曲。

他用理想主义的艺术，统一了自己的全生活。那不绝的勇猛精进的努力，不但在诗歌而已，虽在家具的制造上、书籍的印刷上、窗户玻璃的装饰上，以至在晚年的社会运动上，也无不出现，而一贯了那多方面的生涯的根本力，则是以艺术生活为根柢的。

## 四　为诗人的莫里斯

他在前半生不俟言，虽到晚年，当怎样地忙碌于社会运动的时候，也没有抛掉诗笔，在创作上，在古诗的翻译上，都发挥出多方面的才藻来。而且还将只要英文存在，即当不朽不灭的许多文艺上的作品，留给人间世。

莫里斯的处女作是称为《*Defence of Guenevere and Other Poems*》这东西。这诗集的出版，是千八百五十八年，即莫里斯二十四岁的时候。这也就是以罗塞蒂为领袖的拉斐罗前派的戈锡克趣味的诗歌出现于文坛的先锋，但究竟因为是奇古幽邃的中世趣味，所以不至于骤使一般的世人耸动，然而早给了那时的艺苑以隐然的感化，却是无疑的了。即如赛因斯培黎（G. Saintsbury）教授，就说正如丁尼生（A. Tennyson）的初作，区划了维多利亚朝诗歌的第一期一样，莫里斯的这诗集，是开始那第二期的。集中最初的四篇，虽然都取材于阿赛王的传说，但和丁尼生的《王歌[4]》（*The Idyls of the King*）一比，则同是咏王妃格尼维亚，同是叙额拉哈特，而两者却甚异其趣。第一，是既没有丁尼生那边所有的道学先生式的思想，也看不见维多利亚朝的英国趣味一类的东西。莫里斯的诗，是全用了古时的自由的玛罗黎式做的，以情热的旺盛，笔致的简劲素朴为其特

4　现译"国王的叙事诗"。——编者注

色。再说这诗集里的另外的诗篇，则除了取材于英国古史或中世故事的作品外，在歌咏莫里斯所独创的诗题的东西里面，的确多有不可言语形容的幽婉的神秘底梦幻底之作。而且一到这些地方，还分明地显现着美国的坡（Edgar Allan Poe）的感化，使人觉得也和法国的波德莱尔（C. Baudelaire）及以后的神秘派象征派诗人等，是出于同一的根源的。现在且从这类作品中引一点短句来看看罢。因为言语是极简单的，所以也没有翻译出来的必要罢。

I sit on a purple bed,

Outside, the wall is red,

Thereby the apple hangs,

And the wasp, caught by the fangs,

Dies in the autumn night,

And the bat flits till light,

And the love-crazed knight,

Kisses the long, wet grass.

——*Golden Wings.*

Between the trees a large moon, the wind lows

Not loud but as a cow begins to low.

Quiet groans

That swell not the little bones

Of my bosom.

——*Rapunsel.*

其次发表的诗篇，是《杰森的生涯和死 [5]》（*Life and Death of Jason*），也是梦幻底的作品，但和先前的处女作，却很两样，而是颇为流丽明快的诗风。这是无虑一万行，十七篇的长篇的叙事诗，取荷马以前的希腊古传说为材料的。现在说个大要，则起笔于杰森的幼年时，此后即叙述到了成年，便率领许多勇士，棹着"亚尔戈"的快舰，遥向那东方的珂尔吉斯国去求金羊毛，便上了万里远征的道路。途中经过许多冒险，排除万难，终于得达他所要到的东方亚细亚的国度里了。那国王很厚待杰森，张宴迎接他。那时候，美丽的公主梅兑亚始和杰森相见，但从此两人便结了热烈的思想之契了。但是王使公主传命，说是倘要得我所有的金羊毛，即须先一赌自己的生命。就是先驾两匹很大的牛，使它们耕地，种下"恶之种"即龙蛇的牙齿去，从这种子里，便生出周身甲胄的猛卒来，倘能杀掉他们，保全自己的性命，你便得到金羊毛了。杰森仗着公主梅兑亚的魔术的帮助，竟得了金羊毛，两人便相携暗暗地逃出珂尔吉斯国，归途中仍然遇到许多危难，也终于回到了故国。此后约十年间，相安没有事，但成为悲剧的根源的大事件，竟也开首了，这非他，就是杰森捐弃了梅兑亚，而另外爱慕着别人——格罗希公主。梅兑亚因怒如狂，仍用魔术致死了恋爱之敌的那公主，还致死了亲生的两儿，自己则驾着龙车，驰向雅典去。单身剩下的杰森，从此以后，便为忧郁所因，在甚深的悲戚里死掉了。这故事，早见于荷马（的史诗）中，又因了后来品达罗斯（Pindaros）、奥维德（Ovidius）、欧里庇得斯（Euripides）、塞涅卡（Seneca）这些诗人的著作，再晚，则法兰西的高乃依（P. Corneille）的名篇，为世间所通晓。但莫里斯却巧妙地使这古代传说的人物复活，仗着他丰丽的叙述，使他们生动于现代的舞台上，那妙趣，是往往非他处所能见的。尤其是叙风景、写

5　现译"杰森的生与死"。——编者注

动作,均有色彩之美,令人常有觉得如对名画的地方。尤其是叙杰森的开船的光景,叙珂尔吉斯王的宫殿这一节,或者杰森终得羊毛而就归路之处,以及将近结末的悲壮的几章,都确是近代英诗的最为秀拔的罢。诗律,是全用五脚对联这一体的,然而毫无单调之弊,这也是所以博得一世的称赞的原因。

因这《杰森》的歌,才得到许多读者的莫里斯,接着就将他的一生的杰作《地上乐园》(*The Earthly Paradise*)四卷发表,他在诗坛的地位,便成为永久不可动摇的了。其中所咏的故事的数目,一共二十四篇;十二篇采自古典文学,别的一半,是从中世传说得来的。说起全体的趣向来,就是古时候,北欧的有些人,为要避本地的迭连的恶疫,便一同去寻觅那相传在西海彼岸的不老不死的仙乡“地上乐园”去,飘浮在波路上面者好几年。然而,不但到不得乐园,还因为途上的许多冒险,连一行的人数也减少了,那困惫疲劳之状,真是可怜得很,于是到了一个古旧的都城。这是从遥远的希腊放逐出来的人们所建造的;大家受了分外的欢待,一年之间,每月张两回宴,享着美酒佳肴,主客互述古代的故事,这就是《地上乐园》的结构。所以在这作品里面,北欧的古传说,是与法兰西系统的中世传说,德意志晚期的故事相错综,出于“Nibelungenlied”“Edda”“Gesta Romanorum”等的诗材,一面又交错着“亚尔绥思谛斯之恋爱”“爱与心”“阿泰兰陀”等的希腊神话,北欧则与希腊,古代则与中世,互相对照映发;那情趣宛然是在初花的色采的耀眼中,加以秋天红叶的以沉着胜的颜色。卷中的二十四篇各有佳处,骤然也很难下优劣的批评,如赛因斯培黎教授,则以《*The Lovers of Gudrun*》(这是从北欧传说采取的很悲哀的故事,相传罗塞蒂也特别爱读的)这一篇为压卷。但我自己以为最好的,是从夏列曼传说中采取材料的《*Ogier the Dane*》的故事(在第八月这一条里),这是讲曾经去到阿跋伦岛的仙乡的勇士乌琪亚，再归人间之后的事的，将中世故事中照例习见的和女王的恋爱以及英勇的事迹，美丽地歌咏着。如当勇士出征的早晨，女王在那边所歌的别离之曲等，将缠绵的情思，托之沉痛的声调中，殊有不可名言之趣。本想将这些一一引用，详细地加以绍介的，但现在因为纸面有限，就省略了。

莫里斯的诗，最有名的大概就是上述的两种，但他于文艺上的贡献，特为显著的东西，则是北欧传说的研究。他自己就亲往爱司兰（译者注：或译冰地）两回，去调查那古说（Saga）。结集在那"Edda"里的北欧传说，从十八世纪末年罗曼的趣味兴起的时候起，本已渐将著大的感化，给与英国文学的了；首先出现于司各得（Percy Scott）等的述作以来，翻译和解说的书籍就出的颇不少。而且，说到这北欧传说的特征，则在极透彻地表现了原始时代的北方民族的气质这一点上；在故事里出现的人物，都有刚勇精悍之气，不但男子，女子也有着铁石一般的心，厚于义，富于情；爱憎之念极其强，而复仇雪耻之心尤盛，为了这，虽恩爱之契也在所不顾的；真有秋霜烈日似的气概。这些处所，不知怎地很有些和我国镰仓时代的武人相仿佛的。想起来，爱司兰是硗确不毛之地，雪山高峙于北海的那边，沸涌的硫黄泉很猛烈，四季大抵锁于晦冥的雾中的一个孤岛，"地"于是自然化"人"，造成上面所讲那样的民族性了。还有，一面又和饶有诗情的这民族的本性相合，遂也成为那富于奇峭之美的传说。卡莱尔曾经说："与在一切异教神话一样，北欧神话的根本也在认得自然界的神性。换了话说，即不外乎在四围的世界里活动的神秘不可解的力，和人心的真挚的交涉，北欧神话之所以殊胜，全在这一点。见于古希腊那样的优雅的处所是没有的，但却有热诚真挚这些特征，很补其缺陷。"（《英雄崇拜论》）十九世纪罗曼派的诸诗人，醉心于这传说之美，在这里求诗材者很多，是无足怪的。莫里斯的作为这研究的结果而发表的,是叙事诗《*Sigurd the Volsung*》(一八七六)的译本计四卷。读书界自然没有送给他先前迎取《地上乐园》时候那样的赞美,但这一编译诗,以英诗所表现的北欧文学的产物而论,却不失为不朽之作。

莫里斯的北欧研究的结果,此外又为古诗《*Bcowulf*》的翻译(一八九七);也见于晚年所作的散文诗和故事中。文体是模拟十五世纪顷的古文的,仿效玛罗黎的散文那样的奇古之体,用语也尤其选取北欧语原者。其中竟有非常奇特的,例如 cheapingstead(market town),song-craft(poetry),wood-abiders(foresters)等,从纯正语的论者,定是有了责难罢,但我以为在传达罗曼底的一种趣味上,能有功效,是无可疑的。叙古昔日耳曼民族漂浪于北欧森林中,而发挥他们杀伐精悍的特质的时代,连衣服兵械之微,也并不挂漏地活泼泼地写出那光景来的妙味,除了司各得的历史小说之外,怕别的再没有能和莫里斯比肩的了。慓悍[6]的武人拜了天地神祇去赴战阵的情形,或正当讴歌宴舞中,洒一滴美人的红泪,这些巧妙地将读者的心,牵入过去的美的世界里去的处所,我以为司各得和莫里斯,殆可以说是"异曲同工"的。

读《杰森的生涯》的歌,尤其是又翻《地上乐园》这名著者,就会觉得作者莫里斯,是确从诗祖权赛的《抗泰培黎故事》(*Canterbury Tales*)受了伟大的感化的罢。不特一见莫里斯的简洁明快的叙述,便省悟到他那天禀的诗才的近于权赛,即从趣向上,从诗材上,从用语上,又从取了希腊、罗马的故事使他中世化这一点上,也就知道那方法,是学于权赛有怎样的多了。

我讲到这事的时候,即不能不想起从他自己经营的开伦司各得出版所所印的权赛的诗卷来。这是从活字、装钉,以至一切,都竭

---

6 现代汉语常用"彪悍"。——编者注

尽了风雅的筹画，在那古雅的装制和印刷上，毫无遗憾地发挥着莫里斯的意匠图案之才的。近代艺苑的一巨擘，为要印自己所崇敬的古诗人的著作，累积苦心，乃成了那极有风韵的一卷书，只要单是一想到，在我们之辈，就感到其中有说不出的可贵。

莫里斯者，并不是在《地上乐园》卷首的自序里所说那样的"The idle singer of an empty day"，也不是"Dreamer of dreams, born out of my due time"。他在活在梦幻空想的诗境中的别一面，又有着雄赳赳的努力，上文已经说过了，这在他最后的诗集《途上吟》（Poems by the Way. 1891）里，显现得最明白。

这一卷，是从他初期的创作时代起，以至投身于社会运动的晚期为止的短篇中，选录了五十篇的本子；从创作的年代方面说，从题目方面说，都聚集着种种杂多的作品的，其中关于劳动问题社会运动的诗篇，是他奔走于实际的运动之间所作，艺术底价值怎样，又作别论，在要知道为社会主义诗人的莫里斯的人们，却是颇有兴味的东西罢。又如"The Voice of Toil""All for the Cause""The Day is Coming""The Message of the March Wind"等，在莫里斯的作品中，以明明白白地运用于社会问题的文字而论，也是可以特笔的。

## 五　研究书目

关于莫里斯的艺术观和社会观，正想较为详细地写一点，忽被痼疾的胃病所袭，从前星期起便躺在床上，全不能执笔了。只得将现在座右的关于莫里斯的参考书籍，勉强介绍上，以供好学之士的参考罢。

莫里斯的全集，是以他的女儿，May Morris 所编纂，有她的序文的

Collected Works, 24 vols, Longmans, Green & Co.

作为标准的；和诗篇散文的诸著作，都是朗曼斯社出版，也能得到各样装钉的单行本。

传记最确，最详，而且别的许多传记家，都从中采取材料者，是

The Life of William Morris. By J. W. Mackail. 2 vols.

这因了插画和装钉之差，有三种版本。他的社会运动的事，在第二卷里详细地写着。

评传是麦克密兰社的《文人传》中，现代的诗人诺易斯所作，只有百五十页的简单的一本最扼要；他的社会改造论的事，见于此书第八章。

Willam Morris. By Alfred Noyes.

（Macmillan's English Men of Letters.）

又,《家庭大学丛书》中也有

William Morris; His Work and Influence. By A. Clutton-Brock.

（London, Williams and Norgate.）

这因为室伏氏已经在杂志《批评》上引用过，所以从略。要知道装饰艺术以外的方面的莫里斯，是最便当的好著作。

但是要知道为思想家艺术家的莫里斯，则式凯尔印行的《近世文人传》丛书之一的

William Morris, a Critical Study. By John Drinkwater.

(London, Martin Seeker.)

是好的。著者 Drinkwater 氏不但是现今英国新诗坛的第一人，批评的方面也有好著作。这人的评论集"Prose Papers"（Elkin Mathews 出版）里面，就也有《莫里斯论》。

还有，论莫里斯的社会主义的，则有因为《马克思论》这一种著作，在日本已经大家知道的斯派戈的书——

The Socialism of W. Morris. By John Spargo.

(Westwood, Mass. The Ariel Press.)

此外有——

W. Morris, a Study in Personality. By Arthur Compton-Rickett. With an Introduction by Cunninghame-Graham. (Herbert Jenkins.)

这书和普通的传记异趣，倒是竭力要活写为人，为艺术家的莫里斯全体的，计分《人物》《诗人》《工艺家》《散文作家》《社会改造论者》五篇，是从各方面都明快地加以论述的佳作。

又，以评坛的新人物出名的 Holbrook Jackson 的《莫里斯传》，也是大家知道的单行本。

W. Morris, His Writings and Public Life.By Aymer Vallance.

(Bell & Sons. 1897.)

这书现在我的手头没有，但记得插画似乎非常之多。

还有并非传记一类，而论莫里斯或是记述的东西，则有——

Clough, Arnold, Rossetti, & Morris; a Study. By Stopford A. Brooke.

（London; Sir Isaac Pitman & Sons.）

Men of Letters. By Dixon Scott.（Hodder and Stoughton.）

Memorials of Edward Burne-Jones. By Lady Burne-Jones.

All Manner of Folk. By H. Jackson.（Grant Richards.）

Views and Reviews. By Henry James.（Boston; the Ball Pub. Co.）

Twelve Types. By G. K. Chesterton.

Corrected Impressions. By George Saintsbury.

Adventures among Books. By Andrew Lang.

Shelburne Essays, 7 th Series. By Paul Elmer More.

此外见于杂志的评论之类，在这里都省略了。正值日本的思想界的注意，要从 Marxism 进向莫里斯的艺术底社会主义的时候，意以为或者可供些怎样的参考，我便在病床上试作了这参考书目。

补遗——

William Morris and the Early Days of the Socialist Movement. By J. Bruce Glasier. With an Introduction by May Morris, and two portraits.

（Longmans, Green & Co.）

# ON THE STUDY OF ENGLISH

*Address given at the Interscholastic English Meeting held on October 4th, 1919, under the joint auspices of the Osaka Higher Commercial School and the Osaka Asahi Shimbun.*

Mr. Chairman, Ladies and Gentlemen:

I esteem it a favour to have been asked to speak before such a large and earnest audience as I see before me this evening, in a foreign language in which all of you are so deeply interested and which I have been studying from my childhood and teaching for many years. On an occasion like this it is hardly necessary to dwell on the desirability of encouraging young students in the study of English as one of the most important means of promoting the commercial or economic relations between Japan and our friendly English-speaking nations on both sides of the Atlantic, as was already mentioned in the advertisement of this meeting. But from a purely idealistic or literary point of view I should avail myself of this opportunity of calling your attention to some of the reasons for the importance we attach to the study of the English language in this country. For about a week I have been so ill that I have not been able to prepare any properly systematized lecture; what I am going to give is just a few disconnected remarks which happened to flash through my head when I was invited to give a talk here.

Everything human in the world, after having risen from necessity of circumstances, has undergone further changes and modifications to meet the need of the people of successive generations. The development of the national language is no exception to the rule. English is the language of the people of democracy and liberty, who have enjoyed freedom of speech more than any other nations of the world and developed their language so as to meet this necessity of their inner life. The Anglo-Saxons, after untiring efforts lasting many centuries, have made their mother-tongue *par excellence* the language for oration, most splendid in the world. In striking contrast with this, the Japanese language has no oratorical literature worthy of the name in its long history covering more than a score of centuries. Having lain under the despotism of the feudal government, our ancestors entirely neglected to improve our language in that direction.

As I wrote a few years ago in the Asahi Shimbun, spoken Japanese of today still remains a language not of publicity, but of privacy, good only for a namby-pamby chat in a boudoir or tête-a-tête old-fashioned politicians in a four-mat-and-half conclave. It has, indeed, delicacy and beauty of nuance as well as flowing smoothness of sound, not at all comparable with the "hissing" of English; but it has no such splendid power and lucidity as we find in modern English when it is spoken before a great audience.

Read or hear the speeches given by the Japanese politicians of the present day, and compare them with those of Premier Lloyd-George or President Wilson, Mr. Bryan or even other and lesser stars of oratory in England or America, and you will realize how poor and feeble are the speeches delivered by the Japanese speakers, not only in their contents but also in their expression or the formal elements of their speech. This is no doubt partly due to the fact that the Japanese language is very flaccid and weak as a language for public speaking, having been the tongue of a people who have enjoyed no freedom of speech under a hideous absolutism for many centuries, and who even today try to keep their lips sealed up as far as possible, believing in the old silly saying "From the mouth comes that which is evil," *Kuchi wa wazawai no mon*, which is only a one-sided truth. Shall we be satisfied with the present condition of our mother-tongue when we are so rapidly becoming democratized?

Language study is not merely a matter of the vocal organs, as some advocates of the so-called "practical" English in this country are very apt to believe, but it must be the study of the real spirit or of the ideals of the people who speak the language. Study English elocution and you will be able to appreciate to the full the true spirit of a "Nation subtle and sinewy to discourse" which has enjoyed for long "the liberty to know, to utter, and to argue freely according to conscience," as the great author of the Areopagitica, John Milton, wrote nearly three hundred years ago.

I venture to say it is one of the most serious duties of the present generation to inspire with a new spirit or genius the Japanese language, the greatest treasure we are proud to have inherited from our fathers, and to leave it to posterity enlivened and enriched with new foreign elements of eloquence, that we may have our Burke and our Webster in future Japanese literature, just as our remote ancestors modified and remoulded our beloved tongue by introducing new elements from the classical Chinese language and literature, whose influence gave rise to the elegant letters of the subsequent ages.

Now there is another point to which I should like to call your attention in this connection. The thorough study of any foreign language naturally leads to the study of and liking for its literature, which is absolutely necessary for the understanding and appreciation of the peoples' real life, spiritual as well as material. I think I can safely assert that nothing can give a clearer perspective of the inner life of a nation than its literature. It was the late John Morley who said that literature is an expression of the best thought of the people, but I should say, going a step further, that literature is the truest and sincerest expression of the ideals of a nation. Politicians may sometimes be time-servers, merchants and businessmen may do anything to meet their practical purposes, but poets are always themselves, or true to themselves, because they must be sincere before everything in order to be great poets; no insincere man can write true poetry.

When I think of the truth of the famous saying, *Tout comprendre, c'est tout pardonner*,—To understand everything is to pardon everything,—and when I recall many occasions of international friction in history, which, in the majority of cases, were caused by the mere lack of mutual understanding, I must here emphatically call your attention to the great importance of studying literature for promoting a friendly international relation.

Study the inner life of a people, and you will begin to thoroughly like them. I do not know any American or European who has studied Japanese literature, and yet does not like the people who has produced it. I do not know any Japanese who has studied Milton, Shelley and Browning, or Whittier, Emerson and Whitman that, does not admire the great ideals of the English-speaking peoples.

In order that this assertion of the importance of studying literature for perfect international understanding may not be looked upon as a mere dreamer's phantasy, let me cite in this connection a few remarkable facts from recent diplomatic history. In England it was a remarkable feature in the literary world for the twenty years preceding the outbreak of the Great War that Continental literature was freely introduced to her reading public. It was in this period that hundreds and hundreds of critical works and translations of the modern literature of France, Russia, Italy, Spain and Scandinavia appeared in English. You know that the English people in the age of Queen Victoria was well-known as a people who, with their traditional complacency, cared least for the language and literature outside their own; but from about the beginning of the present century, they began eagerly to read the literature of Continental Europe. When we find this new literary tendency in England exactly coinciding with King Edward's breaking away from the traditional diplomatic policy of so-called "glorious isolation", to initiate his policy of *entente cordiale*, who can deny the close relation between the appreciation of literature and the friendly diplomatic relations which culminated in the triple *entente* at the beginning of the Great War? During the wartime a prominent English journal went so far as to suggest a new term, the "literary alliance", which means nothing other than the perfect mutual understanding of two nations by each studying the other's literature. Mr. Edmund Gosse, one of the greatest living writers, used the term literary *entente* to designate the close alliance of England and France.

Again, in this connection, you will be reminded of the friendly relations between France and Russia before the war, a connection which was founded not only on the closely-related financial circumstances of the two countries, but on their mutual understanding through literature. In the latter part of the Nineteenth Century, you know, Russian literature was introduced into France by such an eminent diplomat-author as the Vicomte de Vogue, followed by many others, and it was very widely read by French readers. On the other hand, it is no exaggeration to say that the genius of Russian literature in the last century was practically developed by the powerful influence of such French authors as Flaubert, Maupassant and Zola.

I do not wish to bore you any longer by enumerating a long list of such examples, as I suppose every reader of diplomatic history will find a great many similar instances even more convincing and more conclusive than those which I have pointed out.

Now let me mention by way of illustration some mistaken ideas of the moral life of the Japanese people, very common among the English-speaking peoples, which will be easily corrected or eradicated by their reading of Japanese literature. It is a common belief in England and America that Bushido is still governing the inner life of the New Japan. It is very true that Bushido remains even in the present time as a sentiment among the older people of this country, but if they make any study of contemporary Japanese literature, which is the truest portrayal of the modernized Japan, they will easily find that Bushido is nothing more than a bit of out-of-date bric-à-brac in the eyes of the younger generation who have been educated on entirely different principles.

Another misconception, very common in England and America, is that the Japanese are a bellicose and aggressive people. To correct this mistaken idea, nothing is better than to recommend them the reading of the best Japanese dramas, novels and poetry of the age of the Tokugawa, which were nothing other than the outcome of the absolute peace enjoyed by the Japanese people for three hundred years. The study of

Tokugawa literature will fully convince the English-speaking public that no nation can produce such literature that did not enjoy a three-century-long stretch of absolute peace. This stretch of absolute peace lasting three hundred years has no parallel in the history of any nation in the world, and will they still think any warlike people can truly enjoy such a long period of utter quiet to create "things of beauty"?

To return to my subject. It is true that English literature is studied in this country and is not such a sealed treasury as Japanese literature is to the English reading public; but if you make it the sole end of your study of English merely to be skillful in the thrust and parry of every day conversation or to be good at commercial correspondence, entirely neglecting the study of literature, the perfect mutual understanding between us and the English-speaking nations will be beyond our reasonable expectation for ever. In order to understand the real Britain or the real America, you need not go far across the ocean to visit London or New York or Chicago, but stay here and read in the cozy corner of your study or by the fireside some of the best and greatest works of British or American authors. Read Chaucer and Milton, read Ruskin and Carlyle, read Emerson and Hawthorne, and you will find that the Anglo-Saxon is no nation of 'shop-keepers', that there is the forcible undercurrent of idealism running through their materialistic civilization, and you will get the correct idea of what is their true spirit of democracy and liberty, what is the foundation of their moral life, and what does the present Anglo-Saxon superiority in the world consist in. This kind of study may appear to some of you very unpractical; but please remember that nothing can be more practical than the unpractical in all matters concerning our moral and intellectual life.

# 后记

我将厨川白村氏的《苦闷的象征》译成印出，迄今恰已一年；他的略历，已说在那书的《引言》里，现在也别无要说的事。我那时又从《出了象牙之塔》里陆续地选译他的论文，登在几种期刊上，现又集合起来，就是这一本。但其中有几篇是新译的；有几篇不关宏旨，如《游戏论》《十九世纪文学之主潮》等，因为前者和《苦闷的象征》中的一节相关，后一篇是发表过的，所以就都加入。惟原书在《描写劳动问题的文学》之后还有一篇短文，是回答早稻田文学社的询问的，题曰《文学者和政治家》。大意是说文学和政治都是根据于民众的深邃严肃的内底生活的活动，所以文学者总该踏在实生活的地盘上，为政者总该深解文艺，和文学者接近。我以为这诚然也有理，但和中国现在的政客官僚们讲论此事，却是对牛弹琴；至于两方面的接近，在北京却时常有，几多丑态和恶行，都在这新而黑暗的阴影中开演，不过还想不出作者所说似的好招牌，——我们的文士们的思想也特别俭啬。因为自己的偏颇的憎恶之故，便不再来译添了，所以全书中独缺那一篇。好在这原是给少年少女们看的，每篇又本不一定相钩连，缺一点也无碍。

"象牙之塔"的典故，已见于自序和本文中了，无须再说。但出了以后又将如何呢？在他其次的论文集《走向十字街头》的序文里有说明，幸而并不长，就全译在下面：——

东呢西呢，南呢北呢？进而即于新呢？退而安于古呢？

往灵之所教的道路么？赴肉之所求的地方么？左顾右盼，彷徨于十字街头者，这正是现代人的心。"To be or not to be, that is the question." 我年逾四十了，还迷于人生的行路。我身也就是立在十字街头的罢。暂时出了象牙之塔，站在骚扰之巷里，来一说意所欲言的事罢。用了这寓意，便题这漫笔以十字街头的字样。

作为人类的生活与艺术，这是迄今的两条路。我站在两路相会而成为一个广场的点上，试来一思索，在我所亲近的英文学中，无论是雪莱、拜伦，是斯温伯恩，或是梅垒迪斯、哈兑，都是带着社会改造的理想的文明批评家；不单是住在象牙之塔里的。这一点，和法国文学之类不相同。如莫里斯，则就照字面地走到街头发议论。有人说，现代的思想界是碰壁了。然而，毫没有碰壁，不过立在十字街头罢了，道路是多着。

但这书的出版在著者死于地震之后，内容要比前一本杂乱些，或者是虽然做好序文，却未经亲加去取的罢。

造化所赋与于人类的不调和实在还太多。这不独在肉体上而已，人能有高远美妙的理想，而人间世不能有副其万一的现实，和经历相伴，那冲突便日见其了然，所以在勇于思索的人们，五十年的中寿就恨过久，于是有急转，有苦闷，有彷徨；然而也许不过是走向十字街头，以自送他的余年归尽。自然，人们中尽不乏面团团地活到八十、九十，而且心地太平，并无苦恼的，但这是专为来受中国内务部的褒扬而生的人物，必须又作别论。

假使著者不为地震所害，则在塔外的几多道路中，总当选定其一，直前勇往的罢，可惜现在是无从揣测了。但从这本书，尤其是最紧要的前三篇看来，却确已现了战士身而出世，于本国的微温、中道、妥协、虚假、小气、自大、保守等世态，——加以辛辣的攻击和无所假借的批评。就是从我们外国人的眼睛看，也往往觉得有"快刀断乱麻"似的爽利，至于禁不住称快。

但一方面有人称快，一方面即有人汗颜；汗颜并非坏事，因为有许多人是并颜也不汗的。但是，辣手的文明批评家，总要多得怨敌。我曾经遇见过一个著者的学生，据说他生时并不为一般人士所喜，大概是因为他态度颇高傲，也如他的文辞。这我却无从判别是非，但也许著者并不高傲，而一般人士倒过于谦虚，因为比真价装得更低的谦虚和抬得更高的高傲，虽然同是虚假，而现在谦虚却算美德。然而，在著者身后，他的全集六卷已经出版了，可见在日本还有几个结集的同志和许多阅看的人们和容纳这样的批评的雅量；这和敢于这样地自己省察、攻击、鞭策的批评家，在中国是都不大容易存在的。

我译这书，也并非想揭邻人的缺失，来聊博国人的快意。中国现在并无"取乱侮亡"的雄心，我也不觉得负有刺探别国弱点的使命，所以正无须致力于此。但当我旁观他鞭责自己时，仿佛痛楚到了我的身上了，后来却又霍然，宛如服了一帖凉药。生在陈腐的古国的人们，倘不是洪福齐天，将来要得内务部的褒扬的，大抵总觉到一种肿痛，有如生着未破的疮。未尝生过疮的，生而未尝割治的，大概都不会知道；否则就明白一割的创痛，比未割的肿痛要快活得多。这就是所谓"痛快"罢？我就是想借此先将那肿痛提醒，而后将这"痛快"分给同病的人们。

著者呵责他本国没有独创的文明，没有卓绝的人物，这是的确的。他们的文化先取法于中国，后来便学了欧洲；人物不但没有孔、墨，连做和尚的也谁都比不过玄奘。兰学盛行之后，又不见有齐名林奈、奈端、达尔文等辈的学者；但是，在植物学、地震学、医学上，他们是已经著了相当的功绩的，也许是著者因为正在针砭"自大病"之故，都故意抹杀了。但总而言之，毕竟并无固有的文明和伟大的世界的人物；当两国的交情很坏的时候，我们的论者也常常于此加以嗤笑，聊快一时的人心。然而我以为惟其如此，正所以使日本能有今日，因为旧物很少，执著也就不深，时势一移，蜕变极易，在任何时候，都能适合于生存。不像幸存的古国，恃着固有而陈旧的文明，害得一切硬化，终于要走到灭亡的路。中国倘不彻底地改革，运命总还是日本长久，这是我所相信的；并以为为旧家子弟而衰落、灭亡，并不比为新发户而生存，发达者更光彩。

说到中国的改革，第一著自然是扫荡废物，以造成一个使新生命得能诞生的机运。五四运动，本也是这机运的开端罢，可惜来摧折它的很不少。那事后的批评，本国人大抵不冷不热地，或者胡乱地说一通，外国人当初倒颇以为有意义，然而也有攻击的，据云是不顾及国民性和历史，所以无价值。这和中国多数的胡说大致相同，因为他们自身都不是改革者。岂不是改革么？历史是过去的陈迹，国民性可改造于将来，在改革者的眼里，已往和目前的东西是全等于无物的。在本书中，就有这样意思的话。

恰如日本往昔的派出"遣唐使"一样，中国也有了许多分赴欧、美、日本的留学生。现在文章里每看见"莎士比亚"四个字，大约便是远哉遥遥，从异域持来的罢。然而且吃大菜，勿谈政事，好在欧文、狄更斯、德富芦花的著作，已有经林纾译出的了。做买卖军火的中人，充游历官的翻译，便自有摩托车垫输入臀下，这文化确乎是迩来新到的。

他们的遣唐使似乎稍不同，别择得颇有些和我们异趣。所以日本虽然采取了许多中国文明，刑法上却不用凌迟，宫庭中仍无太监，妇女们也终于不缠足。

但是，他们究竟也太采取了，著者所指摘的微温、中道、妥协、虚假、小气、自大、保守等世态，简直可以疑心是说着中国。尤其是凡事都做得不上不下，没有底力；一切都要从灵向肉，度着幽魂生活这些话。凡那些，倘不是受了我们中国的传染，那便是游泳在东方文明里的人们都如此，真是如所谓"把好花来比美人，不仅仅中国人有这样观念，西洋人、印度人也有同样的观念"了。但我们也无须讨论这些的渊源，著者既以为这是重病，诊断之后，开出一点药方来了，则在同病的中国，正可借以供少年少女们的参考或服用，也如金鸡纳霜既能医日本人的疟疾，即也能医治中国人的一般。

我记得"拳乱"时候（庚子）的外人，多说中国坏，现在却常听到他们赞赏中国的古文明。中国成为他们恣意享乐的乐土的时候，似乎快要临头了；我深憎恶那些赞赏。但是，最幸福的事实在是莫过于做旅人，我先前寓居日本时，春天看看上野的樱花，冬天曾往松岛去看过松树和雪，何尝觉得有著者所数说似的那些可厌事。然而，即使觉到，大概也不至于有那么愤懑的。可惜回国以来，将这超然的心境完全失掉了。

本书所举的西洋的人名、书名等，现在都附注原文，以便读者的参考。但这在我是一件困难的事情，因为著者的专门是英文学，所引用的自然以英、美的人物和作品为最多，而我于英文是漠不相识。凡这些工作，都是韦素园、韦丛芜、李霁野、许季黻四君帮助我做的；还有全书的校勘，都使我非常感谢他们的厚意。

文句仍然是直译，和我历来所取的方法一样；也竭力想保存原书的口吻，大抵连语句的前后次序也不甚颠倒。至于几处不用

"的"字而用"底"字的缘故，则和译《苦闷的象征》相同，现在就将那《引言》里关于这字的说明，照钞在下面——

> ……凡形容词与名词相连成一名词者，其间用"底"字，例如 social being 为社会底存在物，Psychische Trauma 为精神底伤害等；又，形容词之由别种品词转来，语尾有 -tive, -tic 之类者，于下也用"底"字，例如 speculative, romantic, 就写为思索底、罗曼底。

一千九百二十五年十二月三日之夜，鲁迅。

# 思想·山水·人物

[日]鹤见祐辅

# 题记

两三年前，我从这杂文集中翻译《北京的魅力》的时候，并没有想到要续译下去，积成一本书册。每当不想作文，或不能作文，而非作文不可之际，我一向就用一点译文来塞责，并且喜欢选取译者读者，两不费力的文章。这一篇是适合的。爽爽快快地写下去，毫不艰深，但也分明可见中国的影子。我所有的书籍非常少，后来便也还从这里选译了好几篇，那大概是关于思想和文艺的。

作者的专门是法学，这书的归趣是政治，所提倡的是自由主义。我对于这些都不了然。只以为其中关于英、美现势和国民性的观察，关于几个人物，如阿诺德、威尔逊、莫莱的评论，都很有明快切中的地方，滔滔然如瓶泻水，使人不觉终卷。听说青年中也颇有要看此等文字的人。自检旧译，长长短短的已有十二篇，便索性在上海的"革命文学"潮声中，在玻璃窗下，再译添八篇，凑成一本付印了。

原书共有三十一篇。如作者自序所说："从第二篇起，到第二十二篇止，是感想；第二十三篇以下，是旅行记和关于旅行的感想。"我于第一部分中，选译了十五篇；从第二部分中，只选译了四篇，因为从我看来，作者的旅行记是轻妙的，但往往过于轻妙，令人如读日报上的杂俎，因此倒减却移译的兴趣了。那一篇《说自由主义》，也并非我所注意的文字。我自己，倒以为歌德所说，自由和平等不能并求，也不能并得的话，更有见地，所以人们只得先取其一的。然而那却正是作者所研究和神往的东西，为不失这书的本色起见，便特地译上那一篇去。

这里要添几句声明。我的译述和绍介，原不过想一部分读者知道或古或今有这样的事或这样的人、思想、言论；并非要大家拿来作言动的南针。世上还没有尽如人意的文章，所以我只要自己觉得其中有些有用，或有些有益，于不得已如前文所说时，便会开手来移译，但一经移译，则全篇中虽间有大背我意之处，也不加删节了。因为我的意思，是以为改变本相，不但对不起作者，也对不起读者的。

我先前译印厨川白村的《出了象牙之塔》时，办法也如此。且在《后记》里，曾悼惜作者的早死，因为我深信作者的意见，在日本那时是还要算急进的。后来看见上海的《革命的妇女》上，元法先生的论文，才知道他因为见了作者的另一本《北米印象记》里有赞成贤母良妻主义的话，便颇责我的失言，且惜作者之不早死。这实在使我很惶恐。我太落拓，因此选译也一向没有如此之严，以为倘要完全的书，天下可读的书怕要绝无，倘要完全的人，天下配活的人也就有限。每一本书，从每一个人看来，有是处，也有错处，在现今的时候是一定难免的。我希望这一本书的读者，肯体察我以上的声明。

例如本书中的《论办事法》是极平常的一篇短文，但却很给了我许多益处。我素来的做事，一件未毕，是总是时时刻刻放在心中的，因此也易于困惫。那一篇里面就指示着这样脾气的不行，人必须不凝滞于物。我以为这是无论做什么事，都可以效法的，但万不可和中国祖传的"将事情不当事"即"不认真"相牵混。

原书有插画三幅，因为我觉得和本文不大切合，便都改换了，并且比原数添上几张，以见文中所讲的人物和地方，希望可以增加读者的兴味。帮我搜集图画的几个朋友，我便顺手在此表明我的谢意，还有教给我所不解的原文的诸君。

一九二八年三月三十一日，鲁迅于上海寓楼译毕记。

# 序言

　　萨凯来是并非原先就预备做小说家的。他荡尽了先人的遗产，苦于债务，这才开手来写作，终于成了一代的文豪。便是华盛顿，也连梦里也没有想到要做军人，正在练习做测量师，忽然出去打仗，竟变了古今的名将了。

　　我们各个人，为了要就怎样的职业，要成怎样的工作，生到这世上来的呢，不得而知。有些人，一生不知道这事，便死掉了。即使知道，而还未做着这方面的工作，却已死掉了的人们也很多。要而言之，我们的一生，或者就度过在这样的"毕生之业"（lifework）的探索里，也说不定的。

　　尤其是在现代日本似的处世艰难的世上，我们当埋头于切合本性的工作之前，先不得不为自己的生活去做事。倘在亚美利加那样生活容易的国度里，那么，一出学校，有十年或十五年，足以生活一生的准备便妥当了，所以在不很跨进人生的晚景时候，能够转而去做认为自己的使命那一面的工作。但在日本，却即使一生流着汗水，而单想得一家的安泰，也很为难。于是许多人们，便只好做着并不愿做的工作，送了他的一世。这便是，度着职业和事业分离的生活。再换一句话，也便是，单是生存着，却并非真的生活着的。所以这样的人们，除设法做着为生存的职业之外，又营生于希求有意义的生活的不绝的要求之中。将短短的人生，度在这样的内心的分离的境地里，真是悲惨的事。

　　然而，待到这世间成为真的乌托邦，我们的职业，便是恰合于我们的性格的事业的时代为止，这情形是不得已的。倘若那时代一到，那时候，人类便都能各从其天禀的才能和趣味，潜心于自己所爱的创造底事业；在那时候，是自己的满足，也就是对于一般社会的服务了。这样的时代的完成，即乌托邦的达成，应该是我们人类文化的究竟的目的。

但待到那时代的到来为止，我们只好在现今这样的生业和生活相分离的境地之中，熬着过活。而且只好努力设法，打进适合于真的自己的本性的事业去。

这真的事业的探索，是我们的有意识和无意识的努力。这是真的人生的探索。

然而也有纵使一生用力，终于不能将真的事业，作为自己的职业的人。不，这样的人们倒是多的。但人类的不绝的欲求，非在什么形态上，来探索真事业，是不肯干休的。于是人们便开始了专门以外的工作。倘若他的专门，和他的性格恰恰相合，他便应该不想去致力于专门以外的工作了。然而他一面从事于那职业，一面又因为还未完全用尽自己的天分，便也会对于那职业，即俗所谓专门以外的工作，发生趣味。在确当的意义上说，则惟这专门以外的工作，却正是他的真专门。是他受之于天的天职。他所从事的那所谓专门，是可以称为人职的不自然的东西。

所以古来的大事业，大抵是成于并非所谓专门家的人们之手的。在现今似的社会制度之下，也是不得已的事。

如我自己，也就是许多日子，苦于职业和生活的分离的一个人。但幸而我总算有从那为生存而做的职业之间，将若干气力，分给自己真所爱好的工作的余裕了。这一点上，我是幸福的，常常以此在自慰。这余业，便是在书斋里面读书、思索、做文章。

英国的文豪威尔斯，是先以小学教员起身的人，但后来试作小说，遂进了和自己的性格完全适宜的生活。这是他三十岁的时候。

这不能不说，他是幸福的。关于来做小说的动机，他曾经自叙传底地说过，曰："我于写英文，比什么都喜欢。"这实在是直截简明的口吻。他于是就写着喜欢的英文，过那适性的生活了。

威尔斯是由二十九岁时的出世作《时间机械[1]》一篇，成为独立的文人，弃掉了性所不喜的生业的，然而长久之间，从事了别的职业，而于余暇中来做毕生之业的人们也很多。如英国的思想家约翰·穆勒，就是做着东印度公司的职员，直到五十二岁的。待到引退的时候，每年得到养赡费一万五千元。从此他就悠悠然埋头于自己的毕生之业了。

我并不如威尔斯那样，最喜欢写文章。所以也不想选了文学，作为毕生之业。我不过每当工作余闲，来弄文笔，是极为高兴罢了。

大正十年（译者注：一九二一年）的初夏，我完结了两年零八个月的长旅，从欧、美回来。到这时止，我没有很动笔。但此后偶然应了杂志和报章之类的嘱托，颇做了一些文章，这才玩味了对纸抒怀的乐趣。归国后三年所记的文笔，就堆积在箱箧的底里。觉得将这些就此散逸掉，也颇可惜，现在加以集录，并且写添几篇新的东西，印了出来的，便是这一本书。只因为赴美之期迫于目前，毫无微暇，至使略去了还想写添的处所，是深以为憾的。

第一篇的《断想》，是应了《时事新报》之需，逐日揭载的。开手的时候，本想记载一点零碎的感想，但在不知不觉之间，却已非断想，变成论文似的东西了。这一篇，我是在论述威尔逊、莫莱和英国劳动党，以见为英、美两国政界的基调的自由主义的精神。

从第二篇起，到第二十二篇止，是感想；第二十三篇以下，是旅行记和关于旅行的感想。

贯穿这些文章的共通的思想，是政治。政治，是我从幼小以来

---

1　现译"时间机器"。——编者注

的最有兴味的东西。所以这书名，也曾想题作《政治趣味》或《专门以外的工作》，但临末，却决定用《思想·山水·人物》了。收集在本书中的《往访的心》这一篇，先前是已经遗失了的，但借了细井三千雄君的好意，竟得编入了。我感谢他。

对于肯看这样的杂文的集积的诸位，我还从衷心奉呈甚深的感谢。

大正十三年七月四日晨。

在逗子海边。著者。

# 断想

## 一 落日

从麻布区六本木的停留场起，沿着电车路，向青山六丁目那边走，途中是有一种趣旨的。从其次的材木町停留场起，径向霞町的街路，尤其有着特色。当冬天的晴朗的清晨，秩父的连山在一夜里已经变了皓白，了然浮在绀碧的空中。向晚，则看见富士山。衬着这样的背景，连两边的屋顶都看得更加有趣。

昨天傍晚，我走了这一段路。忽然看见对面的街道上面，大的落日正要沉下去了。因为带着阴晦的光线的关系，见得好像桃红色的大团块。这在自己的心里，便唤起了非常的庄严之感来。

我忽而想到人间的晚年。想到那显着这样伟大的姿态，静静地降到地平线上去的人。这样的光景，是使见者的心中发生不可名言的感慨的。

这样的人，最近的日本可曾有呢？无论怎么说，大隈侯的晚年，是有着一种伟大的。这就如难于说明的一种触觉一样。先前，在美国的首都华盛顿静静地死去的威尔逊（Woodrow Wilson），当那最后，确也有沉降的日轮似的庄严。法国的阿纳托尔·法朗士（Anatole France）等，也令人发生这样的感想。

## 二 毕德

然而虽然还没有进入这样的人生的决算期的人在中途时，也有已经使我们感到伟大的。这和圆熟的伟大，也许有些不同。似乎总有着尖角的处所。虽然是伟大，而在年青的人们中，窥见这样的伟大的一鳞片甲的时候，尤使我们觉到难以言语形容的爽快。例如年仅二十四岁的毕德（W. Pitt），做首相的总选举的光景之类，一定曾给那时的英国人以非常的感动的。到了现在，回头一看，他是英国第一个成功的政治家了，但在那时，他以一个后辈，与一切英国政界的巨星为敌，单集合些第二流的政客，作了新内阁，然而忽地决行总选举的时候，一定是见得非常之轻举妄动的。清贫的他，岁入仅三百镑，而不但固辞了首相应得的年俸三千镑的兼职，让给友人，还避开了安全的选举区，却从最危险的侃勃烈其出马。这总选举倘一败，人说，他的一生，大概就要被政敌的联合势力驱逐于政界之外的。实在有焚舟断桥之概。但我们却正在这样鲜明的态度上，可以看出贯彻千古的人性的伟大来。

## 三　麦克唐纳

现在是英国的首相而劳动党的首领麦克唐纳（R. MacDonald）氏，在暴风一般的喝采里站出来了。当发表劳动党内阁的政纲，且扬言大命一下，便于二十四小时中，奏闻新内阁的人员的时候，真使我们受着一种悲壮之感。麦克唐纳身在辗轲失意的底层时，不就是三年前的事么？他的言论惹了祸，他在战时和战后，怎样地大受着反动底舆论的迫害呵。他不但受政敌的迫害，也为劳动党内部所反对。那时大家说，对于智识阶级出身的他，是不愿意给在劳动党的领袖的位置的。不但如此，一个年青的学者对我说，连使他往议会去也不情愿。不知道可是为此，他落选了好几回。劳动党的副书记弥尔顿君虽曾告诉我，决没有这样的事，然而年青的拉斯基

（Laski）教授等却愤慨道，事实是这样。但他是英国劳动党中唯一的天才底议院政治家，则大家的评论都一致的。

我在伦敦的千九百二十年之际，是妥玛司和克伦士等辈的全盛期，他是埋在暗淡的失意的底里的。我将离开伦敦的前两日，他刚从南俄乔具亚的远旅归来。我虽然送了从波士顿带来的绍介信去，但终于来不及了。不久，我没有会见他，便离了英国。他现在是当了选，占得议席，成为劳动党的首领，且将作英国的首相了，而久居逆境中，终不一屈其所信的他，到底以英国政界的第一人而出现的处所，确有着一种的庄严。

在置身于世情冷热之间，勇气满身，战斗不倦的人的生涯上，是具有难于名状的威严的。威尔逊当一九一九年，从巴黎的平和会议半途归国的时候，他直航波士顿了。这地方，是反对党首领洛奇的根据地。他就在公会堂疾呼道："倘有和我的主义政策宣战的人，我很喜欢应战。因为在我的皮肤一分之下跳动着的血液的一滴一滴，都是我祖先的传统底战斗精神的余沥。"那斗志满幅之状，真可以说是他的全人的面目，跃然如见了。

# 四　迪斯累里

凡翻阅英国史者，无论是谁，总要着眼于迪斯累里（B. Disraeli）的生涯。他的一生，正如他的小说一般，很富于波澜和兴趣。他的三十九年的议院生活中，三十二年以在野的政客而耗费了。这一点，他在英国首相列传中，是逆运第一。关于他的许多逸闻之中，最引我的兴趣的，是下面的话。他的多年的苦斗，终于收了效果的一八七四年的有一天，他完毕了基尔特会堂的宴会之后，到保守党的俱乐部去。政友来谈起庄园的事情。有目睹了这情形的旁观者，述说道：——

"我从来没有见过那样的奇特的表情。他显着仿佛是看着别一世界似的，洞然的眼。"

听了这话的一个有名的政治家，却道：——

"他那时候，是并没有听着乡村的事的。他一定正在想，自己终于做了大英帝国的大宰相了。"

我一想到藏在这逸闻里的政治家的浮沉，便感到无穷的兴味。长久的格兰斯敦的人望，渐次衰落了，在补缺选举上，保守党步步得胜。这不仅是人望，这是自己费了三十年功夫，建筑起来的政党组织的胜利。自己经过伦敦的街道，许多市民便追在马车后面欢呼。而今夜又怎样？岂不是在基尔特会堂的宴席上，自己要演说，站起身来的时候，满堂的喝采便暴风似的追踪而起，连自己话也不能说了么？岂不是连侍役们也将手里的桌布，抛上空中，欢呼着么？自己现在确已将英国捉住了。他一定是这样想着的。倘用日本式来说，则这是他七十岁的时候。到了长久的一生的终末，他的太阳这才升起来的。在他的坚忍不拔的生涯中，有些地方就隐现着难于干犯的伟大。

## 五　费厄泼赖

我常常自问自答：英国的历史，为什么那么惹起外国人的兴味的呢？也常常质问各样的英国人和美国人。然而满足的说明，却从来没有听到过。

有些注释，例如英国的政治史上，多有可作别国的模范的事实呀；英国的政治家，早已蝉蜕了地方底色采，领会了世界底气氛呀之类：都不能使我满足。有一个英国人，说是因为英国人才辈出之故，则更是信口开河，难教我们首肯。只是，我们在英国史上，屡次接触到人间的伟大。这就因为英国是"费厄泼赖"（Fair Play）的国度的缘故。参透了竞技的真谛的英国人，便也将竞技的"费厄泼赖"，应用到一切社会的生活上去。恬然说谎，从背后谋杀政敌似的卑怯万分的事，是不做的。而且，这样的卑怯的竞技法，社会也不容许。这样的人，便被社会葬送了。所以那争斗，就分明起来。从中现出人间的伟大来，大概并不是偶然的事。这就因为英国的空气的安排，是可以使伟大的人物出现的。

## 六　有幸的国度

然而，爱好"费厄泼赖"的精神，不仅是因了爱好运动竞技而起，是无疑的。这就因为英国是有幸的国度。

久远的人类的历史，可以说，是平和的农耕人种，被剽悍的游牧人种所征服的记录。而被征服者的农民，则归根结蒂，总以自己所有的文明之力，再将无学的征服者征服。但是，无学而强健的游牧人种，用了强大的暴力，将温顺而勤勉的农耕人种强行压倒的光景，却使人感到一种愤怒似的不愉快。宋朝之灭亡，西罗马之没落，是明显的例。或如蒙古的远征军长驱而入小亚细亚，蹂躏了耕种于底格里斯河附近的农民，将八千年来沾润此处的灌溉用运河破坏殆尽，遂至成为现在那样的荒野的故事，则虽在今日，也还使读史者的胸臆里感到无限的感愤的。

## 七　古今千年

但因为英国是岛国，所以竟免了这样残忍的征服之祸。十一世纪的康圭拉尔威廉的入寇，也未成文明灭绝之殃，终不过是相类的文明的接木似的结果。还和顽固无比的人种苏格兰人圆满地相合，造成协力一致的国家了。比起对岸的日耳曼，因为有东边的斯拉夫和西边的腊丁人的夹击，遂无高枕而卧之暇的苦境来，真不知有多少天幸。所以在这国度里，历史和传统，都没有中绝之患，继续着的。和砦寨碛边的石垒一般，垒而又崩，崩而又垒的欧洲大陆的诸国有所不同，正是必然之数。

早已自觉了海是英国民的生命这一层，尤为这国民的达见。海不但保障了他们的生存，并且借着海，雄大了他们的思想。海是使人们伟大的。使英国的人格广而深者，一定是海。倘不知道利用这天与的境涯，英国人决不能筑起那样的伟大来。如果虽然是海国，而没有将这海国的天惠，十分味读领会的力量的国民，则这国民是到底没有在世界人文史上遗留不朽的痕迹的资格的。

以海兴国，以海保障文化的国民，在过去时代有二。这都是小国。一是古代希腊的共和国，一是现在的大英帝国。这二者都是对于起自东方的专制主义底大陆军国，站在保障自己的生存的地位上。希腊和波斯王达留斯的大陆军战，英国和法兰西皇帝的拿破仑战。而皆借海为助，将这威压底大众粉碎了。地中海文明的时代，于是便成了希腊文明的时代；大西洋文明的时代也一样，化了英吉利全盛的时期。而这两国的政治底传统，就做着西洋文明的骨子。

凡以大陆军兴国的人民，说也奇怪，一定堕于专制政治，而国民各自的才能至于萎缩。借海兴国的人民却反是，在内治，是施行宽大的自由政治，常常培养着文化的渊源的。要而言之，国家既然是国民努力的总和，则压迫了国民的自由，即没有可以繁荣之理；而不从国民本身的心脏中涌出的文明，也没有会有永久的生命之理的。

罗马帝国在初期时，气象实在庄严。这就因为罗马人以自由农民的举国皆兵之国而兴的缘故。这一点，美国的建国当初，是很相象的。美国也是自由农民所尝试的平民政治。然而罗马却随着版图的扩大，逐渐富足起来，及至化为第二期的冒险底富豪的跃进时代，而后年已见军人专制之端。及苏拉和马略出，则坠入第三期的职业军人的武断政治，自由的内政，一转而化为专制政治了。这时候，在罗马史上，已没有真的伟大的人物出现。美国现在，是正在进向冒险底富豪的跃进时代里去。但和罗马的古代不同，国民的教育普及着，所以未必会有职业底军人全盛的时代罢。然而美国究竟能否也如英国一样，成为有内容的伟大的国民呢，我却还怀着不少的疑惑。在美国，是含有许多可以堕落的素因的。现在的排日法案的吵闹，不过是末节。其所以出此的素因，是在美国的政治组织里面的。这就因为美国的地理底、人种底、传统底素因，和英国全然两样的缘故。

现在，说也奇怪，日本是正有着和古希腊及英国相似的地理底、人种底以及传统底境遇。天时也将如地中海时代之福希腊，大西洋时代之福英国一般，于太平洋时代福日本么？是否利用其境遇，是系于日本国民的决心的。

## 八　威尔逊之死

从此我想先写些威尔逊的事。

生成羸弱的威尔逊，竟活到六十七岁零两个月，用日本式算起来，就是六十九岁，实在还是意外的长寿。但从他本身的个人底得失而言，则五年以前没有死，或者不再活六七年，是可惜的。他选而又选，却在最坏的时候死掉了。

他以美国人而论，则是瘦而长的人。从幼小时候起，因为胃弱，曾经退过几回学。成年以后，因了过度的用功，就容易感冒风寒，时常要头痛。他做了大统领的时候，家里的人们还担忧，怕他做不满四年的。尤其是有了想不到的欧洲大战，有了巴黎的和平会议，所以周围的人便以为总不能到底安然无事。果然，他在全国游说的途中，从血管的硬化，成了半身不遂的重病了。是积年的辛劳，一时并发的。奇怪的是和列宁一样的病状。列宁是发病之后，不久就死了，他却躺在不治的病床上至四年半才死掉。运命为什么这样执拗地磨折他的呢？历来的美国大统领中，没有一个像他那样送了不幸的晚年的人。便是永眠之后，已在恩怨的彼岸的现在，也不能说他已经真实地得了慰安。连死了以后，也还有人追着加以坏话和碎话。

然而这也并非单是他。华盛顿和林肯的晚年的冷落又何如？世态炎凉的激变，如美国者是少有的。现在敬之如神明的华盛顿，在职时尝痛愤于骂詈和谗谤，曾说道，我与其为美国的大统领，还不如求死去的平安。到林肯，可更甚了。甚至于被骂为恶魔的化身一样。然而二人都在生前目睹了自己的事业的成功，而且也没有生威尔逊那样的苦痛的病症。

当威尔逊晚年时，有着拿破仑似的阴惨的处所。正如百战百胜的拿破仑，仅因为败于滑铁卢的一战，便被幽囚于圣海伦那[1]的孤岛上，给恶意的英吉利的小官呵斥死了的一般，威尔逊在内政上，是举了历代大统领所未有的功绩的，欧战时候，又显了全世界民众的偶像一般的威容，而在最后，国际联盟案刚被上议院一否决，共和党的小人辈便加以失败政治家似的待遇，终于穷死了。

然而这悲壮的四年半的受难，也许正是天意，使他的纪念，可

---

1　现译"圣赫勒拿"。——编者注

以永久刻在人类的心中罢。用英文所写的传记，单是我所收集的，就有十二册。但真使他传于后世的事业，却应该惟有从他最后四年半的日记、言行录、书简集等，窥见了他泪痕如新的人这才能够的。

## 九　他的随笔

人的真实的姿态，是显现于日常不经意的片言只句之中的。威尔逊之真的为人，较之在他的教令、演说、论文上，一定是他的家庭内的闲谈中更明显。其次，表现着他的，大概要算他时时在美国有名的大杂志上发表的随笔了罢。较之他的论文和演说，我更爱读他的随笔。他的随笔集里，有一种称为《不外文章》( *Mere Literature* )的，和马修·阿诺德的《杂糅随笔》( *Mixed Essays* )、莫莱卿的《评论杂集》( *Critical Miscellanies* )之类相似。他们三个都是从十九世纪末到二十世纪初的散文大家这一层，也极相似的。正如阿诺德和莫莱以其文章，永久留遗在英国文化史上一般，威尔逊说不定也将由他的文章，在美国文学史上占得不朽的位置。但于他不利的，是只因为他政治上的功绩太显著，于是文学上的功绩便容易被人忘却了。他究竟将借着他的才能的那一部分，留记忆于百年之后呢，这非到百年之后，是不得而知的。但我们现在由他的《冥想录》，记得奥勒利乌斯( Aurelius )的名字，而那时的罗马人，则因为自以为罗马帝国者，是万世不灭的大强国，所以对于奥勒利乌斯为罗马皇帝的名誉和为著作家的名誉，一定是没有想到来比较一番的。但在今日，使东洋人的我们说起来，则奥勒利乌斯曾为罗马帝国的皇帝，是不足挂齿的事，倒是一卷《冥想录》，在人类文化上，不知道是多么贵重的宝贝了。所以千百年后，威尔逊的名字，也许却因了他的著述或一句演说，会被人记得的罢。

从经历而言，威尔逊应该和格兰斯敦最相像。他的少年的时候，也仿佛十分崇拜格兰斯敦似的。但将他的性格和事业，仔细地一研究，则两者之间，极其不同。格兰斯敦是属于劳合·乔治（D. Lloyd George）和罗斯福（Th. Roosevelt）的典型的，而威尔逊则可归于周的文王，或者古希腊的伯里克利（Pericles）的范畴里。他之中，有一种可以说是东洋底，高蹈底的气氛。

这一定也出于文学底情操的；这情操也就是他的性情的根本底基调。我去游历他的诞生地司坦敦这小邑的时候，便感得了感化过幼小的威尔逊的环境，是怎样的了。这小邑是一个山村，绕以翠色欲滴的峰峦，雪难陀亚的溪流在脚下流过，声音如鸣环佩。他生长在秀丽的山河的怀抱里，得以悟入那幽玄的天地诸相的机缘，身边一定是不断的。尤其是，羸弱的他，眺着伏笈尼亚[2]之山和加罗拉那之海，则超人间底的，出世间底的思想，大概也就自然而然地成就了。

他的爱诵英国的湖畔诗人华兹华斯（W. Wordsworth），说不定也就是因为这些地方而起。他所爱读的书，和阿诺德是一路的。阿诺德的爱读书，是《圣书》和华兹华斯。对于华兹华斯，莫莱卿也一样；他在《评论杂集》里，曾以华兹华斯为"将静谧、底力、坚忍、目的，惠赐于人魂中，而打开那平和的心境的人类的恩人。"这三大思想家，都汲其流于华兹华斯，也颇有惹起我们的兴趣之处的。

# 十 政治和幽默

然而莫莱卿的二大爱读书的另一种，却不是《圣书》了。一生以无神论者终始的他的思想底背景，似乎是十八世纪的法兰西哲学。他是参透了伏尔泰（Voltaire）的理性论的。法兰西革命前期的

---

2 现译"弗吉尼亚"。——编者注

思想家的绍介，就占着他的浩瀚的全集的大半。他这样地和英国的寺院思想抗衡。这一点，和以牧师为父，为外祖父，自己也终生生活在《圣书》里的威尔逊，是完全两样的。

除爱读书之外，阿诺德还有和威尔逊共通的性格。就是两人都喜欢幽默。阿诺德是明朗的幽默家。他也如罗马的诗人贺拉斯（Horatius）一样，相信"含笑谈真理，又有何妨"的。不但如此，他还以为作者应该使读者快乐。他因此常常论及兴趣、气品、清楚、爱娇。然而他的心的深处，是解悟着这些都是方便，不过用作鼓吹道念和道理于人的一助的。

这一点，他完全和威尔逊异曲同工。威尔逊是也已经入了幽默的悟道的。和这古板的莫莱卿，却完全两样。莫莱卿也如格兰斯敦一样，是不懂幽默的人。他的文情，是庄重、清雅、明邕的。但若读之终日，则大抵的人，总不免头涨。将这和威尔逊的随笔之温情恻恻动人者相较，不同得很多。

只要看威尔逊的小品文《像人样》冒头的几句，也就可以窥见其为人：——

　　书籍之中，最为希罕的书籍，是读的书。培约德（W. Bagehot）玩笑地说。且又接着说道，文章的妙法，是像人样地写。这是万分明白的事，只要经验也就知道，每年从印刷局出现的许多书，为读而作的，却不大有。令人思索的书，是有的罢；还有，给教训，给智识，给吃惊、刺戟、改良，使气愤乃至使发笑，这是也许有用的罢。然而我们的读书——倘若具有真的读书家的热心和趣味——并非想要更加博识，乃是从不情愿蜷伏在小天地里的心——正如寻求快乐者的心，而不是寻求教训者的心——从想要看见，赏味人间世和事业世的心而起的。是由于求伴侣，求精神的更新，求思想的摄取，求头脑的自由任意的冒险的，尤其是在求得可以访到好友的大世界。

他自此更进而说明所谓像人样的事，以为这就在成为纯真的人，从私心解放了的人。于是指示道：——

那么，怎样办，才可以从私心解放呢？怎么办，才能够脱出做作和模仿呢？我们可能自求为纯真的人么？这是只要没有全缺了幽默之心的人，则达到这境地，是并不难的。

懂得幽默的人，无论在怎样的境地，都能打开那春光骀荡的光明世界来。所谓读书，不过是打开这境地的引子罢了。

# 十一　大亚美利加人历

威尔逊和阿诺德的类似，不过如此。阿诺德一面力说民主政体，却又极怕民主政体之堕于凡俗政治，他在《民主政体论》里说，"所谓国民的伟大者，并非出于个人的数目之多。各个人的自由而且能动，乃是生于这数目、自由、活动，被较平凡的个人所有的理想更高的或一种高尚的理想所使用的时候的。"于是以为防民主政体的堕落者，在国家的高远的理想，并且进而力说服从的美德，以与约翰·穆勒（John Mill）的个人自由论相抗。还鼓吹德国的理想底国家哲学，说是从来使一民众的德操向上者，是贵族，贵族既失，则代之者，乃在以国家本身为国民德教的中心，且以为"这实在是防御英国的亚美利加化的唯一的道路"云。

在这一端，阿诺德究竟是欧洲人。和威尔逊是美洲人的，根本底地不一样。使威尔逊说起来,则阿诺德所害怕的"亚美利加化",却正是人类的幸福。他在《伟大的亚美利加人历》里这样说过:——

　　生于亚美利加,育于亚美利加的伟大的人物,都不是伟大的亚美利加人。生在我们之中的大人物,也有不过是伟大的英国人的人;有些人们,则思想性行为地方所限,或是新英洲底伟人,或是南方底伟人。倘要寻求真的伟大的亚美利加人,则我们应该分明地创造出美国式伟大的标准和典型,选取那将这具显了的人们。

于是他又将亚美利加主义下了定义,说:——

　　第一,是富于满怀希望的自信力的精神。这是进步到乐天底的,而且又有要做成国民底模范的事业的功名心。没有衒学之风,没有地方底的气味,没有思索底的风习,也没有大脾气。虽有遵法之心,却不以法律为万能;生气横溢,故教养亦有所不足;有广泛而宽宏的心情;决断虽强,而能原谅人。具显了这样一切的性格者,林肯也。

他就照着年代,将伟人列记下去。
　　他第一个举出来的,是弗兰克林(B. Franklin)。他这样地说明他的特色:——

　　弗兰克林者,说起来,就是复合美国人。他是多趣味,多方面的,而人格上却有统一;一面是实际底政治家,而一面又是贤明的哲学者。他是从民众中来的,所以是平民底。他虽然从无名的民众中出身，是民众底法律的拥护者，而同时又相信人间努力的差别性。

在这里，就有阿诺德和他的思想上的不同。他是相信美国应该自成其和欧洲诸国不同的独立的特有的发达的。他分明相信着以民众为基础的美国社会的特有的使命。他彻头彻尾是全民政治的信者。他相信民众者，在民众的本身中就有着可以成为伟大的力量。

他在他的《新自由主义》里，这样说：

> 国家的更新，是从底里来，不是从顶上来的。只有从无名的民众中出身的天才，才是使国民的生气和活力一新的天才。

这是他一生的信条。这不但是和英国人的阿诺德不同之处，也是和同是美国人的罗斯福、塔夫脱（W. H. Taft）不同之处。

## 十二　阿诺德

在更其根本底的处所，威尔逊是和阿诺德不同的。这就是一个是实行家，一个是旁观者而且是批评家。

马修·阿诺德（Matthew Arnold）的思想和文章，是风靡了当时的英国的。一八八一年三月十八日在蔼黎卿的夜会的席上，天才政治家迪斯累里遇见了他。招呼道："在生存中，入了古典之列的唯一的英国人呀。"这是有名的话。虽然如此，而他竟不能在英国政治思想史上留下伟大的痕迹来。这又是什么缘故呢？华拉司教授曾在《我们的社会遗传》中，论及这事道：——

其理由有二。其一,是因为德国的自由主义,支配不完德国的彻底精神。(即德国成了军国主义的国度,而没有成为阿诺德所说明那样的理性和道念的支配的国度。)又其一,是因为阿诺德不过讲了德国的理性底认真相和彻底相的教,自己却没有实行。大概,或一种理论底方法的赞助者,是应该自己实行这方法,以示模范,同时也闹着各种的失败的。然而阿诺德没有做。他也和穆勒相等,是官,他的著作,都成于办公时间之前或之后。他又是教育家,照例只和比自己不发达的较低的头脑的青年往来。他也如穆勒一样,回避着对于政治底发见的努力。

在这一点,他的对于人生的态度,是和威尔逊颇异其趣的。他是在幽静的书斋里思索、读书、作诗、作论、旁观人生。那风韵高超,乘风入云一般的文体,是第三者的他,在安全地带里用以自娱的吟咏。至于威尔逊,则完全不同。他彻头彻尾是亚美利加人。他并非托之随笔,在纸上自述其雅怀;乃是将自己以为正当,自己所欲实行的事,发表于世的。这些,都是一个一个宣战的布告;是认真的他的事业。一九一六年的大统领选举战的时候,他就将普林斯敦大学[3]教授时代所出版的《美国宪法论》中的《大统领论》这一章,印成了单行本。那意思是在使世人看看他做第一期大统领时候所实行的事,和他数十年前所作的政治论是一致还是两歧,于是加以批判,而据以作再选与否的判断的标准。这在政治家,实在是大胆万分,而且痛快无比的。

这是从他的思想上的根本观念出发的。他的思想的根本,是责任论。他以个性的发扬,为政治的基调。然尊重个性,即不得不认个性的责任。个人的对于神的责任,个人的对于社会国家的责任,个人的对于自己本身的责任,凡这些严正的责任,每一个人,对于其

---

3　现译"普林斯顿大学"。——编者注

行为，都应该负担的。这出现于他的政治思想上，遂成为大统领责任论，美国议会的委员政治的无责任政治攻击论。

所以他并非人生批评家。他的哲学，也不是书斋里的概念游戏。这都是取以自负责任，自来实行的认真的信仰。这一点，他是纯粹的亚美利加人。他是斗志满幅的实际家。在晚年，带累了他的，就是他的太多的斗志，他的过于严格的责任观念。为大统领的重大责任的自觉，终于使他落到不治的重病里去了。

# 十三　莫莱

莫莱（John Morley）卿和威尔逊，仿佛相似，而其实很不同。莫莱卿在晚年时，批评威尔逊道：——

> 亚美利加的报纸，很援助了威尔逊的理想主义呵。但是，他没有能够使人民改宗呀。我觉得这很可怜。抱着没有在地下生根的理想主义的人，我是不喜欢的。

他倒是较喜欢罗斯福。在美国人之中，他最尊敬林肯。竟至于说，那功绩，格兰斯敦还远不及他。

同是学者底子的政治家，而二人却不相容。这在各种意义上，是很有兴味的。

这是因为他们俩没有见了面，亲密地交谈的缘故。他们俩都是很有脾气的人；什么事都有一样道理的人。所以靠了日报和杂志，远远地互相怒目而视，是到底不会了解的。那证据，就是和莫莱卿同时代的，学究的政治家的普拉思卿。最初，他和威尔逊是不对的。普拉思的《美国平民政治论》一出版，威尔逊便给加了一篇颇为严厉的批评。后来，普拉思到普林斯敦大学来讲演，就住在正做校长的威尔逊的家里，谈得颇投机。假使莫莱卿也到美国，会见了威尔逊，谈些法兰西革命前期的思想之类的事，即一定不会再讲那样的坏话的。

莫莱卿是冷静到过于冷静的人。喜欢十八世纪的法兰西哲学，自己也一生以无神论者终始。既没有幽默，也毫无感伤底的处所。而威尔逊已经有了那么年纪，却还闹着孩子似的玩笑，写些感伤底的随笔，所以他就觉得讨厌不堪了罢。

莫莱是近代英国所出的最可夸的人杰之一。作法律家，作新闻记者，作哲学者，又作政治家，他似的作了坚实的工作而死的人，是少有的。他评穆勒道：——

　　　和穆勒的声名的浮沉一同，同时代的英国人的知能底声名浮沉着。

也可以移以评他自己和他的同时代的英国人的。一到不复崇敬莫莱的伟大的时候，也就是英国人的知能底退步渐渐开始的时候了。

他在法兰西哲学家孔多塞（M. de Condorcet）的评传里说，凡有志于改良社会的政治家的动机，是出于下列三者中之一的。就是：一，对于正义和纯正的道理而发的理性底爱著；二，对于社会民众的辛惨而发的深刻的爱情的情绪；三，基于烈息留似的，热望那贤明而有秩序的政治的本能。

他以为多数政治家，大概是混有若干这三种的动机的。但他自己，则第一的动机包藏得最为多量，却明明白白。而威尔逊，乃自第三的动机出发。他的心里，是有着希求贤明的政治而不已的本能的。那纯理的政治哲学，倒是补出来的说明。在这一端，可以说，他和莫莱卿是出发于全然不同的处所的。莫莱的文章，无夸张，无虚饰，严正到使人会腰直，而威尔逊反是，富于波澜抑扬，有绚烂瑰丽之迹者，大概就因为一个是理性之人，而一个是殉情之人的缘故罢。威尔逊决不是哲学者。

# 十四　爽朗的南人

要窥见威尔逊之为人，只要一检点他的爱读书便知道。我会见他的时候，试问道：——

"现在正读着你所爱读的《南锡斯台》(*Nancy Stair*)，还可以请教后进可读的别的书籍的事么？"

这正是欧洲战争完结后的第四天，他要赴巴黎的平和会议的忙碌的时候。讲着政治的事的他，一听到我的质问，便显出极其高兴的神色。他是较之讲公务，更爱谈闲天的人，听说往访的新闻记者，有时谈起小说来，他便非常高兴，会谈到忘却了正经事的。

他于是首先讲起英国的政治学者培约德；其次，是讲伯克(E. Burke)、丁尼生(A. Tennyson)、华兹华斯。这四人，是将深的影响给于他的思想的人们，凡是研究威尔逊的人，一定非探讨不可的文献罢。

对于培约德，他曾做过一篇小品文，题曰《文学的政治家》。在这短篇里，似乎他的性情，就照样地流露着：——

　　文学底政治家者，是兼有深识当世的时务的天才，以及和这不相远离的用心的人。他因了知识、想象力、有同情的洞察力，所以对于政府和政策，就如看着翻开的书，然而不将自己的性格随便参入 4 书中，却将那书中的记事，朗诵给别人听，以为娱乐。

---

4　现代汉语中"掺入"。——编者注

他遂进而论及文学者常轻政治，政治家也常常轻蔑文学者，更进而说及真的政治家，是政治的师表，于是引出培约德来。

他记明培约德生于一八二六年二月，死于一八七七年三月之后，引了线，写道：——惟三月，不是我们都情愿死的月分么。——这小品文，是距今约三十年，他三十五六岁的时候所做的。然而情愿死在三月里的他，却在寒冷的二月初头死掉了。

我似乎懂得他情愿死在三月里的心情。这是因为我偶然在三月间到了他诞生的司坦敦，他结婚的萨文那，他最初设立法律事务所的亚德兰多的缘故。司坦敦这小邑，是南方的常例，日光佳丽，四围的峰峦碧到成蓝的。他所诞生的宅前，杨和栎的枝条正在吐芽，尤其是萨文那，因为更南，在美观的街道上，满开着桃花，柳树的芽显着嫩绿了。他的少年时代，是度在这样秀丽的山河里的。携着华兹华斯的诗集，他常在河边徘徊。后来过着北方的生活，他大概一定还神往于故乡的景色。他全生涯是南人。所以倘是死，他就愿意死在桃花盛开的三月里。当寒冷的二月，围绕着冷淡的共和党的政治家们而死，无论怎么想，总觉得是悲惨的。

他记载培约德所生的故乡，这样说：——

他是生于英国东南端的萨玛舍忒细亚的。这是小小的农园和牧场的地方，有丘，有沼，有向阳而下降的谷，潮风挟着雾，包在愉快的氛围气中的地方。培约德漫游完毕之后，也说，除西班牙的西北海岸之外，天下不见有如此的地方。这样的山河之气，大概一定浸润了少年培约德的脑里，而且很渲染了他的为人的。所以他也如这乡国一般，兼有着光、变化、丰醇、想象的深邃。

这也可以移作批评他自己的文章。

## 十五　他的女性观

威尔逊的《培约德论》中，说着他自己的趣味性行的处所，是兴味颇深的。他说：——

培约德以得之于母的天禀的舌辩，愉悦了为他之友的少数有福的人们。

而培约德是短命的；五十一岁就死掉了。法兰西的条尔戈（T. Turgot）和孔多塞，虽然是偶然，都死于五十一岁。以这一点而论，则威尔逊的六十七，莫莱的八十六，乃是少见的长寿了。

但虽然短命，他的生涯却是兴味极深的生涯。何以呢，因为他将一般以为不能并立的两件事——商务和文学——兼备于一身，而任何一面都没有受着妨碍。

这一点，是盎格鲁撒逊文化的特征罢。一面和实务相关，一面做着思想底工作，不就是使英国所以伟大如今日的缘故么？尝了实际社会的经验的人，这才能尝试真正的政论的。历来世界的政治学上的文献，大抵成于实务家之手。亚里士多德（Aristoteles）曾和亚历山大王参与政治的实际；马基雅维利（Machiavelli）也是体验了意大利政治的表里之后，才发表他的政治论的。约翰·穆勒在久为公司办事员的生活之间，编成了他的经济论和政治论。培约德也是银行的办事员，过着平板的生活，而观察着社会的实相。在学者中，像威尔逊那样对于实社会的问题有着兴味者，是少有的。然而，假如他并不从大学校长一跃而为州知事，为大统领，在他生涯的初期，略度一点做议员的实际生活，则他之为大统领的治绩，后来当不至于有那样的蹉跌的罢，这是大家所惋惜的。

威尔逊于是还论及培约德的母亲。这是表现着威尔逊的女性观的。威尔逊直到晚年，还反对妇女参政权。他在一九一七、八年顷，还抱着良妻贤母主义的思想。待到看见了欧洲战争中的妇女的工作，也能和男子一般，这才深深感服，赞成妇女参政权了；这是一九一八年九月在上议院的演说才始声明的。那时以前，他所推赏为理想的女性者，是奥斯汀（Jane Austin）的小说《自负和偏见 5》里叫作伊丽莎白的一个年青女人，以及莱恩（E. M. Lane）所作小说《南锡斯台》的女主角。

对于培约德的母亲，威尔逊曾这样说：——

> 她除容色美丽之外，还抱着给人以生气似的优越的奇智。这样的精神，是我们所最愿见于女性的。——就是，虽使听者为之动而不因之怒，虽耸动人而不与以局促之感，虽使之娱乐而在娱乐中即静静地隐与以教训的精神。

她即这样地刺戟她的明敏的爱儿，使他起攻学之志，使他娱乐，使他努力，一生作了有益的伴侣。这事仿佛是给了威尔逊很深的印象似的，他和我谈话的时候，还以幽静的口气说道：——

> 培约德是幸福的人。他有好母亲。

威尔逊是始终想念着女性的感化之及于伟大的男性的事的。

---

5　现译"傲慢与偏见"。——编者注

# 十六　培约德论

　　培约德爱伦敦的市街。他是都会的赞美者。人间生活研究者的他，爱着都会生活，是当然的。离了人间，即无政治。这一层，他是有着可作政治学者的天禀的性情。所以他，从没有离开伦敦至六星期以上，说不定这也是他之短命的一个原因。

　　他是继承了父业，做着船主和银行家的事的，到后来，则做了有名的经济杂志《伦敦经济家》的主笔。从这时候起，这杂志便占了欧、美两大陆的财政金融问题的指导者的地位，人们至于称培约德为无冠的财政大臣了。这时候，他还和朝野的名士交游，目睹英国财政界的情谊，就作了那名著《英国宪法论》。这一卷书，真不知怎样地影响了威尔逊的政治思想，因此也不知道怎样地影响了美国现代政治史。


　　培约德最使我们佩服之处，是他有着谅解下根之人的力。具有了解比自己知能较低的人们的力与否，是真的天才的试金石。他以多年参与实务的关系上，知道实务家的资格，是存于简洁的义务心和径直的忠实心。因为有此，所以世间是安定的，成为可居的世界。支配这世界者，是平凡人，这事，他是领解着的，而他还具有了解这些平凡人的能力的。


　　威尔逊于是进而对于平常人加以详细的说明；终于得到结论道，真的成功的政治家，是平凡政治家。他写道：——


　　　　使一般平凡人，觉得即使自己来做，也不能更好的政治家，是立宪治下最占势力的政治家。

他更进一步，以为使社会统一结合之力，是没有生气的平凡的判断力：——

　　所以，培约德说过的，惟有罗马人和英吉利人似的没有智慧的国民，能长久成为自主底国民。这是因为既无智慧，也无想象力，不想另外试行一点新的事，这国便自然长久继续下去了。

培约德也这样说：——

　　所谓立宪政治家之典型者，有平凡的思想，有非凡的手段的人之谓也。

而且以皮尔（Robert Peel）为最好的例子。

罗伯特·皮尔这人，我以为是有趣的研究的对象。批评过皮尔的迪斯累里的话有云："皮尔是欠缺想象力的政治家。"这是因为迪斯累里自己是极富于想象力的政治家的缘故，所以深切地觉出了皮尔的这一个弱点的罢。然而许多历史家说，皮尔在英国之为议院政治家，是无人可与比肩的第一的人杰。我自己想，倘将这英国首相皮尔，和原敬来比较其时代和人物，大概可以成就一种很有趣的研究的罢。

威尔逊对于想象力——Imagination——曾有有趣的研究。他以为想象力有两种，一是创造的想象力，又其一，是理解底想象力。前者是空想，后者是理解。于是更将理解底想象力分为二分，其一，是照着行动的前路的灯火，又其一，是电气似的刺戟奋发人的力。培约德属于前者，卡莱尔（Th. Carlyle）属于后者。

培约德不像卡莱尔那样焦躁、愤怒。他比卡莱尔更有正视事物的力。他知道愚笨的力量和价值。

培约德是悟入了东洋之所谓"运根钝"的真谛的。鲁钝者，是国家社会的础石，因为有此，所以人间能够继续着平凡的共同生活，而自治的政治得以施行下去的。

威尔逊这样地对我说过：——

我常常被人责难，以为太不听别人的意见。然而我这样地当着大统领，施行政治，是为着亚美利加全国的人们的。即使会见了聚在这首都里的少数的政治家，又有什么用呢？我倒不如当决定大事的时候，就关在这屋子里，安静地冥想起来。我是纯粹的亚美利加人。所以我就去问在我的心底里的真的亚美利加人的意见。亚美利加的一平民，对于这问题，是怎样想的呢，自问自答着。这样地所得的我的决心，是亚美利加人全体的决心。不是住在华盛顿的少数政治家的决心。所以我无论受了怎样的责难，也不迷惑的。因为大统领是全国民的公仆呵。

将这几句话，和培约德的议论一比较，那一致符合之迹，是历历可见的。

要而言之，威尔逊者，是伟大的平凡人。

## 十七　新时代的开幕

和威尔逊之死同时，亚美利加将分划一个时期，从此进向别的时代去了罢，我很觉得要这样。也可以说，他是亚美利加的新时代的开幕的人。然而要更切帖，则也可以将他算作亚美利加的旧时代的收束的人。亚美利加从此一定将以非常的速力，变化起来。而从这新的亚美利加受着最大的影响者，是日本。所以我们一面赞叹威尔逊的人物和时代，一面也应该刮目看着将来的美国的新性的。

要而言之，这是人口和土地的问题。

哈佛大学的教授伊思德博士在他的近作，称为《立在歧路上的人类》这一部书里，曾切言从今再过七十六年，即一到纪元二千年，则地球上的人类当达三十五亿，而人类生活遂陷于非常的困难。这原不是必待教授而后知道的事。人口和食物的问题刻刻加紧，是我们在最近十年间的日常生活上所经验的。以前的美国，是在那广大的沃野上，生活着寥寥的少数人。所以美国的内政、外交，即都以肚子饱着的国民为基础，这时代，不妨说，已以威尔逊的治世八年为结局，永久逝去了。和此后的日本人有交涉者，乃是人口逐渐充满起来的新美国。

英国的政治家麦考莱（Th. B. Macaulay）卿，是没有赞成十九世纪初在英国的选举法扩张的。人以美国的普通选举为例，去诘问他。他立即揭破道：——

今日的美国，实行着民主政体，略无障碍者，因为美国有无限的自由土地的缘故。一到将来，丧失了这自由土地，苦于没有可耕之地的时候，这才可以说，到了试验美国政治家的真手段的时候了。

当南北战争的数年前后，他给美国的友人的书翰中，也说着一样意思的话。这达见，到了今日，才始渐为美国上下所认识了。

第三代大统领杰斐逊，也抱着和麦考莱相同的见解。他在一七八一年的年底，写给驻在巴黎的美国公使馆书记官马波亚的信里，曾力陈"主农论"，以为：——

> 耕地的人们，是神的选民——倘若神是有选民的——神在他们的胸中，贮藏着质实纯粹的德操。

遂更进而主张道：——

> 关于制造工业的执行，则愿以欧罗巴为我们的工场罢！

他是怕由工场劳动者的增进，成为美国国民德操低降的原因，而以农民的道德，为国家的基础的。但是，我们于此所当注意者，是他之所谓农民，乃是自作农民，在大体上，即是中地主的意思。这是他和麦考莱所论的归一的地方。

这二大政治家，是不约而同，将美国民主政体的基础，归之于自作农民的道德和经济生活的。就是说，惟在美国有无限的空地，凡有肩一把锄的男人，都能成为顶天立地独立不羁的地主的时代，才能望美国民主政治的发达。罗马建国之初，也是自由而平等的自作农民的国家。罗马的衰亡，是始于自作农民因了大资本家的压迫，丧失其自由的时候的。

选出威尔逊，支撑威尔逊的政策者，是这些美国中西部一带的农民，然而美国的国本，在暗中推迁了。自作农民被大地主所压迫，逐渐变为赁耕农民了。农业劳动者渐次从田园移到都会的工场去。于是和从来全不相同的东欧诸国的移民，则作为工场劳动者，而流入美国。一到美国的人口从一亿增到二亿的时候，便已经不是先前似的单是盎格鲁撒逊系的农民，这时候，转旋亚美利加的政治家，已不能是威尔逊了，当这时候，世界是在入于太平洋时代。

## 十八　拉福莱特

今年秋天的总选举，谁当选为美国的大统领呢，是颇有兴味的问题。

现在揭出姓名来的候补者之中，三人各有不同的特色，牵引我们的注意。一个，是现任大统领的共和党的柯立芝（C. Coolidge），又一个，是民主党的麦卡杜（W. G. McAdoo），此外的一个是听说要组织第三党的拉福莱特（Robert Marion la Follette）。

以纽约为中心的东方一带的资本家，希望柯立芝的再选，是当然的。他那样的平凡的政治家，不很给政局以变化，所以惹起我们的兴味也不多。

但到民主党的麦卡杜，却完全两样了。他虽然曾是服尔街的财权的顾问律师，而中途却颇显明了进步主义的色彩。做着威尔逊内阁的财政总长的他的治绩，是被称颂为哈密顿以来的能手的。做着战争当时国办的铁路的总理的他，很改善了劳动者的待遇，颇使许多资本家气愤。尤其是退职之后，一有矿山劳动者同盟罢工的事，他便从纽约的事务所突然发表了声明书，列举了有利于坑夫的数字，这越使资本家气愤了。他就被攻击，说是想做大统领，所以去买劳动者的欢心。但他对于这样的政敌的攻击，完全不管，只是如心纵意的做。他在财政总长时代，娶了年青的威尔逊的女儿作为后妻，尤给他的政敌以攻击的材料。所以威尔逊在世时候，他是不出来候补的。他还有一个政敌，叫作麦可谟，这年青的麦可谟，是使威尔逊选为大统领的最有力的人。然而他想做检事总长而不得，固辞了驻法大使，终身怨着麦卡杜，在不遇之中穷死了。一九二〇年的大统领豫选会时，他还于病后特到旧金山来，为击破麦卡杜而奋斗。但在威尔逊去，麦可谟去了的今日，麦卡杜的星颇有些亮起来了。他的脑也许比威尔逊好罢。但在思想上，总不见得是威尔逊的后继者。

最惹世间的兴味的人，倒是拉福莱特罢。他是真正老牌的亚美利加人，是一世的快男子。他在威斯康辛州[6]的知事时代，曾以他的进步的设施，耸动了全美的视听。达孚德的大统领时代，他曾率领了上议院的谋叛组，屡陷达孚德于穷地。一九一二年的共和党大统领豫选会时，他被罗斯福摔了一跤，于是深恨罗斯福。美国对德宣战以前，他高唱着平和论，震撼了一世。开战以后，全国民的迫害遂及于他和他的一家；终于连将他逐出上议院的议席的动议都提出了，但他却毅然和所有迫害抵抗，为真理和自由而奋斗。

因为威尔逊在平和会议和欧洲的政治家妥协，失了人望之后，全美国自由主义者的人心，便逐渐归向拉福莱特去。一九二〇年的总选举，带着社会主义色彩的农民劳动党，将推他为大统领候补者。但他因为自己是自由主义者而非社会主义者，将这拒绝了。到一九二二年的选举，在美国上下两院的共和党的多数一减少，他所率领的第三党，遂隐然握了美国政界的 casting vote（决定投票）。这离他几乎被逐于上议院的时候，不过五年而已。世上炎凉之变，是可观的。

---

6 现译"威斯康星州"。——编者注

他是短身材，赭色脸的，眼光烂烂，一见像是小狮子似的风采。而议论风发，一激昂，便抓住对手的肩头，向前直拖过去。初会的时候，我没有留心，几乎被从椅子上拉下去了。其时他正讲着农民的苦境，感慨之极，所以随手乱拉近旁的人的。其次，他又一面讲着什么事，忽然站起，用力一拉我的左脚。我用两手紧捏着椅子，踏住了。他于是就在屋子里转着走。对于自己的议论一激昂，他仿佛就完全忘其所以似的。那天真烂漫的毫无做作的样子，真使我深深佩服了。

他是精力的块似的人，不熄的火团似的人。单是这一点，来做应该冷静的行政长官，也许就不合式。但我想，这样的人，是只在亚美利加才能有的。在目下亚美利加的过渡期，他和罗斯福似的人，是应时代的要求而生的。而这样的人一增加，于是美国和英国的差异，也就逐渐明了起来了。

## 十九　使英国伟大的力

这回英国劳动党内阁的出现，其给予全世界的感动，是很不平常的。去今正是十九年前，我是第一高等学校的学生，曾以非常的感慨，远眺着班那曼内阁的出现。而且心跳着读了登在那时定阅的《评论的评论》上的威廉斯台德所作的新内阁人物评。青年卡迪尔继老张伯伦之后而为殖民次长，工人出身的约翰彭斯做了阁员，都以为是希罕的事件。然而较之这回的劳动党内阁的出现，却还要算温暾得很了。尤其是，英国总是不待革命，而秩序整然地顺应着时势的变化，进行下去的样子，我以为是大可羡慕的。

伦敦维多利亚停车场略南，在遏克斯敦广场的劳动党本部的光景，就记得起来。那三层的煤黑的砖造屋子里，充满了忙碌地出入的人们了罢。高雅的显泰生的笑容，刻着长久的苦战之痕的麦克唐纳的深刻的表情，一定从中可以看见。想起来，历史是很久了。十九世纪初头的急进党徒[7]（Chartist）的运动姑且勿论，最初送两个劳动者议员到议会去，距今就正是五十年。而终于到了劳动者在贵族崇拜的英国里，组织独立的内阁的时候了。这也可以说是比俄国革命，比德国革命，有更深的意义的。因为和穆勒所说的"不知过去而加以蔑视的新机轴，都容易以反动收梢"的话的意义，可以比照。过去的传统，我们是不能全然脱离它而生存的，蔑视了过去的激变，必遭这过去的力所反噬，拨回到比以前更甚的反动政治去。这是世界历史已经指示过我们许多回的教训。然而英国这回的政变，却如成熟的果实，从枝头落下似的自然，所以不像会后退；更何况以反动政治收梢那样，是丝毫也不会的。

　　原因该有种种罢，但在我的眼中，以为最大的理由者，乃是因为英国人已经悟入了中庸的道德。所谓 moderation（中庸），是英国民的真性格。他们于凡有政治、文学、经济、外交，都无不一贯以中庸之德。身体壮健而意志强固的他们，病底的极端，无论作为思想，作为行为，是都不容纳的。无论什么时候，总取平均。史家房龙评古希腊道："中庸之道，始于希腊。"然而也可以说，在近代，领会了这事者，是英国。现在试细看英国劳动党内阁出现之迹，也就可以窥见英国人的通性的 moderation 的发露。所以并无欧洲大陆诸国的激变那样的演剧味，而同时也没有那些国度似的反动底后退之忧。

　　德国既败北，结了停战条约的这一夜，美国的思想家华尔博士忽然对我说：——

　　"何以后进的德国，敌全世界而败，富强四百年的英国，交全世界而胜的呢？"

更自己对答这问题道：——

　　"一言而尽。曰：moderation。德国不知中庸之德而自亡，英国

---

7　现译"宪章派"。——编者注

常留着二分的宽裕，而掌握了世界的霸权了。"

少顷之后，他于是又说道：——

"日本所可以学学的，是这一点。"

## 二十　女王的盛世

劳动内阁的出现，倒并没有很给我感兴。最使我发生感慨的，是直至劳动党内阁出现为止的路径；是曾以议院政治颁给全世界的英国，现在又将以新的政治的原则和实际底活用颁给全世界的一件事。

这要而言之，是菲宾协会[8]（Fabian Society）的人们的四十年努力的结果。是继续了四十年质实艰难的努力，到底得了今日的收获的。那达见、诚意、粘韧的底力，实在使我们敬服。

在伦敦劳动党本部里，和副书记密特尔敦君谈天的时候，他突如说：——

"英国劳动党的本体，是六百五十万人的劳动组合员。然而转旋这六百五十万人的动力，是四万人的独立劳动党员。而指导这四万人的政治家者，则是仅仅四千人的菲宾协会会员。菲宾协会是英国劳动党的头脑。"

自己以筋肉劳动者出身的密特尔敦的这些话，是含着深的意味的。

菲宾协会的历史，是从一八八三年十月二十四日，十六个青年男女，聚会在伦敦的股票交易所员辟司君的小小的家里的时候开始的。从此隔一星期聚集一回，作社会问题的研究，这就是起源。这也不过是无名的青年们的集会。然而奇怪，从此同志竟逐渐增加，发表了深邃的研究，遂隐然成为从英国的思想界，扩大而转动世界的思潮这模样了。但是，于此也有两个大原因，助成了这幸运的发达的。

---

8　现译"费边社"。——编者注

其一，是时代；又其一，是人物。就是，当时的英国，是在最合于这样的研究团体的发达的境遇上，而会员之中，又来了韦伯夫妇（Sydney and Beatrice Webb），来了萧伯纳（Bernard Shaw），来了沃拉斯（Graham Wallas），来了阿里跋（Sydney Olivier）。这些人们，现在是已经成就了可以将永久的痕迹遗留史上的事业了，而在当时，则全是无名、无产的青年。然则映在这些富于感激性的纯洁的青年男女的眼中的当时的英国，究竟是怎样的状况呢？

这正是迪斯累里的光怪陆离的六年间的内阁已经倒掉，格兰斯敦的第二次内阁成立得不多久，而那密特罗襄征战的狮子吼，还在鸣动于全英国的时分。正是外以迪斯累里的外交的手段，国威大张，内由格兰斯敦的道德底热情，民心振起的时候。尤其是维多利亚女王年届六十四岁，盛年时的剧烈的气象，将新入圆熟之期，民望日隆的时代。

斯特雷奇在被人称为不朽的名著的《维多利亚女王传》里，记载那时的女王，这样说：——

慌张忙碌的日子过去了。时光的难测的抚触，已现于女王的脸上。年迈静静地前来，置温和的手于女王之上。头发的颜色，从灰色变成银色了。在渐就圆熟中，容颜渐增了温婉。略肥而低的身体，借着杖子徐行。而同时，女王的身上也起了变化了。迄今为止，许多年以批评底，较确，则不如说是以反感对女王的国民的态度，都一变了。

这样子，内外两面，都到了英国的繁荣时代。

所以英国有名的评论杂志《旁观报》，在一八八二年夏的志上，这样说：——

英国未尝有今日似的平和而且幸福。

然而全英国的青年的胸中,却有难以抑止的烦恼。而这涨满了英国全土的青年的烦恼,遂产生了菲宾协会。

## 二十一　菲宾协会生

所谓这涨满了英国全土的青年的烦恼,是什么呢?就是一见似乎达了平和幸福的绝顶的当时的英国,而那深处,却萌芽着激烈的思想底动摇。而且当老年的英国人和中年的英国人们陶醉于英国的繁荣之际,青年们却睁开了锐利的心眼,洞见了正在变化的一种时代相。

当时的青年们,是失望于政治家了。那结果,是青年的心完全从政党离开。对于政治家之无学和政党的无定见,无话可说了。而使当时的英国青年烦恼者,尤其是没有思想底指导者,他们常感着彷徨于暗夜的旷野上似的寂寞。

威尔斯(H. G. Wells)在那《世界史大纲》里,喝破道:"英国在十九世纪后半五十年间,被叫作格兰斯敦这一个无学的政治家所支配。"这虽似奇矫之言,而实不然。格兰斯敦精通希腊的古典,是确凿的;他懂得神学,也确凿的。但作为十九世纪后半的政治家,则他却缺少最要紧的知识。这一点,他的政敌而贵族党的首领迪斯累里的识见,要高明得多。迪斯累里是在那小说《希比尔[9]》里,已经豫见了将要起来的社会运动的。抱着比这两人更进步的思想的政治家,是年青的约瑟夫·张伯伦。但这快男子后来却一转而埋头于帝国主义了。以政界的巨人,尚且这样地对于社会问题并无理解,则在当时的英国,别的群小政客之盲聋于变迁的时代相,不问可知。所以一见似乎泰平无事的维

---

9　现译"西比尔"。——编者注

多利亚女王后期，其实乃是孵化着当来的暴风雨的重大的时代。

　　老年中年的人们和青年的思想底分离，在家庭为尤甚。父母和子女之间，因思想底差异而起的冲突，是不绝的。到处重演着家庭的悲剧。这是达尔文的进化论发表后二十二年。可以称为"人文史上的大革命"的大发见，于老人们却并无影响。在老年中年的人们，比这穷学者的著作，倒是内阁大臣的演说和大富翁的意见，不知道要切要得多少倍。但在纯洁的青年，则达尔文的原则，却是万分重大的事业。较之一时的富贵权势，更其尊重贯万世的真理的发见的青年们，遂为达尔文的进化论所感奋了。斯宾塞和赫胥黎这些学者，又来祖述了以指导民心。然而中年以上的人们，对于这些学者的著作却不加一顾。于此遂有了老年和青年的思想底反目。

　　和达尔文并驾，震动了当时的青年的思想，是法兰西的哲学者恭德的新理想。他的人道主义，被看作暗夜的炬火一般。这是从根本上变革从来的社会组织，而建设以纯正的理性为根据的新社会的新福音。要而言之，无论是达尔文，是恭德，都是对于碰壁的十九世纪的文化，给与一大转向的狮子吼。

　　加以显理乔治的单税论，又从美国的一角响过来了。这又震动了英国的青年。他们已经不能像先前一样，安住在传统和习惯里，过那不假思索的生活了。

　　这一年——一八八三年，是约翰·穆勒死后的第十年。当时的英国人对于穆勒所抱的感想，我们是连想象也不能够的。穆勒的一言一语，实有左右当时英国的社会思想之观。穆勒一死，青年们就失其师表了。而穆勒所遗的著作则甚动人，成为崇拜的中心。穆勒在那《经济学》上，用了表敬意于社会主义的写法，即给了青年以深的印象，使青年生出加以研究的意思来。就在这一八八三年的三月十四日，马克思死在伦敦了；但马克思对于当时的菲宾协会的创设者们，却并无影响。

菲宾协会是在这样的氛围气中产生的。因为在时代的底里所伏流的急潮，震动了强于感受的青年的心胸，使生这样的感想：——

"英国若照原样，是不行的。"

菲宾协会竟至成立为一种会，是其翌年，一八八四年的一月四日。

## 二十二　韦伯

从菲宾协会正式成立起，至英国劳动内阁的成立，恰需整四十年。这一定是他们立这协会的时候，所未曾梦想的罢。他们所决议的会的目的，是：——

成立依最高尚的道德底基础，以再造社会为究竟的目的的会。

当选定名称时，依波特摩亚的提议，称为菲宾协会。这意思，是说，凡有志于社会改良者，当如罗马的名将费边（Fabius Quintus）之战汉尼拔（Hannibal），用常避锐锋，以逸待劳之策，遂于最后的一战，大败汉尼拔似的，在羽翼未成时，和强大的旧势力作正面冲突，是愚蠢的。当以逸待劳。我们当无论多少年，也隐忍自重。因此，遂定了这名称。果然，他们隐忍了四十年之久，到底造成劳动党了。无名青年的努力之不可侮，这就是证据。

但在当初，他们是没有什么定见的。不过以为这样下去，总归不行，为确保人类生活的幸福计，应该改造现社会。这也可见他们并非空疏的夸大妄想狂的一群。为这样的主义而战斗的确信，也未曾一定的，仅是抱着谦虚而诚实的烦恼和怀疑。

他们隔星期会集一次，朗诵自作的论文，并且互相批评。后来渐渐发行小本子，颁布于各地了。这样莫名其妙的团体，何以成长发达到这样的呢？这是因了下列的两个原因的。第一，是合于时代的要求，而且走了别的同类团体的先著；第二，是会员中得了有为的青年。

协会的正式成立这一年的五月十六日，叫作萧伯纳的二十七岁的青年初次出席；九月五日，遂被选为会员。他忽然现了头角，翌年一月二日，即当选为干部的一员了。其年的五月一日，殖民部的小官什特尼韦伯（现内阁商务大臣）入会。这在菲宾协会的历史上，是可以纪念的日子。为什么呢？从此以后，他的功绩之显著，至于要分不清是菲宾协会的韦伯呢，还是韦伯的菲宾协会了。和他同时，又有同是殖民部的小官什特尼阿里跋（现内阁印度事务大臣）入会。其翌年一八八六年四月，叫作格兰华拉司的青年入会。于是菲宾协会的四枝 [10] 柱子就齐全了。

那时韦伯还是二十六岁的青年。他并不践大学的正规的课程，而应各种的竞争试验，显示着优秀的成绩。在往考殖民部的文官高等试验，走到试验场时，一个大学出身的应试者看见这矮小而穿着不合式的衣服的青年，误会官厅的小使，托他做事，他便昂然回答道：——

我同你一样是应试的。

而且在数百人的竞争者之中，他以第二名的成绩合格，进了殖民部了。然而官僚生活，他是不能满足的。他便孳孳地研究经济学。在菲宾协会里，他遂忽以头脑的明晰拔群。从此菲宾协会的文献，便几乎都成于他一人之手。七年后，他三十三岁的时候，当选为伦敦市会议员，于是离开官界，而作为不羁独立的思想家，开始了一半政治，

---

10　现代汉语常用"根"。——编者注

一半学究的生活了。英国有了新的社会主义的研究，亏他之处是很多的。威尔斯做的小说《新马基雅维利》中，用了阿思凯培黎这姓名而出现的就是他。成于威尔斯之笔的培黎即韦伯的印象，是：——

阿思凯并没有他夫人那样的体面的风采。

然而是结实的矮小的人，圆的下部突出的平得异样的宽广的，平平滑滑的脸，一见也如额在脸中央的一般。

我会见韦伯的时候，他已经六十岁以上了；但就如威尔斯所写那样的人。威尔斯还写出培黎君的特征道：——

一从著作得了钱，即刻增加起书记来，是这人的化费[11]，用许多助手，做着各种精密的调查，时表的针似的勤勉的人。

这样子，用了在海底里筑起珊瑚岛来的虫一般的热心，韦伯将改造英国的文献，默默地完功而去了。

## 二十三　萧

较之韦伯的阴沉的书斋生活，萧的活动，是热闹的。他的存在，真不知道要给菲宾协会多少明亮。不但此也，假使没有他，菲宾协会被威尔斯蹂躏了也说不定的。他和威尔斯的争闹，是学究底的菲宾协会史中的一个大场面。

现在虽然是世界的大文豪的萧，但在年青时加入菲宾协会的时候，却也曾刻苦，也曾用功。只要看他自己所写的处所，就可以想见他

---

11　现代汉语常用"花费"。——编者注

努力的痕迹。是有志于政治和社会运动者所当熟读玩味的文章：——

> 我执拗地巡行着，只要有讨论会和市边的小讨论会演说会，便去讲演，至于使朋友们以为发了疯了。有时是开一个拟国会，自己当作地方局总裁，提出菲宾协会内阁的法案去。每日曜日[12]，一定要讲一通自己所要研究的题目。这样地渐渐对于地租、利子、利润、保守主义、自由主义、社会主义、共产主义、劳动组合主义、民主政体这些问题，可以无需稿子，能够演说，也才始领悟了社会民本主义，而且能够向无论怎样的听众，都从听众的地位上，向他们说教了。(中略)

> 凡是有志于研究社会主义的人，倘没有将一周间的两三晚上用在演说和讨论上的热心，是不行的。倘想得到世间的知识，则非有即使用了怎样龌龊的，零碎底方法，也要得到它的觉悟不可。也上戏场，也跳舞，也喝酒，也向情人的交际，倘没有无处不往的元气，就不成。倘不这样，是到底不能成一个真的思想宣传家之类的。

他是用了这样的情热，才成了英国数一数二的雄辩家的，便是今日，也说在英国谁都比不上萧的善于谈论。这是青年时代这样火一般的热心的练习的奖赏。民主政治之世，是言论和文章的时代；寡头政治之世，是面谈的时代；官僚政治之世，是事务的时代。孰好孰坏的区别是没有的。要而言之，是遇到了那时代的人们的幸不幸。这里无非说，萧是生在英国那样的民众政治的国度里，磨练了他文章和辩论的武器，风靡着一世罢了。

他一面练习辩论，一面也以文章为菲宾协会尽力。从这协会所

---

12　现译"星期日"。——编者注

发表的所谓《菲宾论文》，曾经萧的推敲的很不少，所以除内容充实之外，也以文字之洗炼[13]动人。从一八八四年起至一九一五年止的三十一年间，协会所发行的论文计一百七十八篇，单行本十九本。其中萧的论文十三，单行本一；而成于韦伯的手者，则论文三十八，单行本四。他们黾勉之迹，即此可以窥见了。

协会自此又进而活动于伦敦市政；作为全国底运动，则努力于八小时劳动问题，且试行地方游说，设支部于各地，在各大学内也设起支部来。自此更与自由党相联络，参画国政。但一八九三年独立劳动党一成立，菲宾协会员加入者颇多。一九〇〇年，劳动代表委员会成；至一九〇六年，这改称英国劳动党，遂即被包含于这大组织中，一直到现在。

## 二十四　威尔斯

菲宾协会的历史中，颇有兴味的一出，是威尔斯和别的老会员，尤其是和萧伯纳的大闹。

威尔斯的成为菲宾协会员，已经颇属后期了，在一九〇三年的二月。比韦伯和萧的入会，要迟到十八九年。而那入会的动机，则如他的《二十世纪的预想》的一九一四年版的序上所说，是由于韦伯夫妻的恳切的劝诱的。其文云：——

> 从写了这书以至今日之间，我尝出入于菲宾协会。（原注：这 anticipation 是一九〇一年才出版的，属于威尔斯初期的创作。）现在回想起那时的突然的入会和大闹的退会来，也是有趣的事。那时候，我是毫不知道那个协会的。然而这书，以及其

---

13　现代汉语常用"洗练"。——编者注

次所作的《发达途上的人类》，却将韦伯夫妇引到我的世界里来了。这两人坐着脚踏车，赶忙从伦敦那边跑来，对于我的著作加以批评，并且劝告说，入菲宾协会去，给同人们以刺戟罢。

这"赶忙从伦敦那边跑来"的一句，光景跃如，使人仿佛如见韦伯夫妇和威尔斯的会见，是有名的文字。当时是脚踏车的全盛时代，一想到连那谨严的韦伯也坐了这东西，赶忙跑来了么，我们便觉得浮出轻轻的微笑。

于是威尔斯遂成了菲宾协会的一员。其时是一九〇三年的二月。

一九〇六年二月九日，他在协会的聚集时所朗读的，是有名的题作《菲宾同人的弱点》的论文。他攻击历来的因循姑息的方针，且谓倘欲有大贡献于社会改造，则当中止了现在似的地下室运动，而堂堂地打出天下去。因为那文词之有生气，思想之有新机，他的数语，忽然惹起会内的大问题了。和其时相前后，英国正举行总选举，自由党以大多数破了保守党；新起的劳动党则从十一人一跃而为五十二人。菲宾协会为审查威尔斯的提案，任命出特别委员来。这特别委员会的报告书，以一九〇六年年底发表，一并也发表了从来的理事会的反对意见书。讨论从这时起至翌一九〇七年春止，续行了前后七回。那议论，是威尔斯和萧的个人底白兵战。天下的视听，集中于菲宾协会，会员加到前年的五倍，即加添了一二六七人了。威尔斯朗诵他的原稿，至一小时。是他一流的名文。但可惜的是他全没有演说的技巧。其翌周，萧伯纳即试加以有名的驳论。作为讨论家，这两个文豪，是不能相比较的。萧的雄辩，将威尔斯的所说斫得体无完肤。在聚集了一时天下的视听的菲宾讨论会上，威尔斯于是大败了。菲宾协会是几乎被新来的威尔斯所蹂躏，因萧的雄辩而得救的。人说，假使威尔斯是雄辩家，则英国的社会主义史怕要完全两样了罢。他自己回想当时，以萧的态度为不可解。至一九〇八年的九月，他便退出协会了。

威尔斯在菲宾协会的活动，和他的退会同时告终。他并非可以踟蹰于一定的团体内的性格的人物。天才都如此，他是有着难御的奔放性的。所以与其使他为团体的一员，倒不如为独立不羁的评论家，为新意横溢的著作家，更可有多所贡献于社会。他是死于菲宾协会里，而复活于英国论坛上了。他的六十卷的小说，评论、历史、时评，将作为二十世纪初头的人类生活的记录，永久留在文化史上的罢。

## 二十五　吃着烙鸡子

知道了劳动内阁成立的一瞬间，浮上我的脑里来的，不是麦克唐纳，也不是显泰生，却是青年的托尼君的模样。我想，托尼现在做着什么呢？

初见托尼君的时候，是去今三年以前，即一九二〇年秋十月。伦敦的秋易老，哈特公园的丛树，那黄叶日见其临风飘坠了。通过了威斯忒敏司达寺左手的、古风的中世纪一模一样的门，顺着红砖路，就走到一个广庭。四面有熏满煤烟的砖造的房子。这地方是典斯耶特。我就在那三号的简素的屋子的地下室里，会见了托尼。

这地下室，是木桌旁边围绕着十二把粗木椅的食堂。一边是一个大的火炉，就在那里打开三四个鸡卵来，做烙鸡子给人吃。是凡有对于劳动党有同情的学者们，以每水曜日[14]一点钟为期，在这里聚会，和一盘烙鸡子一起，啜着一杯咖啡，纵谈一切的处所。

基尔特社会主义的提倡者柯尔（G. D. H. Cole）、霍勃生，现在做了卫生次长的格林渥特、济木曼，吞啤会堂的主干迈隆、托尼等

---

14　现译"星期三"。——编者注

思想界的新进们，都聚到这里来的。也因了他们所聚会的地名，称为红狮广场同人。

我的第一的目的，是在会见柯尔。我对于年末三十，而震惊了全世界的柯尔，是抱着强烈的好奇心的。柯尔君走来坐在先到的我的左侧的时候，我不觉局促起来了。还是我大三四岁。这么一想，我就觉得深的羞愧之情。被介绍之后，暗暗地注意一看，是长身材的瘦而苍白的青年。似乎是神经质，看去总是像学者。我便觉到评论家拉特克利夫君在全国自由党俱乐部里，吐弃[15]似的所说的：——

> 柯尔么？柯尔是野心家啊。劳动内阁一成立，会说要做总理大臣的罢。

的话，完全是坏话。柯尔君不像是那样的人。我一面这样想，一面默默地吃着烙鸡子。

门推开了，囊囊地走进一个男人来。不甚合式的衣服和泥污的靴；不知道几天不梳了，长着乱蓬蓬的头发，不剃的脸上，是稀疏的髭须。这奇怪的男子窘促地在别人的椅子后面绕了一转，便在我右手的恰恰空着的椅上坐下了。

于是领导我的梭勃君绍介道：——

> 喂，托尼，邻座是从日本来的鹤见君呢。

我才知道这原来是托尼（R. H. Tawney），注意地察看他。试问伦敦各处的任何人，只有托尼的坏话一回也没有听到过。连那辛辣的拉特克利夫君，也激赏道：

---

15　现代汉语常用"唾弃"。——编者注

托尼是了不得的。他是一无所求而从事于劳动运动的。

我想,那托尼,原来是这样一个随随便便的人么?
他有着腴润的红红的面庞,微笑着,默默地吃起烙鸡子来了。

# 二十六 托尼

吃完东西以后,我和希尔敦君到劳动部,讨了统计之类,回到旅店。这一晚,看着威尔斯的小说《庄严的探索》就过去了。后来虽然躺在床上,却总是睡不着。因为不知怎地,仿佛觉得触着了英国的真髓似的。

在巴黎的客舍里过了半年之中,渐渐深感到英国的伟大。从纽约越大西洋以看英国,又从巴黎越英法海峡以看英国,英国的伟大,逐渐觉到了。我常常在赛因河畔徘徊,一面想:英国何以成了那么伟大的国度的呢?这伟大性的秘密,在那里呢?而到底似乎捉住了这秘密的本相,于是便整顿行李,渡到伦敦来。

我每去访问人,总提出这一个质问:"请举出代表现代英国的生命的五个人名来。"那回答是有趣的。劳合·乔治、诺思克利夫(Northcliffe),这是大概一致的。其次是小说家威尔斯,这也大抵一致的。其次的两个便很各别了。

在床上想来想去的时候,于是听到囊囊地叩门的声音。跳起来开门一看,侍役拿着一封信立在外面。是伦琪君寄来的回信:——

回答你所询问的五个人:劳合·乔治、诺思克利夫、威尔斯,还有柯尔和安该勒(Norman Angell)。

我不禁爽然了。评论家的伦琪君，举出年青的柯尔和平和论者的安该勒来么？英国人的说话真可以。这人名使我很感动了。

这一晚无论如何总是睡不着。便试将感想随便写在手帖上，这是我的积习。在这晚上，心里总塞着托尼的事。安该勒是伟大的，柯尔也伟大的。然而使英国伟大起来的，岂非倒是托尼那样的人么？这样的感想，在心里充满了。

我无端想起王政维新的事来。于是又想到大化改新的事。这两个时期，是日本民族蓦进的，跳跃的可夸的时期。那时候，是灵感了天启的青年们，六七为群，聚在各处，办着新时代的准备的。一种纯粹的感激，像是不可见的手，将他们一步一步推向前方了。恰如今天会见的壮年们的那样。我忽然想，西乡南洲这人的年青时候，不就如托尼似的人么？我并且任凭着自己的感激，试作了一篇《托尼之歌》一流的东西。因为觉得不愿意用散文写。抄在这里的价值是没有的，但现在重读起来，单是我，却便记起那夜的各种的感想。

## 二十七　政治是从利权到服务

这些人们，是想着悠久的人类的运命的。五十年后，无论是他们，是我们，都要化了白骨，成为黄土的罢。眼前的小得失，小波澜，都要消得无影无踪的罢。但是托尼和柯尔的工作，是一定要年年增大的。他们生得不徒然。他们大约也要死得不徒然。他们是要永久活在人类文化史里的。这些人们的达见，和纯一无垢的精神，是永远培植英国的力。

托尼是在比利时战场上死过一回的，但延长了不可思议的生命一直到现在。所以他自己就算作已死之身，献出全人来，以从事于社会运动。毫无所求的服事的精神，是拘囚了这壮年的灵魂的。映在并无私心的他的眼里的现代社会，是怎样的呢？他在近作《基于获得心的社会的弊病》里，曾指摘出现代社会以个人的物质底利欲心为基调，而不本于真的服务之念来。他这样说：——

> 所谓现代的文明的重荷者，并不如许多人所想似的，在产业产品的分配的不公平，经营的专制主义，以至关于其施行手段的深刻的冲突。真的弊病，是在产业占了太出格的重要地位。产业者，不过是获得我们的生活资料的一种手段。而将这当作仿佛比别的一切人类活动更其重大的东西，于此就有现代社会的弊病。恰如十七世纪的人们，以宗教为人类最大的事业，发生战争一般，现代的人们以产业为人类生活的最重大事，是错误的。所以要矫正现代的弊病，则当使各人明白经济的利益不过是人类生活的一部分，而得财者，乃是一种手段，将用以另达别的伟大的目的。就是应该改造社会，使各个人的经济活动能力，隶属于更高尚的社会底服务。

这看去很是平凡的真理，他是用了精密的实行手段说明着的。这就是说，要从以经济底权利为本的社会，改造成以社会服务为本的世界。而且因为是托尼，所以那一言更有千钧之重。从碰壁的十九世纪的物欲全盛的世间，现在是出现了这样的青年，正潜心于英国的社会改造了。这不和我们的王政维新的历史很相像么？

英国的劳动党内阁，是以这样的伟大的背景出现的。使政治思想的根柢，从利权转向服务去的运动，是英国最近的政变的基调。这单是仅止于英国的运动么？

一九二四年二月至三月记

# 专门以外的工作

## 一

思想是小鸟似的东西，忽地飞向空中去。去了以后，就不能再捉住了。除了一出现，便捉来关在小笼中之外，没有别的法。所以我们应该如那亚美利加的文人霍桑（N. Hlaw—thorne）一般，不离身地带着一本小簿子，无论在电车里，在吃饭时，只要思想一浮出，便即刻记下来。

要而言之，所谓人生者，是这样的断云似的思想的集积。

## 二

我想，思想和我们的实际生活之间，仿佛有着不少的间隔。也许这原是应该这样的。因为我们的生活，是想要达到我们所思索之处的努力的继续。但即使如此，思索和生活之间，是应该有一脉的连锁的。而社会思想和社会生活之间，尤其应该有密接的关系。然而事实却反是，我们常常发见和实际生活相去颇远的社会思想。有时候，则这思想和实生活全不相干，而我们却看见它越发被认为高尚的思想。而且大家并不以这样的事情为极其可怪，是尤使我们惊异的。

## 三

但是，仔细一想，也可以说是毫不足怪。人类之于真实的意义上的自由，是从来未曾享受过的，常在或一种外界的压迫之下过活。所以我们就怕敢自由地思索、自由地发言。这倾向，在所谓专制政治的国度里，尤其显著。因此，在专制政治的国中，我们不但不能将所思索者发表，连思索这一件事，也须谨慎着暗地里做。尤其是对于思索和实行的关系上，是先定为思索是到底没有实行的希望的。于是思想便逐渐有了和实生活离开的倾向，就是思索这一件事，化为一种知能底游戏了。所以阅读的人，也就称这样的游戏底技巧为高远，越和实生活不相干，就越受欢迎。英国的自由思想家约翰·穆勒所说的"专制政治使人们成为冷嘲"，就是这心境。

## 四

此外也还有社会思想和实生活隔离的原因。这就是思想这件事，成了专门家的工作。因为我们的街头的生活，和所谓思想家的书斋的生活，是没交涉的。我并非说，数学和天文学应该到街头去思索。我不过要指出社会问题和伦理哲学问题等，只在离开街头的书斋里思索的不健全来。

我们在今日，还叹赏数千年的古昔所记述的古典的含蓄之深远。这就因为当时的先觉者们，还不是专门的思想家的缘故。所以那思索，是受着实生活的深刻的影响的。那文字之雄浑和综合底，也可以说，也自有其所由来之处。

## 五

我们通览古来的社会思想家，而检点其经历，便可得颇有兴味的发见。称为东洋的学问的渊源的孔子，在壮年时代，是街头的实行家。称为西洋文明之父的亚里士多德，也曾和亚历山大帝在实际政治里锻炼过。虽有各种的诽难，而总留一大鸿爪于政治学说史上的马基雅维利，是过了长久的官吏生活的人。经济学家的理嘉特是股票商，英国政治学者的第一名培约德是银行家。此外，则英国自由思想家的巨擘穆勒是商业公司的职员，文明批评家马修·阿诺德是教育家等，其例不止一二。

在这里，我们就发见深的教训，就是：凡伟大者，向来总不出于以此为职业的专门家之间。

# 六

这是因为专门家易为那职业所拘的缘故。在自己并不知觉之间，成就了一种精神底型范，于是将张开心眼，从高处大处达观一切的自由的心境失掉了。所谓"专门家的褊狭"者，便是这个。欧洲战争开始时，各国为了职业底军人的褊狭，用去许多牺牲。又如俄国的革命、德国的革命，那专门底行政官的官僚的积弊，也不知是多么大的原因哩。学问的发达，亦复如此。从来，新的伟大的思想和发见，多出于大学以外。不但如此，妨害新思想和新发见者，不倒是常常是大学么？踽踽于所谓大学这一个狭小社会里的专门学者，在过去时代，多么阻害了人类的文化的发展呵。宗教就更甚。人类在寻求真的信仰时，想来阻止他的，不常是以宗教为专门的教士的偏见么？

我们虽在现今，也还惊眺着妨碍人类发达之途的专门家的弊害。而且以感谢之心，记忆着这专门家的弊害达到极度时，总有起而救济的外行人出现。划新纪元于英国的政治论者，不是一个银行的办事员培约德的《英国宪法论》么？以新方向给近代的历史学者，不是一个药材行小伙计出身的小说家威尔斯么？而且专门家们，怎样地嗤笑、冷笑、嘲笑了这些人们之无学呵。但是，世间的多数者的民众，对于这些外行人的政治论和历史论，不是那么共鸣着，赞同着么？

一九二〇年的初夏，我目睹了英国劳动党将非战论的最后通牒，递给那时的政府，以阻止出兵波兰的外交底一新事件的时候，以为是世界外交史上一大快心事，佩服了。那年之秋，我从巴黎往伦敦，会见英国劳动党的首领妥玛司时，谈及这一事；且问他英国劳动党的外交政策，何以会有这样的泼剌的新味的呢？妥玛司莞尔而答道：——

"这是因为我们用了新的眼睛，看着英国的外交的缘故。"

以新眼看外交，在他的这话中，我感到了无穷的兴味。英国劳动党的生命之源就在此。他们是外行人。

因此，我对于专门底思想家以外的人的思想，学者以外的人的学问，军人以外的人的军事论，官吏以外的人的行政论，是感到深的兴趣的。大抵陈旧的环境，即失了对于人们的精神，给以刺戟的力量。在惯了的世界里，一种颓废的气氛，是容易发酵的。我们为从这没有刺戟的境涯中蝉蜕而出起见，应该始终具有十二分的努力。而且对于从这样新境涯中出来的思想和发见，也应该先有一种心的准备，能给以谦虚的倾听。倘有了那样的大模大样的居心，以为专门家坐在高的宝座上，俯视着外行人这地面上的劳役者，是不对的。在世间日见其分业化、专门化了的现代，就越有更加留意于专门家以外的思想的必要。

# 七

然而专门家以外的思想有着各种弱点的事，却也应该注意的。

专门家的立说，其用心甚深，故虽无大功，而亦无大过。专门家以外的人之说则反是，因为大胆，即容易一转而陷于无谋的独断。但这是普通可以想到的事。我们所更该留心的外行人的思想底缺陷，还有一点在。

讲到专门以外的意见时，我们须在念头上放着两种的区别。就是，所谓外行人者，是另有专门的呢，还是别无什么专门的职业的人。前一种，是对于自己专门以外的问题，有着兴味而工作者，例如医学家的森鸥外之作小说。反之，后一种是不愁自己的生活的人，因为趣味，却研究着什么事。就是并不当作职业，只为嗜好，而研究、思索着什么的人。这委实是在可羡的境涯中的人们，就是被称为"有闲阶级"的人们；是英语所称为 independent gentleman（独立的绅士）的阶级。从来之所谓文明呀、文化呀，大抵是这些有闲阶级之所产的。人说，集积了不为生活所累，一味潜心于思索的人们的劳作，乃形成了今日的我们的文明。一面和生活奋斗，而仍有出色的贡献的人们，自然也有的，但是稀见的例外。

我在这里所要说的，并非那样的有闲阶级的劳作。是一面为自己的生活劳役，而一面又有贡献于他的专门职业以外的问题的人们的事绩。于此更加一层限制，是有着别的工作，而却有所贡献于社会诸学的人们的事。

# 八

支配了英国的十九世纪后半的社会思想的人们之中，有约翰·穆勒和马修·阿诺德。这两个，都是为了生活而有着职业的人。所以这两个思想家，是所谓在工作的余暇，调弄文笔的。关于穆勒，讲的人很多，我在这里不说了。所要说的，是马修·阿诺德。

马修·阿诺德被推为近代英文界的巨擘，有英国的散文，到他乃入于完璧之域之称。英国的天才政治家迪斯累里于一八八一年顷，在一个夜宴上会见阿诺德，招呼道，"在生存中，入了古典之列的人呀"，是有名的话。他的文章，就风靡了英国上下到这样。他之对抗着当时盛极的穆勒的自由主义思想，牵德国的学风，以谈比自由更高尚的道念的支配，理知的胜利也，真有震动一世之概。将从渐渐窒碍了的自由思想转向进步底保守思想的当时的英国，和他的思想共鸣，可以说，也非无故的。

但是，有着这样的文章和思想，他竟不能在英国的政治思想上留下一个伟大的痕迹，又是什么缘故呢？在这里，我们就发见那努力于专门底职业以外的事业的人们所容易陷入的弊窦。一言以蔽之，则曰：阿诺德疲惫了。他也如穆勒一样，为生活而劳动，窃寸暇以著作的人。所以他的文章，大概是一天的职务完毕后所做的；就是作于他的新锐的精神力已被消费之后。因此，虽以他那样的天才，而较之埋头于其事业，倾全精魂以力作的人们，在力量上，当然已不免有了轩轻了。

# 九

作为比这更大的理由，算作他的弱点的，则为他是教育家。凡是对于专门以外的事，有着兴味的人，所当常有戒心的，是当他奉行他真有兴味的事业，即奉行他的真的天职时，他又常蒙其专门的职业的影响。就是这一个重大的事实。尤其是在阿诺德，看那职业怎样地影响了他的思想和文章，颇是一种极有兴味的研究。

他是教育家。所以职业所给与他的环境，大抵是思想未熟的青年，在指导熏陶着这些青年之间，他便不知不觉，养成了一切教育家所通有的性癖了。就是，凡有度着仅以比自己知识少，思索力低，于是单是倾听着自己的所说，而不能十分反驳的人们为对手的生活者，即在不经意中，失却自己反省的机会，而严格地批判自己的所说的力，也就消磨了。所以阿诺德虽然怀着天禀之才，也失了将自己加以反省和研钻的习惯。思想的发达，是出于受了四面八方的反击，而和它力争，抗论之中的，在什么都是唯唯倾听的听众里，决无能够一样地发达之理。故为人师者，是大抵容易养成独裁底，专制底，独断底思索力的。

然而用之当时，真有效力的思想，却并非这样的片段的思想，而应该是更其洗练，更其锻炼的。阿诺德的思想，却正缺少这从同年辈，同知识的人们的攻击而生的锻炼。因此，他的思想便势必至于多有奔放之想，奔放之言。这就使他在实际社会上不留他的言说的实迹。

同一意义的事，我们也可以见于新井白石、王安石、威尔逊。关于这些人们的事业的成败，许多批评家往往单纯地以"因为是学者"一语了之。但因为是学者，即迂远于当世的事务，是决无此理的。那真的理由，倒在送半生于学窗下的人们，即一向继续着未受反驳的思索。于是虽然办着当世的事务，而一遭同一知力的政敌的反驳，便现出柔脆的弱点来了。侃斯教授叙述巴黎平和会议的光景的文字中，也曾指摘过威尔逊对于劳合·乔治和克理曼沙的捷速的驳论，缺少即刻反驳的机转，而讷讷不能说话的事来。以威尔逊那么的天才，那作为学者而专和青年相对的半生的习惯，尚且将一世的事业都带累了。

## 十

虽然有这许多缺点，而阿诺德在英国文学史，政治思想史上的功绩，也还是不能没的。他的散文，只要英语存在，总要作为英文学中的宝玉，永久生存的罢。比起做教育家的他的事业来，倒是因为做文人的他的余技，在文化史上贻留不朽之名的。这样看来，则我们虽然埋头于日常衣食的生活中，而窃取半宵的闲事业，却也许未必一定是闲事业罢。

天下有借父祖的产业，能将二六时尽用于所好的事业者，是幸福的人。但是，一周七日中的六日，虽然用于糊口之道了，而尚有所余的一日，则还可以不必深忧人生。我们能够善用了这一日，使天禀的本来面目活跃。与其以为因为没有余暇，遂不能展天赋之才，而终日咒诅社会组织，孰若活用着我们所有的半日，即将人生的精魂，扑进职业以外的余技里去之为愈呢。

# 十一

能过专门的职业，适合于天赋的艺能和好尚的生活者，是幸福的人。因为他就可以在自己的职业中，发见安心立命的境地。但即使对于专门之业，并不觉得满心的幸福，也是无妨的事。因为他能窃取零碎的余暇，发见那生活于专门以外的事业的真的别天地的。

一九二三年八月一日

# 徒然的笃学

## 一

"像亚伯那样懒惰的，还会再有么？从早到晚就单是看书，什么事也不做。"

邻近的人们这样说，嘲笑那年青的亚伯拉罕·林肯。这也并非无理的。因为在那时还是新垦地的伊里诺州[1]，人们都住着木棚，正在耕耘畜牧的忙碌的劳役中度日。然而躯干格外高大的亚伯拉罕，却头发蓬松，只咬着书本，那模样，确也给人们以无可奈何，而又看不下去的感想的。于是"懒亚伯"这一个称呼，竟成了他的通行名字了。

我在有名的绥亚的《林肯传》中，看见这话的时候，不禁觉得诧异。那时我还是第一高等学校的学生。此后又经了将近二十年的岁月了。现在偶一回想，记起这故事来，就密切地尝到这文字中的深远的教训。

读书这一件事，和所谓用功，是决不相同的。这正如散步的事，不必定是休养一样。读书的真的意义，是在于我们怎样地读书。

我们往往将读书的意义看得过重。只要说那人喜欢书，便即断定，那是好的。于是本人也就这样想，不再发生疑问。也不更进一步，反问那读者是否全属徒劳的努力了。从这没有反省的习惯底努力中，正不知出了多少人生的悲剧呵！我们应该对于读书的内容，仔细地加以研究。

---

1　现译"伊利诺伊州"。——编者注

## 二

像林肯那样，是因为读书癖，后来成了那么有名的大统领的。然而，这是因为他并非漫然读书的缘故；因为他的读书，是抱着倾注了全副精神的真诚的缘故。他是用了燃烧似的热度，从所有书籍中，探索着真理的。读来读去的每一页每一页，都成了他的血和肉的。

但我自己，却不愿将读书看作只是那么拘束的事。除了这样地很费力的读书以外，也还可以有"悠然见南山"似的读书。所以，就以趣味为主的读书而言，也不妨像那以趣味为主的围棋打球一般，承认其得有陶然的心境。

只是在这里，我还要记出一个感想，就是虽然以读书为毕生的事业，而终于没有悟出真义的可悯的生涯。这是可以用一个显著的实例来叙述的：——

英国的大历史家之中，有一个阿克顿卿（Lord Acton）。他生在一八三四年，死在一九〇二年，所以也不能说是很短命。他生于名门，得到悠游于国内国外的学窗的机会，那天禀的头脑，就像琢磨了的璞玉一般地辉煌了。神往于南意大利和南法兰西的他，大抵是避开了雾气浓重的伦敦的冬天，而读书于橄榄花盛开着的地中海一带。他的书斋里，整然排着大约七万卷的图书；据说每一部每一卷，又都遗有他的手迹。而且在余白上，还用了铅笔的细字，记出各种的意见和校勘。他的无尽藏的知识，相传是没有一个人不惊服的。便是对于英国的学问向来不甚重视的德、法的学者们，独于阿克顿卿的博学，却也表示敬意。他是格兰斯敦的好友，常相来往，议论时事的人。他将政治看作历史的一个过程，所以他的谈论中，就含有谁也难于企及的深味。

虽然如此,而他之为政治家,却什么也没有成就。那自然也可以辩解,说是他那过近于学者的性格,带累了他了。但他之为历史家,也到死为止,并不留下什么著作。这一端,是使我们很为诧异的。这蚂蚁一般勤劬的硕学,有了那样的教养,度着那么具有余裕的生活,却没有留下一卷传世的书,其中岂不是含着深的教训,足使我们三省的么?

很穷困,而又早死的理查德·格林(John Richard Green),在英国史上开了一个新生面。我们的薄命的史家赖山阳,也决不能说是长寿。但他们俩都遗下了使后世青年奋起的事业。然而阿克顿卿却不过将无尽藏的知识,徒然搬进了他的坟墓而已。

这明明是一个悲剧。

他是竭了六十多年的精力,积聚着世界人文的记录而死的。但他的朋友莫莱卿很叹惜,说是虽从他的弟子们所集成的四卷讲义录里,也竟不能寻出一个创见来。

他的生涯中,是缺少着人类最上的力的那"创造力"的。他就像戈壁的沙漠的吸流水一样,吸收了智识,却并一泓清泉,也不能喷到地面上。

同时的哲人斯宾塞,是憎书有名的。他几乎不读书。但斯宾塞却做了许多大著作。这就因为他并非徒然的笃学者的缘故。

一九二三年十月十二日

# 人生的转向

这是真实的事。

十月末的寒风，在户外飒飒作响。只燃着两隅的方罩电灯的大房里，很有些黯淡模样。暖炉里的火忽然生焰，近旁便明亮起来。

在亚美利加人中不常见的淡雅的主人，屋子里毫不用一点强烈的颜色。朴素的木制的桌椅，都涂作黑色；墙壁是淡黄的；从窗幔到画幅，都避着惹眼的色彩。暖炉周围的，也是黑边的书箱里，乱放着各样的书。我看见这书箱，常常觉得奇怪，心里想，只有一点不完全的书籍，竟会在杂志发表出那么多的议论来。

主人是暖炉的右侧，我左侧，而美貌的夫人是暖炉的正面，都坐在沙发上。从先前起，三人这样地赏味着夕餉后的幽闲[1]。主人是时行的小说家，夫人是女作家。在纽约的慌忙的生活中，去访问这一家，在我是难得的乐事之一。

我忽然问起"怎么办，才能学好英文"来。于是主人微笑着，暂时无言，这是这人的癖。

"这虽然是还没有和人讲过的事。"他一面用铁钩拨旺炉里的火，谈起来了。

"我觉得人的生涯，是奇怪的。现在虽然这样地做着小说，但在哈佛大学走读的时候，可是苦学得可以哩。刚出了法律科，无事可做，就当《波士顿通信》的记者。每天每天，从清早起，一直到夜深，做着事。但是我苦心孤诣地写了出来的记事，还是一篇也不准署名。就是在角落里和别的记事抛在一起。月薪呢，一星期二十元，到底是混不下去的。每天每天，到客寓里，才吁一口气。

---

1　现代汉语常用"悠闲"。——编者注

"但是，有一天，我也并没有什么意思，便拿起铅笔来籁籁地写了一篇短篇小说。于是将这装在信箱里，试寄到那时最流行的《玛克卢亚杂志》去了。是谁的绍介都没有的呵。于是，过了两星期，不是玛克卢亚社寄了挂号信来了么？拆开来一看，不是装着六十五元的汇票么？就是那一篇短篇小说的稿费呵。

"这时候，我看着拿在手里的六十五元的汇票，想了。这是只费了五六点钟写成的小说的收获，这是和从早到夜，流着汗的记者生活的一个月的收入相匹敌的。自己的活路，就在这里了。我不觉这样地叫了出来，于是我即刻向新闻社辞了职，专心做起小说来。

"从此渐渐流行起来了，现在是这样地也过着并不很窘的生活，也做些政治论文，也去演说，人们也注意起来了，好不奇怪呵——"

于是三人都暂时沉默着。

主人又说出话来了：——

"五六年前，西边的辛锡那台街上，曾经有过一件出名的犯罪案子。我受了纽约的一个大的杂志社的委托，为了要写那案子的记事，便往那条街去了。有一天，有一个男人到旅店里来访我。问起来，他是新闻记者，在这街上的报馆里办事多年了，然而薪水少，混不下去。他说了：想做小说家；请将做小说家的法子教我罢。我立刻就问他：你有铅笔么？一问，他说是有的。于是我又问他：你有纸么？唔，于是，他不又说是有的么？到这里，我就对他说了。此外，小说家不是没有必需的东西了么？你只要用这铅笔写在这纸上，不就完事了么？这么一来，他吃惊了。说是岂不是没有可写的东西么？那么，我就即刻告诉他了。唔，没有可写的东西？你没有知道这街上的犯罪案子么？知道？是的罢。这耸动了全美国的视听的事件的真相，知道得最仔细的，不就是这街上的新闻记者么？将这事照样地写下来，不就是出色的小说么？于是他一迭连声，说着懂得懂得，回去了。用这案子做材料的小说果然得了成功，他现在已经成为一流的小说家了。

"所以，你的问题也是这样的。要英文做得好，秘诀是一点也没有的。只在专心勤勤恳恳地做。除此之外，文章的上达的方法是没有的。"

实在是不错的，我想。但突然又问道：——

"亚美利加的小说家的稿费，究竟是怎样的呢？"

"是呵，"主人说。"一到布斯·塔金顿（Booth Tarkington）和伊文柯普（Irvin Cobb）等辈，印出来的五六页的短篇（原注：一页约比日本的大数倍），大抵二千元罢。就是我似的程度的，短篇小说的时价也要一千元。买的人，是二十个、三十个也有的呵。大抵是交给经手人去卖的。那么，这经手人便送到各处去看看，价钱也渐渐抬起来。"

于是我对他讲起日本的出版界的事，如尾崎红叶的时代，要一月一百元的收入也为难，以及独步的事情等。但主人却道：——

"这是正当的呀。惟其如此，这才有纯文艺发生的。法兰西不也是这样的么？亚美利加那样，是邪路呵。这样子，是不会有真的艺术品的。

我问他是什么缘故。

"什么缘故？不是全没有什么缘故么？你的国里和法兰西的小说家，做小说，是起于真的创作欲的冲动的。但是，亚美利加的，是什么动机呢？看我自己，不就懂得么？Commercialism（商业主义）呵。从这 Commercialism 的动机出来的小说，会有大作品的么，先生？"

主人说完，又默默地沉思起来了。

讲了这些话的一年之后，他赞助了哈定大统领的选举，那政治底才干为中外所赏识，一跃而做欧洲的一大国的大使去了。他是已经第二次的人生的转向，正在化作国际政治家，这未必单因为亚美利加是广大的自由的国度的缘故罢。

一九二三年八月十四日

# 自以为是

## 一

先前，在一个集会上，我曾经发表自己的意见，指出俄国文学在日本的风行，并且说，此后还希望研究英文学的稍稍旺盛。对于这话，许多少年就提出反对论，以为我们有什么用力于英文学和俄文学的必要呢，只要研究日本文学就好了。岂不是现有着《源氏物语》和《徒然草》那样的出色的文学么？有一个人，并且更进一步，发了丰太阁（译者注：征朝鲜的丰臣秀吉）以来的议论，说：与其我们来学外国语，倒不如要使世界上的人们都学日本语。这和我的提议，自然完全是两样看法的驳论。但这类的说话，乃是这集会中的多数的人们的意见，而且竟是中学卒业程度的年青人的意见，却使我吃惊很不小。我于是就想到两种外国的人种的事情。

## 二

凡有读过北美合众国的历史的人，都知道这地方的原先的旧主人，是称为亚美利加印第安这一种人种。这原先的故主，渐渐被新来的欧洲人所驱逐，退入山奥里面去，到现在，在各州的角角落落里，仅在美国政府的特别保护之下，度那可怜的生活了。人口也逐渐减下去了，也许终于要从这地上完全消失的罢。

然而这印第安人，不独那相貌和日本人相像，即在性格上，也很有足以惹起我们同情的东西。这是我们每读美国史，就常常感到的。

## 三

他们是极其勇敢的人种,在山野间渔猎,在风霜中锻炼身心,对于敌人,则虽在水火之中,也毫不顿挫地战斗,而且那生活是清洁的。男女的关系都纯正,身体的周围也干净。尤可佩服的是他们的厚于着重节义之情。曾经有过这样的故事:

有一回,一个印第安的青年犯了杀人罪,被发觉,受了死刑的宣告了。他从容地受了这宣告之后,静静地说:——

"判事长先生,我有一个请求在这里。你肯听我么? 这也不是别的事。如你所知道,我的职业是野球[1]。所以我为着这秋天的踢球季节,已经和开办的主人定约,以一季节若干的工资,说定去开演的了。倘我不去,我们这一队看来是要大败的。我的死刑的执行,不知道可能够再给拖延几个月不能? 因为我的野球季节一结束,我就一定回来,受那死刑的执行的。"

可惊的是判事长即刻许可了这青年的请求了,然而更可惊的是这印第安人照着和兴办主人的约,演过野球;其次,就照着和判事长的约,回到那里,受了死刑的执行了。

将这故事讲给我听的美国人还加上几句话,道:——

"惟其是印第安人,判事长才相信的。因为印第安人这家伙,是死也不肯爽约的呵。"

## 四

这些话,使我想起各样的事来。对于骗了具有这样的美德的印

---

1 现译"棒球"。——编者注

第安人，而夺去那广大的地土的亚利安[2]人，发生憎恶了。然而较之这些，更其强烈地感触了我的心的却还有一件事，就是：如此优良的人种，何以竟这样惨淡地灭亡了呢？

有一天，我在波士顿，遇见了一个以研究印第安人的专家闻名的博士。我各种各样，探听了这人种的性情等类之后，就询问到印第安人为什么渐就灭亡的原因。

博士的回答可是很有味：——

"我想，那就是印第安人所具的大弱点的结果罢。是什么呢，就是 arrogance（骄慢）。他们确信着自己们是世界唯一的优良人种，那结果，就对于别的人种，尤其是白色人种，都非常蔑视了。那蔑视，自然也很有道理的。因为从德义这一面说起来，白种确是做着许多该受他们轻蔑的事呵。然而那结果，他们却连白种所有的一切好处都蔑视了。譬如，对于白种的文明，一点也不想学。尤其是对于科学，竟丝毫也不看重。无论什么时候，总是生活在自己的种族所有的传统的范畴里。于是他们也就毫不进步了。这也许就是他们虽然是那么良好的人种，却要渐就灭亡的最大的原因罢。"

我觉得即刻恍然了在人类的生涯中，最可怕的，就是这骄慢的自以为是。当这瞬间，这人的发达就停止，这民族的发达就停止了。

我们试一看古时候的世界史。罗马民族的征服了世界，所靠的是甚么呢？这明明白白，是全仗那能够包容别人种的文化这一种谦恭的心情。他们征服着周围的民族，一面却给被征服民族以自由市民的待遇，和自己一般；并且将他们的文明尽量地摄取。希腊的文明一入罗马，就那么样地烂熟了。待到罗马人眩惑于军事上的成功，渐渐变成倨傲的性情的时候，那见得永久不灭的大帝国，便即朽木似的倒了下来。引德国入于破坏者，是德意志至上主义；现在

2　现译"雅利安"。——编者注

的支那<sup>3</sup>的衰运，也就是中华民国的自负心的结果呵。这也不只是亚美利加印第安人单独的运命而已。

## 五

但是，在这里，又有一个可以作为和这完全相反的例子。这就是犹太人。

我于犹太人感到兴味，是从五年前寓在亚美利加的时候起的。就因为西洋人之间的犹太人排斥的状态，牵惹了我的眼，于是也就想到何以要那么排斥的缘由了。

例如：和犹太人是不通婚姻的。假使有女儿一意孤行，和犹太人结了婚，亲戚就和她断绝往来。在自己的家里，决不邀犹太人吃饭。好的学校里不收犹太人。好的俱乐部，无论如何决不许犹太人入会。好的旅馆里不要犹太人寄寓，帐房先生托故回绝他；因为知道要被回绝的，所以犹太人自己也不去。还有这么那么，竖着禁止犹太人的牌子的地方，那数目也不止一二十。并且在谈话之中，一到形容那不好的事物，一定说，"像犹太人那样"之类。所谓深通西洋事情的人们，便也学了这西洋人的"犹太人嫌恶"，来说犹太人的坏话；而于犹太人何以那么坏的原因，是不查考的。

## 六

我觉得弥漫在这世界上的犹太人排斥的感情，委实有点奇怪，便一样一样地研究了一通。每遇见人，也就去询问。询问的结果，

3　此为鲁迅原译，原文并无贬义。"支那"一词是古代印度梵文中支那（China）的音译，也是古代欧亚大陆诸国对中国最流行的称呼。一般认为，中日签订《马关条约》后，日本侵略者开始使用"支那"称呼中国，并带有蔑视和贬义。——编者注

我所感到的是虽然个个都异口同声地说道犹太人坏，而于犹太人究竟为什么坏的理由，却并不分明地意识着。有的说是因为没有信义；有的说是因为宗教上的反感；有的说是因为一沾到钱财上，就无论怎样的苦肉计都肯做的缘故；有的又说是因为没有社交上的礼仪，使人不愉快的缘故。但是，如果这些都算作理由，则不但犹太人如此，有着同样的缺点的人种另外也很多。

将这事去问犹太人，可是有趣了。他们都以为这是基督教徒对于犹太人的优越性的反感。

那么，使我们毫无恩怨的第三者静静地观察起来，究竟见得怎样呢？上述的理由，也都可以作为大体的说明的。宗教上的争斗，也是二千年以来的反感罢；钱财上的争斗，也是歇洛克以来的长久的传统罢。但是，总还不止这一点。人种间的反目，是并不发端于那些思想上的原因的。一定还在更浅近的处所。

作为这浅近的、根本的原因的，我却发见了下列的事。这是和各样的犹太人交际之后，因而感到的。那就是：犹太人的集团性。

认识一个犹太人，一定就遇见他的许多朋友；请一个吃饭，一定有许多同来；试去访问时，一定有许多犹太人聚在一起。

这就如水和油了。在亚利安人种全盛的今日，而犹太人却就住亚利安人种中寄食，又不像别的人种那样，屈从于亚利安人；就是昂昂然自守着。而且在各方面，又每使亚利安人有望尘莫及之观。单是这些，倒还没有什么。而这显然异样的犹太人，却又始终单是自己们团集着。况且因为总度着犹太人特别的社会生存，所以确也讨人厌的。不独此也，这人种的通有性，又是进击底的；不肯静止，接连地攻上来。麻烦，可怕，不可亲近，难以放松。于是亚利安人也越加生气了。

# 七

那根本的原因，究在那里呢？那是明明白白的，就是在犹太人中的惟我独尊底的气度。他们从尼布甲尼撒大王以来，历受着世界的各样的人种的迫害。倘是弱的人种，就该早已灭亡了，而他们却以独自一己的强的精魂，应付了这几千年的狂涛怒浪。这就是他们的优越的性格之赐。

因此，对于这无论怎样迫压而终不灭亡的民族本身的强有力的信仰，就火一般燃烧着。大概，大家都以为在哈谟[4]人的全盛期，在撒马利亚[5]人的全盛期，都未灭亡的他们，也没有独在现今亚利安人的全盛期，就得屈服的道理的。

所以他们就如绝海的孤岛一般，将自己的文明的灯火，守护传授下来。即使周围的文明怎样地变迁，他们也紧抱着亚伯拉罕和摩西的传统，一直反抗到现在。

# 八

那路径，在或一意义上，和亚美利加印第安人是同一模型的。都是守住自己，不与周围妥协；都是惟我独尊。

但是，为什么一种亡，一种却没有亡呢？这明明是因为智能的优劣的悬殊，犹太人是历史上罕见的优越的智能的所有者，所以他们能够五千年来守护了自己的孤垒。

然而那非妥协底的性格，常常与当时的主宰民族抗争，造着鲜

---

4　现译"赫蒙"。——编者注
5　现译"撒玛利亚"。——编者注

血淋漓的历史。所以归根结蒂，也就和印第安人一样，除了征服别的人种，或者终于被别的人种征服之外，再没别的路。假使犹太人竟不改他现在的非妥协底态度。

到这里，我要回到议论的出发点去了。日本人始终安住在《源氏物语》和《徒然草》的传统中，做着使日本语成为世界语的梦，粗粗一看，固然是颇像勇敢的，爱国底的心境似的。但其中，却含有背反着人类文化的发达的、许多的危险。

我们的祖先，成就了"大化改新"的大业，安下日本民族隆兴的础石了。这就是唐的文明的输入、摄取、包容。从此又经过了长久的沉滞的历史之后，我们再试行了"王政维新"这一种外科手术，才又苏醒过来。这就是西洋文明的流入、咀嚼和接种，然而这先以"尊王攘夷"开端的志士的运动，待到尊王之志一成就，便忽而变为"尊王开国"的事，是含有无穷的意味的。

以一个民族，征服全世界，已经是古老的梦了。波斯、罗马、蒙古、拿破仑，就都蹉跌在这一条道路上。然而摄取了世界的文化，建设起新文明来的民族，却在史上占得永久的地位的。蕞尔的雅典的文化，至今也还是世界文明的渊源。

我们也应该识趣一点，从夸大妄想的自以为是中脱出。只要研究《源氏物语》就好之类的时代错误的思想，出之青年之口，决不是日本的教育的名誉。我们应该抱了谦虚渊淡的心，将世界的文化毫无顾虑地摄取。从这里面，才能生出新的东西来。

一九二三年八月十四日

# 书斋生活与其危险

## 一

我们的过活，是一面悟，一面迷。无论怎样的圣僧，要二六时中继续着纯一无垢的心境，是不能够的。何况是凡虑之浅者。有时悲，有时愤，而有时则骄。这无穷的内心的变化，我们不但羞于告诉人，还怕敢写在日记上。便是被赞为政治家中所少见的高德的格兰斯敦，日记上也只写一点简单的事：这是很有意味的。

虽是以英国政界的正直者出名的莫莱，那回忆录也每一页中，总有使读者不能餍足的处所。尤其是例如他劝首相格兰斯敦引退，而推罗思培黎卿为后任这事，他的心里可有自己来做将来的首相的希望，抬了头的呢，就很使读者觉得怀疑，这是因为凡有对于人生的诸相，赤裸裸地、正直地加以观察者，深知道人间内心的动机，是复杂到至于自己也意识不到的。

我所熟识的一个有名的美国的学者，有一天突然对我说：——

"食和性的欲求，满足了之后，实在会有复杂的可讶的各种动机，在人心上动作起来的。"

这是意味深长的话，现在还留存在我的耳朵中。倘将沁透着自己内心的这可讶的各种动机的存在，加以检讨，便使我们非常谦逊。如果是深深地修行了自己反省的人，会对着别人说些什么我是单为爱国心所支配的，单为义务心所驱使的那样大胆的话的么？

然而太深的内省，却使人成为怀疑底和冷嘲底。对于别人大声疾呼的国家论和修身讲话之类，觉得很像呆气的把戏，甚至于以为深刻的伪善和欺骗。于是就总想衔着烟卷，静看着那些人们的缎幕戏文。这在头脑优良的人，尤其是容易堕进去的陷阱。

专制主义使人们变成冷嘲，约翰·穆勒所说的这话，可以用了新的意思再来想一想。专制治下的人民，没有行动的自由，也没有言论的自由。于是以为世间都是虚伪，但倘想矫正它，便被人指为过激等等。生命先就危险。强的人们，毅然反抗，得了悲惨的末路了。然而中人以下的人们，便以这世间为"浮世"，吸着烟卷，讲点小笑话，敷衍过去。但是，当深夜中，涌上心来的痛愤之情，是抑制不住的。独居时则愤慨，在人们之前则欢笑，于是他便成为极其冷嘲的人而老去了。生活在书斋里，沉潜于内心的人们，一定是昼夜要和这样的诱惑战斗的。

二

但是，比起这个来，还有一种平凡的危险，在书斋生活者的身边打旋涡。我们对于自己本身，总有着两样的评价。一样是自己对于自己的评价，还有一样是别人对于自己本身所下的评价。这两样评价间的矛盾，是多么苦恼着人间之心呵。对于所谓"世评"这东西，毫不关心者，从古以来果有几人呢？听说便是希腊的圣人梭格拉第斯，当将要服毒而死的那一夜，还笑对着周围的门徒们道："我死后，雅典的市民便不再说梭格拉第斯是丑男人了罢"。在这一点，便可以窥见他没有虚饰的人样子，令人对于这老人有所怀念。虽是那么解脱了的哲人，对于世评，也是不能漠不关心的。

这所谓世评，然而却能使我们非常谦逊，给与深的反省的机缘。动辄易陷于自以为是的我们，因为在世上的评价之小，反而多么刺戟了精进之心呵。所谓"经过磨炼的人"者，在或一意义上，就是凭着世间的评价，加减了自己的评价的人。然而度着和实生活相隔绝的生活的人们，却和这世间的评价毫无交涉，一生只是正视着自己的内心。所以他对于自己本身，只有惟一[1]无二的评价，好坏都是自己所给与的评价。这评价过大时，我们便给加上一个"夸大妄想狂"的冠称，将这些人们结束掉。这样的自挂招牌的人们，并不一定发生于书斋里，自然是不消说得的。然而书斋生活者的不绝的危险，却就在此。

这样的书斋生活者的缺点，有两层。就是：他本身的修业上的影响，和及于社会一般的影响。第一层姑且勿论，第二层我却痛切地感得。凡书斋生活者，大抵是作为学者、思想家、文艺家等，有效力及于实社会的。因此，他所有的缺点，便不是他个人的缺点，而是他之及于社会上的缺点。于是书斋生活者所有的这样的唯我独尊底倾向，乃至独善的性癖，对于社会一般，就有两种恶影响，一种，是他们的思想本身的缺点，即容易变成和社会毫无关系的思想。还有一种，是社会对于他们的思想的感想，即社会轻视了这些自以为是的思想家的言论。其结果，是成了思想家和实社会的隔绝。思想和实生活的这样的隔绝，自然并非单是思想家之罪，在专制政治之下，这事就更甚。因为反正是说了也不能行，思想家便容易流于空谈放论了。

如果我们人类生活的目的，是在文化的发达，则有贡献于这文化的发达的这些思想家们的努力，我们是应该尊重、感谢的。但若书斋生活者因了上述的缺点，和实生活完全隔绝，则在社会的文化

1　现代汉语常用"唯一"。——编者注

发达上，反有重大的障碍。因此，社会也就有省察一番的必要了。

这是，在乎两面的接近。不过我现在却只说书斋生活者这一面走过来。也就是说，书斋生活者要有和实生活，实世间相接触的努力。我的这种意见，是不为书斋生活者所欢迎的。然而尊敬着盎格鲁撒逊人的文化的我，却很钦仰他们的在书斋生活和街头生活之间，常保着圆满的调和。新近物故的莫莱卿，一面是那么样的思想家，而同时又是实际政治家，我实在感到无限的兴味。并且以为对于这样的人，能够容认、包容，在这一点上就有着盎格鲁撒逊人的伟大的。读了莫莱卿的文籍，我所感的是他总凭那实生活的教训，来矫正了独善底态度。

## 三

曾是美国的大统领的威尔逊，也是思想家兼实际政治家这一层，是相像的。然而威尔逊的晚年，思想家的独断底倾向，却逐渐显著起来了。这是因为他在书斋中不知不觉地得来的缺点。侃思教授的名著《平和的经济底诸效果》里面，这样地写着：——

他没有一件连细目都具备了的计划。他不但如此不知世事，心的作用也迟钝，不会通融的。所以他一遇见劳合·乔治似的敏捷而变通自在的人，便不知所措了。他于呫嗫之间，提出改正案之类的智慧，丝毫也没有。偶尔只有一种本领，是预先在地面上掘了洞，拼命忍耐着。然而这要应急，是往往来不及的。那么，为补充这样的缺点起见，问问带来的顾问们的意见罢。这也不做。在华盛顿，也持续着讨人厌的他的超然底态度。他的出格的顾忌癖，致使不容周围放着一个同格的人。

（中略）加以发了他的神学癖和师长癖，就更加危险了。他是不妥协的。他的良心所不许的。即使必须让步的时候，他也以主义之人而坚守着。于是欧洲的政治家们便表面上装作尊重他的主义模样，实则用了微妙的纤细的蛛丝，将他的手脚重重捆住了。完全背反着他的主义一样的平和条约做出来了。然而他离开巴黎的时候，一定是诚心诚意，自以为贯彻了自己之所信的。不，便是现在，一定也还在这样想。

这侃思教授的威尔逊评，在我，全部是不能首肯的。他自己就是书斋中人的侃思教授，将实际政治的表里，太用了平面底的论理来批评了。但在这威尔逊评中，却将书斋生活者的性格底弱点，非常鲜明地，而且演剧底地描出着。

使我来说，则威尔逊在书斋生活者之中，是少有的事务家，政略家。然而虽是这非凡的实务底思想家，也终于不免书斋生活者的缺陷。在这一点上，是使我们味得无限的教训的。在日本的历史上，则新井白石，在支那[2]的历史上，则王安石，倘将他们的性格之类研究起来，一定可以发见，是因为这样的缺点，致使九仞之功，亏于一篑的罢。

我的结论，是：所以书斋生活是有着这样的自以为是的缺点的，而在东洋，却比英、美尤有更多的危险，所以要收纳思想家的思想，应该十分注意。还有，一面因着社会一般的切望，书斋生活者应加反省；而一面也应该造出使思想家可以更容易地和实社会相接触的社会来。

---

2　此为鲁迅原译，原文并无贬义。"支那"一词是古代印度梵文中支那（China）的音译，也是古代欧亚大陆诸国对中国最流行的称呼。一般认为，中日签订《马关条约》后，日本侵略者开始使用"支那"称呼中国，并带有蔑视和贬义。——编者注

# 读书的方法

## 一

先前，算做"人类的殃祸"的，是老、病、贫、死。近来更有了别样的算法，将浪费、无智这些事，都列为人类之敌了。对于浪费，尤其竭力攻击的人，有英国的思想家威尔斯。

这浪费的事，我们可以从各种的方面来想。一说浪费，先前大抵以为是金钱。然而金钱的浪费，却是浪费中的微末的事。我们的称为浪费的，乃是物质的浪费、精神的浪费、时光的浪费。而我们尤为痛切地感到的，是精神的浪费有怎样地贻害于人类的发达。毁坏我们的幸福者，便是这无益的精神的消费。如果从我们的生活里，能够节省这样的无益，则我们各个的幸福的分量，一定要增加得很多。例如，对于诸事的杞忧呀，对于世俗的顾忌呀，就都是无益的精神的浪费。

## 二

但在我们以为好事情的事情之中，也往往有犯了意外的浪费的。例如，读书的事，便是其一。

如果我们将打球和读书相比较，则无论是谁，总以为打球是无聊的游戏，而读书是有益的劳作。但在事实上，我们也常有靠打球来休息疲倦的身心，作此后的劳役的准备，因读书而招致无用的神经的亢奋，妨碍了真实的活动的。要而言之，这也正如在打球之中，有浪费和非浪费之别一般，同是读书，也有浪费与否之差的缘故。

尤其是，关于读书，因为我们从少年以来，只学得诵读文字之术，却并未授我们真的读书法，所以一生之中，徒然的浪费而读书的时候也很多。那么，我们应该怎样地读书呢？

## 三

我在这里所要说起的读书，并不是指聊慰车中的长旅，来看稗史小说那样，或者要排解一日的疲劳，来诵诗人的诗那样，当作消闲的方法的读书。乃是想由书籍得到什么启发，拿书来读的时候的读书。现在是，正值新凉入天地，灯火倍可亲的时候了，来研究一回古人怎样地读书，也未必是徒尔的事罢。

## 四

无论谁，在那生涯中，总有一个将书籍拼命乱读的时期。这时期告终之后，才始静静地来回想。自己从这几百卷的书籍里，究竟得了什么东西呢？怕未必有不感到一种寂寞的失望的人罢。这往往不过是疲劳了眼，糜烂了精神，涸竭了钱袋。我们便也常常陷于武断，以为读书是全无益处的。

然而，再来仔细地一检点，就知道这大抵是因为没有研究读书的方法，所以发生的错误。在天下，原是有所谓非常的天才的。这样的人们，可以无须什么办法，便通晓书卷的奥义，因此在这样的人们，读书法也就没有用。例如，有一回，大谷光瑞伯看见门徒的书上加着朱线，便大加叱责，说是靠了朱线，仅能记住，是不行的。但这样的话，决不是我们凡人所当仿效。我们应该一味走那平凡的、安全的路。

## 五

这大概似乎方法有四种。第一的方法，是最通行的方法，就是添朱线。

那线的画法也有好几样。有单用红铅笔，在旁边画线的；也有更进而画出各样的线的。新渡户博士，是日本有数的读书家；读过的东西，也非常记得。试看先生的读过的书，就画着各种样子的线，颜色也分为红铅笔和蓝铅笔两种类：文章好的地方用红，思想觉得佩服的地方用蓝，做着记号。而且那线，倘是西洋书，便分为三种：最好的处所是下线（underline），其次是圈（很大，亘一页全体），再其次是页旁的直线。

英国的硕学，威廉·哈密顿（William Hamilton）这样说：——

倘能妙悟用下线，便可以得到领会重要书籍的要领的方法。倘照着应加下线的内容的区别，例如理论和事实的区别，使所用的墨水之色不同，则不但后来参照时，易于发见，即读下之际，胸中也生出一种索引一般的东西来，补助理解，殊不可量度。

这下线法，是一般读书人所常用的，如果在余白上，再来试加记注，则读书的功效，似乎更伟大。

这方法里面，又有详细地撮要，以便记忆的人；也有将内容的批判，写在上面的人。倘将批评写在余白上，当读书的时候，批评精神便常常醒着，所得似乎可以更多。这一点，是试将伟大的学者读过的书，种种比较着一研究，便大有所得的。

# 六

其次的方法，是一面读，一面摘录，做成拔萃簿。这是古来的学者所广用的方法，有了大著述之类的人，似乎大概是作过拔萃的。听说威尔逊大统领之流，从学生时代起，便已留心，做着拔萃。现代英国的大政治家，且是文豪的莫莱卿，也这样地说过：——

> 有一种读书法，是常置备忘录于座右，在阅读之际，将特出的、有味的、富于暗示的、没有间断地写上去。倘要将这便于应用，便分了项目，一一记载。这是造成读书时将思想集中于那文章上，对于文意能得正解的习惯的最好的方法。

但于此有反对说，史家吉本（E. Gibbon）说：——

> 拔萃之法，决不宜于推赏。当读书之际，自行动笔，虽然确有不但将思想印在纸上，并且印在自己的胸中的效验，但一想到因此而我们所浪费的努力颇为不少，则相除之后，所得者究有多少呢？我不能不很怀疑。

我也赞成吉本的话。因为常写备忘录的努力，很有减少我们读书的兴味，读书变成一种苦工之虑的。不但这样，还会生出没有备忘录，便不能读书的习惯，将读书看作难事。而读书的速率，也大约要减去四分之一。无论从那一方面看，拔萃法总不像很好的办法。倒是不妨当作例外，有时试用的罢。

## 七

比拔萃法更有功效的读书法，是再读。就是将已经加了下线的书籍，来重读一回。英国的硕学约翰逊（S. Johnson）博士曾论及这事道：——

"与其取拔萃之劳，倒是再读更便于记忆。"

我以为这是名言。因为拔萃势必至于照自己写，往往和原文的意义会有不同。再读则不但没有这流弊，且有初读时未曾看出的原文的真意，这才获得的利益。尤其是含蓄深奥的书籍，愈是反复地看，主旨也愈加见得分明。

## 八

还有一种读法，是我们普通的人，到底难以做到的高尚的方法。这就是做了《罗马盛衰史[1]》的吉本，以及韦伯斯特（D. Webster）、斯塔福德（Th. W. Stratford）这些人所实行过了的方法。吉本自己说过：——

> 我每逢得到新书，大抵先一瞥那构造和内容的大体，然后合上那书，先行自己内心的试验。我一定去散步，对于这新书所论的题目的全体或一章，自问自答，我怎么想，何所知，何所信呢？非十分做了自己省察之后，是不去翻开那一本书的。因为这样子，我才站在知道这著作给我什么新知识的地位上。也就是因为这样子，我才觉得和这著作的同感的满足，或者在全

1　现译"罗马帝国衰亡史"。——编者注

然相反的意见的时候，也有预先自行警戒的便宜。

这可见吉本那样，将半生倾注在《罗马史》的史家，因为要不失批判的正鹄，所化费了的准备是并非寻常可比。然而，这是对于那问题已经积下了十分的造诣以后的事，我们的难于这样地用了周到的准备来读书，原是不消多说的。

# 九

要之，据我想来，颜色铅笔的下线或侧线法，是最为普遍底的读书法。而在那上面，写上批评，读后先将那感想在脑里一温习，几个月之后，再取那书，单将加上红蓝的线的处所，再来阅读，仿佛也觉得是省时间，见功效的方法。但因为这方法，必须这书为自己所有，所以在图书馆等处的读书之际，便不得不并用拔萃法了。我的一个熟人，曾说起在图书馆的书籍上加红线，那理由，是以为后来于读者有便利。我觉得这是全然不对的议论。因为由读着的书，所感得的部分，人人不同，所以在借来的书上，或图书馆的书上，加上红线去，是不德义的。

也有说是毫无红线，而读过之后，将书全部记得的人。例如新井白石、麦考莱（Th. B. Macaulay）卿等就是。但这些人们，似乎是富于暗记底知识，而缺少批评底、冥想底能力的。我以为并非万能的我们，也还不如仍是竭力捉住要点，而忘掉了枝叶之点的好。

# 十

还有，随便读书，是否完全不好的呢？对于这一事，在向来的人们之间，似乎也有种种意见的不同。有人以为乱读不过使思想散漫，毫无好处，所以应该全然禁止的；然而有一个硕学，却又以为在图书馆这些地方，随便涉猎书籍，散读各种，可以开拓思想的眼界。

莫莱卿对于这事，说过下面那样的话：——

> 我倒是妥协论者。在初学者，乱读之癖虽然颇有害，但既经修得一定的专门的人，则关于那问题的乱读，未必定是应加非议的事。因为他的思想，是有了系统的，所以即使漫读着怎样的书，那断片底知识，便自然编入他的思想底系统里，归属于有秩序的系体中。因为这样的人，是随地摄取着可以增加他的知识的材料的。

一九二三年八月十四日

# 论办事法

一说到英雄之流，就似乎是很大方，很杂驳似的，但我们从他们的日记之类来仔细地一研究，实在倒是颇为用意周到的，细心的，不胡涂的人们。凡有读拿破仑的传记的人，就知道他虽至粮秣之微，也怎样地注意。无论是家康，是赖朝，是秀吉，都是小心于细事的。不过他们的眼虽在毫厘之末，其心却常不忘记大处高处的达观罢了。

说到底，就是英雄都是办事家。但在不觉其为办事家之处，即有他们的非凡的用意。那么，他们怎样地处置他们身边的事务的呢？这一事，应该是后世史家的很有兴味的题目。只因史家自己大抵不是办事家，所以英雄之为办事家的一方面，便往往被闲却了。

在这意义上，则去今百年，英国的官吏显理泰洛尔（Sir Henry Taylor）所记的，题为《经世家的用心》这一篇，乃是颇有兴味的文章了。而且对于日对繁忙的事务的现代活社会的人们，可作参考之处也不少。作者是久作英国殖民部的官吏，有捷才之誉，且是出名的诗人。那大要曰：——

一，文件的分类。

凡办理事务的人，一经收到文件，须立加检点，分别应行急速的处置与否，将这分开，而加以整理。

二，不无端摩弄。

既经分类之后，则除了已有办理此案的决断时以外，决不得摩弄这些文件。因为养起了懵然凝视文件，或无端摩弄的习惯，则不但浪费时间，且至于渐渐觉得这案件似乎有些棘手，渐成畏缩，转而发生寡断的性质。又，反复着一样的事，不加决断，也要成为抑制活动底精神的结果的。

而且要行文件的裁决，也须当这事件的新出之际。因为文件久置几上，则为尘埃所封，给见者以宛然失了时机的古董一般的印象，所以虽行办理，也觉不快，而有不适意之感了。

这泰洛尔的一言，是凡有略有办事经验的人，谁都感到的。尤其是，生活于日本官场的人们，都熟知久经搁置而变了灰色的旧文件，是怎样给人以不快的印象。这一点。和亚美利加的公署和公司等，横在几上的文件，是如何崭新、鲜明、活泼的相比较，颇为遗憾的。

三，于心无所凝滞。

又，凡欲作经世家的人们，当养自制之念。这所谓自制，乃动和静的自由的心境之谓也。就是，欲办理一事，则全心集中于此者，动也。与此事无关时，将一切从念头忘却者，静也。在经世家，最当戒慎者，是既非决定，也非不决，有一件事凝滞于心中。

四，整顿。

经世家所最当避忌者，是终年度着忙碌似的，混乱的生活。经世家须常度着整顿的生活。

五，写字的时候要慢慢地写。

凡当办事之际，有急遽的性癖的人，那矫正法，是在学习以身制心的方法。就是使日常的身体的举动，舒缓起来。这就因为身体也可以称为精神的把柄的缘故。然则，所当时时留意者，是决不匆促写字。慢慢地写字的习惯，是使精神沉静的。

六，整顿文件要自己动手。

整理文件，做得干净，实在是必要的事。而将这些文件安排，束缚，以及摘要等的工作，必须自己亲手做去，决不可委托秘书那些人。为什么呢？因为文件的整理，同时也是自己的精神的整顿的缘故。

七，集中心。

当养成常将我心集中于一事的习惯。在办理一事的中途，忽然想起那怠慢了回复的信件等，是最宜戒慎的。

八，冥想时间的隔离。

经世家虽有于每一周中，以或一日作为休息日，加以隔离的必要；但倘能够，则将一日之中的或时间，作为冥想时间，隔离起来的事，也是紧要的。

以上，是泰洛尔所说的大要。可见粗看好像鲁钝的英国人，对于那各种设施，用意的周到。所说诸点，要当作经世家的要件，原是不可以的，但在经世家的资格中，算进这样见得琐屑的事情去，却惹了我们的兴味。

一九二三年八月廿六日

# 往访的心

## 一 旅行（上）

我所喜欢的夏天来到了。

一到夏天，总是想起旅行。对于夏天和旅行，贯着共通的心绪。单是衣服的轻减，夏天也就愉快，而况世界都爽朗起来。眼之所见的自然的一切，统用了浑身的力量站起。太阳将几百天以来所储蓄的一切精力，摔在大地上。在这天和地的惨淡的战争中，人类当然不会独独震恐而退缩的。大抵的人，便跳出了讨厌透了的自己的家，扑进大自然的怀里去。这就是旅行。

旅行者，是解放，是求自由的人间性的奔腾。旅行者，是冒险，是追究未知之境的往古猎人时代的本能的复活。旅行者，是进步，是要从旧环境所拥抱的颓废气氛中脱出的，人类的无意识的自己保存底努力。而且旅行者，是诗。一切的人，将在拘谨的世故中，秘藏胸底的罗曼底的情性，尽情发露出来的。这些种种的心情，就将我们送到山和海和湖的旁边去，赶到新的未知的都市去。日日迎送着异样的眼前的风物，弄着"旅愁"呀、"客愁"呀、"孤独"呀这些字眼，但其实是统统一样地幸福的。

在漂泊的旅路上度过一生的吉迫希之群，强有力地刺戟我们的空想。在小小的车中，载了所有的资产，使马拉着，向欧洲的一村一村走过去。夜里，便在林阴[1] 支起天幕来，焚了篝火，合着乐器，一同发出歌声。雨夜就任其雨夜，月夜就任其月夜，奇特的生活是

---

[1] 现代汉语常用"林荫"。——编者注

无疑的。还有，中世纪时，往来于南欧诸国的漂泊诗人的生活，是挑拨我们的诗兴的。这是多么自由的舒服的生涯呵。并非矿物的我们，原没有专在一处打坐，直到生苔的道理。何况也非植物的你我，即使粘在偶然生了根的地面上，被袭于寒雪，显出绿的凌冬之操，也还是没有什么意味的。便是一样的植物，也是成了科科或椰子的果实，在千里的波涛上，漂流开去的那一面，不知道要漂亮多少哩。

喜欢旅行的国民，大概要算英国人了。提一个手提包，在世界上横行阔步。有称为"周末旅行"的，从金曜日[2]起，到翌周木曜日[3]止，到处爬来爬去。一冷，是瑙威[4]的溜雪，一热，是阿勒普斯的登山，而且有机会时，还拜访南非洲的阿伯、阿叔。

喜欢旅行的英国人的心情，显在比人加倍英国气的小说家威尔斯的作品里。

他在那《近代乌托邦》里说，乌托邦的特色，是一切人们，可以没有旅费、言语、关税之累，在世界上自由地旅行。那一本书，是距今十八年前所写的。但据今年出版的小说《如神的人们》说起来，他的旅行癖可更加进步。这回的乌托邦里，是所有的人，都不定住在家庭里，却坐了飞机，只在自由自在地旅行了。而且那世界里，还终年开着花，身轻到几乎不用着衣服。一到这样，乌托邦便必须是常夏之国。而旅行于是也还是成了夏天的事情。

## 二　旅行（下）

旅行的真味，并不是见新奇、增知识，也不是赏玩眼前百变的风物。这是在玩味自己的本身。

2　现译"星期五"。——编者注
3　现译"星期四"。——编者注
4　现译"挪威"。——编者注

　　相传康德（I. Kant）是终日从书斋的窗口，望着邻家的苹果树，思索他的哲学的。邻家的主人不知道这事，有一天，将那苹果树砍掉了，他失了凭借，思索便非常艰难起来。但像康德那样，生在不改的环境里，而时时刻刻，涌出变化的新思想来，在我们凡人，是很难达到的境地。于是我们就去旅行。

　　能如旅行似的，使我们思索的时候，是没有的。这也并非我们思索，乃是变化的周围的物象，给我们从自己的胸臆里，拉出未知的我们的姿态来。这有时是声，有时是色，有时是物，有时是人。

　　有时候，这从背后蓦地扑来；有时候，正对面碰着前额。每一回，我们就或要哭，或是笑。

　　只要旅行一年，他的思想上的行李，便堆得很高了。

　　然而，也有并不如此的人。先前，有大团体的旅行者的一群，从美国到来了，是周游世界团体。其中的一个，却是西洋厕所的总店的主人。他一面历览着火奴鲁鲁、日光、西湖、锡兰岛，一面就建设着批发他的新式厕所的代理店。但是，像这样的，不能算旅行，什么也不能算的。

　　倘说这不是旅行，只是洋行，未免过于恶取笑，但也很想这样说。将这样的也用旅行这一个笼统的总称来说，就使旅行的真意模胡了。

　　其实，团体的旅行，是不算在旅行里面的。真的旅行，应该只是一个人。须是恰如白云飘过天空一般的自由的无计划的心情。欧文（Washington lrving）寻访莎士比亚出世的故乡 Stratford-on-Avon，独居客舍之夜，说道："世间的许多王国呵，要兴就兴，要倒就倒罢。我只要能付今宵的旅费，我便是这一室的王者了。这一室是王领，这火炉的铁箸是王圭，而莎士比亚即将见于今宵的我的梦里了。"这样的心情，是惟有独自旅行的人得能领受的人生之味。

对于旅行，又可以说一种全然相反的事。就是，也没有旅行那样，能使人们的心狭窄的了。这是英国批评家切斯特顿（G. K. Chesterton）的犀利的句子。我们在家乡安静着过活，则异国的情景，是美丽的梦幻故事一样，令人神往的。西班牙、意大利、波斯，还有西藏，都是很足以挑动我们的诗情的名目。我们用了淡淡的爱慕之情，将未知之地和人，描在胸臆上。但一踏到这些处所，则万想不到的幻灭，却正在等候我们了。曾是抽象底的诗的国度的意大利，化了扒手一般的向导者和乞丐一般的旅馆侍者的国度了。在这瞬间，旅人的长久的心中的偶像，便被破坏了。

然而，这是还未悟澈[5]旅行的心的真境地的错处。其实是，真实的人生，正须建立在这样的幻灭的废墟之上的。

## 三　旅行的收获

旅行的收获，这就是在旅人的心里，唤起罗曼底的希望来，这是因各人而不同的。这也因每次旅行而不同的。因为不同，我们的心中，就充满着大大的期待。

无论是谁，大概没有不记得出去修学旅行的前一夜的高兴，作为可念的少年时代的回忆的罢。还有，第一次出国的前夜的感慨，我们是终身不忘记的。新婚旅行的临行之感，姑且不说他，将登轻松的漂泊之旅的前一日的心情，却令人忘不掉。旅行的收获，是有各色各样的。从中，我想说一说的，是得到新的朋友的欢喜；是会见即使说不到朋友，而是未曾相识的人物的欢欣。这在想不到的处所相遇时，便成为更深的感兴，留在记忆里。倘是陌生的异国的旅次，那就更有深趣了。

---

5　现代汉语常用"悟彻"。——编者注

　　一个冬天的夜里，我立在正像南国的大雨的埠头上，听着连脸也看不清楚的人的谈天。这是在美国最南端的莘罗理达[6]，在很大的湖边，等着小汽船的时候。我们两个一面避着滂沱不绝的雨点，对了漆黑的湖水，一面谈下去。虽说谈下去，我却不过默默地倾听着罢了。大约年纪刚上三十的小身材黑头发的这美国人——倒不如说，好像意大利或匈牙利人的这男子，得了劲，迅速地饶舌起来：——

　　"所以纽约的教育是不要费用的。我们可以不化一文钱，一直受到大学教育。像我这样，是生在没有钱的家里的，什么学费的余裕之类，一点也没有。但是进小学，进中学，到头还进了纽约大学。因为是不要费用的呀。你想，教育是四民平等地谁都可以受得，不化费用的呵，所以教育普及了。所以亚美利加在世界上是最出色的国度了。无论到那里去看去，南方的黑人之类不说，在亚美利加，是没有不识字的人的。闹着各样过激的思想的人们自然也有，但那些可都不是亚美利加人呵。对么，懂了罢，先生？那些全都是刚从欧洲跑来的移民呀。在亚美利加，是即使不学那样胡涂的过激的俄国的样，也可以的。懂了没有，先生？因为，亚美利加，是用不着费用，能受教育的国度呵。而且因为一出学校，只要一只手、一条腿，就什么也做得到。就像我那样，从大学毕业的人，是全不用什么人操心的。因为在大公司里办事，现在也成了家，也到了这样地能够避寒旅行的身分[7]了。所以，无论是谁，什么不平之类，是不会有的。叫着什么不平的一伙，那大抵是懒惰人，自己不好。因为教育是可以白受的呵。而且，因为我们是民主之邦呀。什么不平之类，是没有的事。唔，先生，我讲的话，明白了没有，先生？"

---

6　现译"佛罗里达"。——编者注
7　现代汉语常用"身份"。——编者注

他无限际地饶舌。并且一面饶舌，一面为自己的思想所感动，挥着手说话。终于转向我这面，将手推着我的肩膀等处，大谈起来了。

我只静听着他的话，不知怎地，一面起了仿佛就是"亚美利加"本身，从暗中出现，和我讲话一般的心情。那乐天的、主我的、自以为是的，然而还是天真烂漫的、纯朴的人品，就正像亚美利加人。也许这就是弥漫于亚美利加全国的，那大气的精魂。在虽说是冬天，却是日本的梅雨似的闷热的南国的大雨的夜里，在僻远的村落的湖边，在这样地从一个无缘无故的人——这是从这暗夜中，钻了出来似的唐突的人物——的口中，听着聚精会神的，他的经历的讲解的时候，忽然，那所谓旅行的收获的一个感觉，强烈地浮上我的心头了。正因为是旅行，才在漠不相识之地，听着漠不相识之人的聚精会神的谈论的。比起关于亚美利加的几十卷文献来，倒是这样的人的无心的谈吐，在亚美利加研究者是非常贵重的知识的结晶哩。这也许便是亚美利加的精魂，在黑夜里出现的罢。

于是听到汽笛声；在暗的波路的那边，望见汽船的红红的灯火了。是走茀罗理达州的船已经来到。不多久，周围一时突然明亮起来。那男人，便慌忙携着夫人的手，走上汽船的舷门去了。

这情景，至今还留在我的眼底里。

# 四　达庚敦

和这样的漠不相识的人相周旋，固然也是旅中的一兴。而等候着这一类奇特的经验，再落到自己的身上来的心绪，也使旅人的心丰饶。归家之后，在平凡的日常生活中，每想到曾经历览的山河，那时浮上心头的，也就是那样的为意料所未及的经验。我一想亚美利加的事，即常常记起这茀罗理达的雨夜所遇到的连姓名都不知道的男人的议论和那周围的情景来。当写着俄国的社会革命的报告时，突然记起来的，是在从斯忒呵伦到芬兰的船中，所遇见的叫作安那的一个少女的身世。

那时还只八岁，然而已能说三种外国语的可怜的小女儿，是富家之子，怕是已经吞在那革命的大波里面了罢。一记得那类事，便带着一种的哀愁。

然而，旅行的收获之大者，无论怎么说，是在和久经仰慕的天才相见。走了长远的旅程之后，探得这人所住的街，于是就要前去访问的时候的心情，是难以言语形容的高兴。在对于仰慕的人的"往访的心"和旅行的心上，是有着一种共通的情绪的。尤其是像我这样，因为受了从少年期到青年期所读的卡莱尔的《英雄崇拜论》呀、爱克曼的《瞿提谈录[8]》之类的很深的感化，终于不能蝉蜕的人，则会见那卓绝时流的各样的天才，总觉得有在落寞的人生上，染着一点殷红一般的欢喜。

倘使要访的人所住的地方和家宅都是未知之地，那趣味就觉得更深远了。亚美利加的中西部，有叫印兑那波里斯的街。不知什么缘故，从这处所，出了各样的文学者。做了《马霞尔传》的培培律支，小说家的约翰生、达庚敦等，就都住在这街上。一个请帖，从住在那里的美国人，送到纽约的我这里来了，要我于十月的谢肉祭那一天，去吃火鸡去。正值我也刚在计划出去旅行的时候，便决计向那远隔一千迈尔的处所，前去吃火鸡。"要是火鸡，我的家里也可以请你吃的。"戏曲作家密特耳敦君说笑着，给了我对于达庚敦的绍介信，我便飘然发程了。几天之后，我在印兑那波里斯街的路易斯君的家里解了行装，吃了火鸡，于是催促主人，要到达庚敦的家里去。

---

8　现译"歌德谈话录"。——编者注

我凡在外国旅行的时候，总是带着各样的问题，一路随便问过去的。我尤其爱问的问题，是要他举出代表他的国度的生命的五个人名来。在英国，是有种种有趣的回答了。但美国人，却大抵在瞠目结舌的竭力挣扎之后，首先，到威尔逊、刚派斯之流为止，是脱口而出的，以后，却无论如何，再也说不出了。尤其是一问到思想文艺方面，支配着现代美国的人名，则大抵的人，都不能回答。从中，好容易先加了"虽然不满意"这一句前置，举出来的，是小说家达庚敦。这达庚敦，是经过了奇特的变则的阅历，成了现在的时行作家的。地方也还有，而他却住到离纽约颇远的印兑那波里斯去。

我样样地用功，来看达庚敦的作品。然而一点不佩服。比起英国的文坛，像晴朗的秋夜，灿烂着满天珠玉的一般来，同是英语国民，而不知怎地，美国的文坛却如此寂寞，这真教人只好诧异了。然而美国人既然爱读达庚敦的作品，则作为美国的研究者，也就总得去见一见他。我就因为这样想，这才远远地跑到这里来的。

路易斯君亲自驶着摩托车，到得白色洋灰所造的达庚敦的家门口。叩门一问，出来了一个使女，说道主人不在家，两三日前往纽约去了。——然而奇怪，我并不觉得有失望之感。觉得不在家倒是好的。后来仔细地一想，知道我是原不怎样愿意会见达庚敦的，是硬去访问的。往访的心，在我这里是未曾成熟的。

## 五　拿破仑的房屋

那第二天，我便坐了芝加各[9]中央的快车，向纽阿理安去。这不但因为要看看那地方，也因为想横断那就在线路上的叫作开罗的小邑。

---

9　现译"芝加哥"。——编者注

仍然是我的旧癖，还将"表现着美国人的国民性的代表作品是什么呢？"到处问人，于是有两三个思想家，说，是 Mark Twain 的 "Huckleberry Finn" 和 O. Wister 的 "The Viginian"。我就专心来看 "Huckleberry Finn"。在米希锡比[10]沿岸所养成的亚美利加魂这东西，便清清楚楚，在小说里出现。我的心，很被主角的少年 Finn，驾着一片木筏，要免黑人沙克的被捕，驶下米希锡比河去的故事所牵引了。白昼藏在芦荻间，以避人目，入夜，便在星光之下，从这漫漫的大川，尽向南行，每一遇见来船，便大声问道：——

"开罗还没到么？"

这使我很悲痛。因为一到开罗，这奴隶的沙克便成为自由的人了。我仿佛觉得，倘不一看米希锡比的两岸，和寂寞地躺在那边的开罗这小邑，则亚美利加的风调，是不能懂得的。

快车横度了这街市之际，是在夜半。

好几回，我从卧车的窗间，凝眺着窗外的夜。待到看见开罗的小邑，睡在汪洋的米希锡比的岸上，便变了少年 Finn 那样的心情，将心释然放下了。至今回想起来，孩子似的，这样的行旅之心，却比大事件还要深深的留在心底里，这是连自己都觉得惊异的。

第二天早晨，我才从火车的窗间，见了叫作"西班牙苔"的植物。这是从 Finn 的故事中，成了我所怀念的物品，一向期待着的。在纽阿理安的近旁，两岸都是湿地，侵着油似的水的沼泽里，满生着硕大的热带植物。在那干子和枝子上，就挂着蒙茸的须髯一般的"西班牙苔"。因此，我才觉得有到了南美之感了。

纽阿理安的市街，是破了千篇一律的美国都市的单调的。南国气的树木，法国式的道路，还有走在街上的克理渥勒（Creole）的年青妇女们，这些倘不在初来访问者的心中，唤起真象旅行的兴致，

---

10　现译"密西西比"。——编者注

是不会干休的。

在大路转左，走一点小路，左手就有嵌着西班牙式格子的，昏暗的旧式的建筑物。是略带些黄的灰色的木造楼房，实在是古色苍然。这便是有名的拿破仑的房屋。就想将幽居圣海伦那这孤岛上的一世之雄，暗暗地偷了出来，谋画[11]着的法兰西人，在世界到处，真不知有多少呵。有一组，就也住在这纽阿理安。是法国殖民地的路意藉那州的人们，想用了什么法，将这英雄从英国人的虐待的手里夺回，在这美丽的海滨的市上，送他安稳的余年的。

然而当这新居落成，船也整装待发，万端已备的时候，拿破仑病死之报，却使一切计划全归画饼了。百年之后来一访寻，仿佛还使人觉得可惜。大拿破仑的足迹，是在克伦林的宫殿里看见的时候，也曾颇有所感的；这命运之儿，其于刺戟全世界人类的想象的力量，实有一种不可思议的处所。使他那样地闷死在圣海伦那孤岛上，决不是大英国民的光荣。

## 六　威尔逊的秘书

然而去访威尔逊的时候，我的心是完全成熟了的。

一到他所住的华盛顿的市街，我心里便洋溢着欢喜。在旅馆的房里竟似乎坐立不安了，我便在暗夜中，绕着白垩馆的周围走了一遍。这较之六年前曾经到过的一样的街，仿佛觉得已是意外的尊严之地了。仰望着电灯点得明晃晃的楼上的房子，自己想：他还在那屋子里办着事呢。原来世界战争的指导原理，是就在那电光之下织造出来的。和静穆的暗夜的情调相合的一种崇高之感，便充满了自己的胸中。

---

11　现代汉语常用"谋划"。——编者注

几天之后，就将带来的绍介信，并自己的信寄给大统领的秘书长泰玛尔台（J. P. Tumulty）了。过了好几天，没有回信。因为等到一周间也还没有回信，我便在写信给住在加厘福尼的蔼里渥德夫人的时候，顺便提到了这件事。这信一到，夫人便打一个快电来。说："请速将我写的给威尔逊夫人的绍介信，直接送给她。"我于是立即照办。信一送去，就从威尔逊夫人得了指定面会日期的客气的回信。这样，我便在停战条约签字的三日之后，得了和威尔逊夫妇从容谈话的机会了。

那时的谈话，已经记载过好几回了，现在无须再说。但我所觉得很有趣味的，是秘书泰玛尔台君的心思。

泰玛尔台君者，自从在威尔逊退隐的翌年，作了《威尔逊传》以后，他这人物的轮廓也因此非常分明起来。他是怀着特出的政治底才能的人，并且诚心佩服着威尔逊的。那么，当他收到我的信札的时候，一定想，麻烦的东西又来了呵。于是又想，还是设法回绝他罢——因为这是做秘书的人的共通的心理状态。体帖[12]主人的他，是深怕为了一个并无要事的日本人，多破费大统领的工夫的。但又想不出回绝的合宜的口实，于是他一定将那信塞在桌子的抽屉里，预备两天后再回信。过了两三天，大约又因为蝟集[13]的事务，将这完全忘掉了。倘使我没有得到蔼里渥德夫人的电报，也许至今还在等候泰玛尔台君的回信的罢。

从摩托车王的亨利·福特（Henry Ford），我也有过一样的经验。那也就因为写信给了秘书，所以弄坏的。因为说见，而且另外还有事，我就从纽约往兑德罗特去了。出来了一个叫作什么名字的秘书，问我什么事。并无什么大不了的事情的我，便忽然之间，陷

---

12  现代汉语常用"体贴"。——编者注
13  现代汉语常用"猬集"。——编者注

在不得不和这位秘书先生来发议论的绝地里了。终于也不给我见福特。而原也并不很有会见福特的热心的我，也就听其自然，不再用别的法，退了出来。我在这一见似乎太不客气的秘书的应对中，见出他体帖主人的诚实，是承认他的立脚点的，但同时也自己想，倘想去见阔气的人，那就千万不可经秘书的手。凡有要阔的人，都是意外地单纯的。惟猝然相逢，来分独战的胜败。

## 七　雨的亚德兰多

我从有意要做威尔逊的传记以来，已经十二年了。就像逐渐滑进沼地里去了的一般，只是埋头在搜集材料上，还没有完功。然而单就搜集材料而言，却很费了一些徒然的劳力，和看不出来的苦心的。其一，便是将和威尔逊有关的一切地方，都去看一遍。

大正八年（一九一九）三月，我在南方诸州的旅路上漂泊，访了他的旧迹的许多。他的出生地司坦敦，他的结婚地萨文那，他的负笈之处沙乐德韦尔。但尤使我觉得深的趣味的，是他初涉世间，来做律师的亚德兰多市。

来自莆罗理达的我的火车，到得乔治亚州[14]的名邑亚德兰多市，是早晨八点钟。作为这地方的健康地，病后保养的人们来得很多的这都市，是名副其实的美好的地方。四围的连峰，将沿河的这市团团围住。无冬无夏，都是美丽的景色，那当然是一定的。然而这早晨，是很大的雨。飞沫沛然，使车窗的玻璃都昏暗了。到亚德兰多市，是在太煞风景的早晨呵，我一面想，一面将行李装在摩托车上，到了市边的一个干净的旅馆。用膳之际，有很恳切的中年人和他的一家族来扳谈，还交换了名片。将捣乱的男孩、可爱的女孩，也一个

---

14　现译"佐治亚州"。——编者注

个介绍过。这样的偶然的事件，是使人对于这市的感情，格外好起来的。

午后，我冒雨去看目的地。那是在玛里遏多街四十八号的很大的十一二层的高楼，在市上的最为繁华之处。是细长的煞风景的建筑，乌黑的石造房。正门呢，因为正值下雨，暗到像黄昏；里面是点着电灯之类。全不是因为醉狂，来站在雨里看这样的房子的，我浴着暴雨，立在街角上，怎么看那么看，却恋恋地眺着这建筑。因为这二层楼的窗里，就是威尔逊开法律事务所的地方。

我的心里，涌上一种可笑味来了。我想，这窗上，恐怕也如人们那样，他也用金字写过威尔逊法律事务所或者什么，房门外是挂着招牌。而一个二十六岁的年青的大学毕业生，则将那瘦瘦的正像青年的身躯，每天俨然地走进这屋里去。但征之可信的史实，他是几乎毫无生意的。

每月只有一个或是两个顾客的他，便和对手的莱纳多一同，像檐下结网的小蜘蛛一样，度着没有把握的日子。他在开业以前的空想，那一定是很大的。以为一两年内，便风靡了亚德兰多，几年之中，要成为全州屈指的律师的罢。然而和预料相反，这些无名青年的事务所，并没有什么枉顾的人们。

这冷落和失败，就作了他一生的一大转向的机缘的。他觉得这样下去，是不行了。于是任凭这昏暗的事务所的冷落，立志来研究他所喜欢的政治学了。经过一年之后，他便闭了这趣剧的幕，再做学生，去进呵布庚大学的大学院。至今还尊作美国政治文献之一的《议院政治》这一篇，就在那时脱稿的。而且这又作了动机，使他以政治学者显于世，一转而入政界，化为人文史上的人了。

所以，假使他的这亚德兰多的法律事务所很兴旺，他也许终生不变政治家，也不做普林斯敦大学校长，也做不成战时的美国大统领的。也许以一个有钱的律师，至多做了一世的上议院议员算完结。这样看来，他的做律师的大失败，是产生了他的一生的幸福；所以这可悯可笑的事务所的遗迹，倒是将文明政治家威尔逊送出世界去的恩谊之地，也说不定的。

这样地想着的我，就一面濡着雨，一面凝眺着烟熏的旧屋子的二层楼。

# 八　拉福莱特

明年的美国大统领选举，是世界都将拭目以观的一个大事件。欧洲政局的完全碰了壁的今日，支那[15]政治的已经落了难以收拾的穷途的今日，在美国，将出现怎样的大统领，以主宰他一国的对外政策呢？这事情，对于宛然坐在旋风里面似的全世界，是万分紧要的大事件。

作为这大事件的中心人物罗拔拉福莱特之名，便哗然而起了。

去年的下议院和上议院一部分的改选，是摇动了看去好像铜墙铁壁一般的共和党的本营，拉福莱特所带领的上下两院中的进步主义者，遂俄然掌握了作为第三党的 casting vote（决定投票）；待到本年七月米纳梭泰州的上院议员的补缺选举时，选出了他所率领的农民劳动党的约翰生，一脚踢去了援助哈定的候补者，于是看作下届大统领候补者的拉福莱特的名姓，便忽然载在人口了。而且这还成了日本人也不能以云烟过眼视之的名姓了。

然而，他之为美国政界的人杰，却并非从今日开头的。只要没有一九一二年二月间的罗斯福的变心，他也许就在那年破了威尔

---

15　此为鲁迅原译，原文并无贬义。"支那"一词是古代印度梵文中支那（China）的音译，也是古代欧亚大陆诸国对中国最流行的称呼。一般认为，中日签订《马关条约》后，日本侵略者开始使用"支那"称呼中国，并带有蔑视和贬义。——编者注

逊，当选为大统领了。

是还在继续开着巴黎的平和会议[16]的大正八年五月的初头。当熏风徐来的爽朗的日曜日的午后，我浴着温暖的日影，按着华盛顿市街北首的一所木造楼屋的门铃。门一开，就有热闹的笑声，从森闲[17]的家里面溢出。大门内右边的一室，看去像是食堂，大约从教堂回来的人们，刚刚用过膳。我被引到左手的客厅里，等着。木桌一顶，同是木做的椅子七八把，在多用雅洁的灰黑色屋子中，洋溢着素朴之气。

足音橐橐，主人进来了，是一个矮小的人。我先这样想。接着又觉得：是奈良人形（译者注：傀儡子）似的并不细细斫削的人。肩是方方的，两脚像玩具的兵队一般整整齐齐地排列着。而在通红的脸上，两眼炯炯地发着光。大概是 Pompadour 式而向后掠了的头发，都笔直地站着。于是伸出手来，用了粗大的声音道：——

"来得好呀！"

握了的那手，是大而有力的。我想，不错，这人是拉福莱特了。因为确是和我的预料相合的人。不见他，便不愿离开美国的我，单是一握手，就觉得很喜欢。

当刚刚坐在椅子上的时候，便已非同小可了。因为回答我的询问，他便先讲起正在美国西北部增长势力的 Non-partisan league（非钧党同盟）的事来。由那会员所推选，将出席于明年的大统领选举场里的他，于是又将美国农民的窘况和资本家的暴状，讲得滔滔不绝，终于说到农民党成立的情形。正在火一般激昂着开谈的时候，不料他忽然抓住我的左肩，向前就一扯，猝不及防的我，便几乎滑下椅子来。我赶紧两脚用劲一撑，这才踏得住。我实在更其惊异于

---

16　现译"巴黎和会"。——编者注
17　现译"寂静""万籁俱寂"。——编者注

奇特的这老政客的热情了。但他自己，却仿佛全不觉得那些举动似的，立刻又放掉了我的肩膀，去接着讲那 Non-partisan league 的事。

他后来又讲到那开山祖师乔治·洛夫特斯（George Loftus）的葬仪。并且将他那时在葬仪的追悼演说上所讲的话，喊了起来：——

"他虽死，记得穷人的他之志是不死的！"

即刻又抓住我的右足，用力的一拉。因为先前的意外拳脚，我这边原也一向小心戒备着了的，待之久矣，就一面用两手紧紧地捏住椅子的靠手，对付过去了。

他摇动着头发谈天，斗志满身；原来，当欧洲战争中，高唱平和论，虽身命[18]垂危，而毫不介意的热情就在此。

惟有广大的米希锡比的平野，会生出这样的强烈的情热的男子来。而会见这样的人，乃是旅人的时而享受的幸福。

约一点钟，兴辞出门的时候，我的两颊热得如火。自有生以来，这才访了所谓快男子的人物了。

## 九　新渡户先生（上）

"喂喂，那可有了出色的事情了呵！"前田多门君在门外大声嚷着，进来了。

正是大学的学年考试才完，还未想定往那里去过夏的时候，我就随便住在下二番町的义兄家里的书生房中。是梅雨忽下忽晴的时光，度着颇为懒散的生活。

又是前田的照例的吓人罢了。我估计着，故意装作坦然模样，头也不回。于是他慌忙脱去屐子，走了上来，显出报告一大事件似的脸相，说道：——

18　现代汉语常用"生命"。——编者注

"明天晚上，新渡户先生那里，叫我们两个吃夜饭去。"

我想，这诚然是大事件了。据说，还是因为前田自以为脚力健，摇摇摆摆在东京的街上走，不知在那里遇见了先生，就叫他和鹤见两个人来吃夜饭。他于是穿了朴齿（译者注：厚的屐齿）的晴天屐子飞奔，来到我这里的。先前当作胡闹，盘着两臂，立了听着的我，后来也渐渐觉得这是并非寻常的事件了。

这是明治四十年（一九〇七）之夏，新渡户博士从京都到东京，来做第一高等学校校长的第一年。那时曾做东京的学生的人们，现在也还分明记得的罢。当那时候，在思想方面，感到落寞而不知所向的东都的学生们，对于初在教育会的中心出现的新渡户博士，是怎样地抱了纯真的憧憬之情的呢？这是，就如黎明之际，朝日初升一般的辉煌。我们感到，似乎世上同时光明了。先生站在第一高等学校的讲堂上，试行新的讲论时，许多学生，都在年青的胸中，觉得血潮的怒吼。我们感到，这似乎就是我们所寻求多日，而未能寻到的新的生命的奔腾。当一种热情的高涨的瞬间，竟连将先生当作神看的人们也还有。先生是全然风靡了当时大部分的青年了的。对于先生的演说，是跟着听。三五人一聚集，便将那感兴，一直谈论到深更。这是踊跃于青年们的心中的，人格憧憬的情绪。

因为是到这先生的地方去吃饭，所以自然是大事件。我们就大家商量起来。从小生长在东京的前田，很通世故，想出好方法来了。先将服装议决为制服。

忽然，一种想头，电光似的透过了我的脑中。

"那个，先生的夫人，是西洋人呀。"我说。

"所以呵，所以不得了呵。"前田认真地说，"总之，从此还有一天半，如果不再练习会话……"

于是两人挤尽了所有的聪明，但在一天半之中，英语的会话也不像有进步。

"你不是教会学校出身的么？"我有些凄凉，便这样诘问前田。因为我想，他是筑地的立教中学出身，所以比起冈山中学出身的我来，应该好得远。

"但是，你不是自负着，在英国法律科，听过夏目先生的讲的么？"他就给一个回敬。在第一高等学校，前田是德国法律科。

"嗡，那是英文学呵。"我回答说。这意思，犹言英文学是和会话之类全然不同的高尚的东西。

"总而言之，如果师母来讲话，我们只要回答'yes, certainly'，那就可以了罢。"停了一会，他说。

但是，当最初相见，我们要说自己的名姓的时候，是应该说"I am……"的呢，还是说"my name is……"呢，却终于没有把握。然而即使两个人搬出无论多少的空的聪明来，一加一还是成不了八或十。这样子，就在不知不觉之间，将先生搁起，我们的头里都塞满了对付师母问题了。于是睡了一觉，就到第二天的晚上。

## 十　新渡户先生（下）

早晨下起的雨，到傍晚停止了。是闷热的天气。我们俩身穿打皱的制服，脚登泥污的皮鞋，在小石川高台的先生的宅门口出现了。那是现在是已经拆掉了的旧房子，昏暗的宅门里的左手，有大约十张席子大小的一间日本风的洋房，这就是客厅。以为师母大约就是住在那里面的，我们都吃了一吓。

使女引路，走进里面去，却是先生之外，只还有一个年青的绅士。总算先是放了心。一站定，先生便坦率地从椅子上站起来：——

"来得好，多么热呀。"他说，"我来介绍罢，这一位，是这回刚从亚美利加回来的有岛武郎君。"

说着，也将我们介绍过。阿阿，这就是有岛君么，我心里想着，细细地看他。

先生将这以前的札幌农学校的教授时代的事，谈了好几回。每一回，总是"有岛，有岛"的，用了对自己的孩子一般的亲密谈着话。我们也就不知不觉地，以对于兄弟似的亲密，记得了这人的名字了。

有岛君穿着黑黑的洋服。泼剌的红脸，头发和胡须的黑，很惹人眼睛。我觉得他微微瘦小点。

这一晚的各样谈话中，惟独有岛君的这一段话，还深深地留在我脑里：——

> 这样，先生，我就在那街……（是我所不知道的街名，听不清），我会见了真是所谓'自然之儿'那样的孩子。那就是我寄寓着的家里的孩子，还只八岁，非常喜欢动物的，整天都和小鸟之类玩着的。但是，有一天，一匹小鸟死掉了。于是这孩子就掘了一个洞，埋下那鸟儿去，上面放了花。这样，就将这鸟儿的事忘得干干净净，又和别的小鸟玩着了。那样子，实在见得是很自然，像和自然同化着似的。

我一面听着这些话，一面想，为什么这事情就有那么有趣呢？我又想，为什么有岛君那么有趣地讲着这事的呢？此后也常想问问有岛君，但一见面便忘却，终于没有问算完结了。然而总觉得有岛君之为人，仿佛于此就可见，后来我时时记得起来。

门外渐渐暗下来了。一看，微微斜下的院子的那边，有一株老梅树。大约是先生的亲眷罢，有两个年青女人在那树的地方谈天。

这在夕阳中，还隐约可见。

使女来请吃饭，先生在前，四个人都出了这屋子。似乎记得是顺着旧的廊下，我们走到里面的食堂。我们又在戒备着了的太太，还是连影子也不见。

吃着蒸鳗，先生讲了许多话。对于先生，是尊敬透顶的；有岛君又是刚从外国回来，看去未免有些怕，前田和我，便都不大敢开口，只是谨慎地倾听着。

饭后，又大谈了一通札幌的事和亚美利加的事。听说有岛君是要往札幌农学校去做先生的。显着满是希望的脸色，他也讲了各样的话。现在想起来，那实在是年青气锐的有岛武郎君了。先生呢，是满足地看着多年培养出来的淘气儿郎的发达。

充满着两颊发烧那样的感激，我们走出了先生的宅门。于是踏着濡湿的砂砾，向大门那面走。

"好极了！"一到门外的暗中，我们俩不约而同的说。

什么好极了呢，感激着什么呢，这倘不是二十一二岁的青年，是不能知道的。是我们的胸里，正充满着"往访的心"的。

将这一篇，送给正在日内瓦办事的前田多门君。

# 指导底地位的自然化

## 一

我们现今是坐在旋风中。以非常的速率进行的风，向了几十百不同的方向奔腾着。一切个人，都在这风压里飘荡。这是洋溢于全世界的思想底混乱的大暴风雨。

欧洲战争，将从来的传统底精神的锚切断了。无论怎样宽心的人，也不能抱着照旧的思想，安心度日的时代，已经来到了。只要物价腾贵这一个原因，就足够动摇全世界民众的生活。永久地系着民心，直到现在的思想、制度、习惯，都要失掉它的后光了。

这样的思想底混乱，却也非从今开始的。就散见于从来的历史里。而我们的祖先，就都是在这样的试练上及了第的。没有惟独我们，却偏是受不住的道理。

这所谓混乱者，用别的话来说，是"指导原理的丧失"；要再讲得平易些，那就是说，没有了指导者了。也就是，无论谁的思想，都不足以风动全国民，无论谁的地位，都不能博得全民众的信仰了。

人类的集团生活，是常在寻求指导者的。这并不限于人类，是一切生物所共有的强有力的本能。我们在飞翔空中的鸣雁里见到，在徜徉牧场上的牛群里见到。尤其是在人类生活上，我们一向就用惯了各种的名称，来称这指导者。有时当作半神半人的帝王，有时当作神的代理的僧侣，有时当作民众的偶像的英雄底政治家，有时当作代表民众的思想的大诗人，有时又当作保护民众的国土和生命财产的强有力的大将军。而我们的祖先，就凭着对于这指导者的无反省的信赖，放心而耕田、织衣、摇船过活,这是非常安心的太平的时代。

然而,和民众各个人的自我的发达一同,我们就渐不能像先前那样,简单地承认别人的思想和地位了。尤其是,教育的发达和个人自由的进展,是减小了人和人的区别的。于是到了看见下属对主人下跪的旧戏,也要气忿的时代了。今日对于我们的指导者,倘不是那人的思想里,有着使我们以为实在不错的东西的人,是不中用了。到了在这令人以为实在不错了的"领会"之后,这才施行政治的时代了。

然而欧洲大战的暴风雨,又破坏了这"领会政治"的基调。先前觉得实在不错的事,已经不能以为不错了。"爱国,是人间第一紧要事。你们为了国,执剑而战呀!"欧洲的政治家们如此疾呼。觉得实在不错,许多民众便上战场去战斗。"这一战若胜,便得到永久的平和了!"政治家们如此绝叫,觉得实在不错,一百三十万个法国的青年,便死在炮弹之下了。于是订立了维尔赛[1]的平和条约。这全不是什么永久的平和。不过是人类为了下次的战争,另穿一副武装。这是蠢到几乎无话可说的事。于是,当大家觉得政治家所说的事,都是说谎的时候,"领会政治"的基调,便从民众的心里消失了。而站在"领会政治"的基调之上的指导者阶级,便也将那地位丧失了。到处寻觅,都寻不出足以替代的新的光。而替代"领会政治"的"暴力政治",便在各处抬头了。这不过是往昔每当民众失了指导原理的时候,也曾屡次玩过了的丑角戏。暴力者,是只要民众的眼一醒,立刻消得无踪无影的雪罗汉一样的东西。

但现代的指导者的丧失,我们却不能如嗤笑暴力政治之愚一般,轻易放过的事象。我们究竟是需要指导者呢,还是不要呢?又,所谓指导者,是指怎样的人呢?凡这些,都有仔细地加以检讨的必要的。

---

1 现译"凡尔赛"。——编者注

# 二

凡生物，取了集团底行动的时候，其中必有指导者。那指导者，有时是永续底的。牛和马的群中的指导者，本能底地，就有着指导的精神。此外的牛和马，则永是服从着这一头的指导。非到有比这一头指导者更强的指导者出，争斗而夺了他的地位，则这一头指导者，是总作为几十头的指挥者，生活下去的。别的几十头，都唯唯诺诺地服从它，借此保全着集团生活的统一。

和这相反，如狼群走寻食饵的时候，则每匹每匹，无不强烈地意识着指导底本能。一走到山中道路的歧路之际，一匹要向左，一匹要向右，意见就分开了。这时候，别的狼的心中，便起了应当服从向左的狼，还有向右的狼呢的选择。于是它们从这两匹指导者之中，将那能力——嗅觉、视觉、听觉等——的优等的，认为指导者，跟着向它所指导的方向去。在此时，这狼便占了指导者的地位，统率着一群的狼而前行。

我们人类的指导底地位，那情形未必一定也这样。然而指导底地位所以发生的本源，却也如狼，一定是奉一个对于目的有最优的能力的人，作为指导者，在那目的的存续期间，甘受他的统率了的。但这指导者，利用了自己的出众的地位，久占着这位置；其甚者，且以世袭的形式，将这传给并无什么指导底优越性的子孙了。因此，虽有真的指导者出现，也非用斗争的形式，便不能夺得这指导底地位。这斗争，古代是用了凭武力的战争的形式的，近代是用着凭投票的选举的形式。有时也有更进而并不依靠选举，却只由一般国民对于思想发表的同感，在政府当局者以外，出了事实上的指导者。凡这些，就都是出于营着集团生活的生物的本能的。

# 三

人类生活的基调，是在协力。我们单用一个人的力量，是什么事都做不成的。一切生活的形相，全仗着和别人的协力而达成。为了协力，则指导和服从的关系就必要了。这所谓指导和服从，并非上下的区别。仅仅不过是目的达成上的便宜。我们往往容易将指导的意义，政治底地来解释；但将在政治以外的部门的指导和服从的关系，正在逐日增大起来的事，倒闲却了。例如，指导和服从的关系之显然着，殆无过于美术、文艺、工艺这些方面。画家的天才，对于社会所有的指导底地位，是颇为自然、毫无上下的关系的。而善于营造美好的房屋的木匠，也分明是这一部门的伟大的指导者。

所以指导者的存在，是人类生活的必需不可缺事。倘没有他，我们是不能营日常生活的。一经发见了这指导者，便服从他，是我们的重要的生活条件。

# 四

然则我们怎样发见指导者呢，这是相随而起的重要的问题。但为了发见指导者这一件事，我们还应该先将所谓指导者的职能，加以检讨。

我想，向来的指导者的意义，和现代生活背驰起来了的事，是指导者丧失的一个原因。为什么呢，古代的幼稚的社会里，所谓指导者，就只有一个人。就是称为帝王呀、大将军呀、大政治家呀那样的人，就只一个，指挥着，统率着一切方面的事象。甚至于还照了帝王的趣味，连那一时代的音乐、美术、文学、诗歌都受支配。

像这等，从现代人看来，是可笑的没道理；但是服从着了的。换句话说，便是那时的意思，以为指导者的职能，是具有包举人类生活一切部门的指导权。

然而和人类的发达一同，行了指导者的分科了。政治底指导者单是政治，军事底指导者单是军事，教育底指导者单是教育，那指导的职能，逐渐分科起来了。就是，指导者职能的专门化，是人类文化发达的归向了。

于是，我们就有转而检点今日的指导者的内容，究竟是否适合于今日的我们的文化程度的必要了。仰那素有政治底能力的人，为政治底指导者，是合乎道理的。然而因为这，却也将他所作的颇为拙劣低级的诗文，赞美到好像贵重的文献，这又有什么必要呢？诗歌上的指导者，总该另有备具这一种天才的指导者在那里的。我们以一个善于理财的人，当作理财方面的指导者，那是好事情。但为什么，又必须承认他的低级的伦理观念，作为一国的国民思想的标准呢？关于伦理观念，总该会有特具天禀的思索力的天才，另外存在着的。

关于指导者的观念，我们不抱着时代错误底思想么？在现今的进步的时代，我们所可容认的指导者、云者，并非以一个人，来指导统率地上万般的事相的人之谓。这是，明明白白，是分了千百方面的，为着特殊的目的而存在的指导者。

在这意义上，即现代的每一个人，是莫不具有各依天禀，可作别人的指导者的潜在能力的；而在那能力的自觉上，就约定着人类生活的向上和发达。

## 五

将指导者的意义，定为如此，则指导者的发见，就不很难了。

凡有长于一艺一能的人，无不各从其艺能，是指导者。作为人类的别的人们的义务，即在随从这人的天赋的处所。

惟于此有成为最重要的问题者，是那指导底地位的存续期间。

据向来的历史看起来，人类是一旦占得指导底地位，便发生勿使失去的强烈的欲求的。那结果，是这指导者的地位，很容易变成立于自然淘汰的法则之外的特殊的阶级。换了话说，就是指导底地位的职业化。

人类生活的不幸的大半，即起因于这指导底地位的职业化。古代罗马共和国之所以繁荣，是因为所有市民，入则为农，出则为兵，一旦有缓急，便从市民中选出大将，授以指导统率的全权，国难既去，复降之于市民之列，毫不使指导底阶级，至于职业化的缘故。但到罗马共和国的中叶，苏拉（Sulla）和马略（Marius）两将出，蓄养私兵，自行独占永续底指导者的地位，削市民的自由，而共和制的基础遂亡，开了国家陵夷之端了。在我国，也是及中世封建的制度成，武门武士，以天下的政柄为私有，而古代日本的盛运扫地，作了文化停顿之俑的。幸借王政维新的大业，摧破了职业底指导阶级，而打开四民自由的境地，才见生动之气，又郁然磅礴于六十余州了。

# 六

我们转而一考察现代世界上的人心动摇的事相，是在旧的指导者的幻灭，和新的指导者的未到，尤其是，在日本的今日的我们，竟没有能够指导民众思想的归向的天才。也没有能图民众生活的安定的政治底指导者。也没有可作民众文化的中心的艺术家。然而，较这些更是缺憾的，则为在各市村各篱落间的指导者的丧失。而同时，这也是世界共通的病症。

这救济，惟在打破了指导者的阶级化和职业化，自由地行着指导者的自然底选择的时代，才能达成。而且必须大家都知道，这指导者的内容，并非如向来那样包括底、笼统底，而是对于各目的，当各时期，是自然而特殊底的内容。

基尔特社会主义的人们，竭力主张职能的政治。因为他们是连广泛而包举底的政治这件事，也不像先前那样，一般底地，统一底地设想，却以为应该各依部门，来分那代表者的，这是文化发达的径路。英国的文豪威尔斯的近著《如神的人们》中说，在乌托邦里，就没有政治那样的东西。这就因为作为职业，来统治别人的事务，是用不着了。因为各个人都依着他时的必需和能力，自然而且自由地行着政治，所以特地设立一种叫作政治的事情，又设一种叫作政治家的职业的必要，也没有了。这自然只是他所描写的理想乡的梦，但也未始不能设想：一到人文发达的极致，便极其自然而然地，人类都成指导者，也是被指导者，于是也就不再使用这样的名称，自然地转变下去，更革下去了。

然而，纵使还未到那么圆融无碍的时代，至少，我们在现代，也不可不从新想过那指导者的内容，而涵养着对于真实的指导者，则整然从其指导的心境。而且，为了那自然的指导者的出现，我们还应该将不自然的职业底指导者阶级，一扫而去之。全世界共通的烦恼和挣扎就在这里。

一九二三年六月二十八日。

# 读的文章和听的文字

有一天，阿纳托尔·法朗士和朋友们静静地谈天：——

批评家时常说，莫里哀（Jean B. P. Molière）的文章是不好的。这是看法的不同。莫里哀所措意的处所，不是用眼看的文章而是用耳朵来听的文章，为戏曲作家的他，与其诉于读者的眼，是倒不如诉于来看戏的看客的耳朵的。看客是大意的。要使无论怎样大意的看客也听到，他便反复地说；要使无论怎样怠慢的看客也懂得，他便做得平易。于是文章就冗漫、重复了。然而这一点还不够。又应该想到扮演的伶人。没本领的伶人，一定是用不高明的说白的。于是他就构造了遇到无论怎样没本领的伶人也不要紧的文章。

所以，使看客确凿懂得为止，莫里哀常将一样的话，反复说到三四回。

六行或八行的诗的句子里，真的要紧的大概不过两行。其余就只是猫的打呼卢[1]一般的东西。这其间，可以使听众平心静气，等候着要紧的句子的来到。他就是这么做法。

这文豪的短短的谈话中，含着有志于演说的人所当深味的意义。

文章和演说之不同，就在这里。诉于耳的方法，和诉于目的时候是全然两样的。所谓听众者，凡事都没有读者似的留心。简洁的文字，有着穿透读者的心胸的力量，然而在听众的头里，却毫不相

---

1 现代汉语常用"呼噜"。——编者注

干地过去了。听众者,是从赘辩之中,拾取兴趣和理解的。像日本语似的用着象形文字的国语,演说尤不可简洁高尚,否则,只有辩士自己懂。

法朗士还进而指出莫里哀很注意于音律的事来。既然是为了诉于耳的做戏而作的剧本,则音律比什么都紧要,是不消说得的。

一

雄辩的大部分,是那音调和音律。有好声音,能用悦耳的音律的人,一定能夺去在他面前的听众的魂灵。凡是古来的雄辩家列传中的人物,都是银一般声音的所有者,而又极用意于音乐底的旋律的。因此,在今日试读古代的著名演说的记录,常常觉得诧异,不知道如此平凡的思想和文章,当时何以会感动人们到那么样。这是因为雄辩者和雕刻是两样的,是属于不能保存至百年之后的种类的。

二

因此,所谓真正的雄辩家,我以为世间盖不易有。人格之力,思想之深以外,还必须备那样的声音和乐耳。我时常听人说,要学演说,可以到说书的那里练声音去,但这一说是难于赞成的。从说书和谣曲上练出来的有一种习气的声音,决不是悦耳的声音。况且在这些职业的声音和背后的联想,也毁损这应该神圣的纯真的雄辩的权威。真的雄辩家,一定也如真的诗人一样,是生成的。纵令约翰·布赖特(John Bright)是怎样伟大的人物罢,但他倘没有天生的银一般澄澈的声音,则他可能将那一半的感动,给与那时的英国人呢，是很可疑的。

三

　　所以，所谓文章家和所谓雄辩家，是否一个人可以兼做的呢，倒很是疑问。诉于耳的人，易为音律所拘，诉于目者，又易偏于思想。假使有对于文辩二事，无不兼长者，则他一定是有着将这二事，全然区别开来，各各使用的特别能力的天才。

　　　　　　　　　　　　　　一九二四年六月三日

# 所谓怀疑主义者

## 一

波士顿的学者勃洛克亚丹的名著《摩那调舍支州的解放》的再版，隔了四十年之久，重行出世的时候，有一个批评家评论这本书，以为勃洛克亚丹是悲观主义者（Pessimist）。还说，在世上，真的所谓悲观主义者这一类人，实在很少有，所有的大概是居中的乐天家。要成为真的悲观主义者，是须有与众不同的勇气的。我想：这是至言。

凡悲观主义者，并不一定便是怀疑主义者。但这两者几乎是比邻的兄弟，倒是确凿的。而且要成为这彻底的 Sketch-book（小品集子）[1]，也一样地很要些与众不同的智能和勇气。

## 二

有一天，约翰·莫莱去访格兰斯敦的隐居了。这是格兰斯敦从政界脱身，静待着逐渐近来的死的时候。莫莱走进他的屋子里去，格兰斯敦正在看莫莱的名著《迪兑罗》。他拿起这书来，说：——

"便是现在，你也还和做这本书的时候一样意见么？"

莫莱默着点点头。

格兰斯敦放下那书，说道：——

---

1　本篇中的这一个词，是"Skeptic（怀疑主义者）"的误译（见鲁迅一九二八年七月十七日致友人信）。——编者

"可惜。"

只是这样，他们两人便谈论别的事了。从热心的基督教徒的格兰斯敦看来，他对于几乎是第一挚友的莫莱卿，至今还依然持续着壮年时代的无神论，并且赞叹着也是无神论者的迪兑罗的事，要很以为可惜，而且觉得凄凉，是不为无理的。

这故事，是莫莱到了八十二岁，自己也已经引退的时候，对着去访他的朋友说的。在纠结在这英国的两个伟人的插话之中，含着我们寻味不尽的甚深的意义。

他们俩都是自由主义的战士；他们俩都是将伟大的足迹留在文化人类史上而后死去的人。而一个是以虔敬的有神论者终身，一个却毕生是良心锐敏的无神论者。现在是两个都不是这世上的人了；严饰过维多利亚女王的治世的两个天才，都已经不活在这世上了。

这样子，在隔海几千里外的异地，静想着这两个英国人的事，便会有很深的感慨，涌上心头来。

究竟，所谓 Sketch-book 者，是什么呢？

# 三

阿纳托尔·法朗士的家里，聚集着两三个好朋友。这是他正在踌躇着《约翰·达克传》应否付印的时分。有一个忽然说了：——

"反对者说，你似的 Sketch-book，是没有触着这样的神圣的肖像的权利的。这话还仿佛就在耳朵边。"

于是先前安静地谈讲着的法朗士便蓦地厉声大嚷起来：——

"说是 Sketch-book！说是 Sketch-book！是罢。他们是就叫我 Sketch-book 的罢。他们以为这是最大的侮辱罢。但是，在我，是再没有比这更好的称赞了。

"Sketch-book 么？法国思想界的巨人，不都是 Sketch-book 么？拉伯雷（Rabelais）、蒙田（Montaigne）、莫里哀、伏尔泰、勒南（Renan），就都是的。我们这民族中的最高的哲人，都是 Sketch-book 啊。我战栗着，崇拜着，以门弟子自居而尊崇着的这些人们，就都是 Sketch-book 啊。

"所谓怀疑主义者，究竟是什么呢？世间的那些东西，竟以为和'否定'和'无力'是同一的名词。

"然而，我们国民中的大怀疑主义者，有时岂不是最肯定底，而且常常是最勇敢的人么？

"他们是将'否定说'否定了的，他们是攻击了束缚着人们的'知'和'意'的一切的。他们是和那使人愚昧的无智，压抑人们的癖见，对人专制的不恕，凌虐人们的惨酷，杀戮人们的憎恶，和诸如此类的东西战斗的。"

年老的文豪的声音，因愤怒而发抖了，他的脸紧张起来，而且颤动着。他接续着说：——

"世人称这些人们为无信仰之徒。但是，当说出这样的话之前，我们应该研究的，是轻率地信仰的事，是否便是道德；还有，对于毫无可信之理的事，加以怀疑，岂不是在真的意义上的'强'。"

在这一世的文豪的片言之中，我们就窥见超越的人的内心的秘密。

怀疑，就是吃苦；是要有非常强固的意志和刀锋一般锐利的思索力的。一切智识，都在疑惑之上建设起来。凡是永久的人类文化的建设者们，个个都从苦痛的怀疑的受难出发，也是不得已的运命罢。

我们孱弱者、智力不足者，是大抵为周围的大势所推荡，在便宜的信仰里、半吞半吐的理解里，寻求着姑息的安心。

谁能指莫莱的纯真为无信仰之徒呢？谁又竟能称法朗士的透

彻为怀疑之人呢？这两个天才，是不相信旧来的传统和形式，悟入了新的人生的深的底里的。但是，他们是在自己一人的路上走去了。所以，许多结着党的世人，便称他们为不信之人。如果这样子，那么，谁敢保证，无信仰之人却是信仰之人，而世上所谓信仰之人，却反而是无信仰之人呢?!

一九二四年六月三十日

# 闲谈

世间忙碌起来，所谓闲谈者，就要逐渐消灭下去么，那是决不然的。倒是越忙碌，我们却越要寻求有趣的闲谈。那证据，是凡有闲谈的名人，大抵是忙碌的人，或者经过了忙碌的生活的人。

听说，在西洋，谈天的洗炼，是起于巴黎的客厅的。人说，法兰西人为了交换有趣的谈话而访问人，英吉利人为了办事而访问人。巴黎的马丹阿培尔农的客厅，至今还是脍炙人口。这是有名的文人政客，聚在夫人的客厅里，大家倾其才藻，谈着闲天的。

在这样的闲谈里受了洗炼，所以法兰西语的纯粹，更加醇化了罢。

英国政治家的闲谈的记录中，也有一种使人倾慕之处。昨年物故的莫莱卿，在做格兰斯敦第三次内阁的爱尔兰事务大臣，住在达勃林的时候，同事的亚斯圭斯、文人的来雅尔，来访问他。就在凤凰公园左近的官舍中，一直闲谈到深夜。其时是初秋，夜暗中微风拂拂之际罢。忽然，亚斯圭斯从嘴上取去雪茄烟，问道：——

"假如现在骤然要被流放到无人岛里去了，而只准有一个人，带一部或一作家的全集，那么，你带谁的书去呢？"

大家便举出样样的作家的名字来。亚斯圭斯却道：——

"我是带了巴尔扎克（Balzac）的传记去。"

于是谈到巴尔扎克的天才的多方面。莫莱说，真的天才，倘做了伦敦的流行儿，便不中用了。于是还谈到无论是丁尼生，是华兹华斯，都离开了世间过活。拜伦（G. Byron）却相反，身虽在流窜的境地中，而心则常在伦敦的社交界，因此将作品的价值下降了。乔治·艾略特（George Eliot）是每星期只见客一次的等等。

这时候，是莫莱为了爱尔兰问题，正在困苦中的时候。他和这些远远地从伦敦来访问的友人食前食后闲谈之后，仿佛是得了无限的慰藉似的。

在十月二十五日的日记上，他这样写着：——

> 晚餐前后约一小时，亚斯圭斯、来雅尔和自己，作极其愉快的闲谈。亚斯圭斯后来对吾妻说，从来没有那么愉快的谈天过。那时我们谈到穆勒和斯宾塞，还大家讲些回忆和轶话。谈话从我的心里流水似的涌出。一月以来，没有遇见过这样的气氛。而且因为晚餐，去换衣服的时候，忽然在自己的胸中，泛出了这些友而兼师的先导者的清白的人们的事，顷日来的政治上的重荷，便一时从肩上脱然滑下了。

这一句，可谓简而道破了闲谈的价值。

没有闲谈的世间，是难住的世间；不知闲谈之可贵的社会，是局促的社会。而不知道尊重闲谈的妙手的国民，是不在文化发达的路上的国民。

一九二四年六月三十日

# 善政和恶政

对于人类社会的生活，要求平等的运动，是起源颇早的。即使不能一切平等，至少，单是我们的发挥能力的机会，愿得均等的希望，怀抱着的却很多。这更加上一层限制，是希求仅于我们在或一方面的活动，借了对于一切能力的公平的批判，得到评价。

我们是将文笔的世界，当作这样机会均等的社会的。我们是以为如莎士比亚，如巢林子，都和门第阅历无关，只仗了他的思想和文章，遗不朽的声价于文化史上的。然而，如果仔细地一检点，真是这样的么？假使莎士比亚所作的戏曲里，表现着可使那时的英国王朝颠覆的思想，可能够留存到今日不能？假使巢林子的文章，是否认当时的支配阶级德川氏的政治思想的，果能够印刷出来么？要而言之，文学者的声名，也不能和其社会的政治问题全无关系的。

据阿纳托尔·法朗士所指摘，则如法兰西的文学者思想家视为最上的名誉的法国学士院的会员选定，乃全由政治底情实，和作品的价值无关。他更进而举出例来，以见历来之所谓文豪，几乎都借了政治的背景，以造成他的声价。他叫道：——

"朋友，从实招来罢，将那文学底声名，和作品的价值几乎无关的事。"

而他的列坐的朋友道：——

"这错处，是在法国学士院和恶政结了恶因缘。"

他就厉声说：——

"那么，请教你，恶政和善政的区别是怎样的？我想着。岂不是善政者，是同党的政治，恶政者，是敌党的政治么？"

一语道破，可谓讽刺彻骨了。我希望日本的善政论者们，玩味这文字的意味。

一九二四年七月三日

# 说幽默

## 一

　　幽默（humor）在政治上的地位，——将有如这样的题目，我久已就想研究它一番。幽默者，正如在文学上占着重要的地位一般，在政治上，也做着颇要紧的脚色的事，就可以看见。有幽默的政治家和没有幽默的政治家之间，那生前不消说，便在死后，我以为也似乎很有不同的。英国的格兰斯敦这人，自然是伟人无疑，但我总不觉得可亲近。这理由，长久没有明白。在往轻井泽的汽车中，遇到一个英国女人的时候，那女人突然说：——

　　"格兰斯敦是不懂得幽默的人。"

　　我就恍然像眼睛上落了鳞片似的。自己觉得，从年青时候以来，对于格兰斯敦不感到亲昵，而于林肯却感到亲昵者，原来就为此。对于克林威尔这人，不知怎的，我也不喜欢。这大概也就因为他是不懂得幽默的人的缘故罢。

## 二

　　缺少幽默者，至少，是这人对于人生的一方面——对于重要的一方面——全不懂得的证据。这和所谓什么有人味呀，有情呀之类不同；而关系于更其本质底的人的性格。

　　卡莱尔说过：不会真笑的人，不是好人。但是，笑和幽默，是各别的。

倘问：那么，幽默是什么呢？我可也有些难于回答。使心理学家说起来，该有相当的解释罢；在哲学家，在文学家，也该都有一番解释。然而似乎也无须下这么麻烦的定义，一下定义，便会成为毫不为奇的事的罢。

倘问：幽默者，日本话是甚么？那可也为难。说是滑稽呢，太下品；说是发笑罢，流于轻薄；若说是谐谑，又太板。这些文字，大约各在封建时代成了带着别的联想的文字，所以显不出真的意思来了。于是我们在暂时之间，不得已，就索性用着外国话的罢。

# 三

倘说，那么，幽默是怎么一回事呢？要举例，是容易的。不过以幽默而论，那一个是上等，却因着各人的鉴赏而不同，所以在幽默，因此也就有了种种的阶级和种类了。

熊本地方的传说里，有着不肯认错的人的例子。那是两个男人，指着一株大树，说道那究竟是甚么树呢，争论着。这一个说，那是槲树；那一个便说，不，那是榎树，不肯服。这个说，但是，那树上不是现生着槲树子么？那对手却道：——

"不。即使生着槲树子，树还是榎树。"

我以为在这"即使生着槲树子，树还是榎树"的一句里，是很有幽默的。遇见这一流人的时候，我们的一伙便常常说："那人是即使生着槲树子，树还是榎树呵。"

这话，是从友人岩本裕吉君那里听来的。在一个集会上，讲起这事，柳田国男君也在座，便说，还有和这异曲同工的呢。那讲出来的，是：——

"即使爬着，也是黑豆。"

也是两个人争论着：掉在那里的，是黑豆。不，是黑的虫。正在争持不下的时候，那黑东西，蠕蠕地爬动起来了。于是一个说，你看，岂不是虫么？那不肯认错的对手却道：——

"不。即使爬着，也是黑豆。"

这一个似乎要比"即使生着槲树子，树还是桲树"高超些。在黑豆蠕蠕地爬着这一点上，是使人发笑的。

# 四

于是，柳田国男君便进一步，讲了"纳狸于函，纳鲤于笼"的事。这些事都很平常；但惟其平常，愈想却愈可笑。虽是颇通文墨的人，这样的字的错误是常有的。而那人是生着胡子的颇知分别的老人似的人，所以就更发笑。

三河国之南的海边，有一个村；这村里，人家只有两户。有一天，旅客经过这地方，一个老人惘惘然无聊似的坐在石头上。旅客问他在做什么事。老人便答道：

"今天是村子的集会呵。"

这是无须说明的，这村子只有两家，有着到村会的资格的，是只有这老人一个。

然而，这话的发笑，是在"村的集会"这句里，比说"正开着一个人的村会议"更有趣。说到这里，就发生关于幽默的议论了。例如，将这话翻成外国语，还能留下多少发笑的分子。

# 五

前年，和从英国来的司各得氏夫妇谈起幽默，便听到西洋人所常说的话：在日本人，究竟可有幽默么？我说，有是有的，但不容易翻译。这样说着各样的话的时候，司各得君突然说：

"日本人富于机智（wit），是可以承认的；究竟可富于幽默却是一个疑问。"

于是便成了机智和幽默的区别，究竟如何的问题。经过种种思索之后，他便定义为：——

"机智者，是地方底的，而幽默，则普遍底也。"作为收束了。总而言之，所谓机智者，是只在一国或一地方觉得有趣，倘译作别国的言语，即毫不奇特；而幽默，则无论翻成那一国的话，都是发笑的。

其次，司各得君又说了这样的话：——

"日本人所喜欢的笑话，大抵是我们的所谓莎士比亚时代的笑话。譬如说，一个人滑落在土坑里了，这很可笑。就是这样的东西。"

这在不懂日本话的司各得君，自然是无足怪的，但也很有切中的处所。

前年，梅毗博士作为交换教授来到日本的时候，讲演之际，说了种种发笑的话。然而听众并不笑；于是无法可施，说道，"从此不再讲笑话"，悲观了。这并不只是语学程度之不足；是因为日本的听众，对于幽默没有美国听众那样的敏感。例如，倘将先前所说的"即使爬着，也是黑豆"那样的话，用在演说里，千人的听众中，怕只有两三人会笑罢。

# 六

说话稍稍进了岔路了，这缺少幽默的事，我以为也是日本人被外国人所误解的一个原因。支那[1]人是被称为有幽默的。这就是说，还是支那人有人味。然而，这也并非日本人生来就缺少幽默，从明治到大正的日本人，太忙于生活，没有使日本人固有的幽默显于表面的余地了，我想。

在德川时代的末期那样，平稳的时代，日本特有的幽默曾经很发达，是周知的事实。大概一到王政维新，日清、日俄战争似的窘促的时代，便没有闲空，来赏味这样宽裕的幽默之类了。

<h1 style="text-align:center">七</h1>

但是，从一方面想，也可以说，懂得幽默，是由于深的修养而来的。这是因为倘若目不转睛地正视着人生的诸相，我们便觉得倘没有幽默，即被赶到仿佛不能生活的苦楚的感觉里去。悲哀的人，是大抵喜欢幽默的。这是寂寞的内心的安全瓣。

以历史上的人物而论，林肯是极其寂寞的人。他对于人生，正视了，凝视了，而且为寂寞不堪之感所充满了。不必读他的传记，只要注视他的肖像，便可见这自然人的心中，充满着寂寞。而他，是爱幽默的。

他的逸事中，充满着发笑的话。他的演说，他的书信中，也有笑话散在。寂寞的他，不笑，是苦得无法可想了。

先几时死掉的威尔逊氏，也是喜欢幽默的人。这也像林肯一般，似乎是想要逃避那寂寥之感的安全瓣。新渡户稻造先生也喜欢幽默，据我想，那原因也就从同一的处所涌出来的。

现今英国的劳动党内阁的首相麦克唐纳氏，也是富于幽默的

---

1　此为鲁迅原译，原文并无贬义。"支那"一词是古代印度梵文中支那（China）的音译，也是古代欧亚大陆诸国对中国最流行的称呼。一般认为，中日签订《马关条约》后，日本侵略者开始使用"支那"称呼中国，并带有蔑视和贬义。——编者注

人。那心情，也还是体验了人生的悲哀的他，要作为多泪的内心的安全瓣，所以便不识不知，爱上了幽默，修练[2]着幽默的罢。

泪和笑只隔一张纸。恐怕只有尝过了泪的深味的人，这才懂得人生的笑的心情。

# 八

然而在这样幽默癖之中，有一种不可疏忽的危险。

幽默者，和十八岁的姑娘看见筷子跌倒，便笑成一团的不同。那可笑味，是从理智底的事发生的。较之鼻尖上沾着墨，所以可笑之类，应该有更其洗炼的可笑味。

幽默既然是诉于我们的理性的可笑味，则在那可笑味所由来之处，必有理由在。那是大抵从"理性底倒错感"而生的。

在或一种非论理底的事象中，我们之所以觉到幽默，就在于没有幽默的人要怒的事，而我们倒反笑。有时候，我们对于人生的悲哀，也用了笑来代哭。还有，也或以笑代怒，以笑代妒。这也可以说是一种倒错感。

但是，故意地笑，并不是幽默，只在真可笑的时候，才是幽默。

在这里，我所视为危险者，就是幽默的本性，和冷嘲（cynic）只隔一张纸。幽默常常容易变成冷嘲，就因为这缘故。

从全无幽默的人看来，毫不可笑的事，却被大张着嘴笑，不能不有些吃惊，然而那幽默一转而落到冷嘲的时候，对手便红了脸发怒。

睁开了心眼，正视起来，则我们所住的世界，乃是不能住的悲惨的世界。倘若二六时中，都意识着这悲惨，我们便到底不能生活了。于是我们就寻出了一条活路，而以笑了之。这心中一点的余

---

2　现代汉语常用"修炼"。——编者注

裕，变愤为笑，化泪为笑，所以，从以这余裕为轻薄的人看来，如幽默者，是不认真，在人生是不应该有的。但是从真爱幽默的人们看来，则倘无幽默，这世间便是只好愤死的不合理的悲惨的世界。所以虽无幽默，也能生活的人，倒并非认真的人，而是还没有真觉到人生的悲哀的老实人，或者是虽然知道，却故作不知的伪善者。

然而，因为幽默是从悲哀而生的"理性底逃避"的结果，所以这常使人更进而冷嘲人间。对于一切气愤的事，并不直率地发怒，却变成衔着香烟，只有嘲笑，是很容易的。约翰·穆勒的话里，曾有"专制政治使人们变成冷嘲"的句子。这是因为在专制治下的时候，直率的敏感的人们，大概是愤怒着，活不下去的。于是直率的人，便成为殉教者而被杀害了。不直率的人，就玩弄人生，避在幽默中，冷冷地笑着过活。

所以幽默是如火、如水，用得适当，可以使人生丰饶，使世界幸福，但倘一过度，便要焚屋、灭身，妨害社会的前进的。

# 九

使幽默不堕于冷嘲，那最大的因子，是在纯真的同情罢。同情是一切事情的础石。法朗士曾说，天才的础石是同情；托尔斯泰也以同情为真的天才的要件。

幽默不怕多，只怕同情少。以人生为儿戏，笑着过日子的，是冷嘲。深味着人生的尊贵，不失却深的人类爱的心情，而笑着的，是幽默罢。

那么，就不得不说，幽默者，作为人类发达的一个助因，是可以尊重的心的动作。

古罗马的诗圣贺拉斯曾经讴歌道：——

"含笑谈真理，又有何妨呢？"

可以说，靠着嫣然的笑的美德，在我们萧条的人生上，这才也有一点温情流露出来。

一九二四年七月三日

将 humor 这字，音译为"幽默"，是语堂开首的。因为那两字似乎含有意义，容易被误解为"静默""幽静"等，所以我不大赞成，一向没有沿用。但想了几回，终于也想不出别的什么适当的字来，便还是用现成的完事。

一九二六，一二，七。译者识于厦门。

# 说自由主义

## 一

我想要研究自由主义，已经是很久的事了。还在做中学的二年生之际，曾经读了约翰·布赖特的传记，非常感动。现在想起来，也许那时虽然隐约，却已萌芽了对于自由主义的尊敬和爱着之情的罢。这以后，接着读了格兰斯敦的传记和威廉毕德的传记，也觉感奋，大约还是汲了同一的流。但从那时所读的科布登的传记，却不大受影响。这或者是作者的文章也有工拙的。

然而很奇怪的，是这一个崇拜着自由主义政治家的少年，同时见了和这反对的迪斯累里的传记，也还是十分佩服。这是中学一年之际，读了尾崎行雄氏的《迪斯累里传》，感动了；后来在三年生的时候，又见了谁的《迪斯累里传》，佩服了。这两种思想，并不矛盾地存在自己的胸中。而且奇怪，至今也还并存着。只是在今日，分明地意识着两者的区别，而立在批判底的见地上的不同，那自然是有的。

此后，日俄战役那时，因为在第一高等学校，势必至于倾向了帝国主义底的思想。然而还是往图书馆，读着莫莱的《格兰斯敦传》之类的。大学时代，则在听新渡户先生的殖民政策的讲义，便很被引到帝国主义那面去。关于内政，新渡户先生虽然是民治主义的提倡者，但因为身当殖民政策的实际这关系上，故于帝国底对外发展，也颇有同情，因此我们对于这事也就容易怀着兴味了。

# 二

但到出了大学的翌年，我便随着新渡户先生往美国去。这时候，是大统领改选的前年，本来喜欢政治的我，就一意用功于大统领选举。这用功的目标，是威尔逊氏。我是无端赞同着威尔逊了的，现在想起来，这是中学二年时候的勃赉德和格兰斯敦的崇拜热的复发。要之，也就是对于自由主义的政治家的共鸣。

渐渐深入了威尔逊的研究之间，我就和自由主义的研究相遇了。于是就搜集自由主义的文献；一九一三年从公署派赴欧洲的时候，在伦敦的书店里，随手买了些题作自由主义的书。然而也并不专一于自由主义，这证据，是那时我还勤快地搜集着丸善书店所运来的关于帝国主义的书籍的。是因为决定了研究政治学这一个题目的关系上，不偏不倚地搜集着的。

# 三

然而从欧洲战争的末期起，直到平和条约的前后，旅行于欧、美者约三年，这其间，我的脑里便发生了分明的意识了。这就是，我觉得亡德国者，并不是军国主义者，而是自由主义的缺如；俄国的跑向社会革命的极端，也就为了自由主义的不存在。尤其是当欧洲战后的各国，内部渐苦于极端的武断专制派和极端的社会革命派的争斗的时候，就使我更其切实地觉得，将这两极端的思想，加以中和的自由主义的思想之重要了。当那时，社会主义的思想正风靡了欧洲的天地，英国向来的自由党之类，就如见得白昼提灯一般愚蠢；而我当那时候，却觉得自由主义这面的思想，是比社会主义更进一步的。至少，那时欧洲的人们的社会主义的想法，是要碰壁的罢。然而自由主义的思想这一面，其间却含着不断地更新，不断地进步的要紧的萌芽，所以我想，大概是不至于碰壁。

## 四

于是我回到日本来，在三年的久别之后，见了日本。这可真是骇人的杂乱的世界呵。非常之旧的东西和非常之新的东西，比邻居住着。就在思想善导主义这一种意见所在的旁边，Syndicalism（产业革命主义）的思想也在扬威耀武。而在思想不同的人们之间，所大家欠缺的，是宽容和公平。都是要将和自己不同的思想和团体的人们，打得脑壳粉碎的性急的不宽容的精神。住在美国，笑了美国人的不宽容的我，一归祖国，也为一样的褊狭和不宽容所惊骇了。而且明了地意识到，为日本，最是紧要的东西，乃是真实的自由主义了。

## 五

但是，并非哲学者的我，要想出自由主义的哲学，来呈教于人们之类的事，那自然是办不到的。不过就是来谈谈自由主义底的思想。从中，在我逐渐地意识起来的，是以为与其完成自由主义的哲学，倒不如编纂自由主义的历史，要有效得多。

对于我，奖励了这思想的人，是毕亚特博士。博士给我从纽约寄了一部好装订的莫莱卿的全集来。在阅读之间，懂了毕亚特博士的意思了。莫莱也因为要阐明自由主义的思想，所以染翰于史论的。尤其是，靠着将法兰西革命前期的思想家的详传，绍介到英国去，他于是催进了英国的自由主义的运动。正如理查格林将自由主义的思想，托之一卷的英国史，以宣布于英国民一样，莫莱是挥其巨笔，将法兰西十八世纪启蒙时代的思想家，绍介于英国，以与英国的固陋的旧思想战斗的。莫莱之所以被称为约翰·穆勒的后继者，大概就是出于这些处所的罢。

我由是便从莫莱，来研究十八世纪的法兰西思想，窥见全未知道的新天地了。于是渐觉得在自从少年以来，混沌地存在自己的脑里的思想上，有了一种脉络。这就是，据史论以研究自由主义的事。而这所谓史论，便是从十八世纪的法兰西，到十九世纪的英国、二十世纪的美国，这样地循序探索下去，于是在积年的朦胧的意识上，这才总算有了眉目了。

这在我自己，是极其愉快的。然而这又是极费时光的事，却也可以想见。我仿佛觉得现在倘就是这样，走进研究的山奥里去，那是说不定什么时候才能出来的。所以我想，在还未走入这山中之前，将现在的意见写在纸片上，则即使因为什么事故，中断了这工作，而现在为止的东西，是存留着的。况且即使这在若干年后，终于完成了，而当出山之时，回顾而玩味入山时的思想，也正是愉快的事。

# 六

第一，现在我所想着的自由主义的定义，是：自由主义者，并非社会主义似的有或种原则的一定的主义。自由主义云者，是居心。有着自由主义底的心的人们的思想和行动，就是自由主义。约翰·莫莱也论及这，说道："自由主义者，并非信仰信条，是心的形（mind form）。"（《回想录》第一卷一一七页。）英国的史家勃里斯也

说："自由主义者，并非政策，是心的习惯（mind habit）。"（《英国自由主义小史》第一页）

这是无论什么人，只要略略研究自由主义的历史，而潜心于其精神者，所一定到达的结论。

那么，自由主义的居心，是以怎样的形式而显现的呢？这是大概一辙的。

勃里斯之所论，以为自由主义云者，乃是将他人看作和自己有同等的价值的一种性情。更进而说道："凡自由主义者，对于别的人们，常欲给以和自己均等的机会，俾得自己表现及自己发展。"但这是我所难于一定赞成的。像这样，便将自由主义的中心思想，弄成平等主义的思想了。自由一转而成平等，倒是派生底结果，并不是中心思想。

我所指的作为自由主义的居心的最根本的思想，是 Personality（人格）的思想。倘没有人格主义的观念，即也没有自由主义的思想。就是，对于在社会里的人们，认知人格，而将这人格的完成，看作人类究竟目的的一种思想。那要点，是社会和人格这两点。

马修·阿诺德给文明以定义，以为"文明云者，是社会里的人愈像人样的事"（Mixed Essays 序第二页）。这思想的根柢，正和我的自由主义的观念相同。自由主义的思想，是一个社会思想，离了社会是不存在的。也有人讨论人类的绝对的自由的存否，以为倘以绝对的自由给人，社会国家便不成立，所以自由主义是不可的。但这是因为将用自由主义这一句话为社会思想的传统，没有放在眼中，因而发生的误解。我们所常用的自由主义这一句话，并不是那么绝对底的架空的观念，而是一个社会思想。是论着社会人的自由的，倘将社会否定，也就没有自由主义了。

# 七

所以，自由主义的目的，是在造出最便于这样的人格完成的环境即社会来。

因此，自由主义的运动，即从打破那障碍着个人人格完成的各种境遇开手。或者也可以说，倒是永久地，是那打破的继续底运动。在这一个意义上，自由主义的运动，就往往被看作和进步主义的运动是同一义的。

# 八

因为自由主义是社会思想，所以虽然提高个人，却并不因此想要否定社会的存在。故在那思想的内容之中，并不含有反社会底的因子。就是，是以个人和社会的有机底关系为前提的。

所以，社会本身的破坏，和自由主义的思想是不相容的。所以，自由主义的运动者，从一方面说，是以个人的完成为目的的运动；从别方面说，也是以社会的完成为目的的运动；不过那社会完成的目的，是在为了个人的完成。

# 九

因为自由主义的目的，是在和自己的人格完成一同，也是别人的人格完成。所以，自由主义的思想，一定和宽容的思想是表里相关的。不宽容的自由主义，是不能有的。凡有不宽容者，一切都是专制主义的思想。因此，无论为国家的专制，为宗教的专制，为学问的专制, 即悉与自由主义的思想背驰。

## 十

作为在社会上的人格完成的具体的手段, 是凡各个人, 都应该发挥其天禀的才能, 满足其正当的欲求, 自由地思想, 自由地表现, 自由地行动。所以, 自由主义的思想, 是和 Freedom(自在)的思想平行的。

## 十一

自由主义的思想, 既然是社会思想, 所以和纯粹的哲学思想的那个人主义的思想, 未必相同。个人主义的思想, 是未必预想着社会的存在的。所以, 自由主义的思想, 也和别的社会思想一样, 并非绝对底的东西。是社会和人们的二元底的相对底思想。

一九二四年七月四日

这虽然只是一篇未定稿, 但因为觉得当此书出版之际, 倘非不顾草率, 姑且记下现在自己所想的自由主义的轮廓来, 放在里面, 则此书全体的意思, 便不贯彻, 所以试行写出来了。至于自由主义的研究, 我想, 姑且缓一点再来写。

# 旧游之地

## 一　爱德华七世街（上）

在巴黎的歌剧馆的大道上，向马特伦寺那一面走几步，右手就有体面的小路。这是爱德华七世街。进去约十来丈，在仿佛觉得左弯的小路上，有较广的袋样的十字路；在那中央，有一个大理石雕成的骑马的像。这就是英国的先王爱德华七世的像。在那像的周围，是环立着清楚的爱德华七世戏园、闲雅的爱德华七世旅馆、精致的爱德华七世店铺等。嚣嚣的大街上的市声，到此都扫去一般消失，终日长是很萧闲。一带的情形，总觉得很可爱，我是常在这大理石像的道上徜徉的。并且仰视着悠然的马上的王者，想着各样的事。

惟有这王者，是英吉利人，而这样地站在巴黎的街上，却毫不破坏和周围的调和的。妥妥帖帖，就是这样融合在腊丁文明的空气里。而且使看见的人毫不觉得他是英国人。悠悠然的跨着马。比起布尔蓬王朝的王来，使人觉得更像巴黎人的王。这是英国外交的活的纪念碑。

有一个冬天的夜里，在伦敦，在著作家密耶海特君的家里，遇见了四五个英国人。大家的谈天，不知不觉间弄到政治上去了。于是一个不胜其感动似的说：——

"爱德华王是伟大的王呀！"

刚在发着正相反的议论的别的客人，也就约定了的一般——

"的确是的呵——"

一个做律师的人，便向着我，说道：——

"这种感想，你也许还不能领会的。爱德华七世的人望，那可是非常之大呀。我们想，英国直到现在。未曾有过那么英伟的王。王家的威信达了绝顶，也就是在那个时候罢。虽是旧的贵族们，对爱德华王也不敢倔强。在英国，比王家还要古的贵族，是颇为不少的。他们将王家看作新脚色，所以做王也很为难。但惟有爱德华七世的时候，却没有一个来倔强的。而且也不单是贵族阶级，便是中产阶级和劳动者，也一样地敬爱了那个王。

"那是，所作所为，真像个王样子呵。庄严的仪式也行，不装不饰的素朴的模样也行，每个场面，都不矫强，横溢着人间味的。曾经有一件这样的事，——

"有一天，早上很早，我带着孩子在伦敦的街上走。看见前面有一个男人骑了马在前进。是一个很胖的男人，穿着旧式的衣服。那是很随便的样子，生得胖，在上衣和裤子之间，不是露出着小衫么？我想，伦敦现在真也有随随便便，骑着马的汉子呵。便对孩子说：'喂喂，看罢，可笑的人在走呢。不跑上去看一看那脸么？'我们俩就急忙跑上前，向马上一望，那不就是经心作意的爱德华王么？

"然而一到议会的开会式，却怎样？岂不是中世仪式照样的鹅帽礼装？六匹马拉着金舆，王威俨然，浴着两旁的民众的欢呼，从拔庚干漠宫到议院去的？看见这样，伦敦人便觉得实在戴着一个真像王样的王，从衷心感到荣耀了。然而在访问贫家的时候，他却淡然如水，去得不装不饰。贫民们毫不觉得是王的来访。就只觉得并无隔核[1]，仿佛自己的朋友似的。

"总之，那王是无论做什么，都用了 best interest（最上[2]的兴味）的。"

---

1　现代汉语常用"隔阂"。——编者注
2　现译"最好"。——编者注

到这里，那位律师先生便说完了。那时候的那英国人的夸耀的脸相，我总在这大理石像之下记起。

## 二　爱德华七世街（下）

这为百姓所爱，为贵族所敬的爱德华七世，在欧洲大陆做了些什么呢？我们到处看见伟大的足迹。

他由久居深宫之身，登了王位的时候，英国的国际底地位是怎样的？从维多利亚王朝流衍下来的亲德排法的心情，是英国外交的枢轴。相信素朴的德人，轻视伶俐的法人的空气，是弥漫于英国上下的。在尼罗河上流，英法两军几乎冲突的两年前的发勘达事件的记忆，还鲜明地留在当时的国民的脑里。聪明的法兰西人，憎恶而且嘲笑着鲁钝的英国人。他却在这冷的空气的正中央，计划了公式的巴黎访问。这是九百三年的春天。虽然是爱过太子时代微行而来的他的巴黎，但对于代表英国政府的元首的他，接受与否，却是一个疑问。英国的政治家颇疑虑，以为没有顾忌的巴黎的民众，说不定会做出什么来。然而具有看破人性的天禀之才的他，偏是独排众议，公然以英国王而访巴黎了。深恨英国外交的巴黎人，对于这王，却也并不表示一点反感。临去之际，民众还分明地送以好意的表情。这是踏上了英法亲善的第一步的事件。亲德外交，一转而成亲法政策了。其年十月，英法调解条约就签字；翌年四月，英法协约签字。而这便作了欧洲新外交的础石。他又在欧洲大陆试作平和的巡游，联意大利和俄罗斯，远则与东洋的日本同盟，树立了德国孤立政策。王死后四年，欧洲大战发生的时候，以发勘达几乎冲突的英法两国的兵士，则并肩在莱因河[3]畔作战了。

---

3　现译"莱茵河"。——编者注

欧洲战争的功过，只好以俟百年后的史家。但是，独有一事，是确凿的。这便是德国的王，以激怒世界中的人而失社稷，英国的王，则以融和世界的人心而巩固了国家的根基。现在是，就如全世界的定评一样，德人明白一切事，但于人性，却偏不知道了。而这跨马站在巴黎街上的英国的王，乃独能洞察人性的机微；且又看透了敌手的德国皇帝的性格。他曾对法国的政治家说道：——

"在德意志的我的外甥（指德皇威廉），那是极其胆小的呵。"

果哉，一见军势不利，他的外甥便脱兔一般逃往荷兰了。

他现在也还悠然站在爱德华七世街的中央。我曾绕着他的周围闲步，一面想，为什么在英国，多有这样的人，在德国，却只出些自命不凡的人们呢？


## 三　凯存街的老屋

去年年底的英国总选举，又归于统一党的大捷了。在新闻电报上看见这报告的时候，我忽然记起远在伦教凯存街十九号的一所灰色的房屋来。这是先走过国际联盟事务所的开头办公处的玛波罗公的旧邸，向哈特公园再走大约二十丈，就在左手的三层楼的古老的房屋。当街的墙上，挖有红底子的小扁。上面刻着金字道："培恭斯斐耳特伯殁于此宅，一千八百八十一年四月十九日。"每在前面经过，我便想到和这屋子相关的各种的传闻。要而言之，去年的统一党的胜利，也就是死在这老屋里的天才的余泽。

他的买了这屋，是在第二次内阁终结，从此永远退出政界的翌年。他是以七十五岁的残年，且是病余之身，写了小说"Endymion"，卖得一万镑——日本的十万元，就用这稿费的全部，购致了这房子的。一向清贫的他，除了出售小说之外，实在另外也没有什么买屋的办法了。于是他一面患着气喘和痛风，就在这屋子里静待"死"的到来，一面冷冷地看着格兰斯敦的全盛。

他是生在不很富裕的犹太人家里的长男，到做英国的首相，自然要从最不相干的境涯出发。当十七岁，便去做了律师的学徒的他，有一年，和他的父亲旅行德国，在乘船下莱因河时，忽然想道："做着律师的学徒之类，是总不会阔气的。"他于是决计走进政界去；但自己想，这第一的必要，是要用钱，于是和朋友合帮，来买卖股票，干干脆脆失败了。这时所得的几万元的债务，就苦恼了他半世。他此后便奋起一大勇猛心，去做小说。有名的"Vivian Grey"就是。这一卷佳作，即在全英国扬起他的文名来。然而那时，他还没有到二十岁。后来他进议院，终成保守党的首领，直到六十三岁，这才做到首相的竭尽辗轲的生涯，和这房屋的直接关系是没有的。只是弱冠二十岁的他，以"Vivian Grey"一卷显名，迨以七十五岁的前宰相，再困于生计，卖去"Endymion"一卷，才能买了这屋的事，是很惹我们的兴味的。较之他的一生的浮沉，则生于富家，受恶斯佛大学的教育，又育成于大政治家皮尔的翼下如格兰斯敦，不能不说是安乐的生涯。所以他虽然做了贵族党的首领，但对于将为后来的政治的枢轴的社会问题，却仍然懂得的。这就显现在他的小说"Sybil"里，在菲宾协会史上，辟司（Ed. R. Pease）说："培恭斯斐耳特卿有对于社会底正义的热情。可惜的是他一做首相，将这忘却了。至于格兰斯敦，则对于在近代底意义上的社会问题，并不懂得。"这或者也因为两人出身不同的缘故罢。

他迁居到这凯存街的屋子里，是千八百八十一年的一月。到三月底，他便躺在最后的床上了，所以实在的居住，只有三个月。他在蔼黎卿的晚餐会的席上，遇见马修·阿诺德，说了"在生存中，文章成了古典的唯一的人呀"这警句的，便在这时候。而且，好客的他,在这屋子里也只做了一回客。那时他邀请萨赛兰公夫妻等名流十七人,来赴夜宴,还用照例的辛辣的调子,向着旁边的人道:"原想从伯爵们之中,邀请一位的,但在英国,伯爵该也有一百人以上,却连一个的名姓也记不起来。"

这清贫、辛辣、勇气和文才的一总,是便在这三层楼的老屋里就了长眠的。

然而,在他后面,留下了保守党,留下了大英帝国。大约和毕德和路意乔治一同,他也要作为英国议院政治所生的三天才之一,永远留遗在历史上的罢。但他所救活的保守党,被唤到最后的审判厅去的日子,已经近来了。他的"希比尔"里所未能预见的劳动党,正成了刻刻生长的第二党,在英国出现。而且在他用了柏林会议的果决和买收苏彝士河[4]的英断所筑成的大英帝国里,不远便有大风雨来到,也说不定的。

## 四　蒙契且罗的山庄

从沙乐德韦尔起,我们坐着马车,由村路驰向蒙契且罗的山去,虽说还是三月底,而在美国之南的伏笈尼亚,却已渲出新春的景色了。远耸空中的群山,都作如染的青碧色。雪消的水,该在争下雪难陀亚的溪流罢。在山麓上,繁生着本地名产的苹果树,一望无际。在那箭一般放射出来的枝上,处处萌发了碧绿的新芽。愈近顶上,路也愈险峻了,我们便下车徒步。黑人的驭者抚慰着流汗的马,也跟了上来。

转过有一个弯,便有红砖的洋房,突然落在我们的眼里了。在春浅叶稀的丛树之间,屹然立着一所上戴圆塔的希腊风的建筑。而

---

4　现译"苏伊士运河"。——编者注

支着红色屋顶的白的圆柱，就映入视线里面来。这就是美国第三代大统领杰斐逊的栖隐之处。

随着新渡户先生，我从宅门走进这屋里去。站在当面的大厅的电灯下的时候，我便想到几天之前看过的小说《路易兰特》的主角，将充满热情的感谢的信，写给在华盛顿的杰斐逊之处，就是这里了。于是刚出学校的我，便觉到了少年一般的好奇心。从那书斋、那卧室、那客厅的窗户，都可以望见远的大西洋的烟波。就在这些屋子里，他和从全世界集来的访客，谈诗，讲哲理，论艺术，送了引退以后的余生的。听说爱客的他，多的时候，在这宅中要留宿六十个宾客。而死了的时候，则六十万美金的大资产，已经化得一无所有了。

承了性喜豪华的华盛顿之后的他，是跨着马，从白垩馆到政厅去，自己将马系在树枝上面的，所以退隐以来的简易生活，也不难想见。虽然有着惟意所如，颐使华盛顿府的大势力，而他从退休以来，即绝不过问，但在文艺教育上，送了他的余年。建在山麓上的沙乐德韦尔的大学，构图不必说，下至砖瓦、钉头之微，相传也都是出于他的制作的。若有不见客的余闲，他便跨了马，到山麓的街上去取邮件。

是从这备有教养的绅士的脑里，迸出了《美国独立宣言》那样如火的文字的。他要在美洲大陆上，建设起人类有史以来首先尝试的四民平等的国家来。而他的炯眼，则看破了只要有广大的自由土地，在美国，可以成立以小地主为基础的民治。所以他以农业立国的思想，为美国民主主义的根柢，将农民看作神的选民。所以他以使美国为农业国，而欧洲为美国的工场为得策。然而他如此害怕的工业劳动者，洪水一般泛滥全美的日子来到了。虽是他所力说的农业，已非小地主的农业而是小农民的农业的日子，也出现于美国了。有产阶级和无产阶级的悬隔，已经日见其甚了。马珂来卿曾经预言那样："美国的民主政治的真的试炼,是在自由土地丧失之日。"这句话成为事实而出现的日子,已经临近了。

倘使这在蒙契且罗的山庄,静静地沉酣于哲学书籍的杰斐逊,看见了煤矿工人和制铁工人的同盟罢工,他可能有再挥他的雄浑之笔,高唱那美国的精神,是立在人类平等的权利之上的这些话的勇气呢? 在大资本主义的工业时代以前,做了政治家者,真是幸福的人们呵。

## 五 司坦敦的二楼

"司坦敦!"

黑人的车役叫喊着,我便慌忙走下卧车去,于是踏着八年以来,描在胸中的小邑司坦敦之土了。

这是千九百十九年三月十三日,正在巴黎会议上,审议着国际联盟案的时分。将手提包之类寄存在灰色砖造一层楼的简陋的车站里,问明了下一趟火车的时刻,我就飘然走向街市那一面去了。向站前的杂货店问了路,从斜上的路径,向着市的大街走,约四十丈,就到十字街。街角有美国市上所必有的药铺,卖着苏打水和冰忌廉。从玻璃窗间,望见七八个少年聚在那里面谈话。一辆电车叮叮当当地悠闲地鸣着铃,在左手驶米了。这是单轨运转的延长不到两迈尔的这市上惟一的电车,好像是每隔五六分钟,两辆各从两面开车似的。电车一过,街上便依然静悄悄。我照着先前所教,在十字街心向右转去,走到大街模样的本市惟一的商业街。右侧有书铺和出售照相干片的店。再走一百多丈,路便斜上向一个急斜的冈。这似乎是这地方的山麓,体面地排着清楚的砖造的房屋。一登冈上,眺望便忽然开拓了,南方和东方,断崖陷得很深;脚下流着雪难陀亚的溪流，淙淙如鸣环佩。溪的那边，是屹立着勃卢律支的连峰，被伏笈尼亚勃卢的深碧所渲染。初春的太阳，在市上谷上和山上，洒满了恰如南国的柔和的光。既无往来的行人，也没有别的什么。我站在冈顶的叉路上，有些迟疑了。恰好从前面的屋子里，出来了一个携着女孩的老妇人。我便走上去，脱着帽子，问道：——

"科耳泰街的威尔逊大统领的老家，就在这近地么？"

她诧异地看着我的样子，一面回答道——

"那左手第三家的楼房就是。"

于是和女孩说着话，屡次回顾着，走下斜坡去了。

这是用低的木栅围住的朴素的楼房。原是用白砖砌造的，但暴露在多年的风雨里，已经成了浅灰色。下层的正面，都是走廊，宅门上的楼，是露台。屋子的数目，大约至多七间罢。楼上楼下，玻璃窗都紧闭着，寂然不见人影。左手的壁上，嵌一块八寸和五寸左右的铁的小扁额，用了一样的颜色，毫不惹眼地，刻道："美国第二十八代大统领伍德罗·威尔逊生于此宅，一千八百五十六年十二月二十八日。"宅前的步道上，种着一株栎树似的树木，这将细碎的影子，投在宅门上。我转向这屋的左手，凝视那二楼上的窗门。心里想，威尔逊举了诞生的第一声者，大概便是那一间屋子罢。本是虔敬的牧师的父亲，为这生在将近基督降诞节的长子，做了热心的祷告的罢。然而，这婴儿的出世，负荷着那么重大的运命，则纵使是怎样慈爱的父亲，大约也万想不到的。

不多久，我便决计去按那宅门的呼铃。

门一开，是不大明亮的前廊，对面看见梯子。引进左手的客厅里，等了一会，主人的茀来什博士出来了。是一个看去好像才过六十岁的颁白[5]的老绅士；以美国人而论，要算是矮小的，显着正如

---

5　现代汉语常用"斑白"。——编者注

牧师的柔和的相貌。

我先谢了忽然揽扰的唐突，将来意说明。就是因为要做威尔逊的传记，所以数年以来。便常在历访他的旧迹，以搜求资料。

"我和威尔逊君，在大辟特生大学的时候，是同年级的。"博士说着，就谈起那时的回忆来。

"听说学生时代的威尔逊，是不很有什么特色的。这可对呢？"我问。

"是呀，"博士略略一想，说，"但是，从那时候，便喜欢活泼的气象的呵。当他中途从大辟特生退学，往普林斯教⁶大学去时，我曾经问：你为什么到普林斯去呢？威尔逊却道，就因为我想往有点生气的地方去呀。这话我至今还记得。因为我觉得这正像威尔逊的为人。"

"听说格兰斯敦当恶斯佛大学时代，在同学之间，名声是很不好的。威尔逊可有这样的事呢？"我又问。

"不，毫不如此。要说起来，倒是好的。"他说，"后来，当选了大统领，就任之前的冬天，回到这里来，就寓在这屋子里，那实在是十分质朴的。喜欢谈天；而且爱小孩，家里的孩子们，竟是缠着不肯走开了。"

他讲了这些话，便将话头一转，问起山东问题之类来。在宅门前，照了博士的像，我便再三回顾，离开这屋子了。

罗斯福死了以后，正是三个月。我忽然想起那两人的事来。可哀的罗斯福是什么事业也没有留下，死掉了。他是壮快的喇叭手。当他生前，那震天的勇猛的进军之曲，是怎样地奋起了到处的人心呵。然而，喇叭手一去，那壮快的进军之曲，也就不能复闻，响彻太空的大声音的记忆，大约逐渐要从人们的脑里消去的罢。当此之

---
6 此处应作"敦"。——编者注

际,威尔逊是默默地制作着大理石的雕刻。这并不是震天价的英雄底的事业。然而这却是到个人底爱憎从地上消去之后,几十年,几百年,也要永久地为后来的人类所感谢的不朽的美术品。而诞生了这人的房屋,将成为世界的人们的巡礼集中之处的日子,恐怕也未必很远了罢。我一面想着这些事,一面顺着坡路,走下雪难陀亚之谷那方面去了。

# 六　滑铁卢的狮子

"的确,纪念塔的顶上有狮子哩。"我和同来的 T 君说。

我们是今天从勃吕舍勒,坐着摩托车,一径跑向这里来的。走着家鸭泛水的村路,我对于拿破仑的事、惠灵吞的事、南伊将军的事,什么的事都没有想。单有昨夜在勃吕舍勒所听到的话还留在耳朵里。这听到的话,便是说,那在滑铁卢纪念塔上的狮子,是怒视着法兰西那一面的。但这回的欧洲战争,比利时军却和法兰西军协同作战,以对德意志,所以比利时的众议院里就有人提议,以为滑铁卢的狮子,此后应该另换方向,去怒视德意志了。这是欧洲战争完结后第二年的事。

我觉得听到了近来少有的有趣的话。于是很想往滑铁卢去,看一看那狮子的怒视的情形。到来一看,岂不是正是一个大狮子,威风凛凛,睥睨着巴黎的天空么?我不觉大高兴了:心里想,诚然,这种睥视的样子,是讨厌的。我想,从这看去像有二百尺高的宏壮的三角式的土塔的绝顶,压了五六十里的平原,这样地凝视着法兰西的天空的样子,是不行的呀。我想,倘将这换一个方向,去怒视柏林奈面,那该大有效验的罢。如果又有战事,这回是和遏斯吉摩打仗了,就再换一回方向,去怒视北极。如果此后又有战事,就又去怒视那一个国度去，我想，大约是这模样，每一回团团转，改变位置的办法罢。然而单是滑铁卢这名目，就已经不合式。要而言之，在滑铁卢，是比利时军和德意志军一同打败了法兰西的，所以即使单将狮子来怒视德意志，恐怕也不大有灵验。也许还是将地名也顺便改换了来试试的好罢。我想，那时候，这站在天边的狮子，大约要有些头昏眼花哩。

但是，那个提议，听说竟没有通过比利时的众议院。恐怕大狮子觉得总算事情过去了，危乎殆哉，现在这才不再提心吊胆了罢。然而这也不只是滑铁卢的狮子。便是比比利时古怪得多的国度，也许还有着呢。将历史、美术、文艺，都用了便宜的一时底的爱国论和近代生活论，弄成滑稽的时代错误的事，不能说在别的国度里就没有。到那时，大家能都想到毛发悚然的滑铁卢的狮子的境遇，那就好了。

## 七　兑勒孚德的立像

初看见荷兰的风磨的人，常恍忽于淡淡的欣喜中。尤其好的是细雨如烟之日，则眺望所及，可见无边的牧草，和划分着远处水平线的黛色的丛林，和突出在丛林上面的戈谛克风的寺院的尖塔，仿佛沉在一抹淡霞的底里，使人们生出宛然和水彩画相对的心境来。

我是将游历荷兰街市的事，算作旅行欧洲的兴趣之一的，所以每赴欧洲，即使绕道，也往往一定到荷兰去小住。而旅行荷兰的目的地，倒并非首府的海牙，乃在小小的兑勒孚德的市。这也不是为了从这市输送全世界的那磁器的可爱的蓝色，而却因为在这市的中央，暴露在风雨之中的萧然立着的铜像。

地居洛泰达膜和海牙之间的这市，无论从那一面走，坐上火车，七八分钟便到了。走出小小的车站，坐了马车，在运河的长流所经过的石路上，颠簸着走约五六分钟，可到市政厅前的广场。就在这市政厅和新教会堂之间的石铺的广场的中央，背向了教堂站的，便是那凄清的立像。周围都是单层楼，或者至多不过二层楼的中世式的房屋。房顶和墙壁，都黑黑地留着风雨之痕。广场的右手，除了磁器店和画信片店之外，便再也没有像店的店了，终日悄悄然闲静着。在这样的颓唐的情调的环绕之中，这铜像，就凝视着市政厅的屋顶，站立着。

这是荷兰的作为比磁器，比水彩画，都更加贵重的赠品，送给世界的人类的天才胡果·格劳秀斯（Hugo Grotius, or Huig van Groot）的像。我想，这和在背后的新教会堂里的墓石，是他在地上所有的惟二的有形的纪念碑了。

然而他留在地上的无形的纪念碑，却逐年在人类的胸中滋长。在忘恩的荷兰人的国境之外，他的名字，正借了人类不绝的感谢，生长起来。

他是恰在去今约三百五十年之前，生于这市里的。当战祸糜烂了欧洲的天地的时候，而预言世界和平的天才，却生在血腥的荷兰，这实在是运命的大的恶作剧。他也如一切天才一样，早慧得可惊的。十岁而作腊丁文的诗，十二岁而入赖甸的大学，十四岁而用腊丁文写了那时为学界的权威的凯培拉《百科全书》的正误，在后年，则将关于航海学和天文学的书出版了。十五岁而作遣法大使的随员，奉使于法国宫廷之际，满朝的注意，全集于他的一身。但当那时，已经显现了他的伟大。他要避空名的无实，便和法国的学者们交游。归国以后，则做律师，虽然颇为成功，而他却看透了为法律的律师生活的空虚，决计将他的一生，献于探究真理和服务人类的大业。二十六岁时，发表了有名的《自由公海论》，将向来海洋锁闭说驳得体无完肤。于是为议员，为官吏，名声且将藉甚，而竟坐了为当时欧洲战乱种子的新旧两教之争，无罪被逮了。幸由爱妻的奇计，脱狱出亡，遂送了流离的半世。在这颠沛困顿之中，他的所作，是不朽的名著《战争与平和的法则》。这是他四十二岁的时候了。这一卷书，不但使后世的国际思想为之一变而已，也更革了当时的实际政治。他详论在战争上，也当有人道底法则，力主调停裁判的创设，造了国际法的基础的事，是永久值得人类的感谢的。他流浪既及十年，一旦归国而又被放逐于国外，一时虽受瑞典朝廷的礼遇，但终不能忘故国，六十一岁，始遂本怀，乘船由瑞典向荷兰，途中遇暴风，船破，终在德国海岸乐锡托克穷死了。像他那样，爱故国而在故国被迫害，爱人类而为人类所冷遇者，是少有的。待到他之已为死尸，而归兑勒孚德也，市民之投石于他的柩上者如雨云。

　　恰如他的预言一样，调停裁判所在海牙设立，国际联盟在日内瓦成就了。偏狭的国家主义，正在逐日被伟大的国际精神所净化。然而他脑里所描写那样的庄严的世界，却还未在地上出现。将他作为真实的伟人，受全人类巡礼之日，是还远的。

　　到那一日止，他就须依旧如现在这样，萧然站在兑勒孚德市政厅[7]的前面。

----

# 北京的魅力

## 一　暴露在五百年的风雨中

"哪,城墙已经望见了。"刘迪德君说。

一看他所指点的那一面,的确,睽别五年,眷念的北京城的城墙,扑上自己的两眼里来了。

在这五年之间,我看了马德里的山都,看了威丹的新战场,看了美丽的巴黎的凯旋门后的夕阳的西坠。但是,和那些兴趣不同的眷念,现在却充满了自己的心胸。

我们坐着的火车,是出奉天后三十小时中,尽走尽走,走穿了没有水也没有树的黄土的荒野;从北京的刘村左近起,这才渐渐的减了速度,走近这大都会去的。行旅的人,当终结了长路的行程,走近他那目的地的大都会时,很感到不寻常的得意。这都会似乎等候着我的预感,将要打开那美的秘密的宝库一般的好奇心,——但是,这些话,乃是我们后来添上,作为说明的,至于实际上望见了大都会的屋瓦的瞬间,却并不发生那样满身道理的思想。只是觉得孩子似的高兴,仿佛将到故乡时候一般的漂渺[1]的哀愁。我在美国,暂往乡村去旅行,回到纽约来的时候,也总有这样的感觉。尤其是从伦敦回巴黎之际,更为这一种感觉所陶醉了。大概,凡到一个大都会,最好是在傍晚的点灯时分;白天则太明亮,深夜又过于凄清。天地渐为淡烟所笼罩的黄昏,正是走到大都会的理想时候。但北京并不然。

高的灰色的城墙,现在是越加跑近我们这边来了。澄澈的五月

---

1　现代汉语常用"缥缈",也作"飘渺"。——编者注

初的阳光，洪水似的在旧都上头泛滥着。交互排列着凸字和凹字一般的城墙的顶，将青空截然分开。那绵延——有二十迈尔——的城墙的四角和中央，站着森严的城楼。而这城墙和城楼之外，则展开着一望无际的旷野。散点着低的黄土筑成的农家屋，就更其增加了城墙的威严。疾走过了高峻的永定门前，通过城墙，火车已经进了北京的外城了。左方便见天坛的雄姿，以压倒一切的威严耸立着。盖着乌黑的瓦的土筑的民家面前，流着浊水，只有落尽了花朵的桃树，正合初夏似的青葱。门前还有几匹白色的鸭，在那里寻食吃。这些光景，只在一眨眼间，眼界便大两样，火车一直线的径逼北京内城东南隅的东便门的脚下，在三丈五尺高的城墙下。向左一回转，便减了速度，悠悠然沿城前进了。

我走近车窗去，更一审视北京的城墙。暴露在五百年的风雨中，到处缺损。灰色的外皮以外，还露出不干净的黄白色的内部；既不及围绕维尔赛的王宫的砖，单是整齐也不如千代田城的城濠的石块。但是，这荒废的城墙在游子的心中所引起的情调上，却有着无可比类的特异的东西。令人觉得称为支那 [2] 这一个大国的文化和生活和历史的一切，就渗进在这城墙里。环绕着支那街道的那素朴坚实的城墙的模样，就是最为如实地象征着支那的国度的。

## 二　皇宫的黄瓦在青天下

北京内城之南，中央的大门是正阳门，左右有奉天来车和汉口来车的两个停车站。我们的火车沿墙而进，终于停在这前门的车站了。

于是坐了汽车，我们从中华门大街向着北走。每见一回，总使

---

2　此为鲁迅原译，原文并无贬义。"支那"一词是古代印度梵文中支那（China）的音译，也是古代欧亚大陆诸国对中国最流行的称呼。一般认为，中日签订《马关条约》后，日本侵略者开始使用"支那"称呼中国，并带有蔑视和贬义。——编者注

人吃惊的,是正阳门的建筑。这是明的成祖从南京迁都于此的时候,特造起几个这样壮丽的楼门,以见大帝国首都的威仪的。但这前门却遭过一回兵燹,现今留存的乃是十几年前的再造的东西。然而仰观于几十尺的石壁之上的楼门的朱和青和金的色调,也还足够想象出明朝全盛时代的荣华。而且那配搭,无论从那一面看来,总觉得美。这也可以推见建造当时的支那人的文化生活的高的水准的。

凡是第一次想看北京的旅行者,必须从这前门的楼上去一瞥往北的全市的光景。从楼的直下向北是中华门大街,尽头就是宫殿。这宫殿,是被许多门环绕着的。进了正面的平安门,才到宫殿的外部。后方的端门的那边,是午门,里面是紫禁城。紫禁城中都铺着石板,那中间高一点的是太和门,其中有太和殿、乾清宫。这太和门前的石灯、石床、石栏之宏大,我以为欧洲无论那一国的王宫都未必比得上。就是维尔赛的宫殿,克伦林的王宫,也到底不及这太和门的满铺石板的广庭的光景的。在五年以前,在这一次,我都从西华门进,看了武英殿的宝物,穿过庭园的树木,走出这太和门前的广庭来。当通过一个门,看见这广庭在脚下展开的时候,无论是谁,总要发一声惊叹。耸立在周围的宫殿和楼,全涂了朱和青,加上金色的文饰;那屋顶,都是帝王之色,黄瓦的。而前面的广庭的周围,都有大理石的柱子和桥为界,前面则满铺着很大的白石。明朝全盛之日,曳着绮罗的美女和伶人,踏了这石庭而入朝的光景,还可以使人推见。而且,那天空的颜色呵,除了北京的灰尘漫天的日子以外,太空总在干透了的空气底下,辉作碧玉色。这和楼门的朱,屋瓦的黄,大理石柱的白,交映得更其动目。自己常常想,能想出那么雄大的构想的明朝的人们,那一定是伟大的人罢。

这紫禁城之后,就是有名的景山。这些门和山的左方的一部,则是所谓三海的区域。南海、中海、北海这三个池子,湛了漫漫的清水, 泛着太空和浮云。三个池子中有小岛: 南海的小岛上有曾经禁锢过光绪帝的宫殿; 中海的小岛上原有太后所住的宫殿, 现在做了大总统府了。

围环了这些宫殿, 北京全市的民家就密密层层地排比着。从正阳门上一看, 即可见黄瓦、青瓦、黛瓦参差相连, 终于融合在远山的翠微里。看过雄浑的都市和皇城之后, 旅行者就该立在地上, 凝视那生息于此的几百万北京人的生活和感情了。这样子, 就会感到一见便该谩骂似的支那人的生活之中, 却有我们日本人所难于企及的"大"和"深"在。

## 三 驴儿摇着长耳朵

早上五点半钟前后, 忽然醒来了。

许多旅行者, 对于初宿在纽约旅馆中的翌朝的感觉, 即使经过许多年之后, 也还成为难忘的记忆, 回想起来。这并不是说在上迫天河的高楼的一室中醒来的好奇心, 也不是轰轰地震耳欲聋的下面的吵闹, 自然更不是初宿在世界第一都会里的虚荣心。这是在明朗的都市中, 只在初醒时可以感到的官能的愉快。外面是明亮的; 天空是青的。伸出手来, 试一摸床上的白色垫布, 很滑溜; 干燥的两腕, 就在这冷冰冰的布上滑过去。和东京的梅雨天的早上, 张开沉重的眼睑, 摸着流汗的额上时候, 是完全正反对的感觉。这样感觉, 旅行者就在北京的旅馆里尝到的。

下了床, 在打扫得干干净净的地板上, 直走到窗下, 我将南窗拉开了。凉风便一齐拥进来。门外是天空脱了底似的晴天。我是住在北京饭店的四层楼上。恰恰两年前, 也是五月的初头, 夜间从圣舍拔斯丁启行, 翌朝六点, 到西班牙的首都马德里, 寓在列芝旅馆里，即刻打开窗门，眺望外面的时候，也就起了这样的感觉。那时，我犹自叫道：——

"就像到了北京似的！"

这并非因为在有"欧洲的支那"之称的西班牙，所以觉得这样。乃是展开在脚下的马德里的街市，那情调，总很像北京的缘故。而现在，我却在二年后的今日，来到北京，叫着：

"就像到了马德里似的！"了。

马德里和北京，在我，都是心爱的都市。

强烈的日光，正注在覆着新绿的干燥的街市上。——这就是北京。当初夏的风中，驴儿摇着长耳朵，——读者曾经见过驴儿摇着长耳朵走路的光景么？这是非常可笑，而且可爱的——那么，再说驴儿摇着长耳朵，辘辘地拉了支那车——那没有弹机的笨重的支那车——走。挂在颈上的铃铎，丁丁当当响着。驴儿听着那声音，大概是得意的；还偷眼看看两旁的风景。驴儿大概一定是颇有点潇洒的动物罢。在英国话里，一说donkey，也当作钝物的代名词。这与其以为在小觑驴儿，倒不如说是在表白着存着这样意见的英语国民的无趣味。驴儿那边，一定干笑着英、美人的罢。无论那一国，都有特别的动物，作为这国度的象征的。印度的动物似乎是象；我可不知道。飞律滨[3]的名物不是麻，也不是科科[4]和椰子，我以为是水牛。水牛，西班牙话叫"吉拉包"；倒是声音很好的一个字。这吉拉包就在各处的水田里，遍身污泥，摇着大犄角耕作着。看惯之后，我对于这一见似乎狞恶愚钝的动物，竟感到一种不可遏抑的亲密了。水牛决不是外观似的愚笨的东西，有过这样的事：我所认识美国妇人，曾经将她旅行南美的巴西时候的事情告诉我："有一回，

---

3　现译"菲律宾"。——编者注
4　现译"可可"。——编者注

街的中间，一头水牛绎在木桩上，眼睛被货物的草遮住了，很窘急。我自己便轻轻走近去，除去了那装着可怕的脸的水牛的眼睛上的障碍物。过了两三天，又在这街上遇见了这水牛。好不奇怪呵，那水牛不是向我这边注视着么？的确，那是记得我的恩惠的。"

且慢，这是和北京毫无关系的话。我的意思，以为飞律滨是吉拉包的国度；在一样的意义上，也以为支那是驴儿的国度。那心情，倘不是在支那从南到北旅行过，目睹那驴儿在山隈水边急走着的情景的人，是领略不到的。

于是又将说话回到北京饭店的窗下去。这响着铃铛的驴儿所走的大街，叫作东长安街，是经过外交团区域以外的大道。这大道和旅馆之间是大空地，满种着洋槐。街的那面的砖墙是环绕外交团区域的护壁；那区域里，有着嫩绿的林。嫩绿中间，时露着洋楼的红砖的屋顶。洋楼和嫩绿尽处，就是那很大的城墙。那高的灰色的城墙的左右，正阳门和崇文门屹然耸立在天空里。那门楼后面，远远地在淡霞的摇曳处，天坛则俨然坐着，像一个镇纸。更远的后面，嫩绿和支那房屋的波纹的那边，埋着似的依稀可见的是永定门的楼顶。

倾耳一听，时时，听到轰轰的声音。正是大炮的声音。现在战争正在开手了。是长辛店的争夺战。北京以南，三十多里的地方，有京汉铁路的长辛店驿。张作霖所率的奉天军，正据了这丘陵，和吴佩孚所率的直隶军战斗。奉直战争的运命，说得大，就是支那南北统一的运命所关的战争，就在那永定门南三十多里的地方交手了。

驴儿和水牛，都从我的脑里消失了。各式各样地想起混沌的现代支那的实来。但是，对了这平和的古城，欲滴的嫩绿，却是过于矛盾的情状。说有十数万的军队，正在奔马一般驰驱，在相离几十里的那边战斗，是万万想不到的。这是极其悠长的心情的战争。我的心情，仿佛从二十世纪的旅馆中，一跳就回到二千年前的《三国志》里去了。

## 四 到死为止在北京

我的朋友一个美国人，是在飞律滨做官吏的，当了支那政府的顾问，要到北京去了。是大正五年（译者注：一九一七年）的事。临行，寄信给我，说："到北京去。大约住一年的样子。不来玩玩么？"第二年我一到，他很喜欢，带着各处玩；还说："并没有什么事情做，还是早点结束，到南美去罢。"两年之后，我从巴黎寄给他信，问道："还在北京么？"那回信是："还在。什么时候离开支那，有点不能定。"回到日本之后，我又问他："什么时候到南美去呢？"至于他丝毫没有要往南美那些地方的意思，自己自然是明明知道的。回信道："不到南美去了，始终在北京。"今年五月我到北京去一看，他依然在大栅栏的住家的大门上，挂着用汉字刻出自己的姓名的白铜牌子，悠然的住在北京。

"唉唉，竟在北京生了根。"他一半给自己解嘲似的，将帽子放在桌上，笑着说。

"摩理孙的到死为止在北京，也就如此的呀。"我也笑着回答。又问道："那厨子怎么了呢？"

这是因为这么一回事。他初到北京时，依着生在新的美洲的人们照例的癖气，对于古的事物是怀着热烈的仰慕的。他首先就寻觅红漆门的支那房子；于是又以为房门口应该排列着石头凿出的两条龙；又以为屋子里该点灯笼，仆役该戴那清朝的藤笠似的帽子上缀着蓬蓬松松的红毛的东西。后来，那一切，都照了他的理想实现了。于是他雇起支那的厨子来；六千年文化生活的产物的支那食品，也上了他的食膳了。衙门里很闲空。他学支那语；并且用了可笑的讹误的支那语到各处搜古董。莫名其妙的磁器和书箱和宝玉，摆满了他一屋。他是年青而独身的。他只化一角钱的车钱，穿了便服赴夜会去。他是极其幸福的。

但是，无论怎样奢侈，以物价便宜的北京而论，每月的食物的价钱也太贵了。有一天，他就叫了厨子来，要检点月底的帐目。他于是发见了一件事：那帐上的算计，他是每天吃着七十三个鸡蛋的。他诘责那厨子。厨子不动神色的回答道：——

"那么，鸡蛋就少用点罢。"

果然，到第二月，鸡蛋钱减少了；但总数依然和先前一样。他再查帐簿；这回却每天吃着一斤奶油。因为这故事很有趣，所以我每一会见他，总要问问这聪明厨子的安否的。

"那人，"他不禁笑着说，"终于换掉了。"

此后两三天，总请我到他家里去吃夜饭。照例是清朝跟丁式的仆人提着祭礼时候用的灯笼一般的东西，从门口引到屋里去。在那里的已有"支那病"不相上下的诸公六七人。当介绍给一个叫作白克的美国人的时候，我几乎要笑出来。这并非因为"白克"这姓可笑；乃是因为想到了原来这就是白克君。想到了这白克君已经久在支那，以为支那好得不堪；那些事情，就载在前公使芮恩施博士的《驻华外交官故事》里的缘故。

在圆的桃花心木的食桌前坐定，川流不息地献着山海的珍味，谈话就从古董、画、政治这些开头。电灯上罩着支那式的灯罩，淡淡的光洋溢于古物罗列的屋子中。什么无产阶级呀、Proletariat 呀那些事，就像不过在什么地方刮风。

我一面陶醉在支那生活的空气中，一面深思着对于外人有着"魅力"的这东西。元人也曾征服支那，而被征服于汉人种的生活美了；满人也征服支那，而被征服于汉人种的生活美了。现在西洋人也一样，嘴里虽然说着 Democracy 呀，什么什么呀，而却被魅于支那人费六千年而建筑起来的生活的美。一经住过北京，忘不掉那生活的味道。大风时候的万丈的沙尘，每三月一回的督军们的开战游戏，都不能抹去这支那生活的魅力。

# 五　骆驼好像贵族

在北京的街上走着的时候，我们就完全从时间的观念脱离。这并非仅仅是能否赶上七点半钟夜饭的前约的程度；乃是我们从二十世纪的现代脱离了。眼前目睹着悠久的人文发达的旧迹，生息于六千年的文化的消长中，一面就醒过来，觉得这是人生。十年百年，是不成其为问题的，而况一年二年之小焉者乎。

支那人的镇静、纤缓的心情，于是将外国人的性急征服了。而且，北京的街路，无论走几回，也还是览之不尽的。且勿说四面耸立的楼门的高峻，且勿说遥望中的宫殿的屋顶的绿和黄，即在狭窄的小路中，即在热闹的市街中，也都有无穷的人间味洋溢着。

牵引我们的，第一是北京的颜色。支那的家屋，都是灰色的；是既无生气，也无变化的灰色的浓淡，——无论是屋瓦，是墙垣。但在一切灰色这天然色中，门和柱都涂了大胆的朱红，周围用黑，点缀些紫和青；那右侧，则是金色的门牌上，用黑色肥肥的记着"张寓"之类，却使我们吃惊。正与闲步伦敦街上，看见那煤烟熏染的砖造人家的窗户上，简直挂着大红的窗帘时，有相类的感觉。还有，就在门内的避魔屏，也很惹眼。据说，恶魔是没有眼睛的，一径跳进门来，撞着这屏，便死了。有眼睛的支那的从人，就擎着来客的名片，从这屏的右手引进去。门的两旁又常常列着石狮子等类。

然而，惊人的光景，却是活的人和动物。尤其是从日本似的，人和动物之间并不相亲的国度里来到的人们，总被动心于在支那的大都会中，愉快地和人类平等走着的各种动物的姿态的。

先是骆驼，凡有游览北京的，定要驻足一回，目送这庄严的后影的罢。那骆驼，昂了头，下颚凹陷似的微微向后，整了步调，悠悠然走来的模样，无论如何，总是动物中的贵族。而且无论在怎样杂沓的隘巷里，只有它，是独拔一头地，冷冷然以流盼俯察下界的光景的。那无关心的，超然的态度，几乎镇静到使人生气。人类的焦急，豚犬的喧骚，它一定以为多事的罢。仗着蓬松的褐色毛，安全地凌了冬季的严寒的它，即使立在淅沥的朔风中，也不慌，也不怯，昂昂然耸立着，动物之中，自尊心最强的，一定要算骆驼了。它是柏拉图似的贵族主义者。

那旁边，骑驴的支那人经过了。一个农夫赶了几十只鸭走过去。猪从小路里纷纷跑出。骡车中现出满洲[5]妇人的发饰来。卖东西的支那人石破天惊地大叫。看见一个客，二十个车夫都将车靶塞给他。作为这混杂和不统一的压卷的，是黑帽黄线的支那巡警茫然的站在街道的中心。

## 六　珠帘后流光的眸子

吴闿生先生的请柬送到了：——

> 本月二十一日（星期日）正午十二时洁樽候
> 教
>
> 　　　　　　　　　　　吴闿生谨订
>
> 席设本寓

---

5　该词的使用并无贬义，共有两种含义。一是满族的旧称。1635 年，皇太极改女真为满洲，辛亥革命后称满族。二是旧时指我国东北一带，清末日俄势力入侵，称东三省为满洲。——编者注

是印在白的纸上的。

这是前一回，招待他的时候，曾经有过希冀的话，说我愿意在这时候见一见他的有名的小姐，并且得了允可的。

那天，是炎热的日曜日。格外要好，穿了礼服去。在不知道怎样转弯抹角之间，已经到了他的邸宅了。照例是进大门，过二门，到客厅，吴闿生先生已经穿了支那的正服等候着。他是清朝的硕儒吴汝纶先生的儿子，也有人以为是当今第一的学者的。曾经做过教育次长，现在是大总统的秘书官。传着旧学的衣钵，家里设有讲坛，听说及门的弟子很不少。

那小姐的芳纪今年十七，据说已经蔚然成为一家了，所以我切请见一见。吴先生的年纪大约四十五六罢，但脸上还是年青的书生模样。他交给我先前托写的字；又给我小姐亲笔的诗稿，有十二行的格子笺上，满写着小字。虽说是"鹤见先生教正"，但那里是"教正"的事，署名道"中华女史吴劼君"，还规规矩矩打了印章哩。写的是《谦六吉轩诗稿自序》，有很长的议论，曰：——

> 诗之为道也，当以声调动人，以其词义见作者之心胸。故太白之诗，豪放满纸，百趣横生，狂士之态可见；杜甫之诗，忠言贯日，志向高远，忧思不忘，故终身不免于困穷。

中途又有答人以为旧学不适于时世，劝就新学的话：——

> 余曰，不然。新旧两学，并立于当今之时，固未易知其轩轾也。余幸生旧学尚未尽灭之时，仰承累世之余泽，而又有好古之心。云云。（译者注：以上两节是我从日译重译回来的，原文或不如此。）

简直不像是十七岁的姑娘的大见识。以后是诗七首,其一曰:

## 十刹海观荷

初夏微炎景物鲜,连云翠盖映红莲,霑衣细雨迎斜日,吹帽轻风送晚烟。

其次,吴先生又给我两张长的纸,这是八岁的叫作吴防的哥儿所写的。写的是"小松已负干霄志",还有"鹤见先生大鉴"之类。那手腕,倒要使"鹤见先生"这一边非常脸红。

于是厢房的帘子掀开,两个小姐和一个少年带着从者出来了。梳着支那式的下垂的头发的少女,就是写这诗集的吴劼君小姐。我谈起各样的——单检了能懂的——话来,正如支那的女子一般,不过始终微笑着。记得那上衣是水绿色的。

食事开头了。坐在我的邻位的客,是肃亲王的令弟叫作奕的一位。饭后,走出后院去,在槐、楸、枣、柏、桑等类生得很是繁茂的园里闲步。偶然走近一间屋子去,帘后就发了轻笑声;隔帘闪烁着的四个眸子,于是映在我的回顾的眼里了。这是当招饮外宾的那天,长育在深窗下的少女的好奇心,成了生辉的四个眸子,在珠帘的隙间窥伺着。

一九二二年八月八日

# 说旅行

## 一

前几天，有一个美国的朋友，在前往澳洲的途中，从木曜岛寄给我一封信，里面还附着一篇去年死掉的诺思克利夫卿的纪行文。这是他从澳洲到日本来，途次巡游这南太平洋群岛那时的感兴记。我在简短的文章里，眺着横溢的诗情，一面想，这真不愧是出于一世的天才之笔的了。

虽是伦敦郊外的职员生活，他也非给做成一个神奇故事不可的。那美丽的南国的风光，真不知用了多么大的魅力，来进迫了他的官能哩。他离开硗确的澳洲的海岸，穿插着驶过接近赤道的群岛。海上阒无微风，望中的大洋，静得宛如泉水。但时有小小的飞鱼跃出，激起水花，聊破了这海的平静。而且这海，是蓝到可以染手一般。他便在这上面，无昼无夜地驶过去。夕照捉住了他的心魂了。那颜色，是惟有曾经旅行南国的人们能够想象的深的大胆的色调。赤、紫、蓝、绀和灰色的一切，凡有水天之处，无不染满。倘使透那（W. Turner）见了这颜色，他怕要折断画笔，掷入海中了罢。诺思克利夫这样地写着。

船也时时到一小岛，是无人岛。船长使水手肩了帐篷运到陆地上。将这支起来，于是汲水，造石头灶；船客们便肩了船长的猎枪，到树林和小山的那边去寻小鸟。在寂静的大洋的小岛上，枪声轰然一响，仅惯于太古的寥寂的小鸟之群，便烟云似的霍然舞上天半。当夕照未蘸水天时，石灶中火，已经熊熊生焰，帐篷里的毡毯上，香着小鸟的肉了。星星出来，熏风徐起，坐在小船上的船客，回向本船里去的时候，则幸福的旅人的唇上，就有歌声。

一面度着这样的日子，诺思克利夫是从木曜岛，到纽几尼亚之南；从纽几尼亚的航路，绕过绥累培司之东，由婆罗洲、飞律滨，渐次来到日本的诸岛的。他一到香港，一定便将和劳合·乔治的争吵，将帝国主义，全都忘却，浸在南海的风和色里了。在这地方，便有大英帝国的大的现在。

使英国伟大者，是旅行。约给英国的长久的将来的繁荣者，是旅行。诺思克利夫虽然生于爱尔兰，却是道地的英国人。他和英国人一样地呼吸，一样地脉搏。而那报章，则风靡全英国了。为什么呢？就因为他将全英国的想象力俘获了。正如在政界上，劳合·乔治拘囚了选举民的想象力一样，他将全英国的读者的空想捉住了。格兰斯敦死，张伯伦亡，绥希尔罗士也去了的英国的政界上，惟这两个，是作为英国的明星，为民众的期待和好奇心所会萃[1]的。而他两人，也都在小政客和小思想家之间，穿了红礼服，大踏步尽自走。不，还有一个人。这是小说家威尔斯。他将六十卷的力作，掷在英国民众上面，做着新的运动的头目。这三个人死了一个，英国的今日，就见得凄清。

二

豪华的诺思克利夫，将旅行弄成热闹了。寂寞的人，是踽踽凉凉地独行。心的广大的人，一面旅行，一面开拓着自己的世界。寂寞的人，却紧抱着孤独的精魂，一面旅行，一面沉潜于自己的内心里。所以旅行开拓眼界的谚，和旅行使人心狭窄的谚，两者悬殊而同时也都算作真理，存立于这世界上。我们说起旅行，常联想到走着深山鸟道的孤寂的俳人的姿态。这是蝉蜕了世间的旅行。也想起跨着马，在烈

---

1　现代汉语常用"荟萃"。——编者注

日下前行的斯坦利（H. M. Stanley），将他们当作旅人。这是要征服人间和自然的旅行。这是人们各从所好的人生观的差别。

## 三

小说家威尔斯所描写的旅行，是全然两样的。那是抱着不安之情的青年，因为本国的小纠葛，奔窜而求真理于广大的世界的行旅。古之圣人曾经说是"道在近"的。但威尔斯却总使那小说的主人公去求在远的真理去。这是什么缘故呢？能就近求得真理者，是天才。惟有在远的真理，是虽属凡才，也能够把握的平易的东西。而许多英国人，是旅行着，把握了真理的。康德从自家的书斋的窗间，望着邻院的苹果树，思索哲学。邻人一砍去那苹果树，思索力的集中便很困难了。而达尔文则旅行全世界，完成了他的进化论。所以威尔斯在他的《近代乌托邦》中喝破，以为乌托邦者，乃是我们可以自由自在，旅行全世界的境地云。

## 四

卡莱尔将人们分为三种，说，第三流的人物，是诵读者（Reader）；第二流的人物，是思索者（Thinker）；第一流的最伟大的人物，是阅历者（Seer）。在建筑我们的智识这事情之中，从书籍得来的智识，是最容易，最低级的智识。而由看见而知道的智识，则比思索而得的思想，贵重得多。这就因为阅历的事，是极其困难的事。

旅行者，是阅历的机会。古之人旅行着思索，今之人旅行着诵读。惟有少数的人，旅行而观宇宙的大文章。

一九二三年三月二十五日

# 纽约的美术村

亚美利加是刺戟的国度。

从欧洲回来，站在霍特生河畔的埠头上，那干燥透顶的冷的空气，便将满身的筋肉抽紧了。摩托车所留下的汽油味，粉然扑鼻。到了亚美利加了的一种情绪，涌上心头来。耳朵边上夹着铅笔的税关的人员，鼻子尖尖地忙着各处走。黑奴的卧车侍役嚼着橡皮糖[1]（chewing gum），辘辘地推了大的车，瞬息间将行李搬去了。全身便充满了所谓"活动的欢喜"一类的东西。一到旅馆，是二十层楼的建筑里，有二千个旅客憧憧往来。大厅里面，每天继续着祭祝似的喧扰。

在曼哈丹南端的事务所区域里，是仅仅方圆二里的处所，就有五十万人像蚂蚁一般作工。无论怎样的雨天，从旅馆到五六迈尔以南的事务所去，也可以不带一把伞，全走地下铁道。亚美利加人在这里运用着世界唯一的巨大的金钱，营着世界唯一的活动，度着世界唯一的奢侈的生活。一切旅客，都被吞到那旋涡里去了。

但一到三个月，至多半年，大概的人就厌倦。从纽约到芝加各，从芝加各到圣路易，于是到旧金山，无论提着皮包走到那里去，总是坐着一式的火车，住着一式的旅馆，吃着一式的菜单的饭菜。一式的国语无远弗届，连语音的讹别也没有。无论住在那里的旅馆里，总是屋子里有暖房，床边的桌上有电话，小桌子上放着一本《圣经》。无论看那里的报纸，总是用了大大的黑字，揭载着商业会议所的会长的演说，制鞋公司的本年度的付息，电影女明星的恋爱

---

故事和妇女协会的国际联盟论。而且无论那里的街，街角上一定有药材店，帖着冰忌廉和绰古辣的广告，并标明代洗照相的干片。这真是要命。大抵的人，便饱于这亚美利加的生活的单调了。当这些时候，日本人就眷念西京的街路，法兰西人则记得赛因河。

然而，即使在这单调的亚美利加中，最为代表底的忙碌的纽约市上，也还不是一无足取。纽约之南，有地方叫作华盛顿广场，这周围有称为格里涅区村的一处。许多故事，就和这地方缠绵着的。到现在，此地也还是冲破纽约的单调的林泉。从古以来，就说倘若三个美术家相聚，即一定有放旷的事（Bohemia）的。在纽约，从事美术文艺者既然号称二万五千人，则什么地方，总该有放旷的适意的处所。那中心地，便是这格里涅区村。自十四路以南，华盛顿广场以西的一境，是这村的领地。先前是很有些知名的文艺专家的住家，富豪的邸宅的，现在却成为穷画工和学生的巢窟，发挥着巴黎的"腊丁小屋"似的特长了。旧房子的屋顶里，有许多画室（Studio），画画也好，不画也好，都在这里做窠，营着任意的生活。一到夜间，便各自跑进附近的咖啡店去，发些任意的高谈。在叫作"海盗的窠"这啡咖 2 店里，是侍者装作海盗模样，腰悬获物和飞跃器具，有时也放手枪之类，使来客高兴的。有称为"下阶三级"的小饭店，有称为"糟了的冒险事业"的咖啡店，有称为"屋顶中"的咖啡店。此外，起着"黑猫""白鼠""松鼠的窠""痛快的乞丐"那样毫不客气的名目的小饮食店，还很不少。而这些却又都是不惹人眼，莫名其妙的门，一进里面，则蒙蒙然弥漫着烟卷的烟雾。在厌倦了亚美利加生活的人，寻求一种野趣生活之处，是有趣的。

推开仓库一般的不干净的灰黑色的门，在昏暗的廊下的尽头，

2　应作"咖啡"。——编者注

有几乎要破了的梯子。走上十步去，便到二楼似的地方。向右一转，是厨房；左边是这咖啡店的惟一的大厅。在目下的进步的世界上，这是怎么一回事呢？电灯一盏也没有，只点着三四枝³摇曳风中的蜡烛。暖房设备，是当然不会有的；屋角的火炉里，也从来不曾见过火气。要有客人的嘱咐，主妇格莱斯这才用报纸点火，烧起破箱子的木片来。在熊熊而起的火光前面，辘辘地拖过木头椅子去，七八个人便开始高谈阔论了。

火炉上头的墙面上，画着一只很大的靴子；那旁边，站一个拿着搬酒菜的盘子的女人。靴的里面，满满地塞着五个小孩子。这是熟客的画工，要嘲笑这店里的主妇虽然穷，却有五个小孩子。便取了故事里所讲的先前的穷家的主妇，没有地方放孩子，就装在靴里面了的事，画在这里的。右手是一丈多宽的壁上，满画着许多人们的聚集着的情形。这就是格里涅区村的放旷的情形。那旁边，有从乡下出来的老夫妇，好像说是见了什么奇特的东西似的，恍忽地凝眺着。这所画的是指对于这里的画工和乐人的放旷的生活，以为有趣，从各处跑来的看客的事；那趣旨，大约是在讥刺，倒是看客那一面，可笑得多罢。

主妇的格莱斯，也并非什么美女，但总是颇有趣致的女人，和来客发议论，有时也使客人受窘，而这些地方又正使人觉得有兴味；许多熟客，就以和她相见为乐，到这里来消闲。英国人的雕刻家安克耳哈黎，就常来这里，喝得烂醉，唠叨着酒话的。

年青的美人碧里尼珂勒司也常来喝咖啡，一来，便取了这里的弦子，一面唱小曲，一面弹。我也曾经常和现在做着意大利大使的小说家却耳特（Richard W. Child）君夫妇去玩耍，在粗桌上，吃着这家出卖的唯一的肴馔烙鸡蛋，讲些空话，消遣时光的。（译者注：

3　应作"支"。——编者注

看这里，可知《人生的转向》那篇里的主人便是这却耳特。）

再前一点叫作威培黎区的地方，就是我很为崇拜的拉乎和其主人所住的地方；再前一点的显理街上，先前是有名的妥玛司培因终日喝着勃兰地，将通红的鼻子，突出窗外去，看着街头的。这记在"Sketch Book"里，日本人也知道。欧文似乎也就住在这近边，他批评华盛顿广场周围的红砖的房屋道："红，是我所喜欢的颜色。为什么呢？因为自己的鞋的颜色是红的，大统领杰斐逊的头发是红的，妥玛司培因的鼻尖是红的。"也便是这些地方的事。

这些年青的文学者和音乐家们，一有名，便搬到纽约的山麓去了。所以目前住在这四近的，大抵全是青年的艺术家。我一坐在叫作"格莱士喀烈得"这咖啡店里，就常有一个学意大利装束的二十三四岁的青年，显着美术家似的不拘仪节模样，来卖绰古辣。有一天，来到我面前，因为又开始了照例的那演说，我便说："又是和前回一样的广告呀。若是美术家，时时说点不同的话，不好么？"那位先生夷然的行了一个礼，答道："我很表敬意于你的记忆力。记忆力是文艺美术的源泉，而引起那记忆力者，实莫过于香味。只要你的记忆力和绰古辣合并起来，则无论怎样的美术，就会即刻发生的。"毫没有什么惶窘。

寒冷的北风一发的时候，向北的这二楼的破窗孔里，往往吹进割肤似的风来。然而年青的美术家们，却仍然常是拉起外套的领子，直到耳边，喝着一杯咖啡，不管和谁，交换着随意的谈话。